AKIN BİRDAL

SARI ZARF

Bir Yaşam Öyküsü

A7 KİTAP

Yayın No: 90
Anı
Sarı Zarf / Akın Birdal

Sertifika No: 33861

Kütüphane Bilgi Kartı (CIP)
Anı
Sarı Zarf / Akın Birdal
Birinci Baskı, A7 Kitap, Ekim 2018 Türkiye, İstanbul 392 sayfa

Genel Yayın Yönetmeni: Arzu Sandal
Editör: Suat Hayri Küçük
Kapak Uygulama: Nortarts Görsel Sanatlar
Sayfa Tasarım ve Uygulama: Burhan Maden
ISBN: 978-605-2191-42-2

Baskı ve Cilt
Deniz Matbaa Mücellit - Nazlı Koçak
Gümüşsuyu Cad. Odin İş Merkezi Kat. 2
B Blok No: 403 Topkapı-İstanbul
Tel: (0212) 613 30 06
Sertifika no: 40200

A7 KİTAP

A7 Kitap Yayıncılık Matbaacılık San. ve Tic. Ltd. Şti.
Hobyar Mah. Cemal Nadir Sokak No: 24 Büyük Milas Han
Kat: 1 Daire:114 Fatih / İstanbul Tel: (0212) 514 08 09
www. a7kitap.com - E-mail: info@a7kitap.com

AKIN BİRDAL

SARI ZARF

Bir Yaşam Öyküsü

A7 KİTAP

AKIN BİRDAL

1948 yılında Niğde'de doğdu. İlk ve ortaöğrenimini Niğde'de tamamladı. 1966 yılında girdiği Ankara Üniversitesi Ziraat Fakültesi Talebe Cemiyeti'nde yer alan Birdal 1970 yılında Ziraat Yüksek Mühendisi olarak mezun oldu. Öğrencilik yıllarında Niğde Gençlik Derneği Başkanlığı ve meslek örgütleri Ziraat Mühendisleri Birliği (ZMB) ile Ziraat Mühendisleri Odası'nda (ZMO) yöneticilik yaptı. Türk Mühendis Mimar Odaları Birliği (TMMOB) çalışma gruplarında yer aldı.

Gazi Üniversitesi İşletme Bölümü'nde yüksek lisans yaptı. Aynı üniversitenin Kooperatifçilik Enstitüsü'nde öğretim görevlisi oldu.

KÖY-KOOP Merkez Birliğinde eğitim örgütleme ve Halkla İlişkiler Başkanlığı, KÖY-KOOP Niğde Birlik Başkanlığı ve KÖY-KOOP Merkez Yönetim Kurulu'nda yer aldı. 1977 yılında 1980 darbesine dek Halkevleri Merkez Yürütme Kurulu'nda bulundu. 1980 darbesinden sonra bir yıl süre ile Mamak Askeri Cezaevi'nde kaldı. Cezaevi çıkışı üç yıl bakkallık yaptı.

1986'da İnsan Hakları Derneği'nin kuruluşunda yer alan Birdal, 1992 yılına değin derneğin Genel Sekreterliğini, 1992'den 1999 yılına değin de Genel Başkanlığını üstlendi. Derneğin üyesi olduğu Uluslararası İnsan Hakları Birlikleri Federasyonu'nun üç dönem Genel Başkan Yardımcılığına seçildi.

Akın Birdal sırasıyla; Sosyalist Birlik Partisi, Birleşik Sosyalist Parti kurucularından olup Genel Başkan Yardımcılığı, Özgürlük ve Dayanışma Partisi kurucularından olup parti meclis Üyeliği ve sonra da Sosyalist Demokrasi Partisi Genel Başkanı oldu.

Türkiye İnsan Hakları Vakfı'nın (İHV) kurucularından olan Birdal, 1998 yılında uğradığı silahlı saldırı sonucunda ağır yaralandı. 01 Eylül Dünya Barış Günü nedeni ile yaptığı iki konuşma nedeniyle iki yıl ceza alıp tedavisi sürerken Ulucanlar Cezaevi'nde kaldı. İçişleri Bakanlığı'nın uyarısı ile İHD Genel Başkanlığı'ndan istifa etti. İnsan Hakları ödülleri sahibi olan Birdal'ın çok sayıda kooperatifçilik ve insan hakları üzerine inceleme ve makaleleri olup; Sol Elim, Can Suyu ve Betula adlı üç kitabı bulunmaktadır.

2007 yılında Diyarbakır Milletvekili olan Birdal, 2009 yılında da Demokratik Toplum Partisi'nin (DTP) İstanbul Büyükşehir Belediye Başkan adayı oldu. İHD, SDP ve TÜDAY'ın onursal Başkanı olan Birdal, iki çocuk babasıdır. Okumakta olduğunuz kitap, Akın Birdal'ın yaşam öyküsünü içermektedir.

İÇİNDEKİLER

Sevdiklerime…

TEŞEKKÜR

Anılarımdan söz ettikçe, bu kitabı yazmaya beni özendiren dostlarıma, "Önsöz"ü ile kitaba güç ve anlam katan yazar Burhan Sönmez'e, arka kapak yazılarını esirgemeyen değerli bilim insanı Özgür Üniversite Kurucusu ve Başkanı Fikret Başkaya'ya, Türkiye basın tarihinin onurlu adları İnci Tuğsavul Özgüden ve Doğan Özgüden'e, *Gavur Mahallesi*'nin sesi ve vicdanı Mıgırdiç Magrosyan ile yarım yüzyıldır dostum ve yol arkadaşım, insan hakları savunucusu Yavuz Önen'e…

Öneri ve katkılarıyla işimi kolaylaştıran editörüm Suat Hayri Küçük'e, yazım ve diğer teknik konulardaki katkıları için Sibel Uğur'a ve kimi anıların anımsatılmasında yardımcı olan Kızım Evren Birdal Sharma'ya…

Teşekkür ederim.

Sevdiğim romancı Marquez, anılarını anlattığı kitabında, "Yaşam, ne yaşadığımız değil, ne anımsadığımızdır" der. Ben de anılarımı kaleme alırken, aklımda kalanlarla yola çıktım; bazen belgelere, bazen o olayları yaşayan insanlara başvurdum. Buna karşın, geçmişi anlatırken belki eksik, belki yanlış anımsadıklarım olabilir. Kitabın sonraki baskılarında bunları gidereceğimi belirtmek isterim. Her anı, bireysel olduğu kadar toplumsaldır da.

Akın Birdal

ÖNSÖZ

Belleğin Sarnıcı

Ülkemizde biyografi ve anı kitapları, henüz yeterli ilgiye kavuşmuş değil. Kurmaca eserlere nazaran bu tür kitaplar daha az okunur. Dün ile işimiz bitmiş, onunla alışverişimiz kalmamış sanki. Hep dünün tarihi, politikası ve hüzünlü anısıyla yaşadığımız halde, "yazılı geçmiş" üvey evlat muamelesi görür.

Anılarını kaleme alan Akın Birdal'ın geleceğe aktarmak istediği sözleri vardır; bu yüzden geçmişi yazıya döker. Bize ve sonraki kuşaklara, adeta bir yirminci yüzyıl tarihi anlatırken, yirmi birinci yüzyılın nasıl olması (aslında nasıl olmaması) gerektiğini gösterir. Herkesin hayatı, doğmadan önce, eski kuşaklarla başlar. Akın Birdal da henüz doğmadığı bir tarihte kapıyı açar; bizi küçük bir kentin sokaklarına götürür ve elimize meçhul bir sarı zarf tutuşturur. Zarfın sarı rengi, insana hem kayıp hem de özlem duygusu verir. Geçip gidenlere dairdir o, ama geleceğe gönderilmiş bir mektubun zarfıdır aynı zamanda.

Akın Birdal'ın yaşamını izlerken (evet, gözümüzün önüne puslu bir perdenin görüntülerini getirir) en önde onun siluetini görürüz. Bir çocuğun hayalleri, bir gencin heyecanları ve bir yetişkinin acıya karışmış umutlarıyla yüklüdür. Onun arkasında kalabalıklar belirir; ailesi, arkadaşları ve dünyanın farklı yerlerindeki tanıdıkları. Onların hikâyesine katılırız. Ve o zaman fark ederiz ki, görüntünün en arkasında, bazen bahar rüzgârına bazen güz fırtınasına kapılıp giden bir ülke ve bir çağ vardır. Değişimin çağıdır o, hayal kırıklığının ve diretmenin çağı.

Bugünü yaşamak, zamanın farkında olmamaktır. İnsan ancak düne bakınca bugünün farkına varır. Akın Birdal'ın "geçmiş" hikâyeleri, iki kapılı birer han gibi. Bizi bir kapıdan alır, diğer kapıdan çıkararak bilmediğimiz bir dünyaya götürür. Mesela, 12 Eylül dönemindeki bakkal dükkânının hikâyesinde olduğu gibi. Cezaevinden çıktıktan sonra, zor durumda kalan arkadaşlarıyla açtıkları bakkalın saçağının altından Erhan Bener de geçer, Rahşan Ecevit de. Birinin kalbi yumuşaktır, diğerinin kaşları çatık. Bir evde Aziz Nesin belirir, diğerinde Yılmaz Güney. Bir pencerede Vedat Türkali, diğerinde Can Yücel oturur. Gülmek ile ağlamak eşittir orada. Eşitsizlikle dolu hayatta dengeyi bir tek bu ikisi tutturur. Bir gün yüzlerde gülücük açar, ertesi gün gözlerden yaş akar. Biz de buna "geçmiş" deriz.

Romancı William Faulkner'ın dediği gibi: "Geçmiş ölü değildir, hatta geçmiş bile değildir." Akın Birdal'ın kitabını okudukça bunu daha iyi anlarız. Bugünkü Türkiye ve bugünkü insanlar -iyi olanları da, kötü olanları da- geçmişin içinde bütün şeffaflıklarıyla yer alır. Bunu gördüğümüzde, kimine lanet ederiz ("Neden geçip gitmemiş bunlar!"), kimine ise gönülden bağlanırız ("İyi ki geçip tükenmemiş bu insanlar!").

Belleğimizle var olabiliriz. Belleğin sarnıcı dolmadan, aklımızın susuzluğunu gideremez, ruhumuzun toprağını sulayamayız. Dün ile yoğruldukça zamanı hisseder ve bugünü anlarız. Bugünkü acılarımızın da, umutlarımızın da nedenini daha iyi görürüz. Gökteki Samanyolu galaksisi eski efsanelerde, saman yüklü bir at arabasının hızla yol alması ve giderken ardında samanları dökmesiyle anlatılır. Akın Birdal, hızla sürdüğü atların ardında saman sarısı yıldızlar serpiyor göğe. O yıldızların parıltısıyla biz de -bugünkü karanlıkta- yönümüzü bulmaya çalışıyoruz.

Burhan Sönmez

Bütün insanlar özgür, onur ve haklar bakımından eşit doğarlar. Akıl ve vicdanla donatılmışlardır, birbirlerine karşı kardeşlik anlayışıyla davranmalıdırlar.

İnsan Hakları Evrensel Bildirgesi

BÖLÜM BİR

MEKTUBUN ÇAĞRISI

Umudun İzini Sürmek

Postacı, Kayabaşı Mahallesi'nde elinde sarı zarfla tam bir haftadır dolaşıyordu. Sarı zarf Kırım'dan gelmişti. Zarfın üzerinde "Kırımlı Habibullah" yazılıydı. Kimdi bu Habibullah? Çalmadık kapı bırakmamıştı ama Habibullah bulunamamıştı. Temmuz ayının sarı güneşi, sarı zarfı iyice sarartmıştı.

Nasıl olsa bulacaktı; zarfı sırt çantasına bile koymamıştı. Terli parmakları zarfın üzerinde iz bırakmıştı. "Adres bulunamadı" deyip, postaneye geri vermek istemiyordu. Çünkü kendisi de muhacirdi. Bu göçlerin, insanın ardında bıraktığı acılı hikâyeleri az da olsa biliyordu. En iyisi, dört-beş gün ara verip, Kırımlı Habibullah'ı aramaya yeniden başlatmaktı. Belki bilen tanıyan biri çıkardı. Ve öyle de yaptı. Dört gün sonra çantadan sarı zarfı çıkardı; sanki ilk kez eline alıyormuş gibi yeniden baktı. Zarfın üzerinde, "Kırımlı Habibullah, Kayabaşı Mahallesi, Niğde" yazıyordu.

Kayabaşı Mahallesi, kayaların üzerine yapılmış taş yapılardan oluşan, geniş avlulu evlerden oluşuyordu. Rivayete göre, mübadele yıllarına kadar Rumlar otururlarmış. Avlunun içini ortancalar, sardunyalar, küpeliler süslerdi. Akşam üstleri de büyük taş döşemeli avlular, bir de sulandı mı orada kurulan koyu sohbetlerin keyfine diyecek olmazdı.

Postacının, her çaldığı kapının açılışında bir başka heyecan yaşanıyordu. Postacı "Yurtdışından mektup var" dediğinde, kapıyı açan "Nereden?", "Kime?" demeden hızla sarı zarfı ellerine alıyor, zarfın üzerinde yazılanlara bakıyordu. Onlar da göçmendi. "Alıcı: Kırımlı Habibullah" yazdığını görünce büyük bir hayal kırıklığıyla zarfı postacıya geri uzatıyorlardı.

Postacı, elinde sarı zarfla aramasını sürdürdü. Yorulmuştu... Mahalleye sırtını dayamış iki kahve/kıraathane vardı. Kıraathanenin önüne atılmış 5-6 masanın ilkine oturdu. Bir ayran söyledi. Yorgunluğunu ve terini kesmedi. Bir de çay söyledi. Bardağın kenarına konulmuş, kıtlama şeker bitmeden bir çay daha söyledi. Yan masaların birinde okşin, diğerinde tavla oynayanlar vardı. Pek umutlu olmasa da her iki masanın da duyabileceği bir sesle, "Ya komşular, ben birini arıyorum. Bir postası var. Bulamadım. Kırımdan geliyor. Kırımlı Habibullah diye biri. Neredeyse iki hafta olacak, bulamadım. Ne Habibullah'ı bulabildim ne de bir bileni tanıyanı... Tavla oynayanları izleyen yaşlıca biri, "Hele bir ver bakalım; başkaca ne yazar" dedi ve zarfı alıp önce önüne, sonra da arkasına baktı. Üzerinde, "Kırımlı Habibullah, Kayabaşı Mahallesi, Niğde, Türkiye", önünde de "Toktaroğulları'ndan Gafur" yazıyordu. Sarı zarfı gönderenler, zarfın hem alıcıya ulaşacağından hem de göndericinin tanındığından emindiler ki başkaca bir şey yazmamışlardı. Zarfa bakıp postacıya geri uzatan kişi, "Valla bilmiyorum. Ama hemen şu Hastane Caddesi'nde eczanenin yanındaki evde Kırım'dan gelmiş birilerinin oturduğu kulağıma çalınmıştı" dedi. Postacı, son yudumunu bir dikişte bitirip kalktı.

Heyecanlanmıştı. Dizlerine güç geldi. Kayabaşı'ndan hızla Hastane Caddesi'ne yürüdü. Sonunda aradığını bulacaktı. On beş günün yorgunluğuna değecekti. Kırımlı Habibullah kim bilir nasıl sevinecekti. Ailesinden mi yoksa yakınlarından mı kim bilir... Kim olursa olsun. Sarı zarf bir sevince, bir özleme, belki de bir acıya yol açacaktı. Her ne olursa olsun sarı zarf sahibini bulacaktı.

Hızla hastanenin karşısındaki eczanenin açık kapısından girip, zarfın üzerindeki adı sordu. Eczacı, yan evde oturanların babalarının Kırım'dan geldiğini ama adlarını bilmediğini söyleyince, postacı hedefine ulaşacak olmanın sevinciyle yan eve giderek, kapı tokmağını üst üste 4-5 kez vurdu. Kapıyı 16-17 yaşlarında genç bir kız açtı. Postacı, kıza evde bir büyüğünün olup olmadığını sorunca, kız içeriden annesini çağırdı. Orta yaşlarda bir kadın kapıya gelerek, postacıya ne getirdiğini sorarken, postacının elindeki sarı zarf gözüne ilişmişti. Zarf fark edilmeyecek gibi değildi; 25'e 15 santim büyüklüğündeydi.

Postacı, "Kırım'dan bir mektup var. Sizin de Kırım'dan geldiğinizi söylediler. Hele bir bakın" diyerek zarfı kadına uzattı. Kadın zarfı alıp, üzerinde yazılanlara baktıktan sonra, "Bu bize değil, kocamın babasının Kırım'dan gelen arkadaşına ait olacak. Zaman zaman kocam anlatırken duyuyordum. Kayabaşı Mahallesi'ne çıkarken küçük bir su deposu var. Hemen onun solundaki sokağın başındadır evleri" deyince, postacı kadının uzatmasını beklemeden, elindeki zarfı çekip aldı. Evet, sonunda Kırımlı Habibullah'ı bulacağından emin olarak hızla yeniden Kayabaşı'nın yolunu tuttu.

Su deposunu biliyordu. Ama hemen solundaki sapa, dar sokağa girmeyi nedense akıl edememişti. Her neyse, sonunda bulacaktı ya... Çıkışta baktı yine, iki masa oyunlarını sürdürüyordu. Tavla izleyen ve hastane caddesindeki adresi tarif eden kişiye başını eğerek, "Sağ ol! Sanırım buldum" deyip yola koyuldu.

Harçla üst üste dizili taş duvarlı sokağın sonuna gelip evin tokmağını tutup kaldırdı ve vurmadan bir süre bekledi. Kim çıkacaktı? Nasıl karşılanacaktı? Heyecanla avucunun içinde ısınan tokmağı kapıya indirdi, üç-beş kez. Öyle bir vurmuştu ki sanırsın ardından birileri kovalıyordu da oraya sığınacaktı. İçerden bir ses gelmedi. Bir kez, bir kez daha sertçe tokmağı vurdu. Kapıyı açan olmadı. Safranbolu'dan Niğde'ye atanmış bir postacı gelmişti. Onun anlattığını anımsadı. Safranbolu'da kapıların üzerinde iki tokmak olurmuş; gelen kadın ise soldaki, erkek ise sağdaki tokmağı vururlarmış ki ona göre kadın ya da erkek kapıyı açarmış... Postacı, önce elinde hazır tuttuğu zarfa, sonra da köhne gri kapıya baktı umarsızca; beklemeye koyuldu. Oysa Kırımlı Habibullah'ı ya da yakınlarını buldum diye ne de çok sevinmişti.

Kapının önünde ne yapıp edeceğini bilemeden öylece bekledi...

Postacı bekleyişini sürdürürken, aynı sokakta oturduğunu söyleyen biri, o evde yaşayanların babalarının bir süre önce öldüğünü ve başka bir yere taşındıklarını, ama nereye taşındıkları konusunda bir bilgisi olmadığını söyledi.

Postacı, âdeta yıkılmıştı. Oysa ne denli inanmıştı bulacağına. Ama inat etmişti; ne yapıp ne edip Kırımlı Habibullah'ı, ölmüşse de yakınlarını, eşini, varsa çocuklarını bulacaktı.

Tam on beş gün daha aradı. Başka mahallelere servis yapan postacı arkadaşlarına söyledi. Ne yazık ki bir sonuç alamamış ve büyük bir hayal kırıklığıyla, "Adreste Bulunamadı" deyip postaneye iade etti sayı zarfı. Sonrasında sarı zarf geri gönderildi mi gönderilmedi mi. Gönderilmişse de yerine ulaşabildi mi kimsenin bir bilgisi olmadı.

Dedemdi

Dedem, 1915 yılında beş arkadaşı ile Çar'ın zulmünden kaçmaya karar vermiş. Beş kafadar, 30-32 yaşlarındaymış ve beşinin de çoluk çocuğu varmış. Kuşkusuz, bu kararı vermeleri kolay olmamış. Gidip de dönememek, dönüp de bulamamak vardı bu kararın ardında.

Çar'ın zulmü dayanılır gibi değilmiş. Ya karşı gelerek çoluk çocuğu riske atacaklar ya da evlerini-yurtlarını terk edeceklerdi. Kırım'ın Kazan Bölgesi'nden daha önce de gidenler çok olmuştu.

Sonunda Türkiye'ye gitmeye karar verirler. Uzun ve çileli bir yolculuktan sonra yarı aç yarı tok vaziyette Niğde'ye gelirler. O gün beşi de bir otelde kalıp ertesi gün, arkadaşlarından ikisi daha kolay ve iyi iş bulunur umuduyla Adana'ya giderler. Dedem ve iki arkadaşı Niğde'de kalır. Bu ayrılığın ve çileli yolculuğun bir tesellisi vardır: Ya zulüm bitecek ve geri dönecekler, ya da çocuklarını da geldikleri yere getireceklerdi.

Uzun bir süre geçti; ne geri dönebildiler ne de çocuklarını getirebildiler. Dedemler "Toktaroğlu" lakabı ile anılırmış. Altı kardeşlermiş. Evli-barklı ve tarımla uğraşırlarmış. Dedemin altı çocuğundan en büyüğünün adı Gafur'muş. Sonunda dedem, tüm uğraşlarına karşın ailesi ile bir araya gelememiş ve sonrasında da haber alamamış.

Kayabaşı'nda iki göz bir eve taşınmış. Ev sahibi, "Dursun Kadın" olarak adlandırılan iyi biriymiş. Hemen alt katlarında oturan Habibullah'a arada bir birkaç kap yemek yapıp götürürmüş. Dursun Kadın'ın bu gidiş gelişleri sonunda, kızı İnayet ile baş göz etmiş. Dedem Habibullah, nenem İnayet ile evlendikten sonra ondan da altı çocuğu olmuş ve çocukların ilki erkek olmuş. İşte o çocuğun adını Gafur koymuşlar. İşte o Gafur benim babamdır.

Kızlardan ikisi evlenip erkeklerden birinin tayını çıkınca, babam ve iki kız kardeşi Niğde'de kalırlar. Babam, Niğde'de ortaokulu bitirdikten sonra kısa yoldan iş bulup ekmek parası kazanmak için Adana Öğretmen Okulu'na gider. Ve dört yıl sonra Niğde'nin Çamardı ilçesinin Eyneyli Köyü'ne öğretmen olarak atanır. Hafta sonları Niğde'ye geliyor, anne ve babasıyla kardeşlerinin gereksinmelerini karşılayarak, dönüyormuş.

Dedem, evlenmiş ve altı çocuğu da olsa, başta babam Gafur'u çok sevse de, aklı ve yüreği Kırım'da kalmış. Bazen yalnız kaldığında sessizce göz yaşlarının ince ince süzüldüğü söylenirdi. Babam, Niğde'ye indiğinde Aşçı Kemal'in dükkânına uğrayıp, "Babam ne zaman uğrar bir şeyler yemek-içmek isterse geri çevirme, neyse kaydet, hafta sonu gelişimde öderim" diye tembihlermiş.

Ve dedem Habibullah, bir akşamüstü bir şeyler yiyip bir-iki kadeh içtikten sonra hesabı vermek istediğinde, Aşçı Kemal borcunun olmadığını ve oğlunun ödeyeceğini söylediğinde, dedem bu açıklama karşısında ağlamamak için kendini zor tutmuş ve dışarı atmış kendisini.

Bir akşam da babam ile oturmuşlar Kemal'in yerine. Birkaç kadeh içmişler. Dışarı çıktıklarında dedem ellerini havaya kaldırıp, "Tanrım, beni vatanımdan, evimden ve çocuklarımdan ettin. Ama bana öyle bir oğul verdin ki, o benim tüm bu yitirdiklerime duyduğum hasretimi dindiriyor. Sana şükrediyorum!" demiş.

Dedem, 1934 yılında evden ayrılıp Ankara'ya gitmiş. Sonra da eşini ve çocuklarını da götürmüş. Küçük bir mekân kiralayıp kebapçılığa başlamış.

Babam da okulu için Adana'ya gidiyor. Annesine daha bir hafta geçmeden bir mektup yazıp, "Ayrılık ne kadar acıymış/ Gözlerim perdelendi anam" diye özlemini dile getiriyor.

Babamın Adana Öğretmen Okulu'ndayken yazdığı (edebiyat öğretmeni ünlü şair ve yazarlardan Arif Nihat Asya'nın da etkisinden olacak) günlüklerinde ve şiirlerinde güçlü bir kaleminin olduğu görülüyor.

Adana'da okulu bitirdikten sonra babam da Ankara'ya gidiyor. Ne var ki bir süre sonra Samanpazarı'nda oturdukları ev sahiplerinin sık sık kira artırma konusundaki ısrarı ve tacizi sonucu dedem eşini ve çocuklarını Niğde'ye gönderiyor. Babam ne denli Ankara'da kalmakta ısrarcı oluyorsa da başarılı olamıyor.

Dedem ve babam Ankara'da bir süre kalsalar da sonra onlar da Niğde'ye dönüyorlar. Babam, tayini çıktığı Niğde-Çamardı ilçesinin Eyneyli Köyü'ne gidiyor.

Eyneyli Köyü'nde köylülerle olan söyleşileri ve gün batımlarında Toroslar'ın tepesinde bir arkadaşıyla kayıp giden güneşi tutma hevesleri anlatılırdı.

Dedem yine bir akşam geç saatte eve gelmiş. Kayabaşı'ndaki taş evin kapısını ne denli çalmışsa da neneme duyuramamış. Taş merdivenli evin merdivenlerinin altına giderek, bir süre sonra duyururum diye uzanmış. Uzanıp kaldığı yerde uykuya dalan dedem, gece yarısının ayazını almış. Doktor, ilaç kâr etmemiş ve 59 yaşında zatürreden ölmüş.

Dedemin birlikte gelip, Niğde'de kalan arkadaşı da evlenmiş ve iki oğlu olmuş. Oğullarının çocuklarıyla arkadaş olmuştuk; her bir araya gelişimizde Kırım'a gitmeyi, akrabalarımızı, kardeşlerimizi bulmayı hayal ederdik. Sınıf arkadaşım olan Metin Üstüntaş'ı, üniversite sınavları için Ankara'ya giderken trafik kazasında yitirmiştik.

Kırım'a gitmek, dedemin çocuklarını, yakınlarını bulmak hayali benimle birlikte büyüdü içimde. Sonunda bu hayali gerçekleştirebilecek ve peşine düştüğüm sarı zarfın izini bulabilecektim.

Sarı Zarfın Peşinde Bir Umut

Ankara Ziraat Fakültesi'ni bitirmiştim. Meslek örgütümüz Ziraat Mühendisleri Odası'nın (ZMO) bir etkinliğinde tanıştığımız KÖY-KOOP yöneticileri beni Tarımsal Amaçlı Köy Kalkınma Kooperatifleri Merkez Birliği'ne (KÖY-KOOP) çağırdılar. Hiç tereddüt etmeden çalışmakta olduğum Köy-İşleri Bakanlığı Kooperatifler Genel Müdürlüğü'nden ayrılarak, KÖY-KOOP'a gittim.

KÖY-KOOP'un 59 ilde birliği ve 4310 köyde de kooperatifleri vardı; 2,5 milyon ortağı olan büyük bir tarımsal örgüte dönüşmüştü. Birlik, üretici ortaklarının bütün girdilerini sağlıyor, ürünlerini de aracısız-kabzımalsız kendi kurdukları halk pazarlarında satışını sağlıyordu. Uluslararası Kooperatifler Birliği'nin (UKB) üyesi olmuş, başta Sovyetler Birliği olmak üzere "Doğu Bloku" ülkeleriyle kültürel ve ticari ilişkilere girilmişti. Romanya'dan Universal traktörler getirilip, serbest piyasadan 150-200 bin lira daha ucuza satılıyordu.

KÖY-KOOP, yeni yapılanma sürecini tamamlamış ve beni de Eğitim Örgütlenme Basın-Yayın ve Halkla İlişkiler Dairesi Başkanlığı'na getirmişlerdi. Türkiye'nin demokratikleşmesi için çalışıyor ve uluslararası dayanışmayı örgütlüyorduk. Sovyetler Birliği ile ilişkiler gelişmişti. Bir dizi anlaşma yapmak üzere Moskova'dan Centro-Soyus Kooperatifler Merkez Birliği'nden bir heyet gelmişti. Biri kadın beş kişilik heyet ile Ankara'da üç gün protokoller yapıldıktan sonra dört günde İstanbul'a gidilerek, tarihi ve kültürel yerler gezilecekti. Heyete benim eşlik etmem istendi. Hemen kabul ettim.

Hem Sovyetlerden gelenlerle tanışmış olacaktım hem de hayallerimin ülkesini doğrudan onlardan dinleyecektim. Kuşkusuz "sarı zarfın" da peşindeydim.

İstanbul'da Pera Palas Oteli'nde konakladık. Gezilecek, görülecek yerlerin programını yaptık. Her gün bu amaçla tarihi ve kültürel gezilerle tamamlayarak, akşamüstü otele dönüyorduk. Heyette yer alan herkes biraz dinlendikten sonra heyet Başkanı Gudgov'un odasında toplanıyorduk. Gudgov, Azerbaycan konyağı ve siyah havyar ikram ediyor, sonra da İstanbul'daki meyhane ve restoranlara gidiyorduk.

Bir akşamüstü çıkıştan önce yine Gudgov'un odasında toplanmıştık. Gudgov, ikramlarını yapmış ve "Nastrovya" diyerek kadeh kaldırıyorduk. Onlar her kadeh kaldırışta "Nastrovya" diyerek, kadehi bir dikişte bitiriyorlardı. Benim yudum yudum aldığımı gören Gudgov, "Olmaz yoldaş, başladığın işi sonuna kadar götüreceksin" deyince, ben de onlara uydum ve bir kerede içtim. İçtim içmesine de o güzelim konyak boğazımı yakarak iniyordu. Sonra Asmalı Mescit tarafındaki Yakup'un Yeri'ne gittik. Yakup'un Yeri mezeleri, balıkları ile bilinmesi bir yana, yazar, sanatçı, siyasetçi ve gazetecilerin buluştuğu ünlü bir lokantaydı.

Gitmeden önce telefon edip yer ayırttığımız için garsonlar hemen masamızı gösterdiler. Siparişlerimizi verdikten sonra elbette rakı içecektik. İçki servislerimizi yapan garsona, masanın başında oturan Gudgov'u göstererek, "Onun kadehine susuz koy. Öyle seviyor" dedim. Kadehler dolduktan sonra, "Nastrovya" diyerek kaldırdık. Gudgov bir yudum aldı, sonra kadehi masaya bıraktı. "Yoldaş, herkesin devrimi kendine" dedim ve rakının bir dikişte sonuna kadar içilemeyeceğini izah ettim. Gudgov, bundan çok keyif almış ve her kadeh kaldırışında, "Evet yoldaş, herkesin devrimi kendine" demişti gülümseyerek.

Bir akşam yemeğinde dedemin de oralardan geldiğini ve sarı zarfın öyküsünü anlattım onlara. Çok etkilenmişlerdi. Bir süre sonra bizi Moskova'ya çağırdılar. Biz de KÖY-KOOP Genel Başkanı Nedim Tarhan ve Genel Başkan Yardımcısı Sinan Avşaroğlu ile gitmeyi kararlaştırdık.

Sovyetler Birliği Türkiye Büyükelçiliği Müsteşarı Monjessi ile sık görüşüyorduk. Yoldaş olmuştuk. Programı birlikte yaptığımız Monjessi, resmi görüşmeler tamamlandıktan sonra bana üç gün özel bir program düzenleyip Kırım'da ailemi bulabileceğimi söyledi. Çok sevinmiş, mutlu olmuştum. Sonunda Kırım'da ailemi bulabilecektim.

Darbe Geçit Vermiyor

Genel Başkan ve Genel Başkan Yardımcısı arkadaşlar Romanya'dan, ben de Ankara'dan giderek, Moskova'da buluşacaktık.

O büyük gün gelmişti! 11 Eylül 1980 tarihinde Ankara Esenboğa Havaalanı'na gittim. Yurt dışı uçuşlarının iptal edildiğini söylediler. Hiçbir açıklama da yapmadılar. Ama ben bir şeyler olduğunu ya da olacağını seziyordum. Çünkü her gün politik cinayetler işleniyordu. Bu durum bir şeylerin habercisiydi. Postal sesleri duyuluyordu. Eve dönerek, çantada birkaç değişiklik yapıp, Ankara dışına çıktım. Ertesi gün askeri darbe olduğunu, sokağa çıkış yasağı konulduğunu öğrendik.

Kısa bir süre sonra KÖY-KOOP yöneticileri, TÖB-DER, MSP, MHP ve TKİP yöneticileriyle Mamak Askeri Cezaevi'ndeydik.

Sarı zarfın izini yeniden yitirmiş, Kırım'da ailemle buluşma hayalini yine gerçekleştirememiştim.

Bu Kez de Sovyetler Dağılıyor; Buluşma Gerçekleşmiyor

Aziz Nesin ve arkadaşlarının darbe sonrası "Aydınlar Dilekçesi" ile başlatılan ilk başkaldırı sürecinde, 23 Haziran 1990 gününde Sadun Aren'in Başkanlığı'nda Sosyalist Birlik Partisi'ni (SBP) kurmuştuk.

Lenin, halkı selamlıyor.

Sadun Aren ve Yavuz Önen ile "Ne yapmalı?" diye konuşuyoruz.

Parti kuruluşundan bir süre sonra enternasyonal ilişkileri geliştirmiş, Sovyetler Birliği Komünist Partisi (SBKP) tarafından Moskova'ya çağırılmıştık. Genel Başkan Sadun Aren, Genel Başkan Yardımcıları olarak ben ve Nedim Tarhan ile birlikte Moskova'ya gidecektik.

Program yapılmıştı. Benim içimdeki Kırım hayali yeniden uyanmış ve beni yeniden bir heyecan sarmıştı. Üç gün sonra gidecektik. Ben yine Sovyetler Birliği Büyükelçiliği ile görüşmüş ve program dışı Kırım'a gitmeyi kesinleştirmiştik.

Bu kez de 26 Aralık 1991 günü Sovyetler Birliği dağıldı. Mihail Gorbaçov'un ortaya attığı *glasnost* (açıklık) ve *perestroyka* (siyasi sistemin, devlet örgütünün yeniden yapılanması) sonucu rejimin dağılması kaçınılmaz olmuştu. Elbette sonuç olarak program iptal edilmiş, benim Kırım hayalim bir kez daha perdelenmişti.

Uzun yıllar geçti; ne Kırım hayalim sona erdi, ne de sarı zarfın izini sürmekten vazgeçtim.

EKİM
DEVRİMİ
100.
YAŞINDA

BÖLÜM İKİ

ÇOCUKLUK VE GENÇLİK

Çocuk İşte

Abim ve halaoğlu ile.

Çoğu kez çocukların konuştukları, yaptıkları, "Çocuk işte" denip geçiştirilir. Çocuklar ne istiyor, ne düşünüyor, ne yapıyor üzerinde pek durulmaz, sorgulanmaz.

Öğretmen babam, hepimizi ilgilendiren bir konu olduğunda annemle birlikte altı çocuğunu toplar ve o konuda ne düşündüğümüzü sorar, fikrimizi alırdı. Nihayetinde ne yapılacağını annemle birlikte kararlaştırıyor olsalar da bize fikrimizi mutlaka sorarlardı.

Biz altı kardeştik; henüz çok küçüktük ve hepimizin arasında iki-iki buçuk yaş vardı. Yine de bize fikrimiz sorulurdu; bu bizim kendimize olan güvenimizi güçlendiriyordu.

Babamın Başöğretmen olduğu okulda okuyorduk. Bir keresinde onun nerede öğretmen nerede babam olduğunu karıştırıp okulda "Baba" deyince, kulağım babamın parmakları arasında kalıp o ince ayrıntıyı görmemi sağlamıştı.

Babam Gafur Birdal okulda bir şeye kızmış ve yüzü gerilmişse, öğretmenlerin beni bulup, babamın odasına götürdüklerini hiç unutmam. Babam beni görünce yumuşar ve o gerginliği hemen giderdi.

Okulumuzun sekreteri Aysevim Abla ile.

O yıllarda her öğretmen çocuğu gibi ben de her yaz tatilinde çalışır, hem kazandıklarımdan eve bir şeyler götürmenin hem de okul giderlerine katkıda bulunmanın hazzını yaşardım.

Yaşıma bağlı olarak simit, gazete, çakmak-çakmak taşı, sinek ve haşere ilacı ve sebze satışları yapıp, lise yıllarında da halamın elektrikçi kocasının yanında, "susta çekmek" diye adlandırılan kabloların geçeceği duvarda kazı işi yapardım.

Hiç unutamadığım birkaç anımı sizlerle paylaşayım. Simitleri fırından çıkar çıkmaz alır eve gelirdim. Annem, babam, babaannem ve altı kardeş çay ile kahvaltımızı yapardık. Bazen sofrada

Annem ve babamın nişan günü.

peynir ya da zeytin olması güne iyi bir başlangıç sağlardı. Bir arada oluşumuzdu asıl büyük zenginliğimiz.

Komşu ilimiz Kayseri'den "muhtar çakmağı" diye adlandırılan çakmak ve taşını alır, satardım. Bir keresinde çakmak taşı diye aldığım şeyin, ince bakır telden yapılmış olan farklı bir malzeme olduğu, çakmakların çakmamasından anlaşılınca bu işi yapmaktan vazgeçtim.

Uzun bir süre günlük yerel gazeteleri sattım. Sabah gazete baskıdan çıkar çıkmaz alır, diğer satıcılardan önce dükkânların kapı önlerine bırakır, dönüşte de hem parasını alır hem de isteyen bazılarına haberleri okurdum.

Daha önce çarşamba günleri Bor'da, perşembe günleri de Niğde'de pazar kurulurdu. Yaz günleri karasinekten ve diğer haşerelerden geçilmezdi. Ne yapmalı diye araştırdık ve Kayseri'den paketlenmiş sinek ilaçları alıp satmaya başladık. Çarşamba günü Bor'da, perşembe de Niğde'de sergi açıyorduk. Çok iyi satılıyordu. Ama son

İlkokuldan mezuniyet. Babam, annem ve altı kardeş ile halam.

getirdiğimiz paketlerde DDT ilacı az tutulup, şeker fazla kaçırılmıştı. Yine Bor pazarında, Bor'un köylerinde bakkallık yapan birinin, bir hafta önce aldığı sinek öldürücülerinin yerine sinek besleyici ve çoğaltıcı olduğunu bas bas bağırınca, arkamıza bakmadan Niğde'nin yolunu tutmuştuk. Böylece, kaçırılmış fırsatlar için söylenen, "Geçti Bor'un pazarı, sür eşeği Niğde'ye" sözünü gerçekten yaşamıştık. Üç-beş tavuk ve yumurtalarıyla köyden Bor'a inen köylü, gelen giden olmayınca, "Yahu bu ahali nerede?" diye sorduğunda, "Amca, geçti Bor'un pazarı, sür eşeğini Niğde'ye" yanıtını alır.

O günlerde buzdolabı yoktu. Varsa da henüz biz alamamıştık. Köylüler, Hasan Dağı'ndan eşeklere yükledikleri heybelere bastırılmış kar getirir, satarlardı. Biz de paramız olmadığı için evlerde yapılmış pekmezleri verir, kar alır ve karıştırarak yerdik. Bazen de, "Karcı, karın güzel mi?" diye kar satanlara takılır, onlar da bizi kovalardı. Çocukluk işte...

Babam iyi bir okuyucuydu. *Varlık* ve *Dünya* adlı dergilerin abonesiydi. Şevket Süreyya Aydemir'in *Birinci Adam*, *İkinci Adam* ve *Suyu Arayan Adam* adlı eserlerini o günlerde elinden bırakmadığını anımsarım.

Cumhuriyet gazetesi okurdu. Demokrat Parti (DP) döneminde *Cumhuriyet* okumak büyük riskti ama babam ceketinin yan cebine, *CUMHUR*'u görünür biçimde katlayarak yerleştirir ve getirirdi. Okuma alışkanlığı edinmem, ülkede ve dünyada ne olup bittiğini anlayabilmem için köşe yazılarını bana okuturdu.

Bazı akşamlarda annemin hazırladığı birkaç meze eşliğinde bir iki kadeh rakı içerdi. Sonra da o güzel yanık sesiyle, "Huma Kuşu", "Ağa Gelin" ve "Yeşil Kurbağalar" türkülerini söyler, içindeki hüzün bütün odayı kaplardı. Kim bilir o hüznün içinde neler taşırdı. Bunu fark eden babam, hemen ardından "Arabaya taş koydum, ben bu yola baş koydum. Seni gelecek diye, sol yanımı boş koydum" nakaratıyla o hüznü dağıtır, sonra da sırasıyla bizlere söyletirdi.

Ben de Can Yücel gibi, "Hayatta en çok babamı sevdim". Annem Melek Birdal çok güzel bir kadındı. Üçü kız üçü erkek altı çocuğun beslenmesi, giydirilmesi, temizliği; ne zor bir şeydi kim bilir! Fakat bir gün olsun yakındığını duymamıştık annemin. İşini gücünü bitirip akşam babamı o güzel pazen, basma giysileriyle karşıladığını ve Takalon kremini de sürmeyi hiç ihmal etmediğini hatırlarım hâlâ.

Her dini bayramda bir dizi akideler yerine getirir, büyükten küçüğe sıraya dizilir, babamın annemin ellerini öptükten sonra ellerimize verilen mendil ve harçlıkların sevincini yaşardık. Ulusal bayramların kutlamalarından eve dönüş yolunda hep birlikte kebapçıya gidişimiz de değişmez ritüelimiz olmuştu.

Gençlik İşte

Kardeşlerden ilk üçümüz gençlik çağına gelmiştik. Yememizden içmemizden kısıntı yapılmıyordu. Ama Niğde'nin yerlisi olarak ne bir evimiz ne de bağımız vardı. Her zaman kiracı olduk. Niğde'nin birçok semtinde oturduk: Paşa Kapısı, Yenice Mahallesi, Sı-

Kayseri'nin Pınarbaşı ilçesinde annem ve kardeşim ile.

ralı Mahallesi… Ama hepsi bahçeli, kimileri de cumbalı, ahşap ve iki katlı evlerdi. O evlerin bahçelerinde bahar yüzünü sümbül, menekşe ve deveboynu denilen nergisler ile, lezzetini ise can erikleriyle gösterirdi. Bahçede meyve ağaçlarının yanı sıra soğan, ıspanak, maydanoz da yetiştirirdik.

Tel örgülü kümesteki tavuklarımızın bir gece tilkilerce boğazlanmış olması ve yine tel örgülerdeki tavşanlarımızın bir gece tünel kazıp firar etmeleri hepimizi çok üzmüştü.

Üniversiteye gidinceye değin üzerime dikilmiş bir takım elbisem olmadı. Babamın ceketleri çevrilir ağabeyim giyer, ondan

Yağmurcu oyununda Gönül Aytaç ile.

sonra da yeniden çevrilir bana dikilirdi. Ceketin sol mendil ya da gözlük cebi, her değiştirişte soldan sağa, sağdan sola geçerdi.

Ortaokul ikinci sınıftaydım; ilk kez annem ve en küçük kardeşim Aytül ile Kayseri Pınarbaşı ilçesine gitmiştik. Halalarımdan biri Niğde'de askerliğini yapan bir Çerkez ile evlenip oraya yerleşmişti. İlk kez orada tanık oldum Çerkezlerin ne denli konuksever ve iyi olduklarına. Bir gün beni ata bindirdiler. At K. Maraş yolunda dört nala koştu. Düşüp kolumu kırdım İyileştirmek için neler yapmadılar: Haşlanmış soğan ve çiğ et sarıp günlerce iyileşmeyi beklemiştim. Bu olay, ata ilk ve son binişim oldu. Bir yıl sonra da kiraladığım bisikletten düştüm, bisikleti hasar gören sahibi beni kovaladı ama yakalayamadı.

Liseye geçmiştim. Daha birinci sınıfta izci takımına katılıp borazan ekibinde yer almış, sonra da izcilerin önünde majör sallar olmuştum. Bir ulusal bayramda resmi geçit sırasında majörü düşürmüştüm ama hiç bozuntuya vermeyip, zıplayan majörü yakalamıştım.

Hürrem Sultan oyununda Gülay Tantekin ile.

Lise ikinci sınıfta Richard Nash'ın *Yağmurcu* adlı eserindeki Star Buck'ı, üçüncü sınıfta da Orhan Asena'nın *Hürrem Sultan* adlı eserindeki Kanuni Sultan Süleyman'ı oynamıştım.

Ölümle Tanışmak

19 Mayıs törenlerinde kasa-minder hareketlerinde yer alır, münazaralarda da çoğu kez bizim ekibin içinde yer aldığı grubun kazanmasının sevincini yaşardım.

Yaşam sürerken sevdiklerimin ölümleriyle, acılarıyla da tanışmış ve yaşamıştım. Hemen her gün beraber olduğumuz halamın oğlu askerden yeni dönmüştü. Elektrikçi olan babasının yanında çalışıyordu. Yılmaz ağabey ile öğlende beraberdik. Akşamüzeri Hastane Caddesi'nde çıktığı elektrik direğinde cereyana kapılıp yere düşmüş ve hastaneye kaldırılmıştı. Bedeni zangır-zangır titriyordu. Ellerini ve ayaklarını yatağın demirlerine bağlamışlardı. Birkaç saat sonra da yaşamını yitirdi.

Birçok akşam Avşar'ın Meyhanesi'nde birkaç kadeh şarap içer ve Kayabaşı Yolu'nda, "Akşam oldu hüzünlendim ben yine, hasret kaldım gözlerinin rengine" diye tutturur giderdik onunla. Bir gün önce yine öyle yapmıştık ve verdiği kabuklu fındıklar cebimde kalmıştı.

Avşar'ın Meyhanesi daha çok işçilerin, öğrencilerin ve kimi küçük esnafın takıldığı bir yerdi. Şarap fıçılarından musluk açılır ve ne kadar içilecekse sürahilere konulurdu. Biz de kimi akşamüzerleri ve hafta sonları giderdik. Çoğu kez de liseden sınıf arkadaşlarım Mustafa Meral, Ercan Merdoğlu, Mehmet Eroğlu ve Avşar Arısoy ile takılırdık.

İkinci kayıp acısını, Kayseri'de Sümerbank çalışanı amcamın eşi Sevim'in ölümüyle yaşamıştık. Yengemin üç çocuğu vardı. Dördüncüsünün olmasını istememiş ve kendince önlemler alırken ölümüne yol açmıştı. Babam ile Ankara'ya gitmiştik. Yengemin kan kaybı durdurulamamış, Ankara'ya götürülmüştü.

19 Mayıs Gençlik ve Spor Bayramı'nda.

Ne yazık ki ertesi gün yitirmiştik onu. Cenazesini Cebeci Asri Mezarlığı'na kaldırdık. Babam ile o gün Niğde'ye döndük.

Yaşam sürüyordu...

Yaylacılar ile Etkileşim

Yazın Adana, Mersin, Tarsus ve Ceyhan'dan Niğde'ye yaylaya gelirlerdi.

O yıllarda henüz deniz kültürü yoktu. Varsıllar, Torosların Tekir Kızıldağ, Bürücek yaylalarına, orta halli olanlar Niğde'ye giderdi; umarsız emekçiler de Çukurova'nın sıcağında kavrulurdu. Çukurova'dan bu gelişler, karşılıklı kültürel alışverişe zemin oluşturuyordu; o insanlar birbirinin dilinden, kültüründen ve mutfağından etkileniyordu.

Niğde'nin yerlileri yazın bir göz odaya eşyalarını ve yüklerini kapatıp diğer odalarını yaylacılara kiralardı. "Yaylacılar" denen yazlıkçıların Niğde ekonomisine ve kültürel yaşamına canlılık kattıkları çok açıktı. O ailelerin çocuklarıyla arkadaşlıklarımız ve heyecanlarımızın üzerimizdeki etkisini de burada belirtmek isterim.

Gençlik işte...

Küçük, büyük herkesin Adnan Ağabeyi o yılların unutulmazlarındandı. Tıknaz, çok geniş omuzlu kimi kimsesi olmayan, Pancarcı Mahallesi'nden yalnız biriydi. Babamın başöğretmen olduğu ilkokul ikinci sınıftan terk olan Adnan Ağabey, bahçe sulama sularının toplandığı doğal taş havuzun başında durur ve havuza girenlerden beş kuruş alırdı. Ağabeyim ve benden "hocamın çocukları" diye para almazdı.

Adnan Ağabey, yaylacıların da çok rağbet ettiği o zaman "pavyon" diye adlandırılan gazinonun girişinde de korumaydı. Yaylacılar da yaz sonu gidince yine işsiz kalırdı.

Kışı geçirmenin yolunu da bulmuştu Adnan Ağabey. Bir bekçinin düğmesini koparmanın ya da itip kakmanın cezasının üç ay olduğunu bilirdi. Baharda cezaevinden çıkar ve bıraktığı yerden yaşamını sürdürürdü.

Gençlik yıllarımızda arkadaşlıklar, dostluklar da doğal olarak kendi çevremizden oluyordu. Varsıllar, yoksullar ayrımını ilk o yıllarda hissettim.

Sınıf öğretmenim Melahat Hanım ve arkadaşlarımla.

Varsıl çocuklarının o kibirli, üstenci tavırları bizlerde iticilik yaratıyor, bazen de gençliğin o iticiliğe karşı yansımaları yaşanıyordu.

Liseyi bitirmiş, babamın başöğretmen olduğu okula gidip, babama muştulamıştım. Babam da çekmecesinden pelür bir kâğıda daktiloyla yazılmış bir sayfayı bana uzatıp, "Yaşamında sana yol gösterecek ilkelerin bunlar olsun oğlum" dedi.

Babamın bana yazılı olarak verdiği ilkelerden bazıları şunlardı:

1. Yaşamda iki şey vardır, elden gitmeyince değeri bilinmez: gençlik ve sağlık. Bunları gözün gibi korumalısın!

2. İyi bir insan ol; insanları sev ki sevilesin!

3. Erdemli ol ama bunu aşırılığa vardırma!

4. İyi giyin, giydiklerin kesene göre olsun; gösteriş yapma!

5. Ortaya konulan bir meyve tabağına ilk sen el atma; atarsan da en küçüğünü al!

5. Mümkünse ne ödünç al ne de ver; ama bu seni paylaşmaktan alıkoymasın!

6. Çalışmalı, üretmelisin ki kendini iyi ve işe yarar hissedebilesin!

7. Size bırakıyor olduğum onurlu yaşamı her ne olursa olsun koruyun!

Babamın öğütlerinden "ödünç alıp verme" dışında hemen hepsine uydum. Ve bu öğütleri gözüm gibi korudum. Yıllar sonra annem babam Ankara'ya gelmişlerdi. Kardeşlerimin de olduğu hepimizin toplandığı bir akşam yemeğinde yine şarkı ve türkü eşliğinde babamın adeta bize vasiyeti niteliğindeki kasete kaydedilmiş konuşması bana yaşam boyu yol gösterici olmuştur.

Liseyi bitirmiş ve üniversiteye giriş hazırlıkları yapıyorduk. Yazın, Yaşar Özbek ve bir grup arkadaşla Niğde Gençlik Derneği'ni

Birdal kardeşler.

kurduk. Yaşar ile ben yönetici durumundaydık. Dernek ile birlikte iş yapmayı, paylaşmayı ve dayanışmayı öğrenmiştik.

O yıllarda hemen hepimiz milliyetçi duygularla "besleniyorduk".

Niğde'den Çıkış

Ankara'da Hava Harp Okulu ve üniversite sınavlarına girdim. Ankara Atatürk Lisesi'nde girdiğim Hava Harp Okulu sınavlarının her aşamasında başarılı oldum fakat sağlık raporunda renk körlüğü çıktı ve bana pilot olamayacağımı, yer hizmetlerinde görev alabileceğimi söylediler. Ben de vazgeçtim pilot olmaktan.

Üniversite sınavlarında yaptığım altı tercihin altısını da kazanmıştım. Ailede ilk üniversiteye giden ben olacaktım. Sülalemizde birçok öğretmen vardı. Okuyabilmek için burs ya da kredi alabilmem zorunluydu. Aksi takdirde okuma olanağım yoktu.

Hukuk Fakültesi'ne kaydımı yaptırdım. 20-25 gün geçmiş ve kredi başvurumdan sonuç alamadım. Kredisi çıkanların listesi okul panosunda asılmıştı. Adım yine yoktu. Listeye bakan bir öğrenci puanımı sordu. 348 fen, 375 sosyal puanım olduğunu söyleyince, Ziraat Fakültesi'ne başvurmamı ve hemen burs alabileceğimi söyledi. Kaydımı alıp Ziraat Fakültesi'ne gittim. Kaydımı yaptırdım ve birkaç hafta sonra Tarım Bakanlığı'ndan burs çıktı. Ayda 250 lira burs alıyordum. 50 lira da öğretmen ablam gönderiyordu. Her şeyime yetiyordu bu para. Sinema ve tiyatroya gidiyor, gazete, kitap ve dergi alabiliyordum. Cebeci'de Site Yurdu'nda kalıyordum. O yurdun adı daha sonra Atatürk Yurdu olarak değiştirildi.

Yurt ve okul kayıt işlemlerinden sonra Niğde'ye gittim.

Ziraat Fakültesi'ne Giriş ve Akın Özdemir ile Tanışma

Ziraat Fakültesi'ne girdiğimi öğrenen sanat tarihi öğretmenim ve sonra da eniştem olacak Necati Ağyar'ın meslektaşları olan Ayten-Sabri Tezcan çifti bana ziraat fakültesinde Ayten Tezcan'ın kardeşi Akın Özdemir ile tanışmamı söylediler. Ankara'ya dönünce ilk işim Akın Özdemir'i bulmak ve tanışmak oldu. O tanışma 12 yıl kesintisiz dostluğa ve yol arkadaşlığına dönüştü.

Birçok fakültenin birinci sınıfları fen fakültesinde, fizik-kimya-botanik (FKB) dersleri ortak görüyordu. Okulun ilk günlerinde tanıştığım arkadaşlar daha sonra Akın Özdemir'in yaşam arkadaşı ve yoldaşı olacak Mine, Bilge, Rengin ve M. Yaşar Serpin oldu. Mine, Mersinli ama Kütahyalılar Kız Yurdu'nda kalıyordu; biz de Akın ile sık sık yurtta düzenlenen akşam etkinliklerine katılıyorduk.

Akın Özdemir üçüncü sınıftaydı. Talebe Cemiyeti Başkanlığı'na adaydı. Ben de Akın'ın listesinde yer alıp FKB'de çalışmaları yürütecektim. Akın'ın listesi kazandı. İlk kez sosyalist bir liste kazanmıştı. Akın, öğrencilerin ve çalışanların kurtuluşunu işçi sınıfının mücadelesine bağlı kalmakta görüyordu. Ben de sol ile tanışıyordum; *Felsefenin Temel İlkeleri* ve *Sosyalizmin Alfabesi* ile sosyalizme adım atıyordum. Jack London'ın *Demir Ökçe*'si ve Lenin'in *Ne Yapmalı?*'sı ile yavaş yavaş heybemi yüklüyordum.

Fakültede Mine Yalçın (Özdemir) ve arkadaşlarla birinci yılımızda.

ABD Dışişleri Bakanı Esenboğa'ya İnemiyor

Türkiye ile Yunanistan arasında yine Kıbrıs gerilimi yaşanıyordu. ABD Dışişleri Bakanı Cyrus Vance, Türkiye ile Yunanistan ve Kıbrıs arasında mekik dokuyordu. Vance'nin ertesi gün Ankara'ya geleceği duyuruldu. Sıhhiye'deki Necati Bey Caddesi'nde tüm öğrenci dernekleri, Ankara Üniversitesi Talebe Birliği'nde (AÜTB) buluştuk. Birlik Başkanı Naci Özdemir'di. Daha sonra da Bilal Moğol olacaktı. Türk Milli Talebe Federasyonu (TMTF) Başkanı Sencer Güneşsoy'un da katıldığı toplantıda, Vance'ın Ankara'ya inişinin engellenmesi kararı alınmıştı.

Ertesi gün Vance'ın iniş saatlerinde hep birlikte Esenboğa Havalanı'na gitmiştik. Güçlü bir protesto ile karşılaşacağının bilinmesi üzerine, Vance'ı Esenboğa yerine Mürted Askeri Havaalanı'na indiğini öğrendik.

Kızılay'a gelip, Gima'nın yanında bulunan TUSLOG (ABD'nin haber merkezi) önünde binlerce öğrenci toplanmış, TUSLOG merkezinde ABD bayrağının indirilip yerine Türk bayrağının çekilmesini istiyorduk. Toplum polisi, "fruko" denilen polis araçlarıyla çevremizi sarmış ve göz altılara başlamıştı. Bir aracın üzerine çıkıp slogan atmaya başladım. Toplum Polisi Müdürü Erdoğan Alıveren beni de gözaltına aldırdı. 36 kişi gözaltına alınmış, Emniyet Müdürlüğü'nün altıncı katına götürülmüştük. Ziraat Fakültesi'nden üç kişi gözaltına alınmıştık; diğer ikisi ise Aziz Ekşi ve Erol Atalı'ydı.

Henüz sorgular başlamamıştı. Gecenin bir yarısında, iki polisin kolunda ayağı kırılmış bir polis getirdiler yanımıza; kendisine vuranı teşhis etmesini istiyorlardı. Sona doğru ilerlerken birinin önünde durup, "Bu" dedi. "Bu" dediği ve alıp götürülen kişinin sonradan Yusuf Aslan olduğunu öğrendik. Gece yarısı hepimiz beton üzerinde çömelmiş, aç-susuz sorgu sıramızı bekliyorduk. O sıra Siyasal Bilimler Fakültesi Talebe Cemiyeti Başkanı Uluç Gürkan (daha sonra Milletvekili ve Meclis Başkanı Vekili oldu), karton kutularda ekmek, peynir ve helva ile Birinci ve Bafra sigarası getirdi bize. Erdoğan Alıverdi'nin de Siyasal Bilgiler Fakültesi mezunu olmasının bu kolaylığı sağlamış olabileceğini düşünmüştük.

Bir Nadir Kuştu Sinan Cemgil

Banklara konulan kutulara kuşlar gibi üşüştük. Yanımda oturan, ne kalktı ne de kalkmak için bir hamle yaptı. Aldığım yarım ekmek ve peyniri ona verdim. Ben kendisine, "Al bunu. Ben bir tane daha alacağım" deyince, aldı. Ben de ekmeğimi alıp yanına oturdum. Bu, tanışmak ve konuşmak için vesile oldu. Adının Sinan Cemgil olduğunu söyledi. Sinan'ın adını duymuştum. O birkaç gün içinde çok şey paylaştık Sinan'la. Sinan, yıllar sonra Malatya Kürecik'teki Amerikan Radar Üssü'nü tahrip etmek için gittikleri Nurhak Dağları'ndan Alpaslan Özdoğan ve Kadir Manga ile 31 Mayıs 1971'de katledilecekti. Oğlum Sinan Cem'in adıyla onların anısını yaşatabilmeyi umut etmiştim.

Bir yandan 68'in rüzgârına kapılmış gidiyor, diğer yandan da gençliğimizin akıntısında kürek çekiyorduk. Bir akşam M. Yaşar

Oğlum Sinan Cem ile.

Serpin ile yurda yakın İçcebeci'deki Mantar Ahmet'in meyhanesine gittik. Meyhanenin müdavimleri öğrenciler, işçiler, yazar ve sanatçılardı.

Mantar Ahmet saatler ilerleyince elindeki kadehle her bir masaya uğrar, bir dörtlükle selamlardı. Onu masada çakır olmuşlar izlerdi. Gece geç bir saatte kalkmıştık. Mehmet Yaşar ile yurda doğru giderken, düğünden çıkmış, ellerinde zurna ve tulum olan iki Karadenizli sanatçıyı yurda götürdük ve orada herkes horona ve halaya durdu. Ne var ki kimileri de haziran sınavlarına hazırlanıyordu. Şikâyet üzerine eğlenceye polis el koydu.

İstanbul'a İlk Adım

Ziraat Fakültesi'nde yaz aylarında uygulamalı eğitim için staj yapılıyordu. Fakültede ilk yılımın yazında Niğde-Aksaray Koçaş Devlet Üretme Çiftliği'nde staja gittim. On arkadaştık. Çiftlik şoförlerinden Nuri, günübirlik Niğde'ye gideceğini, istersem benim de gelebileceğimi söyledi. Tabii hemen kabul ettim. Kısa süreli de olsa ailemi görebilecektim. Aksaray çıkışında pikap olan arabamız şarampole yuvarlandı. Yaralanmıştık. Köylülerin yardımıyla çıktık arabadan. Yine de Niğde'ye gittik. Çiftliğe, o kazada benim öldüğüm, şoförün de yaralı olduğu bilgisi gitmişti. Akşam çiftliğe döndüğümüzde büyük bir sevinçle karşılandık.

O yazın sonunda bir arkadaşımla beraber İstanbul'a gittim. İstanbul'u ilk kez görüyordum. Sinemada izlediğim filmlerden bildiğim ve görmeyi hayal ettiğim o güzel İstanbul'daydım. Arkadaşımla 4-5 gün birçok yerini gezmiş, görmüştük. Çemberlitaş'tan otobüsle Florya sahiline gidip mayo kiralamış ve denize girmiştik.

Okul açılmış ve yine yoğun bir tempo içine girmiştik. Fen Fakültesi'nin karşı güçlerce saldırıya uğradığı haberi gelince hemen oraya gittik. Açılan ateş sonucu Nail Karaçam adlı bir devrimci vurulmuş ve yere düşmüştü. Ben onu yerden kaldırmaya çalışırken can vermişti.

İsmet Paşa ile Görüşme

Her 10 Ocak günü Tarımsal Öğrenimin Yıldönümü kutlanırdı. Hemen her yıl toplantıya CHP Genel Başkanı İsmet İnönü gelir ve büyük bir coşku ile karşılanırdı. Faşist saldırılar her geçen gün artıyor, cinayetler işleniyordu. CHP Genel Merkezi Ulus'taki Rüzgârlı Sokak'taydı. İsmet İnönü bu saldırılara karşı direnen öğrencilere "Haytalar" diyerek, üniversitelerdeki boykot ve işgal eylemlerine karşı çıkmıştı. İnönü'nün bu tepkisi üzerine, sosyal demokratların ileri gelenlerinden Metin Şahin ve Zafer Koç'un da yer aldığı bir heyetle CHP Genel Merkezi'ne gitmiş ve İnönü ile görüşmüştük. Görüşme esnasında bizim söylediklerimizi İnönü'nün kulağına sufle eden kişinin Siyasal Bilgiler Fakültesi'nden Doçent Deniz Baykal olduğu söylenmişti. Türkiye'nin siyasal yaşamında önemli rol oynamış iki kişiden beklediğimiz sonucu alamamış ve yakınlık duyduğum bu arkadaşlarla yollarımı ayırmış ve işgal eylemlerine katılmıştım.

Fakültenin 121. Kuruluş yıldönümünde İsmet İnönü'nün karşılanışı.

Fakülte İşgali

Okulda oluşan işgal komitesi 14-15 kürsüsü olan fakültede kimin hangi kürsüde görevli olacağını kararlaştırmış, bana da Bağ-bahçe Kürsüsü verilmişti. İşgal Komitesi, eğitimi kesintiye uğratmış, okula giriş çıkışları engellemişti. Kısacası okul işgal edilmişti. Kürsünün Başkanı Prof. Dr. Nail Oraman, kürsüde bizimle kalan kedisi için çok kaygılanmış ve sık sık arayıp kedinin durumunu sormuştu. Biz de kendisine kediyi merak etmemesini, bizimle yiyip-içtiğini, halinden memnun göründüğünü söylemiştik.

Nail Hoca babacan bir hoca olup öğrencileri sınava ikişer ikişer alır ve nereli olduklarını ve illerinde ne yetiştiğini sorar, anlatmasını isterdi. Bir keresinde sınava giren öğrencilerden biri "Soğan" deyip anlattıktan sonra diğeri de "Soğan" demiş. Nail Hoca, "Arkadaşın soğanı şimdi anlattı. Sen de şaşırtmayı anlat" deyince, öğrenci de şaşırıp kalmış. Umarsız kalan öğrenci, okulundaki kimi arkadaşlarının başvurduğu yola sığınıp raflarda gezen kedisine bakarak, "Ne güzel kediniz var hocam" deyince, Nail Hoca da çok sık karşılaştığı bu durum karşısında, "Yemezler oğlum, sen şu *şaşırtma*'yı* bir anlat bakalım" demiş. Öğrenci bakmış kurtuluş yok; "Hocam, iki çukur kazarız. Fideyi bir çukura koyar gibi yapıp şaşırtır, diğer çukura koyarız" deyince, hocanın çok hoşuna gitmiş. "Çık oğlum, 10" demiş. Sevinçle dışarı çıkan öğrenci, ertesi gün kürsü panosuna asılan sonuçlara baktığında, adının karşısında "0"ın "1"in sağında değil solunda olduğunu görmüş. Anlaşılan Nail Hoca da bir şaşırtma yapmış.

İşgal sürerken, Fakülte Dekanı Prof. Dr. Orhan Düzgüneş, öğrencilerin demokratik isteklerine karşı çıkıp, açıkça karşı tarafta yer alınca, büyük zahmetlerle ve ödünlerle elde ettiği Dekanlık koltuğu balkondan sarkıtılarak yakılmıştı. Fakülte çevresini kuşatan polis, dört-beş gün sonra içeri giriş-çıkışları da durdurmuştu. On bir gün

---

* Şaşırtma, tohumların sıcak ya da soğuk yastık diye adlandırılan kasalara ekilip, fide olunca toprağa aktarılmasıdır.

süren işgalin son bir haftasında, Zootekni Kürsüsü'ndeki tavukların, deneme tavşanlarının ve keçilerin çaresiz yenildiğini ve laboratuvardaki etil alkollerin epeyce işe yaradığını da burada eklemek isterim.

Tarihte ve Toplumda Kadın

Niğde'den aradılar. "Tarihte ve Toplumda Kadın" başlıklı bir toplantıya dernek adına katılmamı istediler. Kabul edip birkaç gün sonra düzenlenen toplantıya katıldım. Konuşmamda, "Bağımsız olmayan bir ülkenin kadınları da bağımsız olamaz" deyince, salondaki MHP'liler ve CHP'den ayrılmış Güven Partisi'nin kuruluşunda yer almış Ruhi Soyer ve ekibi bana saldırdı, masa ve sandalyeler havada uçuştu. Türkiye'nin bağımsız olmadığı savım hakkında suç duyurusunda bulundular. Polisler, gece yarısı eve gelip beni karakola götürdüler. O gece orada kaldım. Ertesi gün mahkemeye çıkarılıp serbest bırakıldım. Ama saldıranlar işin peşini bırakmadılar; devletin manevi şahsiyetini rencide ettiğimi ileri sürerek, TCK'nın 159. maddesinden dava açılmasına neden oldular.

Beni serbest bırakan savcısı, o toplantının düzenleyicisi ve de yöneticisi İsmail Kemal Karadayı'ydı. Birkaç ay önce Niğde'ye atanmıştı. Karadayı, şair, denemeci ve yazardı. Birçok kitabı yayımlanmıştı.

Serbest bırakıldıktan sonra her Niğde'ye gelişimde görüşmüş ve dost olmuştuk. Bir yargıcın, bir savcının temel ilkesinin hukukun üstünlüğü olması gerektiğini ve Cumhuriyet'in savcısı ve yargıcı olduğunu unutmaması gerektiğini söylerdi.

En son Kadıköy'de emekliye ayrıldıktan sonraki görüşmemiz, Bostancı Sahili'nin ardındaki ünlü Hatay Restoran'da olmuştu. Sonra kendisini yitirdiğimizi büyük bir üzüntü ile öğrendim. Bir hukuk insanının ne olduğunu ve ne olması gerektiğini İsmet Kemal Karadayı da gördüm ve anladım.

M. Yaşar Serpin ile Mantar Ahmet'in meyhanesi sonrasında o gecede olanların sorumlusu olarak Afyon Lisesi Müdürlüğü'nden Site Yurt Müdürlüğü'ne gelmiş olan Yusuf Bey, beni yanına çağırarak, yurttan kendi isteğimle ayrılmamı, aksi takdirde yurttan çıkarılmış olmam halinde hiçbir Kredi ve Yurtlar Kurumu'na dâhil bir yurda giremeyeceğimi söyleyince, bana bavulumu toplayıp oradan ayrılmak kaldı.

M. Yaşar Serpin, Bülbülderesi'nde oturuyordu. Serpin, "Sorun değil. Hadi gel, bizim evde bir oda da sana var" deyince, ben de oraya yerleştim. Evde birkaç Mersinli arkadaşla birlikte kalıyorlardı. Bunlardan biri de TRT Ankara Radyosu müzik sınavlarını kazanmış olan Metin Everest'ti. Metin, radyoda staj yapıyordu.

Türk Sanat Müziği ile Yolculuk

Her pazar günü evde Türk sanat müziği meclisi kuruluyordu. Meclisin katılımcıları Tamburi Erol Sayan, Udi Kenan Yomralı, Yılmaz Pakalınlar ve Metin Everest'ti. Türk sanat müziğine ilgisi olan benim için bulunmaz bir fırsattı. Duvarda asılı duran bir ud da vardı. Hani çalmak isteyip de udunu getirmemiş ya da çalınan udun teline bir zarar gelirse diye…

"O ahu bakışlara bir anda kandı gönül, neden aldandım ona", "Benzemez kimse sana, tavrına hayran olayım; bakışından süzülen, işvene kurban olayım", "Gül yüzlülerin şevkine gel, nuş edelim yar ile, şimdi demidir hey aman" şarkıları bende o günlerden kalanlardır.

Metin Everest, sonradan Radyo Evi'nin en ünlü sanatçıları arasında yer alacak ve koro şefi olacaktı. Bir ara sanatçı Muazzez Abacı ile nişanlanacak ama bu uzun sürmeyecekti. Metin Everest, mesleğinin zirvesindeyken 67 yaşında kalp krizi sonucu yaşamını yitirdi. Aynı zamanda meslektaş olacağım Kenan Yomralı"nın Udi Musa Kumral ve Cengiz Dişçioğlu ile aynı düzeyde olduğu söylenirdi. Askerlik sonrası iş için başvurduğum bütün kapılar kapanmışken,

Kooperatifler Genel Müdürlüğü'nde daire başkanı olan Yomralı, benim işçi statüsünde işe girmemi sağlamıştı. Genel Müdürlük Ulus'taydı. Ayda 600 lira alıyordum. 350 lira ev kirası ödüyor, geri kalanıyla da geçinmeye çalışıyordum.

Ulus pazarından birkaç günde bir süzme yoğurt alıyor, cacık yapıyordum. Her akşam o bana ben ona bakıyordum ve o günün güncel konularına da bağlı bir dörtlük de yazmıştım:

Cacık,
Kiminin sofrasında yemek,
Kiminin sofrasında salatasın,
Dün başka bugün başkasın,
Senin bu yaptığın hıyarlık demek.

Kenan Yomralı, udda olduğu gibi mesleğinde de ustaydı. Tek sorun, çok ince sesli oluşuydu. Telefona çıktığında, Kenan Bey ile görüşmek istenildiğinde, kendisinin olduğunu söylemesi onun canını sıkıyor olacaktı ki günde üç/dört paket sigara içerek, bu sorunu daha aza indireceğini düşünüyordu. Ne yazık ki o da çok erken kalp krizi sonucu yaşamını yitirdi.

Hep içimde kalmıştır o duvardaki udu hiç elime almayışım. Hep çalmak istediğim ud yanı başımdaydı. Ama bizim eylemlerden zaman bulup da sanata ayıracak zamanımız yoktu.

Bir İstanbul Düşü

Fakülte ikinci sınıfa geçmiştim. Ağabeyim Oktay Birdal'dan bir mektup geldi. Mayıs'ın ilk haftası Ankara'ya geleceğini, sonra da İstanbul'a gideceğini ve üç-dört gün Ankara'da kalacağını yazıyordu.

Maaşını alıp geldi. Öğretmenlik yaptığı köy okuluna İstanbul'dan bir kart almıştı. Tanımadığı, çıkaramadığı öğretmen bir kadındandı kart. Sonra yazışmalar sürmüş ve 7 Mayıs'ta Taksim'de öğlen saat ikide buluşmaya karar vermişler.

Ankara'da üç-dört gün içinde ünlü Tavukçu Meyhanesi, Bulvar üzerindeki Piknik ve Körfez Lokantası derken ayın altısına gelinmiş, maaş da suyunu çekmişti. O gece İstanbul'a gidecek, ertesi gün de aylarca hayal ettiği buluşmayı gerçekleştirecekti. Üç gün üç gece beraber olduğumuz Mehmet Yaşar Serpin, Yaşar Özbek ile ağabeyime eşlik edecektik. Fakülte kantin işletmecisi Gazanfer Usta'dan 75 lira borç almıştım. Gazanfer Bilge Otobüsleri'nden 15 liradan dört bilet alıp yola çıktık. Molalarda çay, çorba derken gün ağarmıştı. Harem'e indik. Vapur ile karşıya geçip Taksim'e geldiğimizde cebimizde 135 kuruş kalmıştı. 75 kuruşa ekmek ile bin bir zorlukla 60 kuruşa aldığımız peyniri Taksim Gezi Parkı'nda yedik. Son kalan bir sigarayı da elden ele içtik. Su satıcısı bir çocuktan birer bardak su içip paramızın olmadığını söyleyince, çocuk inanmasa da fazla yapabilecek bir şeyi olmadığını anlayınca "Canınız sağ olsun ağabeyim" diyerek uzaklaştı.

Saat ikiye yaklaşıyordu. Ağabeyim sağ arka cebinde taşıdığı İstanbul siluetli cep aynasını sık sık çıkarıp saçlarını düzeltiyordu. Diğer cebinden çıkardığı kadife bez ile ayakkabısını sildikten sonra, "Hadi zaman geldi" dedi ve kalktık. Yaşar Özbek, yorgun olduğunu, gelmek istemediğini, akşamüzeri aynı yerde bizi bekleyeceğini söyledi.

Biz üçümüz saat tam ikide Taksim Anıtı'nın önünde olduk. Daha önce birbirlerine fotoğraflarını gönderdikleri için, kadın geldiğinde birbirlerini tanıdılar. Öğretmen kadının yanında teyzesinin kızı ile gelmişti. Tanışma faslından sonra İstiklal Caddesi'ndeki Dünya Pastanesi'ne oturduk. Siparişler verildikten sonra ben fazla olduğumu düşünerek izin isteyip yan masaya geçtim. Mehmet Yaşar, kalkıp gitti ve bir süre sonra geri geldi. Masaya iki paket Hisar sigarası bıraktı. Sonra da hesabı ödedi ve çıktık. Yaşar, parayı nereden bulmuş, hesabı nasıl ödemişti, sonradan öğrenecektik.

Ben de onları yalnız bırakıp, akşamüzeri aynı yerde buluşacağımızı söyledim. Ayrılırken de Mehmet Yaşar'dan beş lira istedim. Taksim Gezi Parkı'na geri dönüp, ilk kez görüp tadacağım kokoreç aldım. Sabah su veren çocuk yine "Soğuk su" diye bağırarak geziniyordu. Bir bardak su içip 25 kuruş verdim. "Üst kalsın, sabahtan" deyince, gözlerinin içi gülerek yine "Canın sağ olsun abim" deyip gözden kayboldu.

Akşam saat yedi gibi buluştuk. Biz Yaşar Özbek ile gece döneceğimizi söyledik. Ağabeyim ile Mehmet Yaşar da birkaç gün kalacaklarını söylediler. Mehmet Yaşar, saatini 50 liraya rehin vermişti. Biz de çıkış yolunu öğrenmiş ve benim saatimi rehin vererek Ankara'ya dönmüştük. Yine Gazanfer Usta'dan ödünç alıp saati kurtarmıştım.

Ağabeyim dört gün sonra Ankara'ya döndü. M. Yaşar, Mersinli arkadaşlarını, hemşerilerini bulup her bir şeyi çözmüşler. Ay başında bursumu alınca, Gazanfer Usta'ya borcumu ödeyerek teşekkür ettim ve kahve ikram ettim.

Ağabeyim ile Sevgi öğretmen uzun bir süre yazışmışlar ama nedense birden görüşme kesilmiş. Ağabeyimin İstanbul düşü de bu şekilde noktalanmıştı.

Yılmaz Güney Trajedisi

Bir yıl sonra 28-29 Nisan günlerini anmak için Niğde'ye gitmiştim. Cumhuriyet Meydanı'nda basın açıklamasını okumuştum; dağılırken polisler, Savcı Sefa Mutlu'nun talimatı olduğunu söyleyerek beni gözaltına aldılar.

Sefa Mutlu, 1974 yılında Yumurtalık'ta Yılmaz Güney'ce öldürüldüğü ileri sürülen kişidir. Sefa Mutlu, 21 Mayıs'ta Harp Okulu'ndan uzaklaştırılan öğrencilerdendi. Bu öğrencilerin birçoğu yeniden üniversitelere girmiş, değişik meslekler edinmişlerdi. İleride aralarında sosyalist olan da faşist olan da çıkmıştı. Ziraat Fakültesi'nde Akın Özdemir'in Talebe Cemiyeti Başkanlığı'nda Başkan Yardımcısı yine bir "21 Mayısçı" olan sosyalist Celil Aygül'dü.

Talebe Cemiyeti'nde Cemal Taluğ ve Atila Sarp ile.

Sefa Mutlu, Niğde'de her ne etkinlik yapmış isek ya izin vermek istemez ya da etkinlik hakkında soruşturmalar yürütürdü. Bizi o denli taciz etmiş ve germişti ki, "Bu belasını arıyor, bırakalım başkasından bulsun" diye sakinleştirmeye çalışırdım arkadaşları. Ne yazık ki Yumurtalık'ta bir film çekimi için bulunan Yılmaz Güney'in elinden bu belayı bulmuş olması çok trajik ve talihsizlik olmuştu.

Yılmaz Güney, çekim akşamlarından birinde lokantada eşi Fatoş Güney ve arkadaşlarıyla yemekteyken, çok içkili olan Sefa Mutlu, birkaç kez gelip masaya sataşmış ve sonu ölüm olmuştu. Olay onun ölümüyle kalmamış, Yılmaz Güney gibi sinema tarihine damgasını vurmuş bir devrimci, toplumcu sanatçının da trajik sonunun başlangıcı olmuştu.

İşte o Sefa Mutlu, basın açıklaması günü ifademi alıp bir sürü tehditler savurduktan sonra serbest bırakmıştı beni.

Mehmet Yaşar Serpin Vuruluyor

Eve dönmüştüm. Annem ve babam ile olanları paylaştıktan sonra yer sofrasına oturmuş, yemek yerken radyoda saat 13 ajansı başlamıştı. Haber sunucusu bir iki başlıktan sonra, Ziraat Fakültesi bahçesinde öğrencilerin arasına karışmış bir sivil polis tarafından Mehmet Yaşar Serpin'in ateşli silahla vurulduğunu ve kurtarılamadığını söyledi. M. Yaşar Serpin, talebe cemiyeti yönetim kurulu üyesiydi.

Fakültede arkadaşlarla.

M. Yaşar Serpin ev arkadaşım, yoldaşım, kardeşimdi. Beynimden vurulmuşa döndüm. Hemen Ankara'ya gittim. Arkadaşlarla buluşup ne yapacağımızı konuştuk. Ertesi gün iki otobüsle Mersin'e gitmek üzere yola koyulduk. Öndeki cenaze arabasında M. Yaşar'ın Mersin'den gelen ağabeyi vardı. Onu akşamüzeri defnettik. Sonra ailesine gittik. Acılarını paylaşmaya çalıştık. Aslında bu hepimizin acısıydı. Kim kiminle neyi paylaşacaktı. Ama Mehmet Yaşar"ın annesinin acısı kuşkusuz çok daha derindi ve yüreğinde kapanması olanaksız bir yara açılmıştı.

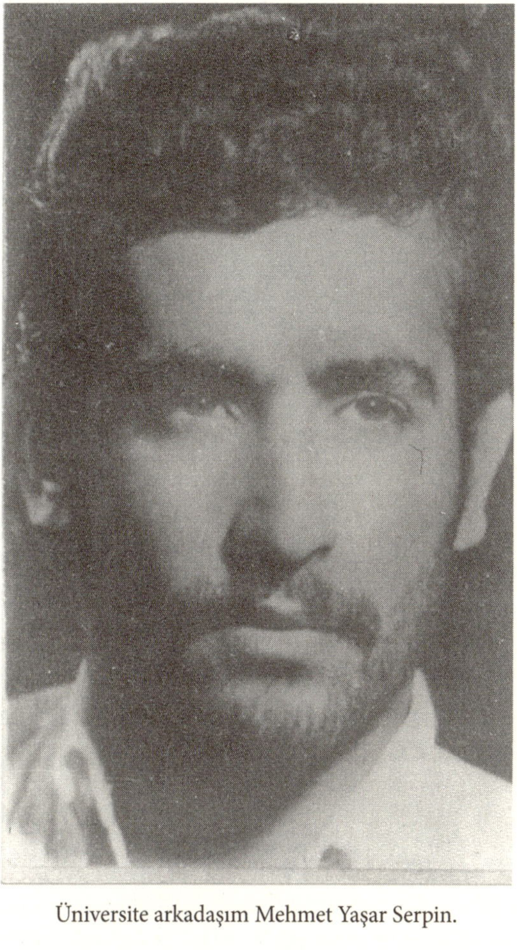

Üniversite arkadaşım Mehmet Yaşar Serpin.

M. Yaşar çok şık giyinirdi; çok da esprili biriydi. Durumunun iyi olduğunu sanırdık. Çünkü çok da cömertti. Aldığı burs beş-on güne kalmaz biterdi. Sonra kalanlarla idare ederdik. Oysa hiç de öyle değilmiş. İşsiz bir ağabey ve yaşlı bir anneden başka kimsesi yokmuş. Anne sahip oldukları iki ineğin sütünden M. Yaşar'a para gönderirmiş. Onun yoksul gerçekliğini öğrenmek bizi çok sarsmıştı.

M. Yaşar çok güzel bir insandı; bir o kadar da zekiydi. FKB'de birinci sınıfta ara sınavlar yapılır ve 50 üzerinden 40 ve fazlasını alanlar ana sınavdan muaf tutulurdu. Ara sınavlardan muaf olan üç beş kişiden biriydi. Problemlerin çoğunu kâğıda kaleme başvurmadan zihninde çözerdi.

M. Yaşar'ı yitirişimden duyduğum üzüntünün yanı sıra böylesine birinin insanlık için de büyük bir kayıp olacağına yanmıştım.

M. Yaşar'dan sonra evden ayrılmış, Maltepe'deki Koç Öğrenci Yurdu'nda kalmaya başladım. Son sınıfa gelmiştim; okulu bitirmek zorundaydım.

Birkaç kez ağabeyim ile arkadaşları Ankara'ya eğlenmeye gelip beni de çağırırlar. Bir keresinde Ulus'taki Çankırı Caddesi'ndeki pavyon ve gazinolara gitmiştik. Konsomatris kadınlardan yanımda oturana, "Sendikalı olup olmadıklarını" sorup, örgütlenmeleri gerektiğini söyleyince, önerim kadına çok komik gelmiş olacaktı ki yüzüme büyük bir şefkatle dokunarak, "Düşünürüz, hadi şimdi biraz içelim" diyerek, geçiştirmişti.

Bir pazar günü fakülteden bir grup arkadaş ile Kızılcahamam'daki Çamkuru'ya pikniğe gitmiştik. Yenildi içildi, sohbetler edildi. Sonra da yanımızdaki kadın arkadaşlara karşı hissettiğimiz duyguların gücünü, üç/dört yaşındaki fidanları söküp onlara sunarak göstermiştik.

Kütahya Günleri

1970 yılının Ekim ayında fakülteyi bitirmiştim. Kurada Kütahya çıkmış, Teknik Ziraat Müdürlüğü'ne atanmıştım. Birkaç gün sonra Kütahya'da işe başladım. Üç beş gün otelde kalıp, bir oda bir salonu olan bir ev kiraladım.

Akın Özdemir ve okuldan en yakın arkadaşlarımdan Burhan Gürcan Kütahyalıydı. Akın'ın Niğde'de olan öğretmen ablası ve eniştesi de Kütahya'ya gelmişler. Eniştesi Sabri Tezcan, küçük bir galeri açmıştı. Okul çıkışında orada oluyordu. Ben de iş çıkışı uğruyordum yanına. Sabri Tezcan aracılığıyla kısa sürede devrimci öğrenci ve öğretmenlerle tanışmış ve bir çevre edinmiştim.

Kiraladığım eve yerleşmek zor olmadı. Niğde'nin merkez köylerinden Adurmusun, sonradan adı Koyunlu olan Niğdeli bir mobilya mağazası sahibi Mustafa Can ile tanışmış ve bütün gereksinimlerimi taksitle kolayca gidermiştim. Mustafa Can daha sonra Ankara'da Siteler semtinde büyük bir mobilya mağazası sahibi olmuş, 1975 yılında evlenirken evin bütün eşyalarını da ondan almıştım.

Kütahya'da tanıştığımız arkadaşlarla çoğu kez bizim evde toplanıyor, yemek yiyor ve tartışıyorduk. Ülkenin hali hal değildi ve bir çıkmaza sürükleniyordu.

Bir süre sonra Burhan Gürcan da Kütahya'ya ailesinin yanına gelmiş, akşamları da bizim meclislerin daimî üyesi olmuştu. Burhan'ın babası Bedri Gürcan, Kütahya Adliyesi'nde Ağır Ceza Reisi idi. Kimi zamanlar akşam yemeğinde onlarda olurdum.

Şubat ayının bir kış gecesi iki kişi öfkeyle kapımı çaldı. Kim olduklarını sorunca, iş yerinde çalışan iki tarım teknisyeni olduklarını anladım. Konuşmalarından, müdür yardımcısı ziraat mühendisi Akif Onur'un bunları gönderdiği anlaşılıyordu. Akif Onur, iş yerindeki mühendis-teknisyen çelişkilerinden yararlanarak, bu çocukları benim üzerime salmıştı. Bana karşı gerici, faşist hırslarını bu şekilde gidereceğini inanmış olmalıydı. Kapıya dayananları ne ettim ne söyledimse ikna edemedim. İçkiliydiler. İçeri girmek için de ısrar ettiler. Yapabileceğim bir şey kalmayınca, sobanın küreğiyle "hoş geldin" demek farz olmuştu. Ben de öyle yaptım. Ertesi gün ikisi de iş yerine sargılı geldiler.

Kütahya'da, Burhan Gürcan ve Sabri Tezcan ile.

Meslektaşım Gönül Kurum, başka bir kurumda meslektaşımız olan Metin Kurum'un eşiydi. Gece olanları Gönül Hanım'a anlattım. İki teknisyeni odasına çağırıp, bu saldırının nasıl tezgâhlandığını ve kendileriyle bizim hiçbir sorunumuzun olmadığını anlattı. Sonra o iki kişiyle ben de konuştum ve bir süre sonra çok sıkı arkadaş olduk.

Bir akşam yine öğretmen, öğrenci ve avukat arkadaşlarla birlikte olmuş ve gecenin bir yarısında dağılmıştık.

12 Mart 1971 Darbesi

12 Mart 1971 günü, gün ağarırken gece evde olanların hepsiyle Emniyet Müdürlüğü'nün bir odasındaydık. Askeri darbe olmuş, tüm muhalifler eş zamanlı olarak gözaltına alınmıştı. Dokuz kişiydik. Tanımadıklarımız da vardı. Öğlene doğru Eskişehir'e götürdüler bizi. Sıkıyönetim ilan edilmişti. Eskişehir Sıkı Yönetim Komutanı İrfan Özaydınlı idi. Bizi onun karşısına çıkardılar. Özaydınlı, devletin âli çıkarları ve bekasından söz etti, sonra da bir çoğumuzu serbest bıraktı. Burhan Gürcan alıkonulmuştu.

Kütahya'ya döndük. İl dışına çıkışlarımız, Kütahya Valiliği'nin iznine bağlı kılındı. Bir hafta sonra Niğde'ye gitmem gerekiyordu. Niğde Gençlik Derneği Başkanı olarak Niğde'de düzenlenen "Tarihte ve Toplumda Kadın" toplantısının sonucunda TCK'nın 159. maddesi uyarınca açılan davanın karar duruşması vardı. Duruşmaya gitmem ve savunma yapmam gerekiyordu. Ama valinin il dışına çıkışıma izin vermesi kesinlikle söz konusu değildi. Çıkmak gerekiyordu. Öyle de yaptım. "Özel nedenlerle" diyerek 1 gün izin aldım işten. O akşamüzeri yola çıktım. Afyon-Konya üzerinden gece yarısı Niğde'nin Ulukışla ilçesine ulaştım. Çok sert bir kış günüydü. O saatte hiçbir araç yoktu. Çaresiz otelde kalacaktım. Otel odasında sobaya attığım odun ateş aldıktan sonra borulardan çıkan duman odayı doldurunca camları açmak zorunda kaldım. Oda daha da soğudu. Bir yandan soğuk diğer yandan tahtakuruları, sabahı zor ettim. Erkenden kalkıp Kayseri'ye giden bir kamyona binerek, Niğde'ye gittim. Duruşma saat 10'daydı. Eve uğramadan mahkemeye gidi savunma yaptım. Beraat etmiştim. Eve gittim. Annem ve babam ile görüşüp, öğle yemeğinden sonra yine yola çıktım. Babam ile aramızda unutamayacağım ve onurlanacağım bir konuşma geçmişti. Akşam geç saatlerde Kütahya'ya varmış, ertesi gün de işe gitmiştim.

Akın Özdemir'in annesi Aliye Teyze beni sık sık yemeğe çağırırdı. Ama babası Abdullah Bey, oğlu Akın'a siyasi nedenlerle çok öfke duyuyor ve yüzünü görmek istemiyordu. Yemeğe gidişlerimde Aliye Teyze'nin adımı anarak ikramlar yapmasına çok öfkelenir, "Bu evde Akın adı geçmeyecek" diye kızardı. Sonra felç oldu ve Akın'ın kaçak olduğu günlerde Akın'ı göremeden küskün öldü.

Gediz depreminde büyük can ve mal kaybı olmuştu. Gece yarısı sarsıntıdan herkes sokağa dökülmüştü. Ben de depremi ilk kez yaşıyordum. Evin duvarları ve tabanı yarılmış ve oturulamaz hale gelmişti. Kısa bir süre sonra Ankara'ya askere gideceğim için sorun etmemiştim.

Yaşamın İlk Dersi

Ertesi gün İl Müdürlüğü'nün şoförü Muharrem ile Simav'a gidecek bilir kişi olarak bir köyde zarar-ziyan tespitinde bulunacaktım. Aracımız pikaptı. Gece yarısı yaşadığım deprem travmasından biraz uzaklaşırız diye yolun iki yanında yeşermeye yüz tutmuş tarlalara bakarak, "Ne güzel buğdaylar" deyince, yaşamımın ilk mühendislik dersini almıştım. Şoför Muharrem, "Mühendis Bey, onlar buğday değil, arpa. Eğer ayırt edemiyorsanız, ne güzel ekin der geçersiniz. Çünkü o hepsini kapsar" demişti. Biraz utanmış, biraz da böyle bir yaşam dersi almış olmaktan gönenmiştim.

Simav'a geç saatlerde varmıştık. O gece kalıp ertesi gün araziye çıkacaktık. Bir lokantaya oturduk. Meslek yaşamımın ilk dersini veren Muharrem ile bunu kutlamak gerekiyordu. İki siyah kardeşin işlettiği lokantada oturduk ve hemen rakı ve peynir söyledik. Duyulur duyulmaz bir sesle, "Bunun tamamlayıcısı kavundur" deyince, adam duymuş gibi, "Kavun da ister misiniz?" diye sordu. Şaka yaptığını sandık. Ama gerçekten de çok leziz bir kavun kesip getirdi. Biz daha, "Bu mevsimde nasıl olur?" demeye kalmadan, servis yapan adam, "Alt katımız kiler. Bu kavunları iple tavana asıyoruz. Altı da samandır. Yarattığımız doğal hava ortamıyla kavunları aylarca koruyabiliyoruz. İlk kadehlerimizi şerefe, ikincisini de bu siyah yaratıcılara kaldırdık. Benim için çok öğretici bir gün olmuştu. Ertesi gün işimizi görüp Kütahya'ya döndük.

Muhabere Okulunda Zor Günler

Ekim ayının sonunda Ankara'ya askere gittim. Mamak'ta Muhabere Okulu'na gittim. Muhabere Okulu'nda üç ay eğitim görecek, kalan kısmını da kıtada tamamlayacaktım. Muhabere Okulu bahçesinin bitimindeki cezaevinde gazeteciler, yazarlar, akademisyenler toplanmıştı. Tanıdık birçok ad vardı ama görme olanağımız yoktu.

Yedek subay okulunda eğitim bitmeden er çıkardıkları da oluyordu. Ders arasında, nöbetçi subay sınıfa girip, adı söylenen kişinin dışarı çıkmasını söyleyip alıp götürüyorlardı. Çağrılması, bavulun hazırlanması ve kışlaya gönderilmesi hepsi bir saat içinde tamamlanıyordu. İki kişi er çıkarılmış ve üçüncü bir kişin de olduğu söyleniyordu. Okul Komutanı Macit Akman Paşa üçüncü kişinin de gönderileceğini söylediğinde, tanıdık gözler bana çevriliyordu. Çünkü bir ay önce fakültedeki öğrenciliğimizde eylemlere karışmış olmamdan ötürü iki gün gözaltına alınmış ve sorgulanmam yapılmıştı. Ders sırasında her kim bir nedenle sınıfa girse beni çağıracaklarını bekliyordum.

TV programcısı ve gazeteci Cenk Koray bizim sınıftaydı. Bölük komutanlığıyla iyi ilişkileri vardı. Bir soruşturmasını istedim: Nedir, ne değildir? Her gün beklemekle olmayacaktı. Cenk Koray, Bölük Komutanı Yusuf Binbaşı ile görüşmüştü. Cenk, komutanın benimle görüşmek istediğini söyledi. Birlikte komutanın yanına çıktık. Yusuf Binbaşı, böyle bir hazırlık olduğunu ama delil yetersizliğinden ve bu davanın beraat ile sonuçlanması dikkate alınarak, durdurulduğunu söyledi. Cenk ile komutanı selamlayarak odasından çıktık.

Sonra eğitim bitti. Kuralar çekilip asteğmen olarak dört bir yana dağıldık. Bana kurada 4. Kolordu Muhabere Bölüğü çıkmıştı. Bölük, Dikimevi Abidin Paşa Köşkü'nün bulunduğu alandı. Abidin Paşa, 1880 yıllarında kendine köşk yaptırmaya karar verince Ankara'nın değişik yerlerine ciğer astırmış. Asılan ciğerlerden en geç bozulanı Abidin Paşa Köşk'ünün bulunduğu yere asılanlar olunca, söz konusu köşkü oraya yaptırmış.

Muharebe Bölüğü

Telsiz Takım Komutanı olmuştum. Bölük komutanlığına getirilen bir albay, bir süre sonra başka bir yere gönderilmişti.

Bölük Komutanı Teğmen Zafer Olcay olmuştu. Genç, yüzücü bir askerdi. Sık sık Akdeniz Olimpiyatları'na ve başkaca yarışmalara katılıyordu. Birçok ödülün sahibi olmuştu. İleride askerlikten ayrılmayı düşündüğü için gece Eczacılık Fakültesi'ne gidiyordu. Konservatuvarda öğrenci olan Zuhal (Zuhal Olcay) ile arkadaşlıkları sürüyordu. Zafer teğmen ile kışla dışında arkadaşlığımız sürüyor, sinema, tiyatro ve kafelere takılıyorduk. Zafer Teğmen Akdeniz Olimpiyatları için uzun bir süre bölükten ayrılınca, en kıdemli asteğmen olarak bölük komutanlığına vekalet ediyordum.

6 Mayıs 1972 günü sabah içtimasında tekmil alırken, Trabzonlu Selahattin Başçavuş, bana tekmil vermeyeceğini, "Bugün sabaha karşı üç komünist öldürüldü. Geri kalanların da akıbeti aynı olacak" deyince, ben de öfkeyle başçavuşa tepki vermiştim. Sonrasında mahkemeye verildim. Ama sonuçta bir şey çıkmadı.

Dikimevi'nde giriş katında bir evde oturuyordum. Birliğe yakındı. Yürüyerek gidip geliyordum. Yıllık izne ayrılacağım gün eğitim elbisesiyle çıkmış eve gidiyordum. Dikimevi Merkez Garnizonu'nda oturan bir albay, nöbetçi askerlerle beni çağırtarak, bu şekilde dışarı çıkılıp çıkılmayacağını bilip bilmediğimi sormuştu. Ben de bildiğimi ancak izne ayrıldığımı söylemiştim. Ne yazık ki söylediklerim bir işe yaramadı ve beni nezarete attırdı.

O günün gecesinde kardeşim Ayser, eşi ve çocuklarıyla Kayseri'den bindikleri trene ben de Ankara Gar'ından katılacaktım. Ama nezarette olduğumdan ve de haber verme olanağım olmadığından çok kaygılanmışlardı.

Ertesi gün sabah beni bıraktılar. İstanbul Kartal Maltepe SSK'nın Dinlenme Tesisleri'nde kalacaktık. Telefon ile arayıp, olanları anlattım. O gün öğlende otobüsle bulundukları yere gittim ve bir tatil böyle başlamış oldu.

Hem Askerlik Hem Öğretmenlik

Yedek subaylığım sırasında bir subay eşinin öğretmenlik yaptığı Siteler Gülveren Lisesi'nde kimya öğretmeni açığı varmış. Derslere girip giremeyeceğimi sordular, kabul ettim. Lise bir, iki ve üçüncü sınıfın kimya derslerine girmeye başladım. Öğrenci ve öğretmenlerle aram çok iyiydi. Öğrencilerle ders başlangıcında bir 10 dakika yaşama, sanata, edebiyata ve onların istediği konulara ilişkin söyleştikten sonra derse giriyorduk.

O günlerde Türkçenin yabancılaştırılmasına karşı dilin özleştirilme akımı vardı. Ben de buna kapılmıştım. Günlük konuşma ve yazışmalarda sıkça kullanılan 380 sözcüğün Türkçe karşılıklarını bulup yazmış ve teksir etmiştim. Ertesi gün teksirleri öğrencilere dağıtıp, kendilerini zorlamadan, verdiğim sözcükleri kullanmaya özen göstermelerini istedim. Öğrenciler kısa sürede "mesela" yerine "örneğin", "cevaplar" yerine "yanıtlar, "şartlar" yerine "koşullar demeye ve yazmaya başladılar. İngilizce öğretmeni bir kadın, dilin özleşmesine karşı olduğundan, öğrencilerin bir kısmının yanıtlar yazmalarına kızarak, sınav kâğıtlarının hepsine sıfır vermişti. Çocukların konuyu bana iletmesi üzerine öğretmenler odasında konuştuğum İngilizce öğretmeni ikna olmuş ve sınavları yenilemişti.

Her ne olduysa birinci dönem sonunda okul müdürü odasına çağırarak, ikinci dönem derslerime son verildiğini söyledi. Öğrencilerimle son dersimizi yapıyorduk. Son dersin son sözünü onlara bıraktım. Çok duygusal anlar yaşandı.

Ödüllü Geceler

Askerlik sürüyordu. 24 yaşındaydım. Çoğu köylü çocuğuydu. Arkadaş gibi olmuştuk. Onlara kışlada da olsa insan olduklarını hissettirmek önemliydi benim için.

Gece nöbetlerine katıldığım akşam yemek salonunda etkinlikler düzenliyorduk. Kimi zaman şiir kimi zaman türkü ve bazı akşamlarda da evine, köyüne en iyi mektup yazana ödül veriyorduk.

Yine bir akşam şiir yarışması düzenlemiştik. Kendi yazdığını ya da başka birine ait şiiri en iyi okuyan ya da yazana ödül verecektik. O akşamın birincisine teskereyi alıp evine götüreceği bir düdüklü tencere verilecekti. Ödül dört-beş kutuya konulmuştu. Ödülü kazanan sırasıyla kutuları açmaya başlamıştı. En son kutudan plastik bir düdük ile alüminyum bir tencerenin çıktığını görünce hem çok şaşırmış hem de çok gülmüştü.

Başka bir akşam ise ailesine en iyi mektup yazan ödüllendirilecekti. Ödül ise pilli tıraş makinesi olacaktı. Ödülü kazanan yine iç içe geçmiş kutuları açtığında kutudan bir kalem pil ile saplı jilet çıkmıştı.

Yarışmanın üçüncüsü en iyi türkü söyleyen seçilecekti. Ağrı'nın bir köyünden gelen Şakir, söylediği yanık bir türküyle birinci gelmişti. Şakir'e nüfus cüzdanı çıkarılmamıştı. Kendinden 10 yaş küçük kardeşinin nüfus cüzdanıyla askere gelmişti. 30 yaşlarında kuru yağız biriydi. Gecenin birincisine ödül olarak ne istediği sorulacak ve o yerine getirilecekti. Şakir adını duyup da hiç bilmediği, gitmediği "Bentderesi"ne gitmek istediğini söyleyince çaresiz istediğini yerine getirecektik.

Şakir'in yanına sivil giysileriyle nöbetçi astsubaylardan birini kattık. Gidip geldiler. Şakir, gece nöbetlerinde yanıma gelip, "Komutanım bu gece yarışma var mı?" dese de o gün son olmuştu. Çünkü ben kısa bir süre sonra askerliği bitirmiş ve bölükten ayrılmıştım.

Dil Derneği'ne üyelik için başvurdum. Dernek üyesi iki kişinin referansını istediler. İsmet Kemal Karadayı ile Ceyhun Atıf Kansu'nun olurlarını aldıktan sonra adlarını yazdım. Bir süre beklettiler, sonra da sonuç alamadım. Yeniden bir başvuruda da bulunmadım.

Yaşar Aysev'in sahibi ve genel yayın yönetmeni olduğu *Barış* adlı gazetenin "Çağdaş Atatürkçülük Yorumu" adlı bir yazı yarışmasına katıldım. Mustafa Kemal'in nasıl yorumlanması gerektiğine ilişkin yaklaşımım beğenilmemiş olacak ki, sonuçsuz kaldı.

BÖLÜM ÜÇ

DEMOKRATİKLEŞMEK İÇİN ÖRGÜTLENMEK

Meslek Örgütlerine Giriş

Tarım Bakanlığı'na yeniden başvurdum. Ziraat İşleri Genel Müdürlüğü'nde işe başladım. Hadi Demirsoy'un müdürlüğündeki dairede çalışıyordum. Hadi Demirsoy, Kemaliyeliydi. Demokrat bir insandı. Ziraat Mühendisleri Birliği ve Ziraat Mühendisleri Odası yönetimlerinde çalışmama kolaylık göstermişti.

Ziraat Mühendisleri Birliği'nde Yalçın Doğaner'in başkanlığında ilerici bir yönetim oluşmuştu. Hem mesleki sorunların çözümü için çalışıyor hem de ülke tarımının iyileşmesine çaba gösteriyorduk. Bir yandan toprak-insan ilişkilerinin düzenlenip, demokratik bir Toprak Reformu'nun gerçekleşmesi ve köylülüğün kalkınmasına yönelik etkinlikler yapıyorduk.

Aylık *Ziraat Mühendislisi Dergisi* çıkarıyorduk. Derginin basımı Çankırı Caddesi'ndeki Yeni Desen Basımevi'nde yapılıyordu. Basımevinde sıkça Altan Öymen'in babası, eğitimci Hıfzı Rahman Öymen ile karşılaşıyor ve dil üzerine söyleşiyorduk. Hıfzı Rahman Öymen de bir eğitim dergisi çıkarıyordu.

Ziraat Mühendisleri Birliği faşist güçlerin saldırısı altındaydı. Bir gece Sakarya Caddesi'ndeki birlik binasını işgal etmişlerdi. Ertesi gün Akın Özdemir, Ünal Özdoğan ve bir grup arkadaşla işgalcileri binadan çıkarmış ve bir daha da binaya girememişlerdi.

Bir yıl sonra ZMO'da Orhan Akbulut'un başkanlığında bir ittifak listesi oda yönetimini kazanmıştı. Sosyalistlerin listede yer almasında Çukurova Ziraat Mühendisleri Odası Bölge Başkanı Akın Özdemir ile Ege Ziraat Mühendisleri Odası Başkanı Çetin Selçuk'un rolünün büyük olduğunu burada belirtmek gerekir. Ankara'da da biz Yalçın Doğaner, Ünal Özdoğan oradan da iki bölge başkanı arkadaşımızla odamızın demokratik bir yapıya kavuşması için uğraşıyorduk.

Orhan Akbulut, yönetim kurulu üyelerinin soyadlarının başlarına "Sayın" ekleyerek, hitap ederdi. Ersöz Sayın'a "Sayın Sayın" demesi, yönetim kurulu toplantısının bir gülümseme ve sempatiyle başlaması, alınan kararların verimli oluşuna katkısı yadsınamaz.

ZMO'da İlk Bölge Toplantısı

Toplantıyı Van'da yapacaktık. Van DSİ Müdürü Nejdet Erdinç'in sağladığı olanaklarla bölge illerinde çalışan meslektaşlarımızın çoğu katılmış ve önemli kararların alınmasına katkı sağlamışlardı. Ertesi gün Gevaş ilçesindeki Ahtamar Adası'na gitmiştik. Adadaki Ermeni Ahtamar Kilisesi ayakta olmasına karşın bir harabeye dönüşmüştü. Kilise girişindeki hayvan gravür ve figürlerinin her bir yerleri kırılmış ve gözlerinde bulunan mücevher taşları çalınmıştı. O günden sonra Ahtamar Adası ve Ahtamar Kilisesi ile sürekli ilgilenmiş, onarım ve ayine açılış süreçlerini izlemiştim.

Üç yıl önce UNESCO Dünya Mirası Geçici Listesi'ne alınan Ahtamar Kilisesi'nin nihai listeye alınması için çalışma başlatıldığını öğrendik. Üç yıldır güvenlik gerekçesiyle ayin yapılamayan Kilisede bu yıl 9 Eylül'de yeniden ayin yapılabildi.

İlk kez uçağa binmiştim. Bir süre "Bu üçüncü, bu dördüncü..." diye de saydığım olmuştur.

Türkiye Mühendis Mimar Odaları Birliği'nde (TMMOB) odamızın etkisi artmış, yönetim ve çalışma kurullarında temsil edilir olmuştu. TMMOB Başkanı Teoman Öztürk, Genel Sekreter Yavuz

Önen ile başlayan mücadele arkadaşlığımız Teoman Öztürk'ü yitirdiğimiz 1994 temmuz ayının 11'ine değin sürdü; Yavuz Önen ile ise hâlâ sürmektedir. TMMOB bünyesinde çıkardığımız Birlik Haberleri, başta TBMM muhalefeti olmak üzere mühendislik ve mimarlık alanlarında herkesin başvurduğu bir kaynaktı. Enerji, maden, tarım gibi alanlarda ulusal çıkarları gözeten, ulusal politikaların saptanmasında yol gösterici bir yayındı. Bununla da kalmayıp, anti-faşist, anti-emperyalist bir mücadelenin de yol göstericisi oldu.

Teoman Öztürk ve Yavuz Önen ile.

O günlerden anımsadıklarım Çetin Uygur, Bülent Tanık, Oğuz Türkyılmaz, Kaya Güvenç, Behiç Çongar, Teoman Ertürk ve Aşkın Kocaçimen ve Celal Beşiktepe'ydi.

Rahşan Ecevit'in Köylü Derneği

Bir gün Jeoloji Mühendisleri Odası Başkanı Behiç Çongar, Rahşan Ecevit'in Ünal Özdoğan ve benimle görüşmek istediğini söyledi. Ertesi gün Tarım Bakanlığı Müsteşarlığı'ndan emekli İzzet Baykal ile dördümüz bir araya geldik. Behiç Çongar, Rahşan Ecevit'in Köylü Derneği adında bir dernek kurmak istediğini, 15 kişilik yönetim kurulunda üç de ziraat mühendisinin olmasını istediğini ve bizim de kabul edip etmeyeceğimizi sordu. Biz de arkadaşlarla görüşüp, bir şeyler yapılabileceğini umarak kabul ettik. Bizi Rahşan Hanım ile tanıştırdı. Kısa sürede dernek tüzüğünün hazırlanmasına girişildi. Biz Rahşan Hanım ile hem tüzük hem de kuruluş kurultayının toplanması için özel bir çalışma yürütüyorduk. Sonunda tüzük bitmiş ve kurucular kurulunda beş-altı köylü, Behiç Çongar ve bizimle beraber 15 kişi kurucu üye olmuştu.

Kurultay hazırlıklarını Rahşan Hanım ile birlikte yapmıştık. Kurultay'dan bir gün önce kurultayın yapılacağı Atatürk Spor Salonu'na gitmiştik. Bülent Ecevit de gelmişti. Rahşan Hanım'ın ses kontrolü falan yapıldıktan sonra bana kendisinin divan oluşumundan sonra salona geleceğini ve öncesinde benim divanı oluşturmamı istedi. Ertesi gün salon hazırdı. Salon dolmuştu. Türkiye'nin dört bir yanından insanlar gelmişti.

Kürsüye çıkıp divan başkanı, başkan yardımcısı ve yazmanlardan oluşan kurultay kolaylaştırıcıları belirlenerek, divan oluşturulmuştu. Divan Başkanlığına Yalçın Doğaner, Yardımcılığına CHP Eski Çankırı Milletvekillerinden Nuri Çelik Yazıcıoğlu ve dört de yazman belirlenmişti. Salondaki her bir düzeni Akın Özdemir, Ünal Özdoğan gibi çok sayıda arkadaşımız sağlıyordu.

Rahşan Hanım'ın kongreye geldiğini ve bir odada benimle görüşmek istediğini söylediler. Divan'ın kimlerden oluştuğunu sormuş ve ben de demokratik teamüllere uyularak, Divan'ın kimlerden oluşturulduğunu kendisine söyledim. Bunu kabul edemeyeceğini ve kendisinin Divan'ı yeniden oluşturacağını söyledi. Nitekim salona girip kürsüye çıkarak, Divan Başkanlığı'na kendi adayının Muhsin Muşlu adlı birinin olduğunu, başka bir adayın olup olmadığını sormadan, "Kabul edenler?" diyerek, Muhsin Muşlu'yu Divan'a çağırdı. Rahşan Hanım'ın bu tutumuna Nuri Çelik Yazıcıoğlu açık tepki göstermişti. Muhsin Muşlu'nun okur-yazarlığı zor anlaşılıyordu. Çünkü yanına oturan bir öğretmen, her bir şeyi sunuyor, okuyor ve oyluyordu. Kongreye sunulan 15 kurucu üye kabul edilerek, kongre tamamlandı.

Kavaklıdere Farabi Sokak'taki dernek binasında beş günde bir toplanılıyordu. İlk dört-beş toplantıda kararlar oy birliğiyle alınırken, sonradan Rahşan Hanım tarafından gündeme getirilen ve gerçekleşme olasılığı olmayan tarımsal kalkınma ve gelişmeye yönelik hayali projelere üç kişi katılmıyor ve kararlar üçe karşı on iki oyla alınıyordu. İzzet Baykal ve Ünal Özdoğan ile katılmadığımız kararların gerekçelerini anlatmakta güçlük çekiyorduk. Yaklaşık bir yıl böyle geçti. Derneğin kuruluş amacına uygun ya da köylülerin gereksinmelerini karşılayacak hiçbir şey yapılamamıştı. Bizim önerilerimize de itibar edilmemişti.

Dernek kimi kişilerin siyasete geçişlerinin önemli bir aracı olmuştu. Ahmet Taner Kışlalı, Teoman Köprülüler, Ruhi Aytekin, Tevfik Çavdar gibi kimi akademisyen, gazeteci, bilim insanı ve teknokrattan oluşan bir Uzmanlar Kurulu oluşturmuştuk. Bu konuda beni görevlendirmişlerdi. Uzmanların çoğu birkaç toplantı sonrası gelmemişlerdi. Çünkü onların önerilerinin de bir karşılığı olmamıştı. İlk toplantıya katılanlar arasında Fakir Baykurt ve Erdal Atabek de vardı.

Bir yıl sonra Mamak'ta bir sinema salonunda kongreye gidildi. Üç kişi Yönetim Kurulu'na aday olup olmamaya karar verememiştik. Rahşan Hanım'ın isteği üzerine "Olur" dedik. Ancak kongrede iki listenin dağıtıldığını gördük. Salonda bizim olduğumuz bölümde dağıtılan listede üçümüzün adı bulunurken, diğer bölümlerdeki listelerde adlarımızın çizilip yerine başka üç adın yazıldığını gördük. Kuliste, bu değişikliğin Rahşan Hanım'ın isteği diye yayılmıştı.

Bu değişikliğin Behiç Çongar tarafında Rahşan Hanım'a iletilmesine karşın bir şey değişmemişti.

Zaten baştan beri CHP Gençlik Kolları ve Başkanı Zeki Alçın tarafından Köylü Derneği'nin komünistlerce ele geçirildiğine ilişkin propaganda yapılıyordu. Gerçekte ne öyleydi ne de böyle bir niyet taşınmıştı. Genel Kurul'da da gençlik kolları yoğun bir çalışma içine girmişken seçimler yapıldı, beklenildiği gibi biz üç kişi liste dışı kaldık.

Yanımıza gelen Rahşan Hanım sonuçların bizi üzmemesi gerektiğini, birlikte çalışmak için yönetim kurulunda olmak gerekmediğini falan söyleyince; Ünal Özdoğan, "Elbette hanımefendi, ne diye üzülelim ki? Biz bir hafta önce Akın arkadaşımız ile sekiz bin ziraat mühendisinin demokratik oylarıyla ZMO Yönetim Kurulu'na seçildik" diyerek, bu seçimlerin demokratik yapılmadığına da vurgu yapmıştı.

ZMO Yönetim Kurulu'nun Senato Başkanı'nı Ziyaret.
Soldan Sağa: Ben, Celil Aygül, Orhan Akbulut, Senato Başkanı, Kamil Tekin ve Hulusi Kızıldağ.

Sonra Köylü Derneği'nin akıbeti ne oldu, izleyemedim. Ama kongre sonrası Rahşan Hanım, haftalık bir dergide yaptığı röportajda; dernek içine sızan komünistleri incitmeden uzaklaştırdıklarını söylemişti.

İleride söz edeceğim gibi, Rahşan Hanım ile iki kez daha karşılaşmış ve her nedense bizlere karşı duygularının değişmediğini görmüştük.

Su Kesintisinin Azizliği Olarak Evlilik

İç Cebeci, Sevil Sokak'ta oturduğum teras katının alt dairesinde de ev sahipleri oturuyordu. Niğde'den Ankara'ya gelip bende konuk olan kardeşim Aytül (Daha sonra SHP-DYP koalisyonunda SHP kontenjanından Diyarbakır Valisi olan Doğan Hatipoğlu ile evlendi) ile bir akşam dışarı çıkmıştık. Gece eve döndüğümüzde, ev sahibi Kazım Bey ve oğlunun bizi büyük bir öfke ile merdiven başında beklediklerini gördük. O sıralar şehir şebeke suları sık sık kesilirdi. Ne zaman kesileceği ne zaman akacağı kestirilemiyordu. Biz de o akşam evden çıkışımızda su kesik olduğu için musluğu açık bıraktığımızı fark edememişiz. Sular gelmiş ve hem bizim evi hem de alt daireyi su basmış. Bizi bekleyişleri ve öfkeleri bundanmış. Ne denli üzgün olduğumuzu söylesek de, özür dilesek de kâr etmemişti. Tatsız, ama bizi de çok üzen bir tartışma oldu. Ertesi gün işe giderken kapıları açıldı. Ve evin kızı gece olanlardan dolayı çok üzüldüğünü söyledi. Bu başlangıç, su kesintisi gibi arada bir kesintiye uğrasa da sonunda evin kızı Hale ile evlenmeye ve birlikte bir yaşam yolculuğuna çıkmaya götürdü bizi.

1975 yılında evlendikten sonra yaşamımız, her muhalif gibi kimi zaman üzüntü, acı, ayrılık ve özlem ile; kimi zaman da sevinç ve huzur ile geçen günlerin peşi sıra gittik. Evlendiğimizin ertesi günü Antalya'ya gittik. Bir hafta DSİ Dinlenme Tesisleri'nde kaldık. Kütahya'da birlikte çalıştığımız meslektaşlarım Gönül ve Metin Kurum'un da tayinleri Antalya'ya çıkmış. Ziraat Mühendisleri Birliği'nin yönetiminde birlikte çalıştığımız Rahmi Toprak da Antalya'daydı. Eski dostlarla yeniden görüşme olanağı oldu.

Tesiste, önceden tanıdığım meslektaşım Şevket de vardı. "Kontr Şevket" namıyla bilinirdi. Çünkü her ne olursa olsun Şevket karşı görüş bildirir, her ne yapılıyorsa yapılsın o tersini yapardı. Bu huyunu bilen amirleri de Şevket'in gitmesini istedikleri bir yere tersini söylerler ya da yapmasını istediklerinin tersini Şevket'e söyleyerek, işin kolayını bulmuşlardı.

BÖLÜM DÖRT

KIR YOKSULLARININ KURTULUŞ MÜCADELESİ

Tarım ve Gıda Ürünlerinde Kendine Yeterlilik: KÖY-KOOP

1977 yılı nisan ayında ZMO tarafından Atatürk Spor Salonu'nda "Tarımcılar Gecesi" düzenlemiştik. Geceye katılan KÖY-KOOP (Köy Kalkınma ve Tarımsal Amaçlı Kooperatifler Birliği) yöneticileri ertesi gün beni çağırdılar. KÖY-KOOP'un yeni bir yapılanma içine gireceğini ve bu yapılanma içinde Eğitim, Örgütlenme, Basın-Yayın ve Halkla İlişkiler Dairesi oluşturulacağını ve benim de bunun başına geçmemi istediler. Kabul ettim. Aynı gün öğleden sonra, Köy İşleri Bakanlığı'na bağlı Kooperatifler Genel Müdürlüğü Araştırma Dairesi'ndeki görevimden istifa edip, ertesi gün KÖY-KOOP'a başladım.

KÖY-KOOP Merkez Birliği 1971 yılında 19-20 kooperatif birliğinin bir araya gelerek oluşturdukları örgüttü. 1163 sayılı yasa ile kurulmuş olup, tek tip, çok amaçlı tarımsal faaliyetler yürütülüyordu.

Bir yandan kooperatif ortaklarının hak ve çıkarları gözetilirken diğer yandan da kırsal alanın ve Türkiye'nin demokratikleşmesi öngörülüyordu.

Dairenin kadrosunu oluşturmamda tam yetkili kılındım. *Ziraat Mühendisliği* dergisinde karikatür ve desenleri çıkan Atilla Kanbir ile Kooperatifler Genel Müdürlüğü'nde birlikte çalışıyorduk.

Atilla'yı özendirerek, gece lisesine devamını sağlamıştık. KÖY-KOOP'a da ilk gelen Atilla Kanbir olacaktı. Dergi ve gazetelerin hazırlanması ve basımını, TÖB-DER yöneticilerinden Ahmet Melek ile birlikte yürütecekti. Ali Okur, Muammer Güler ve birkaç arkadaş daha eğitim ve örgütlenmede çalışacaklardı. Celal Ertem ve Sinan Çetin, köylülüğün, "gördüğüne inanma" geleneğinden yola çıkarak, çalışmalarımızın belgelendiği, görüntülendiği bir Sinema-Fotoğraf Merkezi'nde (SFM) çalışıyorlardı.

Onbeş kişi olmuştuk. Giderek *Kırsal Gelişim* adlı on beş günlük bir iletişim bülteni, aylık çalışmaları içeren *KÖY-KOOP Dergisi* ve üç ayda da kooperatifçiliğin ve köylülüğün perspektiflerini veren teorik *Taban Dergisi*'ni çıkarıyorduk.

Örgütlenme çalışmalarına hız verdik. Köylerdeki ortak ve kooperatif, illerdeki birlik sayıları hızla çoğalıyordu. Samsun Birlik Başkanı Ahmet Altun yönetimindeki KÖY-KOOP'un Genel Başkan Yardımcıları Nedim Tarhan, Hadi İlbaş, Nurettin Almasulu, Tuncer Ergüder. Bizim daireden başka, Pazarlama, Dış İlişkiler ve Teknik Servis Daireleri vardı. Geçtiğimiz günlerde bir rastlantı sonucu pazarlama uzmanlarından Mustafa Cengiz'in Galatasaray Kulübü'nün başkanı olduğunu öğrendim.

Eğitim ve örgütlenmede çalışan arkadaşlarla, otobüslerle illere gidiyor, gündüzleri köylerde kooperatif, illerde birlik kuruluş çalışmalarını yürütüyorduk. Bir süre sonra kooperatif, ekonomi ve eğitim alanında yetkin kişilerden oluşan bir Uzmanlar Kurulu oluşturduk. Tevfik Çandar, Ziya Mülayim, Ali Bayazıt, Necdet Özdemir, Ayhan Tan, Abdülkadir Ateş, Yalçın Doğaner, Murat Karayalçın'ın aralarında olduğu 15 kişilik kurul bize yol gösteriyordu.

Örgüt her geçen gün nicel ve nitel olarak büyüyor, güç kazanıyordu.

Kooperatif ortaklarımızın her türlü tarımsal üretim girdisini sağlamaya başlamıştık. Tohum, ilaç, gübre, yem ve giderek oluşturduğumuz akaryakıt istasyonları ile üreticinin mazot giderlerini de sağlamıştık. Üretici ortaklarımız, birliklerde ya da merkez birliğinden girdileri ucuz ve kolay ediniyorlardı.

KÖY-KOOP Uzmanlar Kurulu.

Üreticiler, eğitim çalışmalarının sonucunda bir bilinç kazanmışlar ve ürettikleri üzerinde söz ve karar sahibi olmanın özgüveni ve kıvancını yaşıyorlardı.

KÖY-KOOP, Uluslararası Kooperatif Birliği'nin (ICA) üyesi olmuş ve kısa sürede başta Doğu Bloku ülkeleri olan Romanya, Polonya, Macaristan, Bulgaristan olmak üzere Sovyetler Birliği ile ekonomik ve kültürel ilişkilere girmişti.

Romanya'dan üç tip üniversal traktör getirip ortaklarına serbest piyasadan 150-200 bin lira daha ucuza temin ediyordu. Aynı zamanda yedek parçalarını da sağlayan KÖY-KOOP giderek ortak makine parkları kurmaya başlamış ve ekipmanları olmayan ortaklar bu parklardan yararlanır olmuşlardı. Üretim ve verimlilik artmıştı. İş şimdi, bu üretilenlerin en iyi şekilde pazarlanmasına kalmıştı. Aracısız, kabzımal ve tüccar olmadan üretilenlerin hem ortaklarına hem de diğer tüketicilere ucuz, kolay ve kaliteli ulaştırma yolu da bulunmuştu: Halk Pazarları. İllerde kurulan halk pazarlarından hem kendi ürünleri hem de diğer illerde üretilen ürünler iller arasında mübadele yolu ile pazarlanır olmuştu.

Örneğin, daha sonra Birlik Başkanı olduğum Niğde KÖY-KOOP Birliği'nde oluşturduğumuz yaklaşık 400 metrekarelik halk pazarında bütün temel tüketim maddeleri bulunuyordu. İşçilere ve kamu emekçilerine de aynı kolaylıklar sağlanıyordu.

Birlik Başkanı olduğum Niğde'de elma, patates, soğan, bakliyat üretiliyordu. Ayrıca el dokuması kilim ve halı da bulunuyordu. Birlik Genel Müdürü, TÖB-DER'li Feridun Şölenci'ydi. Şölenci her hafta Ziya Yılmaz Fevzi Bal, Ertuğrul Kürkçü ve birçok arkadaşın bulunduğu cezaevine meyve götürüyordu.

1 Mayıs'ta DİSK'in Yanında

1977 1 Mayıs'ına Ankara'da katılmıştık. Çünkü örgütlenme çalışmalarımızı henüz tamamlamamıştık. Ama 1978 1 Mayıs'a İstanbul Taksim'de katıldık. Hem 1977 1 Mayıs katliamını telin etmek

1 Mayıs 1978'de Taksim'de Akın Özdemir ve Ünal Özdoğan, Muammer Güler ve diğer KÖY_KOOP çalışanları ile.

hem de işçi sınıfının yanında yer almak istemiştik. DİSK'in hemen ardında kır yoksulları, üreticiler taşınır üretim araçları ile çok güçlü olarak Taksim'e girdik.

Akın Özdemir, ZMO Adana Bölge Şube Başkanlığı'nın yanı sıra Adana Köy Kooperatifleri Birliği'nin (ADAKO Birlik) de Genel Müdürü olmuştu.

Dolmabahçe Gümüşsuyu üzerinden Taksim'e girdik. 1 Mayıs örgütlenmesini Akın Özdemir, Ali Okur, Muammer Güler, Ahmet Melek ve Atilla Kanbir ile birlikte yürütmüştük.

Bir ay sonra Muharrem ve Ali KÖY-KOOP Muğla Birliği'nin Genel Kuruluna giderken otobüsleri kaza sonucu yanmış ve her ikisini de yitirmiştik. Yolcular tanınmaz hale gelmişlerdi. Ali'nin eşi hamileydi. Kaza haberi üzerine hemen Kuyucak'a gittik. Yirmiyi aşkın cenaze topluca defnedilmişti.

Bulgaristan'a Gidiş

Birkaç ay sonra Bulgaristan'a eski adı Filibe olan, yeni adıyla Plovdiv'de düzenlenecek uluslararası bir tarım seminerine KÖY-KOOP adına görevlendirildim. İlk kez sosyalist bir ülke görecek olmanın sevinci ve heyecanı sarmıştı beni.

Esenboğa Havaalanı Dış Hatlar bölümünde, ziraat mühendisi Kadir Kalfa ile karşılaştım. Kalfa, ZMO Genel Kurullarında sağ listenin başını çekenlerdendi. Selamlaştık. Sonra konuşunca onun da Türk Kooperatifçilik Kurumu adına aynı toplantıya katılacağını öğrendim.

Rastlantının da bu denlisi olmaz ya, oldu işte. Karşı devrimci ve militan biri ile bir sosyalist ülkeye beraber yolculuk yapacaktık.

Seminerin yapılacağı Plovdiv'e vardık. Seminer Plovdiv'e uzak bir yerde yapılıyordu. Bize parti üyesi, Türkçe bilen Dobrin Dobrev eşlik ediyordu.

Toplantıyı, Bulgaristan Kooperatifler Birliği düzenlemişti. Birlik Başkanı 1944 devrim öncesi partizan olan Stoyan Söylemezov'du. Kendisi gibi anti-faşist mücadelede yer alan eşi ve yedi yoldaşı köylerinin girişinde öldürülmüşlerdi. Stoyan Söylemezov sonra Çiftçi Partisi Başkanı olmuş ve devrimde önemli rol oynamıştı.

Bulgaristan Plovdiv'de Stoyan Söylemezov, Kadir Kalfa ve Dobrin Dobrev ile.

Köylerine gitmiş, eşi ve yoldaşları adına dikilen büyük anıta çiçek bırakmıştık.

Beliren Çöküş

Seminere birkaç gün sonra ara verildi. Kadir Kalfa ile Plovdiv'e indik. O yıllarda yurt dışına çıkışta sınırlı döviz bulundurabiliyordu. Ben 150 mark ile çıkmıştım. Alışveriş yapabilmek için dövizi bozdurup leva alacaktık. Atlantik Otel'de bozdurabileceğimizi söylediler. 100 markın karşılığı olarak 40 leva veriliyordu.

Otel önüne gelir gelmez yanımıza Türkçe konuşan iki kişi gelerek dövizimizi daha avantajlı bozabileceklerini söylediler. Kadir Kalfa adamlarla hemen pazarlığa girişti ve 100 markın karşılığı olarak 90 leva aldı. Kalfa pazarlığını yaparken, "İşte sizin hayal ettiğiniz sosyalist ülke" der gibi bana bakıyordu. Kalfa ile işi bitirenler, bu kez bana asıldılar. Ne söyleyip ne ettilerse benden iş çıkmayacağını anlayınca peşimi bıraktılar. Ben de otelde 100 markı verip 40 leva almıştım. Ama çok canım sıkılmış, çok üzülmüştüm. Büyük bir hayal kırıklığına uğramıştım.

Bize eşlik eden Dobrin Dobrev, beni akşamüzeri evine yemeğe götürdü. Ve yemekte de bir anısını anlattı. Yine bir akşam yemek yerken, yan kapıda oturan komşular "çat kapı" geldiler. Bize de "Buyurun" demek düştü. Sofraya oturdular. Yemek, iki çocuk ve eşim ile bize yetecek kadardı. Ama ben oralı olmayıp, "Buyurun misafirler, dayanın bizimkiler" dedim. "Sonucunda ne olduğunu anlamışsınızdır" deyip kahkahayı basıyordu. Eşi kendi el örmesi televizyon örtüsünü bana armağan etmişti. Döndükten sonra uzun süre haberleşmiştik. Dönüşte Nazım Hikmet'in Türkçe şiir setini bulup almıştım. Bir de gramofon ve plaklarla döndüm.

Altı ay sonra ikinci kez Bulgaristan'a gittik. Bu kez başarılı kooperatiflerimizin temsilcilerinden oluşan 30 kişilik bir heyetti. Sofya ve çevresindeki kooperatifler gezilecek ve onların deneylerinden yararlanılacaktı.

Heyete genel başkan yardımcılarından ve Malatya Birlik Başkanı Nurettin Almasulu ile birlikte eşlik ediyorduk. Gidişimizin ikinci günü heyetin onuruna bir yemek verilmişti. Yemekte konuşan Almasulu, "Bizim kooperatifleşmemizi ve çalışmalarımızı komünistlik olarak adlandırıp, suçluyorlar. Oysa biz komünist değiliz ve komünizme de karşıyız" deyince salonda buz gibi bir hava esmişti. Hem komünist bir ülkedeydik hem de bizi ağırlayanlar komünistlerdi. Heyetimizin içinde de çok sayıda anti-komünist olmayan kooperatifçiler vardı.

Heyetimize eşlik edip yol gösteren (mihmandar), yine bir parti üyesi olan Reni Hiristova adlı bir kadındı. Gezi sonrası akşamları otelde yemek yenildikten sonra bizim kooperatifçiler dışarı çıkıyorlardı. Nereye çıktıklarını soran Hiristova'ya, bugün gördüklerini, öğrendiklerini değerlendirmeye gittiklerini söylemiştim. Ama diğer günlerde bu yinelenince kadın tebessüm ederek, "Sizinkiler yine değerlendirmeye gidiyorlar" diye takılmıştı. Heyet üyeleri, paraları nerede değerinden fazla bozduruluyor, nerede ucuz alışveriş yapılıyor hepsini öğrenmişler ve elleri poşetlerle dolu olarak otele dönüyorlardı.

Reni Hiristova'ya biraz şaşkın, biraz üzgün biraz da kızgın sordum: "Nedir bu yoldaş, karaborsa, usulsüzlükler falan?" Reni bana, "Bakın bu bizim devlet politikamız. Eğer sizinkiler resmi kurda paralarını bozduruyor olsalar, birkaç yüz mark ya da dolar bozdurup gidecekler. Ama biz serbest piyasada buna kolaylık sağlayıp onları özendiriyor ve getirdikleri dövizin hemen çoğunu burada bırakmalarını sağlıyoruz" dedi. İşte ben o zaman bu sistemin hızla *dray* yaptığını (raydan çıktığını) görmüştüm.

Rahşan Ecevit'in Israrı

Giderek KÖY-KOOP güçlü bir örgütleme sağlamıştı. CHP iktidar olmuş ve Romanya'dan ithal ettiğimiz traktör alım belgesini iptal etmişti. Bu engellemenin kaldırılması için CHP Genel Merkezi'ne gidip, Başbakan Bülent Ecevit ile görüşmüştük. Zor da olsa engel kaldırılmıştı.

Çıkışta Rahşan Ecevit ile karşılaştık. Başını çevirip yürüdü. Ertesi gün KÖY-KOOP Genel Başkanı, Samsun CHP Milletvekili Ahmet Altun, telefonda benimle konuşmak istediğini söyleyip, odasına çağırdı. Altun, bana her nedense "kaptan" diye hitap ederdi. Odasına gittim. "Bak kaptan; dün Rahşan Hanım seni görmüş. Akşam telefonla aradı. Geçmişte nasıl bir ilişki olmuş bilemem. Ama seni işten çıkarmamı istedi. 'Olur' dedim. Ancak bunu yapmayacağım. Senin bilmeni istedim ve bu aramızda kalsın" dedi.

Anlaşılan Rahşan Hanım'ın Köylü Derneği'nden gelen kini ve nefreti sürüyordu.

Giderek KÖY-KOOP'ta kooperatifçilik anlayışında ve sorunların çözümünde farklılıklar belirdi. Yapılan genel kurulda, genel başkanlığa Adana CHP Milletvekili ve Adana Birlik Başkanı Nedim Tarhan seçildi.

Tarhan'ın genel başkanlığıyla KÖY-KOOP, bir yandan kuruluş amacına bağlı çalışırken diğer yandan da toplumun demokratikleşme mücadelesinde yerini alıyordu.

Dünya Barış Konferansı'nda

1978 şubat ayının ilk haftasında Atina'da Dünya Barış Konferansı düzenleniyordu. Konferansa Türkiye'de katılma kararı almıştı. Barış Derneği Genel Sekreteri Enis Coşkun, emek ve demokrasi güçlerine çağrı yaparak, kurumların birer temsilciyle katılmalarını istemişti. Ben de KÖY-KOOP adına katılacaktım. 7 Şubat günü bir otobüs ile Atina'ya hareket ettik.

Otobüste önceden adını duyup, *Bir Gün Tek Başına* romanıyla da bildiğim Vedat Türkali ile tanıştık. Bu tanışıklık 1988'de dostluğa, yoldaşlığa dönüşüp, kesintisiz yaşamının sonuna kadar sürdü.

Atina'da konferans bir hafta sürdü. Dünyanın dört bir yanından barış savunucuları katılmış ve önemli kararlar alınmıştı.

Biz konferans akşamlarının çıkışında Ankara'dan da tanıdığım, Özlem Özgür olarak bilinen, iktisatçı aynı zamanda gazeteci-yazar Nadir Akgül ile birlikte oluyorduk. Bir akşam kafe restoranda yemek yerken, Türkçe konuştuğumuzu duyan yan masadan biri izin isteyip, oturmak istediğini söyledi. 1964 yılında mübadelede İstanbul'dan gelen biriymiş. Annesinin, babasının ve eşinin mezarlarının İstanbul'da olduğunu ve anılarını anlatırken gözünden süzülen yaşları ve babacanlığı bizi çok etkilemişti.

Babamı Yitirdim

15 Şubat günü İstanbul'a, oradan da Ankara'ya döndüm. Evde kapıyı açan eşim beni ağlayarak karşıladı. Atina'ya gittiğimin ertesi günü 8 Şubat'ta babamı yitirmişim. Birkaç saat sonra Niğde'ye gittim. 1917 yılında doğan babam, 61 yaşının ikinci ayında yaşamını yitirmişti. Emekliye ayrılalı henüz 5-6 yıl olmuştu.

Babam, 8 Şubat günü şehir kulübünde öğretmen arkadaşlarıyla "okşin" denilen kâğıt oyunu oynarken, kalp krizi geçiriyor. Arkadaşları babamı sırt üstü yatırmaları gerekirken, eve kadar yürütüyorlar. Doktor çağırıyorlar. Doktor, çok geç olduğunu ve yapılabilecek bir şeyin olmadığını söylüyor.

Atina dönüşü zaten Niğde'ye gidecektim. Babam ile en son 13 Kasım 1977 günü görüşmüştük ve onu çok özlemiştim. Onu sonsuzluğa bile uğurlayamamıştım. Liseyi bitirişimde bana verdiği yaşam kılavuzunda bir söz de sahip olunanlara iyi bakılmasıydı. İki şey var ki elden gitmeyince değeri bilinmez: Biri sağlık diğeri de gençlik. Babamın bu öğüdünü de hiç unutmamıştım. Tutsak düşmüş birinin özgürlüğün değerini iyi bilmesi kaçınılmazdır. Ya da barışın ve demokrasinin yitirilmeden değerlerinin bilinmeyeceği gerçeği herkes tarafından kabul edilir kuşkusuz.

Babam ile iki kez tartışmıştık. Birincisinde 13 yaşındaydım. Adnan Menderes, Fatin Rüştü Zorlu ve Hasan Polatkan'ın idam edilmesine karşı çıkmıştım. Ne olursa olsun insanların yaşamına başkalarının son veremeyeceğini söyleyerek, bundan duyduğum üzüntüyü ifade ederken, Cumhuriyet öğretmenlerinden olan babam Demokrat Parti'nin Cumhuriyet değerlerinden uzaklaşarak, Türkiye'yi demokratik, laik bir sistemden kopardıklarını ve kendi sonlarını kendileri hazırlamış olduğunu söylüyordu.

İkincisi de Bülent Ecevit'in adının dağlara taşlara yazıldığı ve biz gençleri heyecanlandırdığı günlerde, babam, "Ecevit'ten iyi ve kararlı bir devlet adamı olmaz. Çünkü iyi bir şair olmadığı gibi inançlı ve cesur bir siyaset adamı da değil" diyerek, ne denli güçlü öngörü sahibi olduğunu ortaya koymuştu.

Babam, çok yoksul büyümüştü. Evin elektriği olmadığından hemen sokağın başındaki elektrik direğinin altında çalıştığı ve ödevlerini yaptığı söylenir. Doğuştan bir kulağında bir sorun varmış. Ama olanaksızlıklar nedeniyle doktora gidememiş. Sınıf öğretmeninin Halkevleri'nden aldığı beş lirayı verip, Kayseri'ye muayeneye gönderdiğinde çok gecikildiği ve artık bir şey yapılamayacağı söylenmiş. Bu durum bazen konuşulanları tam duyamamasına ve de canının sıkılmasına neden oluyordu.

Babam, çok zeki, çok çalışkan ve çok yüksek hayalleri olup da yoksulluktan ve yoksunluktan heba olanlardandır.

Evet... Ben de Can Yücel gibi, "Hayatta en çok babamı sevdim".

Halkevleri

Cumhuriyetin başlangıç yıllarında kurulan kültür kurumlarından olan Halkevleri'nin hepimizin çocukluk ve gençlik yıllarında izleri vardır.

'da olduğum yıllarda, Halkevleri'nde de çalışıyordum. 1977'den darbeye değin Merkez Yönetim Kurulu'nda bulundum.

Genel Yönetim Kurulu Başkanı Av. Niyazi Ağırnaslı, Merkez Yönetim Kurulu Başkanı da Ahmet Yıldız'dı.

Bir MYK toplantısı sonrası Halkevleri dışına çıkışımızdan beş dakika sonra genel merkez binasında toplantı yaptığımız salona yerleştirilen tahrip gücü çok güçlü bir patlayıcı binayı yerle bir etmişti. TBMM bahçesinin hemen yanındaki, bahçe içindeki iki katlı sarı sıvalı binanın kapı ve pencereleri kırılmış ve salon zemini çökmüştü. Patlama sonrası bir deniz astsubayının olay yerinden koşarak, uzaklaştığına tanık olanlar olmuş.

Halkevleri'nden henüz çok uzaklaşmamıştık. Olay yerine İçişleri Bakanı İrfan Özaydınlı, gelerek, incelemelerde bulunmuştu.

Hasara uğramış binanın onarılıp, yeniden çalışmalarımızı yürütebilmek için gösterdiğimiz çabalar yetersiz kalmış, bina yıkılarak, TBMM bahçesine katılmıştı. Bize de Ulus'ta Sümerbank binasının arkasında ahşap küçük bir yer verilmişti. 1980 darbesine dek çalışmalarımızı oradan yürütmüştük.

Genel Yönetim Kurulu Başkanı Avukat Niyazi Ağırnaslı, Türkiye sosyalist siyasi tarihinde yeri ve rolü olan biriydi. Ankara Kalesi'nin eteğindeki bürosuna öğrenciyken çok sık uğrardık. Bazen bizi evine de çağırırdı. Eşi Leman Ablayı da o zaman tanımıştık. Niyazi Abinin kızı Nuran ile yıllar sonra yollarımız kesişmiş ve birlikte aynı alanda siyaset yapmışızdır. Niyazi Abi'yi yitirdiğimiz günlerde Nuran kaçak durumundaydı. Gönderdiği mektubu da babasının cenaze töreninde ben okumuştum.

Nuran'ın oğlu Suphi Nejat Ağırnaslı 1984'te doğmuş ve adını, yoldaşlarıyla 1921'de öldürülen TKP'nin kurucularından Mustafa Suphi ve parti sekreteri Ethem Nejat'tan almıştı.

Suphi Nejat Ağırnaslı, Boğaziçili bir sosyolog olup, Kobane'de IŞİD'e karşı savaşırken 5 Ekim 2014'te yaşamını yitirdi. Kobane'deki kod adıyla "Paramas Kızılbaş" olan Suphi Nejat, Kobane'de düşen ilk enternasyonal devrimcilerdendi.

1980 askeri darbe sonrası Halkevleri için de dava açılmış ve Mamak Sıkıyönetim Askeri Mahkemesi'nde yargılanmıştık. Savunmalarda Niyazi Ağırnaslı'nın, "Asıl biz sizden davacıyız, bir gün asıl siz bu sanık sandalyelerine oturacaksınız" sözleri belleklerimizde yerini almıştı.

Ya Demokrasi Ya Faşizm

Aynı yıllarda Niğde Belediye Başkanı Suat Baykal, Kalp krizi sonucu ölmüştü. Bunun üzerine ara seçim kararı alınmıştı. Bu seçimin Niğde belediye başkanlığı seçiminin ötesinde bir anlamı ve önemi vardı. Niğde çevresindeki il ve ilçelerde yerel yönetimler, kurum ve kuruluşların birçoğu faşistlerce ele geçirilmiş ve İç Anadolu adeta kuşatılmıştı. Tek düşürülemeyen yer Niğde merkez ile Ulukışla ilçesiydi.

Suat Baykal, CHP'li belediye başkanıydı. Yapılacak seçimde sadece CHP'nin oylarını almak kazanmak için yeterli olmayacaktı. Bunun üzerine Niğde'deki sivil toplum örgütleri, sol-sosyalist gençlik ve kadın örgütleri bir araya gelip, CHP ile ortak bir aday çıkarılması üzerine karar kılmışlar.

Ortak bir aday üzerine anlaşamayıp, bana öneri sunmak üzere Ankara'ya bir heyet gönderip, aday olmamı istediler. Ayrıca toplam yedi adayın olduğunu söylediler. KÖY-KOOP çalışmalarımın konjonktürel olarak önemine ve gerekliğine değinerek, kabul etmedim. Ancak KÖY-KOOP Niğde Birlik Başkanı olarak belirleyecekleri bir adaya destek vereceğimizi belirttik. Gittiler. Bir hafta sonra gelip, bir aday üzerinde anlaşamadıklarını söyleyerek aday olmamda ısrarcı oldular.

Bu seçimin faşizme karşı bir demokrasi mücadelesi olacağını, sonuç olarak ya faşizm ya demokrasi denileceğini ve bu nedenle önemli olduğunu kabul etmem gerektiğini söylediler. Bunun üzerine KÖY-KOOP'ta birlikte hareket ettiğim arkadaşların da görüş ve olurlarını alarak, kabul edeceğimi bildirdim. Ancak yedi aday ki çoğu iş insanı ile yarışa girmeyeceğimi, madem ki bu faşizme karşı demokrasi mücadelesi olacak ve bizim adımız kazanma olasılığını artıracak, bunu o zaman dikkate almalarını istedim. Gidip bir hafta sonra arayarak, 6 adayın çekildiğini, bir doktor adayın kaldığını, ikimiz arasında bir önseçim yapılacağını söylediler. Kabul ettim ve Niğde'ye gittim.

Ön seçime CHP il-ilçe örgüt yöneticileri, sivil toplum örgüt temsilcileri, gençlik ve kadın örgütlerinin temsilcileri katılacaklardı. Ankara'dan CHP parti meclisinden iki kişi geldi. CHP il örgütünde bir odada temsilcilerle tek tek görüşüp kimin aday olmasını istediklerini sordular. Sonuçta orada açıklanıp karar verilecekken, "Ankara'da CHP parti meclisinde kararlaştırılacak" deyip gittiler.

Yapılan ikili görüşmeler sonucundan anlaşıldığı kadarıyla, Doktor Hakkı Altan yerine çoğunluğun beni istediği belli olmuştu.

Birkaç gün sonra 20 kişilik parti meclisinde uzun bir tartışma yaşanmış. Sonunda Genel Başkan Bülent Ecevit, "Benim oyum Hakkı Altan'dan yana" diyerek, oylamaya geçilmesini istemiş. Oylama sonucu bana Adana Senatörü Hayri Öner, ZMO'da birlikte çalıştığımız Orhan Akbulut ve CHP Gençlik Kolları Genel Başkanı Hasan Belovacıklı'nın oylarıyla üç oy çıkarken, Hakkı Altan'a 17 oy çıkmış ve onun adaylığına karar verilmişti.

Karar, Niğde'deki emek ve demokrasi güçlerinin tepkisine neden olup, beni bağımsız aday göstermeye karar vermişler. Elbette ben bu karara uymadım. CHP kararının demokratik olmadığını, ancak bizim bağımsız bir aday göstermemiz durumunda oyların bölünerek seçimin kaybedileceğini ve ilk baştaki aday gösterilme gerekçesiyle de çelişeceğini söyledim.

Başka bir aday gösterme girişimi de sonuçsuz kalmış ve Hakkı Altan ile seçime gidilmişti. Seçim öncesi yapılacak son toplantıya katılmam için CHP Genel Sekreteri Mustafa Üstündağ'ın özel kalem müdürü Hüseyin Ulusoy arayıp, Niğde'ye gideceklerini, Üstündağ'ın benim de katılmamı istediğini söyledi. Ben de toplantıya katılarak ve bir konuşma yaparak, ayrılmıştım.

Altan'ın karşısındaki aday da MHP'nin adayı olup, seçimin başa baş olacağı görülüyordu. Sonuçta seçim akşamı 23 radyo haberlerinde Bulgaristan'a çıkış sırasında 15 oy farkla Altan'ın seçimi kazandığını öğrendim.

Bulgaristan dönüşü belediye başkanı seçilen Hakkı Altan'ı kutlamaya gitmiş ve önceden hazırlanmış programımızı kendisine ileterek, programda yer alan çalışmaların uygulanmasında katkıda bulunacağımızı bildirmiştik. Ne yazık ki önerilerimiz karşılık bulmadı. Darbeden sonra yapılan ilk yerel seçimlerde, son seçimde aday olan MHP'li Feridun Zeren kazanmıştı.

BÖLÜM BEŞ

12 EYLÜL CUNTASI

12 Eylül'e Doğru

Türkiye'de faşist saldırı ve cinayetler kesintisiz sürüyordu. Demokrat, laik, bağımsızlıkçı bilim insanları, gazeteciler ve öğrenciler peş peşe öldürülüyordu.

Ankara'da emperyalizme, faşizme ve şovenizme karşı 37 kuruluş eylem ve mücadele platformu oluşturmuştu. Aralarında

TMMOB demokrasi mücadelesinde.

TMMOB, TÖB-DER, KÖY-KOOP, HE, TÜM-DER; TÜS-DER ile gençlik ve kadın örgütlerinden İGD, İKD, AKD'nin de aralarında yer aldığı güçlü bir birlik oluşturulmuştu.

Bazen faşist saldırı ve cinayetleri telin etmek için yapılan basın açıklamalarında, "mücadele" mi "savaşım" mı sözcüklerinden ötürü sorun oluyorsa da araya giren TMMOB Başkanı Teoman Öztürk ile TÖB-DER Başkanı Gültekin Gazioğlu ile aşılıyordu.

Bu platform adına iki kez Kemal Türkler'in bir kez de Abdullah Baştürk'ün başkanlığı sırasında DİSK'i ziyaret etmiş, faşist saldırılara ve olası bir darbeye karşı DİSK'in öncülüğünde bir demokrasi cephesinin oluşmasını istemiştik. Platform adına TMMOB Başkanı Teoman Öztürk, TÖB-DER Başkanı Gültekin Gazioğlu, Halkevleri Başkanı Ahmet Yıldız, TÜM-DER Başkanı Erhan Tezgör ve KÖY-KOOP adına da benim katıldığım beş kişilik heyetin girişimleri sonuçsuz kalmış; ne saldırı ve cinayetleri önleyebilmiş ne de darbenin gelişini engelleyebilmiştik.

Ne yazık ki 22 Temmuz 1980 günü sendikaya gitmek için evinden çıkan Kemal Türkler de silahlı bir saldırı sonucu yaşamını yitirmiştir.

Dünyanın En Güzel Kenti İstanbul

1977 yılının aralık ayında İstanbul'da DİSK genel kurulu yapılacaktı. Eşim ve bir yaşındaki kızım 4-5 gün önce gitmişlerdi. Balta Limanı'nda oturan teyzesinde kalacaklardı. Ben de genel kuruldan iki gün önce giderek, biraz dinlenme olanağı yaratacaktım. Teyzesinin eşi Trabzonlu ve teneke dış satımıyla ilgili iş yapıyordu.

Çok konukseverlerdi. Teyzenin eşi Kemal Sönmez ile Sarıyer'e gidip balık almıştık. Tezgâhlarda uskumru diye satılanların gerçekte uskumru olmadığını, kolyos olup halk arasında "tahta balığı" olarak bilindiğini söylemişti. Birçok balık neslinin tükendiği gibi uskumru da 35-40 yıldır denizden çıkmıyordu. Ama bu yıl çokça uskumru çıkmış ve hem balıkçıları hem de tüketicileri mutlu etmişti. Birkaç çeşit balık alıp eve döndük. Yemek hazırlanıncaya değin enişte balkonda tavla oynamayı önerdi.

Boğaz kıyısındaki evin çok görkemli bir görüntüsü vardı. Boğazdan birçok ülkenin tankerleri ve yük gemileri geçiyordu. Beni en çok heyecanlandıran orak-çekiçli Sovyet bayraklı gemilerdi. Bana hem başka bir dünya hayalini hem de izinde olduğum "sarı zarfı" anımsatıyordu. Kıyıda oltasına izmarit ve istavrit takılanların keyfi bazen de teknelere, gemilere eşlik eden boğaz yunuslarının dalış ve çıkışları eklenmişse, "İşte İstanbul" demeden ve sevincini duymadan edilemiyordu. Enişte benim duyduğum sevinci ve mutluluğu sezmiş olacak ki, "İstanbul dünyanın en güzel kenti" dedi.

Henüz iki ülke görmüştüm: Yunanistan ve Bulgaristan. O nedenle eniştenin bu görüşünü yorumlayacak bir veri yoktu elimde. Enişteye, "Dünyada nereleri gördünüz?" diye sorunca, "Hiçbir yeri. Ama o kanaatteyim ki burası dünyanın en güzel kenti" demişti.

Yıllar sonra insan hakları ve barış mücadelesi yolunda dünyanın hemen her yerini görmüştüm. Paris'i, Roma'yı ve Avrupa'nın birçok ülke başkentini ya da kıyı kentlerini gördüğümde önce çok etkilenmiş ve favori kentim olarak düşünmüştüm. Ama sonra birçok kez ve birçok yeri gördükten sonra eniştenin, "Dünyanın en güzel kenti İstanbul" kanaatine ben de katılmıştım.

2010 yılında TBMM'de "İstanbul Avrupa Başkenti" üzerine görüşmelerde Barış ve Demokrasi Partisi (BDP) adına yaptığım konuşmada bu anekdotu eklemiş ve konuşmamı şu şekilde bağlamıştım: "İstanbul, dünyanın en güzel kenti. Avrupa başkenti olabilir, olmalıdır da. Ancak hiçbir başkentin alanlarında polis panzerlerine rastlamazsınız ya da hiçbirinde yakınları kaybedilmişleri arayan anneleri, kardeşleri göremezsiniz. O nedenle bir kenti güzel ve yaşanılır kılan demokrasidir, insan haklarına saygı ve bağlılıktır. İstanbul'un da bir gün o günlere ulaşacağını umarak oy veriyoruz" demiştim.

Ne yazık ki Taksim alanından bugüne değin ne polis panzerleri eksildi ne de kaybedilmişlerini ve adaleti arayanların acısı dindi.

Her cumartesi yitirdiğimiz annelerin eksikliğinin dışında bir değişiklik olmadı. 1998-99 yıllarında AST'nin Ariel Dorfman'ın *Kayıplar* oyunu için hazırlanan broşüre yazdığım "Sen Kayıpsın"ı da sizinle paylaşayım:

Sen Kayıpsın

Darağacında "bir ipin ucunda bayrak gibi sallanmadın",
Kuştüyü gövden ellerde taşınmadı,
Sorgulayıcıların ellerinde ölmedin,
Çetelerin kurşunları yere düşürmedi seni,
Sorgu sual edilmeden genç bedenin yığılmadı,
Bir sokak başında;
Çünkü sen bir kayıpsın.
Görüş günü beklenmeyecek senin için,
Sürgünlüğün de bitmeyecek;
Ama sen her Cumartesi Galatasaray'dasın,
Özgürlük alanlarındasın,
Annelerin, belki de bir sevgilinin yüreğindesin,
Ve sen şimdi aramızdasın.

Hastanedeki Tehlike

Ertesi gün akşam eniştelerle yine yemekler yenilmiş, sonra da hemen yakınındaki Emirgan çay bahçesine gidilmişti. Gece yarısı bir ağrı ve akıntıyla uyanmıştım. Mide kanaması geçiriyordum. Beni hemen az ötede bulunan İstinye Devlet Hastanesi'ne kaldırdılar. Gerekli önlemler alındı ve kanama durduruldu. Ertesi gün viziteye çıkan doktor, ne yenilip yenilmeyeceğini söyleyip, birkaç ilaç da yazıp çıktı. Öğlen ve akşam yemekleri pek perhiz yemekleri gibi değildi. Çünkü Ankara'da mide kanaması geçiren yakın arkadaşlarımdan ne yenilip içildiğini az-çok biliyordum.

"Doktorun bir bildiği vardır" diye ilk gün itiraz etmedik. Üçüncü güne girmiştik; diğer hastalara yemek ne çıkıyorsa bana da ondan veriliyordu. Kendimi iyi hissetmiyordum. Gece eşimle konuşarak, sabahleyin hastaneden çıkmaya karar verdik.

Ertesi gün doktor gelince kararımızı bildirdik. "Olmaz" diye itiraz edince ve biz de çıkmak da diretince, kendi isteğimizle çıktığımıza ilişkin bir kâğıt imzalattırdılar.

Eve çıktık. Teyzenin tanıdığı bir doktor eve gelip, birkaç perhiz yemeği ve de birkaç ilaç ile ben iki güne kalmadan iyileşmiş, üçüncü gün de Ankara'ya dönmüştük.

Yaklaşık 10 gün geçmişti. Akşam TV haberlerinde İstinye Devlet Hastanesi doktorlarından Fikret Koç'un "teröristlerce silahlı saldırıya uğradığını ve ağır yaralandığını" bildiriyordu.

Fikret Koç, Erzurum MHP milletvekili adayı olup MHP Erzurum Belediye Başkanı'nın da kardeşiymiş. Adı geçen doktor bizimle ilgilenen kişiydi. Eşim hastane odasına her gün sabahleyin *Cumhuriyet*, *Demokrat* ve *Politika* gazeteleri getiriyordu. Üç gün iyileşememiş olmamı o zaman daha iyi anlamıştık.

Hıfzı Veldet Velidedeoğlu'nun Tabloları

Pazartesi günleri *Cumhuriyet* gazetesinin ikinci sayfasında Hıfzı Veldet Velidedeoğlu yazıyordu. Bir yazısında evi taşınırken, babasından kalan iki tablonun kaybolduğunu ve çok üzüldüğünü yazıyordu. Tabloların birinde "Bu da geçer yahu", ikincisinde ise "Ya sabır" yazılıymış. Arkadaşlardan hemen çerçeveli iki yazıyı hazırlatıp Velidedeoğlu'na gönderilmesini istedim. Velidedeoğlu hocayı arayıp, nereye göndermem gerektiğin sorduğumda, başka bir okuyucunun da aynı şeyi yapıp, çerçeveli yazıyı kendisine gönderdiğini söyleyerek teşekkür etti ve yine de bizim hazırladıklarımızı göndermemizi istedi. Çoğu kez ben de bu sözlere sığınmışımdır.

Gencelli'de Dostlarla Birlikte

O zamana değin hiç tatil yapmamıştık. Ege Ziraat Mühendisleri Odası Bölge Şube Başkanımız Çetin Selçuk, İzmir'de Yeni Foça girişi Gencelli'de bir yazlığı vardı. Henüz şebeke suyu falan bağlanmamış. Kuyu suyu ile gereksinmeler gideriliyordu.

TMMOB Başkanı Teoman Öztürk, Çukurova ZMO Bölge Başkanı ve ADAKO-Birlik Genel Müdürü Akın Özdemir ile eşlerimiz ve çocuklarımız Gencelli'de bir araya gelmiştik. Zaman ve birlikteliğimiz çok güzel geçiyordu.

Bektaşi'nin bir mezarlık kıyısından geçerken, ruhlarına okumak istediği gömütlerin üzerinde "3 gün 5 gün yaşadı" yazılarını görünce, merakını gidermek için uğradığı köy odasında ölenlerin 60-70 yaşında olduğunu, gördükleri gün sayısının 3-5 gün olduğu söylenince Bektaşi de, "Benim için de geldi ve geçti" yazılsın demiş ya... Birlikte olduğumuz günler hepimiz için yaşanılır sayılı günlerden olmuştu.

1978 yılı yazında da birlikte olmayı kararlaştırmıştık. Ama ne yazık ki olmadı. Olamadı... Çünkü ülke hızla, geri dönüşü olmayan karanlık bir tünele gidiyordu.

Biz sürece ilişkin arkadaşlarla sıkça görüşüyorduk. Ama tatil için bir araya gelememiştik. Teoman Öztürk ve Akın Özdemir ile Türkiye'nin birçok yerinde düzenlenen demokrasi ve üretici mitinglerine katılıyorduk.

Akın Özdemir Vuruluyor

18 Aralık 1978 günü akşamüstü Akın Özdemir ile konuşmuştum ve bir saat geçmemişti ki Akın'ın KÖY-KOOP çıkışında silahlı saldırı sonucu öldürüldüğü haberi geldi. Telefonda konuşmamızda halk pazarına gelen çuvalları sırtlayıp indirdiğini söylüyordu. Her zamanki gibi bu tür işleri de kendisi omuzluyordu. Sabahattin

Ali'nin Sinop cezaevindeki isyanını andırırcasına, öfkesi ve dertleri şaha kalkmıştı.

Akşamüstü eşi Mine iş çıkışı Akın'a uğramış, birlikte çıkıp eve gideceklermiş. Az sonra ışıklar sönmüş, çakmak ışığıyla merdivenleri inip KÖY-KOOP birliğinin önündeki beyaz renkli Murat 124 arabalarına doğru yürümüşler. Birliğin bulunduğu Ziya Paşa Bulvarı karanlığa bürünmüş. Akın, arabanın sağ ön kapısını açıp Mine'yi bindirdikten sonra geçip direksiyona oturduğunda, karanlığı yaran silahlardan çıkan çapraz ateş kana dönüşmüş. Akın orada, eşinin yanında yaşamını yitirmiş. Acı haber tez gelirmiş...

Duyan Adana'ya aktı. Ertesi gün Akın'ın cenazesini Mersin'e götürmeyi kararlaştırdık. Mine Mersinliydi. Çukurova Çukurova olalı böyle bir cenaze töreni görmemişti. İşçiler, köylüler, gençler, kadınlar, sivil toplum örgütleri, herkes oradaydı. Çünkü Akın Özdemir, halkların gerçek dostuydu. Anti-faşist güçlerin birlikte hareket etmesinde rolü büyüktü. Tarım kapitalistlerine, toprak ağalarına karşı emekçi köylülerin, kooperatifçilerin her zaman yanı başındaydı. Sık sık sanayi burjuvazisinin öfkesini üzerine çekiyordu.

ADAKO Birlik önünde yapılan konuşmalardan sonra yola çıktık. Adana-Mersin arası yaklaşık 100 kilometreydi. Araç konvoyu Adana'dan Mersin'e uzanmıştı.

Akın, Mersin mezarlığının girişindeki bir alana defnedildi. Buraya sonradan anıt mezar yapılacak ve üzerine de Akın'ın alanlarda binlerce üreticiyle söylediği, "üretici andı" kaplanacaktı.

Akın'ın katledilişiyle sadece üç yaşındaki kızı Deniz ile bir yaşındaki Ulaş babalarını, Mine de arkadaşı ve yoldaşını yitirmiyor; Türkiye ezilen emekçi halkları da devrimci, yurtsever bir evladını yitiriyordu.

Ben de Ankara'ya gelişimde ilk tanıdığım ve kesintisiz 12 yıl süren bir yol ve mücadele arkadaşımı, yoldaşımı yitirdim.

Teoman Öztürk, Çetin Selçuk, Ünal Özdoğan, Yalçın Doğaner ile şimdi de Akın'ı son yolculuğuna uğurlamak için bir araya gelmiştik. Orada bir kez daha insanın dostlarının, yoldaşlarının olduğunu bilmesinin değerini ve önemini hissettim.

Akın Özdemir'in katledilişinin KÖY-KOOP ve TMMOB, ZMO çevresinde yarattığı sarsıcı etki, ne yazık ki Türkiye'de görülmedi. Çünkü Akın'ın katledilişinin ertesi günü 19 Aralık'ta Maraş'ta iki öğretmen öldürülerek, Alevi-Kürt ve devrimcilere yönelik bir katliamın senaryosu sahnelenmeye başlamıştı. Sonunda 24 Aralık günü resmî açıklamalara göre 111, farklı açıklamalara göre de 500'ü aşkın insan öldürülmüştü. O nedenle Akın Özdemir'in katledilişinin ardındaki gerçek ilk anda açığa çıkarılamamış ve gereken yankıyı bulamamıştı.

Ama Adana Emniyet Müdürü Cevat Yurdakul, cinayetin peşini bırakmamıştı. Yaptığı araştırmalar üzerine tetikçi Yunus Uzun'un cezaevinden çıkarılarak, cinayeti işledikten sonra yeniden cezaevine dönüşünü açığa çıkarmış ve bu kez de tetikçi Uzun'un ardındaki örgütlü yapının peşine düşmüştü. Ne var ki Cevat Yurdakul, cinayetin izi üzerinde giderken, o da silahlı bir saldırı sonucu yaşamını yitirdi.

Akın Özdemir'i Anmak

Akın'ı yitirişimizden sonra her yıl 18 Aralık'ta Mersin'de mezarı başında onu andık. İlk yıllar Akın'ın ailesi ve yoldaşlarınca yapılan anmaları, son yıllarda Adana Ziraat Mühendisleri Odası tarafından Adana ve Mersin'de organize edilmekte, 17'sinde Adana'da bir etkinlikle, 18'inde de Mersin'de anılmaktadır. Anmalara birkaç özel neden dışında bugüne değin kesintisiz katıldım. Bu yıl Akın'ı yitirişimizin 40. yılında yine Adana ve Mersin'de yoldaşlarınca anılacak.

Akın'ı yitirişimizin ardından KÖY-KOOP olarak anısına bir kitap yayınlamış ve öngördüğümüz diğer etkinlikler, 1980 faşist askeri darbesi nedeniyle gerçekleştirilememişti.

1985 yılında dernek, parti ya da bir araya gelişimizin bir aracını bulamayınca, Mersin'de EKİN A.Ş. adında Akın'ın arkadaşları

Akın Özdemir'i anarken.

ve yoldaşlarınca bir şirket kurmuştuk. Bununla hem buluşmamızı hem de Akın'ın anısını yaşatmayı öngörmüştük. Şirket, bitki üretimini ve çevre düzenlemesini esas almıştı. Yaratacağı değerle Akın Özdemir adına gereksinimi olan öğrencilere burs verilecek, cezaevinden çıkan yoldaşlara iş edindirilecek ve en önemlisi de her yıl Akın'ın anısına etkinlikler düzenlenerek yayınlar bastırılacak, genç kuşakların Akın ile ve onun mücadelesiyle buluşması sağlanacaktı. Ne yazık ki EKİN A.Ş. şirket olmaya olmuş ama kuruluş amacına bağlı hiçbir şeyi kotaramamıştı.

Ayrışma

KÖY-KOOP, yeni bir genel kurula gidiyordu. Kurulmuş birlikler ile delege niteliği değişmiş, sol-sosyalist bir yapıya kavuşmuştu.

Genel kurul öncesi ortak bir listede anlaşılmış olmasına karşın, genel kurul sabahı anlaşmaya uyulmayıp, aynı çizgide olan bir ekibin listesi çıkarılmıştı. Karşı çıkan bizler de o anda bir liste çıkarmışsak da sonuç alıcı olmamış, bizim listeden yönetime sadece ben girebilmiştim. Listede üstünlük sağlayan ekip, ilk yönetim kurulu toplantısında benim eğitim-örgütleme-basın-yayın daire başkanlığıma son verdiler.

Akademide Ekonomi Politik Dersi

1975 yılında Gazi Üniversitesi'nde işletme mastırı yapmıştım. KÖY-KOOP uzmanlar kurulu üyesi olan Prof. Dr. Nejdet Özdemir aynı zamanda üniversite dekanıydı. Kooperatifçilik enstitüsünde lisansüstü öğrenimde öğretim görevlisi gereksinimi olduğunu ileri sürerek, bir öneri yaptı. Kabul ettim. "Türkiye'nin Sosyo-ekonomik Durumu ve Ekonomik Sorunlar" başlıklı derse öğretim görevlisi olarak başladım.

Marksist ekonomi politiğin ilkeleri temelinde, Marksist ekonomi kuramına giriş, artı değer, kâr ve fiyat üzerinden kapitalizmin eleştirisi dersi vermeye, ders notlarını da öğrencilere teksir ederek dağıtmaya başlamıştım. Bir süre sonra komünizm propagandası yaptığım ileri sürülerek soruşturma açıldı.

Ders notlarını, DPT uzmanlarından sonrada Özal Hükümeti'nde bakanlık yapmış olan Kazım Oksay'ın, Alpaslan Türkeş'in danışmanı Prof. Dr. Kâmil Turan'a ilettiği ve Turan'ın da üniversite yönetimine götürdüğü ileri sürülmüştü.

O günlerde başı örtülü, kadın giysileriyle iki kişi sürekli beni izlemeye almışlardı. Evden çıkışımdan, eve dönüşüme değin peşimdelerdi. O gün yine o iki kişi, evin biraz uzağında bekliyorlardı. Bu bir paranoya değildi. Güçlü bir sezgi ya da önlem diyebiliriz. Çünkü her gün birkaç kişi katlediliyordu.

O gün okula gitmedim. Sınav sorularını yayıncı Süleyman Ege'nin eşi ve öğrencilerimden Ayşe Ege ile gönderdim. Bu okul ile de ilişiğimin kesilmesine ve işime son verilmesine bahane oluşturdu. Yeniden işsiz kalmıştım.

Bir süre sonra DSİ Genel Müdürlüğü'nde işe başladım. Ancak çok geçmeden sonunda beklenen oldu. 12 Eylül 1980 tarihinde gün ağarmadan askeri darbe oldu.

Uluslararası finans kurumlarının, Türkiye üzerine hazırlanan ekonomik programın uygulanabilirliğini sağlamak için yine dış dinamiklerin reçetesi hazırlanıp, kışlaya sipariş verilmişti. Genel Kurmay Başkanı Kenan Evren'in başkanlığındaki faşist generaller cuntası, yönetime el koymuştu.

Darbenin tüm muhaliflere yansıyacağı ve bizim de bundan nasibimizi alacağımız belliydi. O nedenle kapımız çalınmadan yapılabilecek neyse onları yapmaya koyulduk. Elbette en önemlisi tencerelerin kaynaması ve bizden sonra geride bırakacaklarımızın ele güne muhtaç olmamalarıydı.

Dost Çiftliği

Bunun için Teoman Öztürk, Çetin Selçuk ve Necati Ağyar ile birlikte bir iş yapmayı kararlaştırdık. Başlangıçta Yavuz Önen'in de yer aldığı bir bakkal dükkânı devraldık.

Kimde ne varsa ortaya koydu. Çoluk çocuğa belli günlerde armağan edilen takıları bozdurduk. Uzun bir arayıştan sonra Aşağı Ayrancı Paris Caddesi'nde bir bakkal dükkânı bulduk. Adı Dost Çiftliği olan 20 metrekarelik dükkânı, meslektaşım ve Ziraat Mühendisleri Birliği yönetiminde birlikte çalıştığımız İsmet Erdoğan'dan devraldık. Dükkânı Erdoğan'ın kardeşi işletiyormuş ama olmamış. Onlar da bir arayış içindelermiş ki bir rastlantı sonucu öğrenip dükkânı bize devrettiler.

Dükkânın adının dışında her şeyi değiştirdik. Boya ve badanasını yaptırıp, tavandan avizeler sarkıtıp, gün boyu aydınlatmıştık. Penceresine tül perdeler taktırmış, bir masa ve dört sehpa ile bir marketten çok bir büroyu andırmıştı. Gerekli olanlar da alınıp raflar doldurulmuş ve buzdolabı da şarküteri ürünleriyle tamamlanmıştı. Devir işleri yapılmış, bulundurulması gerekli belgeler de hazırlanıp, görülür yerlere duvarlara asılmıştı.

Sıra, 20 metrekare de olsa bakkal dükkânının açılışına gelmişti. Eş dost duymalıydı. Hem yerimiz yurdumuz belli olsun hem de yakında olanlar da alışverişe gelsindi.

Darbenin üzerinden üç ay geçmişti. Gözaltılar, tutuklamalar, işkenceler halka halka yayılıyordu. Her darbe sonrası yaşanan kaos sonucu ortam yine cadı avına dönüşmüştü.

KÖY-KOOP yönetimini kaybetmiş olanlar da boş durmamış, bizim yönetimi Milli Güvenlik Konseyi'ne ihbar ederek, Ulusal Demokratik Cephe'ye katıldığımızı ileri sürmüş, komünist olduğumuzu ve komünizm propagandası yaptığımızı bildirmişlerdi.

Bizi ihbar edenler, kendilerini CHP'li olarak tanıtıyorlardı. Birçoğunun yaptıkları usulsüzlük ve görevi kötüye kullanmaktan haklarında soruşturma ve davalar sürüyordu.

MGK, biri çalışan olmak üzere sekiz kişi hakkında tutuklama kararı çıkarıp, bizi ihbar edenleri de kayyum olarak atamıştı.

Dost Çiftliği'nin açılışından bir gün önce TV'lerde hakkımızda gıyabi tutuklama kararı alındığı duyurulmuştu. Doğal olarak birkaç aydır hazırlığını yürüttüğümüz bakkal dükkânının açılışına katılamamıştım. Açılışa, o güne değin henüz içeri alınmamış siyasiler, sivil toplum örgütü temsilcileri, aydın ve yazar çevresi katılmış. Dost Çiftliği'nin yürütülmesi Teoman Öztürk'e kalmıştı. Her gün sabah erken saatlerde açıyor, akşam geç saatlerde de kapatıyormuş. Altı ay sonra o da Sadun Aren ile birlikte DİSK davasına dâhil edilmiş ve tutuklanmışlardı. Sonra bir altı ay daha Çetin Selçuk ve Necati Ağyar ile yürütülmüştü.

Mamak Askeri Cezaevi

Bir takım ön hazırlıkları yapıp genel başkan yardımcılarından ve Tokat KÖY-KOOP Birlik Başkanı Selahattin Kök ile Mamak Askeri cezaevine gitmeyi kararlaştırdık.

Gözaltına alınanlara 75 güne kadar işkence yapıldığını duyuyorduk. İşkence hem emniyette hem de kışlada ve cezaevinde sürüyordu ki 7 Kasım günü Sol Yayınları'nın sahibi Muzaffer Erdost ve kardeşi İlhan Erdost gözaltına alınmışlar ve İlhan, ağabeyinin yanında askerlerce yapılan işkence sonucu yaşamını yitirmişti.

O nedenle yakayı ele vermeden doğrudan 4. Kolordu Komutanlığı Sıkıyönetim savcılarına başvuracaktık. 10 yıl önce 4. Kolordu Muhabere Bölüğü'nde yedek subaylığımı yapmış ve teskere öncesi kıdemli asteğmen olarak kimi zaman bölük komutanlığına vekâlet etmiştim. 4. Kolordu Muhabere Bölüğü'nün Abidin Paşa Köşkü'nden Mamak'a taşındığını duymuştum. 26 Aralık Cuma günü ailemiz, yakınlarımız ve dostlarımız bizi 4. Kolordu Nizamiye'sinden uğurladılar.

Biz Selahattin Kök ile nizamiyeye gidip, ziyaretçi gibi 10 yıl önce komutanı olduğum telsiz takımından Seyit Biçer Başvuş ile görüşmek istediğimizi söyledik. 10 yıl önce genç bir astsubay olan Seyit Biçer, başçavuş olmuş ve bir rastlantı sonucu da orada kalmış. Anons edildi ve geldi. Bizi görünce sarılıp, "Komutanım, TV'den öğrendim ve çok üzüldüm" diyerek karşıladı.

Seyit Biçer bize eşlik etti. Askeri savcılıkta işlemler yapılıp tutuklandık. Saçlarımızı sıfıra vurup kafes diye adlandırılan yaklaşık 15 metrekarelik çevresi demir parmaklıklarla örtülü beton bir yere atıldık.

Hafta sonu olması nedeniyle bir işlem yapılamayacağını ve pazartesi gününe kadar kafeste kalacağımız söylendi. Kafeste bizden başka birkaç kişi daha vardı. Birkaç saat kafeste kaldık. Çünkü Seyit başçavuşun girişimleri sonucu bizi koğuşa götürmek için geldiler. Kafeste kaldığımız o süre içinde her gelip geçen asker sövüyor ve copları kafesin demirlerine vuruyorlardı. Selahattin Kök, yaşlıca ve torun sahibiydi. Sıfıra vurulmuş ak saçları üzerine askerler söz ediyor, aşağılıyor ve her türlü hakareti yapıyorlardı. Kök, dudaklarını ısırıyor ve ağlamamak için kendini ne denli zorlasa da göz yaşlarını engelleyemiyordu.

"Babalar"la D Blok'ta

Bizi askeri bir cemse ile D Blok koğuşlarına götürdüler. İç içe iki koğuşta KÖY-KOOP'tan başka TÖB-DER, Milli Selamet Partisi (MSP), Milliyetçi Hareket Partisi (MHP), Türkiye İşçi Köylü Partisi (TİKP) ve bir de kamuoyunca "babalar" diye bilinen iş insanları vardı.

Demir kapılar açılıp koğuşa girildiğinde kravatlı, takım elbiseli bir sivil bizi karşıladı. Yönetim adına orada bulunduğunu söyleyerek, sıkı bir sorgulamadan geçiriyor, bazen de verilen yanıtlardan hoşnut kalmamış görünerek, tokat attığı bile oluyordu. Kısa bir süre sonra çevredekilerin gülüşlerinden bu karşılamanın bir mizansen olduğu, sorgulayan Turgut Yılmaz'ın da TÖB-DER'li tutuklu yöneticilerinden olduğu anlaşılıyordu. Bu karşılama seremonisi bize uygulanmadı. Çok geçmeden herkes birbirini tanımış ve cezaevi yaşamı kolaylaşmaya başlanmıştı. TÖB-DER ve KÖY-KOOP olarak ortak bir komün kurmuştuk.

İlhami Soysal Komün'de

Haftada en fazla iki bin liranın girişine izin veriliyordu. Kimine iki bin, kimine bin, kimine 500 lira gönderiliyor, bazılarına da hiç gönderilmiyordu. Bu da sorun oluşturmuyordu. Çünkü kime ne gönderildiği ya da gönderilmediği bilinmiyordu. Ortak ve eşit bir yaşam kurulmuştu. Herkese günlük ya da haftalık belli sayıda sigara, diş macunu ve permatik tıraş bıçağı dağıtılıyordu. Haftada iki bin lirası gelenlerin bazıları, bu yaşamdan hoşnut olmasa da bunu belli etmemeye çalışıyorlardı. Komün'de tek ayrıcalık bizden sonra gelen gazeteci İlhami Soysal'a tanınmıştı. Sosyal, herkesçe tanınan, bilinen saygın bir gazeteciydi. 1960 yılında da Orgeneral Cemal Tural'a ilişkin Akşam gazetesinde bir yazısı üzerine Seferberlik Tetkik Kurulu'ndan bir albay ve iki astsubayca ölesiye dövülmesi ve hakkında ağır cezada en çok dava açılan gazeteci olduğu unutulmamıştı.

İlhami Sosyal, bir direnç ve umut abidesiydi. Cezaevi çıkışı mesleğini sürdürmüş ve 20 Eylül 1992 yılında 64 yaşındayken yaşamını yitirmişti.

İlhami Soysal adı bu ülkede namuslu, cesur ve kalemi özgür olanlar için "bu ülkede gazeteciler de var" dedirtenlerdendi.

Koğuş kıdemlisi TÖB-DER yöneticilerinden İlhami Şen olmuştu. Yönetim ile mahpuslar arasında ilişkiyi kuruyor, mektup dağıtımını yapıyor, mahkeme ve hastanesi olanların gidiş ve dönüşlerini düzenliyordu. Posta anonsundan sonra mektup bekleyip de gelmeyenlerin de adını okuyup, önce onları sevindirip, sonra da teskin etmesi Şen'in kabul edilir iyi hallerindendi.

Henüz kantin falan yoktu. Dışardan içeriye hiçbir şey alınmıyordu. TÖB-DER'in duruşması için mahkemeye gittiklerinde

İlhami'ye vekalet ediyordum. Öyle bir günde yönetimdeki Ali üsteğmen ile görüşerek, koğuşa haftada bir çuval soğanın girmesini sağlamıştım.

Yemek ranzalar arasında beton zemin üzerine serilen gazetelerin üzerinde yeniliyordu. Sıkça kabak, patlıcan, nohut, mercimek ve pilav çıkıyordu. Mercimeği yerken ne denli dilimizle taşları ayıklasak da bir çoğumuzun dişlerinin kırılmasını önleyememiştik. Tahliye olduktan sonra 5-6 ay hiç mercimek yemedim.

Soğanın girişine izin verildikten sonra iki kişiye bir soğan düşüyordu. Bazen elimizle bazen de kaşıkla kırıp paylaşırken, cücüğünün kime geçtiğiyle ilgili tartışmalara da rastlanıldığını da burada eklemek gerekir. Cezaevinde kaldığım süre içinde sevdiklerime özlemin yanı sıra en çok yumurtayı ve sinemaya gitmeyi özlemiştim.

Koğuşta uyandırma işi TÖB-DER'den Öner Yağcı'nındı. Öner, o unutulmaz güne başlayışı "Zahide'm kurbanın olam" türküsüyle yapardı. O çekilmez sese ancak Öner Yağcı'nın sempatik kişiliğiyle katlanılıyordu.

Günde üç kez çay saati vardı. Sabah, öğlen, akşam. O saati bekleyiş bazen tahliye bekleyişinin de önüne geçebiliyordu.

Tahliye denilince her duruşma hemen her mahpus için bir özgürlük umudu taşır. Hele mahkeme ilerlemiş ve 5-6 duruşma geçmişse, bu umut daha da güçlüdür. İşte bu umutla gidip de tahliye olamamış bazıları, mahkeme dönüşü ranzasında battaniyesinin altına girip, her şeyden herkesten uzak bir hal alır ki biz bu duruma girenlere, "Yine ters tosbağa vaziyetine girdi" derdik.

Kaldığımız D Blok'a özgü, günde onar dakika olmak üzere iki kez havalandırmaya çıkıyorduk. Kadın koğuşu da havalandırmaya bakıyordu. 1 Mayıs ve Newroz günlerinde seslerimiz, marşlarımız koğuşlar arasındaki avluda mavi gökyüzünde buluşuyordu.

Çoğu kez havalandırmaları, TÖB-DER'den Nabi Belekoğlu'nun Erzurum ezgilerini ya da yeni yazdığı şiir taslağını okuyan Ahmet Telli ile volta atışlarımızda dinleyerek, özgürleştiriyorduk.

Kadın koğuşundan kimi zaman Yüksel Avşar ile pencere demirleri arasından konuşuyor, kimi baskı ve işkencelere karşı ortak sloganlarla yönetimi telin ediyorduk. Gözaltında uzun sürü işkenceden geçip, koğuşa girmeden son bir kez de dövülenlerden biri de KÖY-KOOP yöneticilerinden Kırklareli Birlik Başkanı Erdoğan Kantürer'di. Erdoğan, güçlü bir fiziği olmasına karşın ayakta zor duruyordu. Yaraları ancak 10 gün sonra iyileşebilmişti.

Kimi mahpuslar, Diyarbakır Cezaevi'nden Mamak Cezaevi'ne sevk ediliyordu. Sevk edilmiş olanlar adeta tahliye olmuş gibi sevinç duyuyorlardı; çünkü 12 Eylül sonrası Diyarbakır zindanlarındaki vahşeti duymayan kalmamıştı. Her türlü zulüm, işkence ve insanlık dışı uygulamalar yapılıyordu.

Diyarbakır'dan sevk edilmiş olanların tek sorunu Diyarbakır, Batman, Van ve Şırnak gibi Kürt illerinden gelip de üç dakikalık görüşte anadilleriyle yakınlarıyla görüşememekti. Kürtçe konuşan anne ve babaların konuşmalarına izin verilmiyor ve çok sert çıkışılıyordu. Bilindiği gibi bunun üzerine öyküler, senaryolar yazılmış ve sahnelenmişti.

Cezaevine girdiğimde kızım dört, oğlum da bir yaşındaydı. Bir bayram görüşmesinde Ali üsteğmen çocuklarımızla kucaklaşmamıza izin vermişti. Tel örgülerden geçirilip, kucağıma verilen oğlum ağlamaya başlamıştı. Çünkü fotoğraflarda babası olarak gösterilen birine hiç benzetememişti çocuk. Ne saç ne de bıyık vardı. Ağlaması durmayınca kucağımdan alıp tel örgünün diğer tarafına geçirmişlerdi.

Mahpuslara haftada üç dakikalık görüşme yaptırılırken ve Kürtçe konuşanlara o süre de tanınmazken, koğuştaki "baba" diye adlandırılanlardan biri, eşiyle yönetim komutanı binbaşının odasında saatlerce görüşebiliyordu. Bu durum Ali üsteğmence, üst komutanlığa bildirilmiş ve binbaşı görevden alınarak, tutuklu subay koğuşuna, Ali üsteğmenin de görev yeri değiştirilerek harp okuluna gönderilmişti.

Zamanla koğuşa kitap alınmasına izin çıkmıştı. Ancak getirilen kitaplar Atatürk ile ilgili olacaktı. Ben de evdeki kitapları getirtmiştim. Kitaplıktan da Öner Yağcı sorumluydu. Elimde Falih Rıfkı Atay'ın *Çankaya*'sı vardı. Benden sonra bu kitaba kaydını yaptırıp sıraya girmiş olan MHP'li Yaşar Okuyan, sık sık kitabı bitirip bitirmediğimi soruyor, ben de sertçe sırasını beklemesini söylüyordum.

İddianameler hazırlanıp bize iletilmişti. Biz TCK'nın 141-142. maddeleriyle suçlanıyorduk. Komünist Parti yöneticiliği ve üyeliğinden yargılanacaktık. Avukatlarımız sık sık geliyor ve savunmalar üzerine görüşüyorduk. İlk duruşmada kimlik tespiti yapılmış, iddianame okunmuş ve savunmalara geçilmişti. İkinci duruşmada Nurettin Almasulu ve Sinan Avşaroğlu, üçüncü duruşmada da Selahattin Kök ve Tuncer Ergüder ile çalışanlardan Rahmi arkadaş tahliye oldular. En sonunda Erdoğan Kantürer ve Nedim Tarhan ile 24 Ekim 1981'de tahliye olduk.

Kimimize sekiz yıl, Nedim Tarhan ile bana ise 15'er yıl hapis cezası verilmişti.

Sarı Zarf Hayali

Karar dosyası Askeri Yargıtay'a gitti. Av. Halit Çelenk, Nedim Tarhan ile benim cezamın onaylanacağına dair duyumlar aldıklarını söylüyordu.

Bu durumda bize iki seçenek görünüyordu. Birincisi sekiz ya da 15 yıl karşılığı cezaevinde yatmak, ikincisi de değişik kanallardan yurt dışına çıkmaktı. Yurt dışına çıkabilme olanağım yaratılmıştı. Birkaç gün içinde karar vermem gerekiyordu.

Yine içimdeki sarı zarf hayali uyandı. Çıkıp da (dedem gibi) geri dönememek, çocuklarımı getirememek vardı. Sonunda kararımı bildirdim. Yurt dışına gitmeyecektim. Bir süre sonra Yargıtay kararı açıklanmış ve sekiz kişi aklanmıştık.

Nedim Tarhan ile genel başkan yardımcılarından ve Edirne KÖY-KOOP Birlik Başkanı Cevdet Kocaman yurt dışına çıkmışlardı. Nedim Tarhan, Barış Derneği Davası'ndan da yargılanıyordu. Nedim Tarhan Fransa'da, Cevdet Kocaman ise Danimarka'da uzun süre kalmışlardı. Her ikisi de yurt dışından gönderdikleri mektuplarda KÖY-KOOP'un son genel kurulunda yapılan yanlıştan söz edip, dostça öz eleştiri yapıyorlardı.

Darbeyi Fırsata Dönüştürenler

12 Eylül darbe öncesi yapılan işlemler de darbe ile kesintiye uğramış, kimileri de darbeyi kendilerince fırsata dönüştürmüştü. KÖY-KOOP Niğde Birliği ortaklarından Çiftevi Kooperatifi'nin yöneticisi traktör için başvurmuş ve sıraya girmişti. Darbeden bir hafta önce Romanya'dan gelen ve bize düşen üç traktörden biri de onlarındı. Ankara'ya gelip Eskişehir traktör parkından, traktörünü çekebilmek için bizden bir belge alması ve ödemeyi yapması gerekiyordu. Büzgülü bir torbada eşinin bileziklerini getirmişti. Traktörü alıp Niğde'ye gitmesini, bilezikleri de orada bozdurarak, ödeyebileceğini söyledim. Traktörü alıp, kamyona yüklemiş ve Ortaköy ilçesine bağlı Çiftevi Köyü'ne götürmüş. Niğde Birliği'ni telefonla arayıp, iki gün sonra geleceğini bildirmiş. Ancak gideceği gün darbe olunca gidemeyip, borcunu da ödeyememiş. Sonra da ne kooperatif başkanının ne de kooperatifin izine rastlanamadı.

Yine darbe öncesi Adıyaman Kahta Kooperatifi'ne üç kamyon elma, patates ve soğan göndermiştik. Bedelini satış yaptıktan sonra göndereceklerdi. Darbeden sonra onlardan da bir haber alınamadı.

Dost Çiftliği'nde Üç Yıl

Cezaevinden önce Dikmen Kuyubaşı'nda oturuyorduk. Ben içerdeyken evi İç Cebeci'ye taşımışlar. Eşim ve çocuklarım hem yalnız kalmamışlardı hem de kira ödemiyorlardı. Eşimin anneleri de aynı apartmandaki kendi evlerinde kalıyorlardı.

Birkaç gün sonra kesintisiz üç yıl sürdüreceğim bakkal dükkânına başladım. Sabahları gün doğarken kalkıyor, otobüs ile Cebeci'den Kızılay'a oradan da Aşağı Ayrancı'ya gidiyordum. En geç sabah 07'de dükkânı açmam gerekiyordu. Çünkü apartman görevlileri süt, ekmek alacaklardı. Bir kez otobüsü kaçırıp, 15 dakika geç açmıştım. Bu nedenle iki apartman görevlisi daha uzakta olmasına karşın başka bir bakkal dükkânına gider olmuştu. Sonra onlar da yine bize geri dönmüşlerdi.

Paris Caddesi'nde bizden başka dükkân yoktu. Alt katlar hatta bodrum katları konut olarak kullanılıyordu. Apartman görevlileriyle arkadaş olmuştuk. Çocuklarının ev ödevlerine yardımcı oluyorduk. Yılbaşı ve bayramlarda da birer file hazırlayıp veriyorduk.

"Dost Çiftliği'nin" hemen sol yanındaki bina ABD'nin haber alma merkezi TUSLOG'du. Karşımız da geniş bahçeli elçilik binasıydı. Cadde üzerinde birkaç Doğu Bloku ülkelerinin de elçilik binaları vardı.

Cadde sonunda Güven Hastanesi vardı. Hastane ziyaretçileri ve refakatçıları kesintisiz müşterilerimizdi. Cadde sakinleri, dükkânın açılışının üzerinden henüz bir yıl geçmişken, üçüncü bir kişiyle karşılaşıyorlardı. Teoman Öztürk, Çetin Selçuk bazen Necati Ağyar şimdi de benimle.

Bizlerin sıradan bakkal olmadığımızı kestiriyorlar ama kim olduğumuzu da bilmiyorlardı.

Giderek tanışmaya başladık. Yazar Erhan Bener, gelip geçerken selamını eksik etmiyordu. Alışverişi ise eşi Neşe Bener yapıyordu. Neşe Hanım kahvesini içerken raflara bakıp, gereksinimi olmamasına karşın salt dayanışma olsun diye sipariş listesini kabartıyordu. Fikret Otyam'ın da kardeşi olan Neşe Hanım, Aksaraylı olmasının da bir etkisi olmuştu kuşkusuz. Bir anlamda hemşeri sayılırdık. Dost edindiğimiz komşularımızdan biri de gazeteci Yalçın Doğan'ın kayınvalidesi Leman Hanım ve eşi Sertaç Doğan'dı. Leman Hanım, gündemi yakından izleyen ve üzerine yorumlar yapan biriydi. 75 yaşında olmasına karşın, dinç ve umut doluydu.

Deniz Baykal ve Rahşan Ecevit'in TUSLOG Ziyaretleri

TUSLOG Haber Merkezi'nde çalışanlar, çoğu kez süt, yoğurt, konyak ve çikolata almak için gelirlerdi. Bir kez köpeğiyle dükkâna gelen Amerikalı bir kadın, köpeğine "Şen" diye seslendi. Şen'in Türkçe olduğunu söyleyince bana onun Türk olduğunu söyledi. Ben de "Evet ama Amerikan asıllı" dedim. TUSLOG'a giren çıkan çok oluyordu. Bunlardan en çok dikkatimizi çeken Deniz Baykal olmuştu. Baykal, her hafta perşembe günü öğle saatlerinde yeşil Renault arabasıyla gelip, akşamüzeri çıkıyordu. Bu gidiş-gelişler biz oradayken uzun süre sürdü.

Gelip gidenlerden biri de Rahşan Ecevit idi. Rahşan Ecevit'in kardeşi Asude Hanım, TUSLOG'da çalışıyordu. Rahşan Hanım da kardeşini ziyaret ediyor olacak ki sık sık TUSLOG'a geliyordu. Bir kez yoğurt almak için dükkâna girdi. Ödeme yaparken -yıllar sonra yine- benimle karşılaşmış olmanın şaşkınlığıyla yoğurdu masada bırakıp çıktı.

Uzaktan Rakının Kalitesini Anlamak

O yıllarda sigara ve rakı üretimi yetersiz kalıyordu ki fason üretim yapılıyordu. Kimi tüketiciler, özellikle rakı içiciler, şişenin altındaki seri numaralarına bakıp, içiminin iyi olup olmadığına karar veriyorlardı.

Müşterilerimizden ikisi hemen her akşam bir büyük rakı alıyordu. Diplomat olanı, raftaki rakı şişelerinden birini işaret ederek, istediği rakıyı seçiyordu. Diğer müşteri de Dost Çiftliği'nin mülk sahibi, birkaç apartman ileride apartman görevlisinin askerden yeni dönmüş oğluydu.

Yine bir akşamüzeri her ikisi de büyük rakılarını alıp gitmişlerdi. Ama o akşam diplomat olanı uzaktan işaret ederek, rakının kaliteli olanını nasıl anladığını sorduğumda, "Ne anlaması komşu, baksana bu şişe bir parmak daha dolu" demişti.

Diplomat, o akşam birkaç saat geçmeden elinde rakı şişesiyle içeri girip, "Komşu siz rakı içiyor musunuz?" diye sorunca, "Evet" dedim. "O zaman şunun tadına bir baksanız, zehir gibi" dedi. Şişenin kapağına bir yudum koyup içtim. Gerçekten de içilecek gibi değildi. Ben de ilk kez böyle bir durumla karşılaştığımızı, Atatürk Orman Çiftliği Bira Fabrikası Müdürü'nün arkadaşım olduğunu, ona soracağımı söyledim. Komşu, bir Kulüp Rakı alıp gitti. Az sonra da diğeri geldi. Bir hışımla rakının zehirli olduğunu ve değiştirmemi istedi. Ben de bunun bir TEKEL ürünü olduğunu, bizim sorumlu olmadığımızı isterse başka bir şişe alması gerektiğini söyledim. Israrcı oldu. Biz de söylediklerimizi yineleyince, çaresiz o da parasını ödeyip, bir Altınbaş Rakı alıp gitti.

Bira fabrikası müdürü meslektaşım, bakkal dükkânını devraldığımız arkadaşım İsmet Erdoğan'ı arayarak, olanları anlattım. İsmet de o rakıları tahlil edebileceklerini ve kendisine götürmemi söyledi. Eğer uygunsa diplomat komşumla birlikte gelmemizi istedi. Ertesi gün sabahleyin diplomat işe giderken, öğleden sonra birlikte gidebileceğimizi söyledim.

Komşu ile öğleden sonra AOÇ Bira Fabrikası'na gittik. Arkadaşın bize ikram ettiği biraları içerken, tahlil yapılmış ve o parti rakılarda anasonun çok fazla kaçırılmış olduğunu belirlemişler. Komşuya ve bana ikişer büyük rakı armağan ederek, uğurladı. Verilen rakılardan birini çalışan arkadaşlardan Bekir ve Nejat'a verdim.

Ertesi gün işe giderken, dükkâna uğrayan diplomat komşu, ilk kez bu denli lezzetli bir rakı içtiğini söyleyerek teşekkür etti. Dükkân da çalışan arkadaşlar da aynı şeyi söylediler. Ama ne ilginçtir ki benim içtiğim yine çok acılıydı ve içememiştim.

Dost Çiftliği'nin katılımcılarından sırasıyla Yavuz Önen, Necati Ağyar ve sonra da Çetin Selçuk, o günün değeri üzerinden paylarını alarak ayrıldılar. Yavuz Önen, 100 bin lira ile kuruluş sürecinde ortaklıktan çok katkı ve dayanışma için katılmıştı.

İstek üzerine, Dost Çiftliği'nde bir süre sebze ve meyve bulundurmaya başladık. Ayrıca ilişki içinde olduğumuz el sanatları üzerine çalışan kooperatiflerimizin halı ve kilimlerini de sergileyip pazarlıyorduk. Bu süreçte eşe dosta müdanamız olmadı. Tencerelerimiz kaynamıştı. Hatta hafta sonları TÖB-DER'li yoldaşlarımızın bazılarının evlerine de birer file yapıp gönderiyorduk.

"Ne Ağlarsın Benim Zülfü Siyahım"

1984 yazında yine Gencelli'deydik. Teoman Öztürk, Çetin Selçuk ve eşlerimizle Ören'e gidip, Ruhi Su'yu ziyaret ettik. Sıdıka Abla karşılamıştı bizi.

Ruhi Su ile beni Çetin Selçuk tanıştırmıştı. Ankara'ya bazen söyleşi bazen de uzunçalarlarını imzalamak için gelirdi. Bir gelişinde henüz yeni evlenmiştim. Kutladıktan sonra, "Size ne alayım? Evde eksik ne var?" diye sorunca, bir uzunçalarını armağan etmesini istemiştim. "Olur mu?" diye takılmış, ben de ısrar edince iki uzunçalarını adımıza imzalayıp vermişti. Ören ziyaretinde, sazını duvardan alıp çalmıştı:

Ne ağlarsın benim zülfü siyahım,
Bu da gelir, bu da geçer ağlama.
Göklere erişti feryadım ahım,
Bu da gelir bu da geçer ağlama.
Bir gülün çevresi dikendir hardır,
Ne de olsa kışın sonu bahardır,
Bu da gelir bu da geçer ağlama.

Hepimiz çok duygulanmıştık. Çünkü Ruhi Su'nun sağlık sorunları vardı ve yurtdışına çıkışına izin verilmiyordu. O gün kendisini son kez görmüştük...

Dost Çiftliği'nden Çevre Düzenlemesine

Bir gün bir telefon geldi. Arayan Süleyman Turan'dı. Turan, DİSK dokuzuncu bölge temsilcisiydi. Darbe öncesi tanışıyorduk. DİSK davasından uzun süre tutuklu kalmıştı.

Veysel Tunç adında yüklenici bir arkadaşın yanında işe girmiş. Konya yolu üzerinde yapılacak bir tesisin bahçe düzenlemesi için beni düşünmüşler. ZMO'dan telefonumu bulmuşlar. Önerilerini ilk anda tereddütle karşıladım. Çünkü ben peyzaj bölümünden değil toprak bölümünden mezun olmuştum. Bir gün süre istedim. Fakülteden peyzaj bölümünden Tunay Durgun hocayı aradım. Hoca, kabul etmemi ve ertesi gün yanıma iki peyzaj mimarı göndereceğini söyledi. İki genç peyzaj mimarı arkadaş geldi. Gittik yeri gördük. Bir eskiz ile verdiğimiz teklif kabul edilmişti.

Bunun üzerine Dost Çiftliği'ni emekli bir öğretmene devrettik. Bakkal dükkânı işletmek çok zor bir işti. Sabah altı buçuk akşam on saatleri arasında aralıksız çalışmayı gerektiriyordu. Bu arada gelen malların indirilip düzenlenmesi, kasa ve şişe taşımak çok yorucuydu. O aralar birkaç şirketten iş önerisi almış ama kabul etmemiştim. Şirketi işletenler her nedenle TMOBB'dan arkadaşlar da olsa bu yeni bir seçim olacaktı. Yaşamım da ona göre şekillenecekti.

TİMDAY Ne Demektir?

Kızılay-Karanfil Sokak'ta iki odalı bir yer kiraladım. Adıma bir limitet şirket kurdum. Sıra adını koymaya gelmişti. Sonunda TİMDAY olmasına karar verdik. Açık adı Tarımsal İşletme, Mühendislik, Danışmanlık, Araştırma ve Yatırım idi. Yani her bir şeyi yapabilen bir iş yeri olacaktı. NOYA adlı bir işyerinin açık adının Ne İş Olsa Yaparım Abi olması gibi bir şey işte. TİMDAY'ın ne olduğunu soranlara açık adını söyledikten sonra, "Türkiye İşçi Mühendis Dayanışması da diyebilirsiniz" derdim.

Teoman Öztürk, tahliye olmuştu. İşleri birlikte yürütüyorduk. İlk işimizi bitirmiştik. TMMOB'dan mühendis ve mimar dostlarımız bizim bu işi yaptığımızı öğrenmişler. Şantiyelerde çevre düzenlemesiyle ilgili iş olduğunda bize haber verirlerdi. Biz de bazen teklif usulü bazen de ihalelerde verdiğimiz düşük tekliflerle iş yapmaya başlamıştık. Aşkın Kocaçimen ile Mahmut Giritli'yi anmadan geçemeyeceğim. Her ikisi de MNG'nin henüz MNG olmadığı zamanlarda, şantiye şefleri olarak aldıkları işlerin -otel ve dinlenme tesisleri- çevre düzenlemesini bize veriyorlardı.

MNG'den alıp da çevre düzenlemesini yaptığımız yerler arasında Ankara Hilton, Antalya-Kemer ve Side'de otel ile SSK Dinlenme Tesisleri; Çankaya'nın aldığı ve Turgut Özal zamanında dinlenme tesisi yapılan Okluk Koyu vardı.

TMMOB'un yanı sıra meslektaş ve arkadaşların Mersin ve Antalya'da girdikleri yapı kooperatiflerinin çevre düzenlemesini yapmıştık. Peyzaj mezunu olmamama karşın kısa sürede çevre düzenlemesine ilişkin ne buldumsa okumuş ve uygulamaya yansıtmıştım.

TİMDAY Ankara'daki ilk peyzaj bürosuydu. TİMDAY'ın gelişmesi ve tanınması, Tunay Hoca'nın ilk işe başlarken gönderdiği ve birlikte uzun süre çalıştığımız peyzaj mimarı Zehra Gözalan'ın yetkin ve yaratıcı kişiliğiyle olmuştu.

Kaya bahçeleri ve benzeri ilkler bizim uygulamalarımızda görülmüştü. Ankara dışındaki çalışmalarımıza cezaevinden çıkan TÖB-DER'li arkadaşlarla ve emekli ziraat mühendisleri katılmıştı.

Uygulamalara doğrudan katılıyordum. Bize bırakılan 40-50 dönümlük taşlık, mezbelelik yerleri sırasıyla sürüyor; toprak tesviyesi, fidan dikimleri, çim ekimi, çiçek partnerleriyle bir ya da iki ay gibi kısa sürede bir çevre harikası yaratıyorduk. Yaklaşık 100 bin ağaç dikiminde bulundum. Binlerce metrekare alanın çim ekimini bizzat kendim yaptım.

Emek verilen bir işin kısa sürede sonucunu görmek ne yazık ki her işte olası değil. Hele de ekonomik, toplumsal ve siyasal bir uğraşın yıllar sonra hiç uğraşılmamış, hiç çaba gösterilmemiş gibi hiçbir değişime uğramaması ve hatta geriye bile gidilmiş olmasının yarattığı hayal kırıklığını yaşıyorduk.

Bu ara KÖY-KOOP ve Halkevleri davaları bitmişti.

BÖLÜM ALTI

BAŞKALDIRI

Aziz Nesin ile Aydın Başkaldırısı

12 Eylül cuntasına karşı ilk başkaldırıyı Aziz Nesin yapmıştı. Aydınlar Dilekçesi ile darbenin yarattığı yıkıntılar dile getirildikten sonra darbe ağır bir dille eleştiriliyordu. Dilekçeyi imzalamam için bana gazeteci Erbil Tuşalp getirmişti. Dilekçe, Milli Güvenlik Konseyi Başkanı ve Cumhurbaşkanı Kenan Evren'e ve TBMM Başkanlığı'na gönderilmişti. Kenan Evren de, "Biz böyle aydınları çok gördük" diyerek, imzacıları eleştirmişti.

Aydınlar Dilekçesi 15 Mayıs 1984 tarihinde yayınlanmıştı. Bin 300 imzalı dilekçe, 5 Mart 1984 günü noterlikçe onaylanarak, Cumhurbaşkanlığı ve TBMM Başkanlığı'na verilmişti.

"Türkiye'de Demokratik Düzene İlişkin Gözlem ve İstemler" başlığıyla hazırlanan dilekçe, iki adrese verildiği gün, Sıkıyönetim Komutanlığı'nca yasaklandı.

Aydınlar Dilekçesi'ni hazırlayanları ve imzacıları, "vatan hainliği" suçlamasıyla Sıkıyönetim Askeri Savcılığı'nca dava açılmıştı. Kamuoyunca bilinen, tanınan 59 kişi hakkında dava açılmış ve yaklaşık iki yıl süren dava sanıkların lehine sonuçlanmıştı.

Ekmek ve Hak Dilekçesi hazırlanıp, imzaya açıldı. Aziz Nesin ile bu süreçte tanıştık. Nesin, İstanbul'dan Ankara'ya gelmeden bir gün önce toplantıda olması istenen kişilere duyuruluyordu.

Bir akşam yemeği. Soldan Sağa: Mustafa Ekmekçi, Nevzat Helvacı, İlhan Selçuk, Muzaffer İlhan Erdost, Vecihi Timuroğlu, Halit Çelenk, Yakup Kepenek ve ben.

Toplantılar, Dilbilimci Tahsin Saraç'ın evinde yapılıyordu. Emek Mahallesi'nde İsrail Evleri denilen evlerden birinde toplanıyorduk. İsrail Evleri denilişi, ilk parlamenter lojmanları olarak yapılan bu evlerin, İsraillilerce yapılmış olmasındanmış.

Torbalı'da İlhan Selçuk, Reha İsvan ve Ahmet İsvan ile.

İnsan Hakları panelinde Halit Çelenk ve Uğur Mumcu ile.

Aziz Nesin ile röportaj yaparken.

Tahsin Saraç'ın evindeki toplantılara Aziz Nesin ve Saraç'ın yanı sıra Halit Çelenk, Sadun Aren, Cevat Geray, Haluk Gerger, Varlık Özmenek, Nevzat Helvacı, M. İlhan Erdost, Emin Değer, Erşen Şansal, Özcan Keskeç, Erbil Tuşalp, İhsan Atar, Veli Devecioğlu ve Alper Aktan katılıyordu. Kimi zaman da Aziz Nesin'ce belirlenmiş konu başlıklarıyla ilgili kişiler çağrılırdı.

Ev, her nedenle militarizmi çağrıştırsa da Demokrasi Karargahı'na dönüşmüştü. 12 Eylül faşizmine ve yıkıntılarına karşı bir araya gelmiş bir aydınlar topluluğuydu. Ekmek ve Hak Dilekçesi'ni Kenan Evren'e iletilmek üzere Çankaya nizamiye kapısındaki ilgililere verdik. Metni okuyup, izleyen gazetecilere dağıttık.

"Keşke Senin Hastalığına Toplumca Yakalansak"

Yine Aziz Bey'in çağrısı üzerine İsrail Evleri'nde buluşacaktık. Ne yazık ki o sabah bel ağrım tutmuş, hastaneye gitmiştim. Numune Hastanesi Fizik Tedavi Bölümü'nde muayene eden doktorlar, bel fıtığı olduğumu, ileri bir aşamaya gelmiş olup hemen ameliyat olmam gerektiğini söylediler. Toplantılar ve alınan kararların uygulamaya geçirilmesi önemliydi. Doktorlara rica edip fizik tedaviyle

Bir akşam Hasan Uysal, Gülden Kamacık, Mustafa Ekmekçi ve Oktay Etiman ile.

geçiştirilmesini istedim. Doktorlar kabul etti. Ancak bir hapşırma sırasında oradaki sinirlerin kopması halinde ameliyat şansını da yitireceğimi söylediler.

Hastaneden çıkıp Tahsin Saraç'ın evine gittim. Toplantı bitmiş ve katılanlar dağılmıştı. Toplantıya katılamayışımın nedenini ve doktorlarla konuşmamı anlatınca Tahsin Saraç, "Eee canım, biz de eşek gibi hapşıracak değiliz ya" deyince, Aziz Nesin, "Keşke senin hastalığına toplumca yakalansak; çünkü senin bu hastalığında baş eğilmez" demişti.

Aziz Nesin'in söylediğinin doğruluğunu pratikte biliyordum. İş-güç nedeniyle başımı eğdiğimde boyun sinirleri bele doğrudan baskı yapıp sıkıştırıyor ve acı veriyordu. O nedenle başımı eğmemeyi bir alışkanlık haline getirmiştim. Bunu bilmeyenler dik başlılığıma verirlerdi.

Sonra toplantı, gösteri, yayın ve benzeri kültürel ve toplumsal etkinlikleri düzenlemek üzere EKİN BİLAR A.Ş. kurulmuştu. EKİN BİLAR A.Ş. tarafından düzenlenen kimi konferans, panel ve sempozyumlara giriş ücretliydi. Beş lira gibi cüzi bir ücret alınıyordu. Kavaklıdere Sineması'nda düzenlenen bir açık oturumda, konuşmacılar sunumlarını tamamladıktan sonra sıra izleyenlerin sorularına gelmişti. Beklenildiği gibi soruların çoğu Aziz Nesin'e soruluyordu. Henüz olağan bir ortama dönülmediğinden, soruların birtakım polemiklere yol açmaması için sözlü değil yazılı sorulması istenmişti. Soranların adlarını yazmış olanların sorularını yanıtladıktan sonra, adlarını yazmamış olanları da eleştirerek, "Neden adınızı yazmıyorsunuz? Korkudan korktukça ne yapabilirsiniz ki? Biz burada konuşuyoruz ama bazılarınız adını bile yazmaya çekiniyor. Peki biz kahraman mıyız bunları konuşurken? Hayır. Ama tarihsel-toplumsal bir sorumluluğu yerine getirmeye çalışıyoruz. O zaman siz de soru soran her kimse artık; merakından mı, öğrenmek istediğinden mi ya da başka bir niyetle mi soruyor, belirtmelisiniz. Biz ne bilelim. Soru soran kişi adını yazsın biz de yanıtlayalım" demişti.

Aziz Nesin ile Midilli'de.

Aydınlar Direnişi'nde Aziz Nesin ile.

Başlangıçta EKİN BİLAR A.Ş.'nin kuruluşunda yer alıp, saymanlık işini de üstlenmiş olan Yalçın Küçük'ün işe yaklaşımı, Aziz Nesin ile tartışmalarına ve sonradan Aziz Nesin ile kopuşlarına da neden olmuştu. Aziz Nesin, yapılan her işin disiplinine çok özen gösterir ve öyle de yapılmasını isterdi.

10 Binler A.Ş.

Yine Tahsin Saraç'ın evinde toplanmıştık. Aziz Nesin, bu kez gündeme bir günlük gazete çıkarılmasını getirdi ve tartışmaya açtı. Kimileri olabileceğini, kimileri önce 15 günlük sonra haftalık, giderek de bir günlük gazeteye dönüştürülebileceğini söyledi.

Aziz Nesin, 10 bin kişinin 200'er lira ödemesiyle, günlük bir gazete çıkarılabileceğini söyledi. İki milyon ile günlük bir gazetenin çıkarılamayacağını, dört gün önce yaşanan bir anekdotu anlatarak, ben de olası görmediğimi söylemiştim. Aziz Nesin, toplantı süresince bana göndermede bulundu. Sonuçta On Binler A.Ş.'nin kurulması kararlaştırıldı. Toplantı sonrası bu projeyi olabilir görmemekle birlikte, kararlaştırılmış olması nedeniyle, bankada açılan hesaba, ilk 200'er lirayı İhsan Atar ile yatırmıştık. İhsan Atar, tarım mühendisi meslektaşım olup, şair Enver Gökçe'nin yeğeni Ayten ile evliydi.

İhsan Atar ile Küçük Esat Huzur Evi'nde yatan Enver Gökçe'yi sık sık ziyaret ederdik. İhsan Atar'ın çok zengin gazete koleksiyonu ve kitaplığı vardı. Kendisi de çok okuduğundan, bir gereksinim olduğunda bulup getirirdi.

On Binler A.Ş. ile ne yazık ki günlük bir gazete çıkarılamamış, yerine Aziz Nesin'in de yazarları arasında yer aldığı *Aydınlık* gazetesi ile okuyucuya ulaşılmak istenmiş fakat bu da sürekli olamamıştı.

BÖLÜM YEDİ

HERKESİN SIĞINAĞI: İHD

Hak ve Özgürlük Yürüyüşü

12 Eylül Askeri darbesiyle askıya alınan ya da yok edilen hak ve özgürlüklerin yeniden kazanımı ile kullanılabilirliği üzerine görüşmeler yoğunlaşmıştı. Buna en çok da gereksinen içerde çocukları olan anne ve babalardı. İşkencenin sistematik olarak sürüyor ve cezaevlerinin insan haklarından tamamen uzaklaşıyor olması ailelerinin çabalarını hızlandırmıştı. Onların "Bir şeyler yapmalı!" çığlığını duymayan kalmamıştı. Aziz Nesin ve arkadaşlarının da "Ne yapmalı?" arayışı, İstanbul-Ankara arasındaki arayış trafiğini hızlandırmıştı. Sonunda gasp edilen hak ve özgürlüklerin teşhiri, hak ve özgürlüklerin korunması ve savunulması düşüncesi, insan hakları çalışmalarının örgütlenmesini zorunlu kıldı.

O günlerde henüz ses çıkarılamıyordu; çıkarılsa da ancak yakınlarının duyabileceği tonda olabiliyordu. Sıkı ve yoğun görüşmeler sonucu, 12 Eylül Darbesi'nden sonra ilk kez insanlar bir çatı altında bir araya geliyorlardı.

12 Eylül Darbesi, başta yaşam hakkı olmak üzere temel hak ve özgürlüklerin yok edilmesidir. Türkiye'nin yarı açık cezaevine dönüştürülmesidir. 650 bin kişi gözaltına alındı ve işkenceden geçirildi. 173 kişi işkence sonucu öldürülmüş, binlercesi onarılmaz yaralar almıştı. 50 kişi idam edildi. İnsanlar kaybedildi; bugüne değin halen izlerine rastlanamadı. Partiler, sendikalar, kooperatifler, dernekler ve sanat kurumları kapatıldı. Kitaplar yakıldı. Binlerce kamu görevlisinin işine son verildi ve yurt dışına çıkmak zorunda kalan 30 bin kişiden 14 bini yurttaşlıktan çıkarıldı.

Türkiye, cehenneme dönüştürülmüştü…

IHD'LILER KIZILAY'DA INSAN HAKLARI BÜLTENI DAĞITTI- Insan Hakları Haftası nedeniyle dün Kızılay'da Insan Hakları Derneği Başkanı Akın Birdal, arkadaşlarıyla birlikte Insan Hakları Bülteni dağıttı.

Herkes için İHD

İşte bu koşullarda mahpus aileleriyle bir araya gelen siyasetçi, yazar, mühendis, avukat, gazeteci 98 kişi 17 Temmuz 1986 tarihinde İHD'yi kurdular.

Hukukçu arkadaşlarca hazırlanan tüzük, İçişleri Bakanlığı'nca kabul edilmeyip, üç kez değiştirildi, ancak dokuz ay sonra uygun bulundu.

Kuruluş bildirgemizde yer alıp sonrada kampanyaya dönüşen, ölüm cezasının kaldırılması ve genel affın çıkarılmasıydı. Kampanya sonucu toplanan 150 bin imza, 1988 İnsan Hakları Haftası'nda TBMM Başkanı Yıldırım Akbulut'a sunuldu. 1999 yılında yine ölüm cezasına karşı bir kampanya başlatılmış ve 539 bin imza yine TBMM Başkanlığı'na iletilmişti.

Açılan kampanya çerçevesinde TBMM'de grubu bulunan siyasi parti genel başkanlarını ziyaret ederek, konunun meclise geldiğinde destek vermelerini istemiştik.

Generaller, "Asalım mı?" diye Sorsaydı

Görüşmeleri yapmak üzere DYP Genel Başkanı Süleyman Demirel'i Akay Caddesi'ndeki parti binasında ziyaret ettik. Diğer kurum temsilcileri ve gazetecilerin de yer aldığı beş kişilik heyetin sözcülüğünü yapıyordum.

Kampanya metnini ilettiğimiz Demirel, genel af konusunda arkadaşlarıyla konuşabileceğini ancak ölüm cezası konusunda referandum yapılması gerektiğini söyleyince, ben de, "Sayın Genel Başkan, 12 Eylül sonrası sizler de tutuklanmış ve yasaklanmıştınız. Eğer generaller halka dönüp, 'Ey halkım, bunları asalım mı?' diye sorsalardı; 'Asın' yanıtını alacaklar ve şimdi siz orada oturmuyor olacaktınız. *Yaşam hakkı*, insanın doğuştan kazandığı, yok edilemez, devredilemez bir hak olup, referandum konusu olamaz" dedim. Demirel, "Anlaşıldı beyler" deyip kollarını iki yana açınca görüşmenin sona erdiğini anlarsınız. Çünkü Demirel ile muhalefet lideri, Başbakan ve Cumhurbaşkanı olarak ne zaman görüşmek istemiş isek bizimle görüşmüş ancak her görüşmemiz tartışmalı geçmiş ve sonuçsuz kalmıştır.

İstanbul'da, Ölüm Cezası Kaldırılsın Genel Af Çıkarılsın mitinginde.

Darbe sonrası tutuklanan siyasi parti liderleri ve yöneticilere konulan siyaset yasağı, seçme ve seçilmeye getirilen yasakların referandum konusu yapıldığında, biz İHD olarak yasakların kalkması konusunda sıkı bir çalışma yürütmüştük. Yasaklar kalkmış ve onlar da siyasete geri dönmüşlerdi.

Darbe Koşullarında Bir Sığınak: Dikili

Darbeden sonra muhalif çevrelerin buluştuğu yerlerden biri de Dikili'ydi. 1986 yılında Belediye Başkanı Osman Özgüven ile başlatılan Barış Sanat ve Kültür Festivali, muhalefetin buluşma platformuna dönüşmüştü.

1987 yılından itibaren festivale İHD olarak biz de katılmıştık. Temmuz ayı olması nedeniyle kuruluş etkinliklerimizi de Dikili'de yapıyorduk. Sergiler açıyor, açık oturumlar düzenliyor, akşamları da İnsan Hakları, Demokrasi ve Barış Gecesi vb. etkinlikler düzenliyorduk.

Dikil Festivali'nde. Öndekiler: Edip Akbayram, Sadık Gürbüz ve ben. Arkada: Yitirdiklerimiz; eşim, Sevda Helvacı ve Özgür Selçuk.

Dikili Festivali'nde İHD Sergisi'ni açarken, Erdal Atabek ile.

Herkes oradaydı. Siyasetçiler, cezaevinden yeni çıkmış DİSK yöneticileri, yazarlar, sanatçılar, gazeteciler ve gençler... Bir hafta Türkiye'nin barış özlemcilerinin, demokrasi ve insan hakları savunucularının yüreği Dikili'de atıyordu. Ne yazık ki 1990 yılından itibaren festival yapılamadı. Çünkü Kürt sorun Türkiye'nin günde-

Erdal İnönü'yü ziyarette.

Erdal İnönü ile görüşürken.

mine oturmuştu ve yapılacak etkinliklerde bunu dikkate almamak olanaksızdı. Gerçi gündeme alınsa da bazı risklerin olacağı söylenmişti bize. Oysa biz festivalin sürmesi gerektiğini ileri sürmüştük.

İçerde ve Dışarıda, İHD'yle Dayanışma

İşkencenin sistematik sürüyor olmasına ve cezaevlerindeki uygulamalara dikkat çekmek için birkaç kez SHP Genel Başkanı Erdal İnönü ile görüşmüştük.

İHD'nin illerde kuruluşu için yoğun başvurular yapılıyordu. Türkiye'nin dört bir yanından yapılan başvurular kısa sürede sonuçlandırılıyordu. Kuruluşu tamamlanan illerde insan hakları ihlalleri izleniyor, ilgililerle görüşülüyor ve sonuçları genel merkeze rapor ediliyordu. Bir süre sonra açılan şubelerin bazıları devlet baskıları sonucu kapatılıyor ama bir yandan da yenileri açılıyordu.

Günümüzde 34 şubesi ve 4 temsilciliği olan İHD'nin yaklaşık 10 bin de üyesi bulunmaktadır. 1980 faşist darbesi sonrası yurt dışına çıkmak zorunda kalanlar, gittikleri yerde örgütlenerek Türkiye'deki insan hakları ihlallerine dikkat çekiyorlardı.

Türkiye-Almanya İnsan Hakları Derneği: TÜDAY

Almanya Köln'e giden çoğu TÖB-DER yöneticisi, Türkiye-Almanya İnsan Hakları Derneği'ni (TÜDAY) kurmuşlardı (13 Mayıs 1989).

TÜDAY'ın kuruluşuna TÖB-DER Genel Sekreteri Kemal Uzun, yöneticilerden Enver Karagöz ve Adnan Keskin öncülük etmişlerdi.

Enver Karagöz -ki Enver Hoca denilirdi kendisine-, Artvin Devrimci Yol Davası'ndan yargılanmıştı. 12 Eylül'de gördüğü ağır işkencelere karşın konuşmamış; boğazından kaynar su dökmüşler ve ses tellerini yitirmişti. Ağır işkence sonucunda ortaya çıkan kanser hastalığı nedeniyle de yaşamını yitirmişti.

14 Haziran 2014 yılında TÜDAY'ın 25. kuruluş yıldönümü kutlanmıştı. TÜDAY'ın Onursal Başkanı olarak Türkiye'den beni ve BAJAR grubunu çağırmışlardı. Çok sayıda dayanışmacı konuk katılmıştı. Türkiye'den katılanlar arasında Yeşiller ve Sol Gelecek Partisi Eş Sözcüsü Naci Sönmez de vardı.

İHD Dünyaya Açılıyor

TÜDAY, İHD'nin dünyaya açılan kapısı olmuştu. İHD'yi Avrupa halkları, evrensel insan hakları ve barış savunucuları ile buluşturmuştu.

Hamburg'da Server Tanilli, Dursun Akçam ve Deniz Kavukçuoğlu ile.

"25. Yıl Dayanışma Gecesi"nde Enver Hoca'nın eşi Işılay Karagöz ile bana, insan hakları mücadelemizde cesaretlendirici ödüller verilmişti.

TÜDAY, 1989 yılında kuruluşunu tamamladıktan sonra bizi Köln'e çağırdılar. Bir Avrupa programı yapmışlardı: Almanya, Fransa, Hollanda, İsviçre.

Vatikan Büyükelçisi ile bir resepsiyonda.

AP Heyeti'nin İHD ziyareti.

İnci Tuğsavul ve Doğan Özgüden ile Brüksel'de.

Heyette, yitirdiğimiz ve özlemle andığım Emin Galip Sandalcı, Mahmut Tali Öngören, Bülent Tanör ile Yavuz Önen ve Tolga Çandar olmak üzere altı kişiydik. Ancak bir sorun vardı. Etkinliklere sazı, sözü ve türküleriyle katılacak olan Tolga Çandar, uçağa binemiyordu. Hava Harp Okulu üçüncü sınıfta bir eğitim uçuşu sırasında yaşanılan bir kaza sonucu harp okulundan ayrılmış, ODTÜ'ye girmiş ve inşaat mühendisi olmuştu. Sonraki yıllarda da ne uçağa binmiş ne de uçak yolculuğu yapmıştı.

Çandar'ı Genel Sekreter Yardımcımız Hasan Uysal ile zorla ikna edebilmiştik. Önce Esenboğa Havaalanı'ndaki bir restoranda, sonra da uçakta, uçuşunu kolaylaştıracak ne varsa yapılmıştı. Köln'e inişte uyandırmak biraz zor da olsa, ekibe gezi boyunca kattığı sinerji unutulmazdı.

Hamburg'da insan hakları gezisinde, soldan sağa: Emil Galip Sandalcı, Dursun Akçam, Ben, M. Tali Öngören ve Bülent Tanör.

Bonn Kürt Konferansı'nda.

Berlin'de bir toplantıda.

Père Lachaise Mezarlığı Yılmaz Güney ve Ahmet Kaya

Almanya'da birkaç kentte toplantılar düzenlenmiş, insan hakları ve barış örgütleri ziyaret edilmişti. Oradan Paris'e geçtik. Gittiğimiz gün düzenlenen toplantıya katılmış, akşamda Fatoş Güney ve Ataol Behramoğlu ile beraber olmuştuk. Ertesi gün de Paris'te ünlülerin yattığı Père Lachaise Mezarlığı'na giderek Yılmaz Güney'i ziyaret etmiştik. Paris Komünü'nün kurşuna dizilmiş yoldaşlarıyla yan yana yatıyordu…

Paris Père Lachaise'de Yılmaz Güney'i ziyaret. Sabri Dokuzoğuz, Ahmet Karataş ve Akın Özdemir'in kızı Deniz Özdemir ile. Yılmaz Güney'e çiçek bırakırken, Fatoş Güney, Yavuz Önen, M. Tali Öngören ve Bülent Tanör ile.

(Güney'i bu yıl İstanbul ve Ankara'da doğumunun 81. yılında andık.)

Paris'e her gidişimde Yılmaz Güney ile 16 yıl sonra yitirdiğimiz ve hemen yakınında yatan Ahmet Kaya'yı ziyaret etmişimdir. Her ziyaretimde gördüğüm, ikisinin de mezarları üzerinde her zaman mevsimlik taze çiçeklerin bulunuşuydu.

Bu ilk gezi bizlere birçok ilişki kazandırmış ve evrensel insan hakları hareketleri ile önemli dayanışma olanakları yaratmıştı.

TÜDAY ve Enver Hoca'nın sevgili eşi Işılay Karagöz ve arkadaşları, hak ve özgürlük mücadelesini sürdürmekte; bu yolda yitirdiklerimizi de her fırsatta anmaktalar.

Sosyalist Birlik Partisi (SBP) Kuruluyor

Aziz Nesin yine Ankara'daydı. Gündüz toplantı sonrası akşam bir grup arkadaşla birlikte olmak istediğini söyleyince, bizim evde olabileceğimizi söyledim. Akşam yemekte Aziz Nesin, Tahsin Saraç, Cevat Geray ve Teoman Öztürk ile bir araya geldik.

SBP kuruluşunda Anıtkabir mozolesinde Sadun Aren ve Nedim Tarhan ile.

Aziz Nesin hemen konuya girdi. Türkiye'nin bir sol, sosyalist partiye gereksinmesi olduğunu söyledi. Bunun, insanların korkularına yenilmemelerine, yalnız kalmamalarına hem de cuntaya karşı direnişi güçlendirmeye yarayacağını söyledi. Ancak nihai olarak halkın beklentilerine çözüm getirici olanın parti olduğunu ve bunun da geciktirilmemesi gerektiğini söyledi. Masada olanlar da bu görüşe katıldıklarını söyleyince, iş sürecin başlatılmasına kalmıştı.

KHK'ya direnenler.

Bir ara sürgünde bulunan TBKP'nin liderleri Nabi Yağcı ve Nihat Sargın da Türkiye'ye döndüler. Gözaltı ve tutuklamayla başlayan süreçte, Yağcı ve Sargın, 141 ve 142'nin kaldırılması için başlattıkları ölüm orucu büyük yankı buldu. Biz de Aziz Nesin, Prof. Cahit Talas ile Adalet Bakanlığı'ndan özel izin alarak görüşlerine gittik. Görüşmede Aziz Nesin, "Vazgeçin demiyoruz ama erteleyin diyoruz. Zamanını siz belirleyin. 141 ve 142'nin kaldırılması hedefini biz üstleniyoruz. Daha geniş bir hareket yaratmak üzere bir-iki ay grevi bırakmanızı talep ediyoruz" dedi.

20 gündür sürdürülen ölüm orucu bitirilmiş, daha doğrusu ara verildiği duyurulmuştu. Onlar, iki buçuk yıl cezaevinde geçen süre sonunda 1990 Mayıs'ının ilk haftasında tahliye oldular.

Sık sık sol sosyalist partinin kuruluşuna dönük toplantılar yapılıyordu. Aziz Nesin ve kuruluş sürecinde yer alan arkadaşlarla, EKİN BİLAR A.Ş.'de yapılan toplantılarda partinin adı, kurucular ve yönetimde kimlerin yer alacağı belirlenmişti.

Genel Başkan'ın kim olacağı konusunda ilk akla gelenler, Aziz Nesin, Sadun Aren ve Halit Çelenk olmuştu. Aziz Nesin, işlerinin bitmediğini, yapılacak daha çok işi olduğunu söyleyerek, kabul etmedi. Halit Çelenk'in de DGM'de süren yoğun davaları nedeniyle üstlenemeyince Sadun Aren Hoca genel başkan oldu. Nedim Tarhan, Kemal Anadol ve ben de genel başkan yardımcıları olarak görevlendirildik. 23 Haziran 1990 günü Sosyalist Birlik Partisi'nin kuruluşu tamamlandı.

Parti çalışmalarının başından sonuna değin yer alan kimileri, kuruluş kurultayına birtakım bahanelerle son anda katılmamışlardı. Kurucular arasında SHP'den de dört milletvekili partilerinden ayrılıp SBP'nin kuruluşunda yer aldılar. Kemal Anadol, Kâmil Ateşoğulları, Ekin Dikmen ve Hüsnü Okçuoğlu katılmışlardı.

SBP, kuşkusuz solun, sosyalistlerin tam birliğini sağlayamamıştı. O nedenle SBP'nin kuruluşu bir son değil, bir başlangıç olarak kabul edilmişti. Çünkü ezilenleri, emekçileri ve onların örgütlerini kapsamamış, darbe öncesi güçlü varlıklarını darbe sonrası koruyamamış sosyalistlerin, devrimcilerin birçoğu bu oluşumun dışında kalmıştı. Bir yandan parti işlevini yürütürken, diğer yandan da bu eksikliğin giderilmesine çalışıyordu.

Genişleme çalışmalarının sonucunda yeni katılımlarla, Birleşik Sosyalist Parti adını aldı. Bu süreçte SHP'den gelen milletvekillerinden kimileri partilerine geri döndüler.

İHD'de Yol Ayrımı

Bu arada, İnsan Hakları Derneği'nin ve insan hakları mücadelesinin miladı olarak kabul edilen önemli bir olay yaşandı.

İHD'nin 28 Ekim 1990 günü üçüncü genel kurulu toplanmıştı. İHD genel kurullarında yönetime kimin geleceği kaygısı ve yarışı yaşanmazdı. Genel kurula hem uluslararası insan hakları örgütlerinin temsilcileri hem de yurt içinde AB'nin Türkiye Büyükelçilik temsilcileri ile siyasi partiler, sivil toplum örgütleri, meslek odaları ve muhalefetin hemen her temsilcisinin katıldığı bir platform olurdu.

Genel kurulda alınacak kararlara zemin oluşturan platform, bir barış, demokrasi ve insan hakları platformuna ve dayanışmasına dönüşüyordu.

Genel kurul, DSİ Toplantı Salonu'nda yapılıyordu. Yönetim için divan oluşturulmasına özen gösterilirdi. Başkanlığa değerli hukukçu ve avukatlığını yapmış olduğu Deniz Gezmiş, Yusuf Aslan ve Hüseyin İnan'ın darağacına çekilmesine tanıklık etmiş, yine birçok başka davada hepimizin avukatlığını yapmış olan Halit Çelenk getirildi.

Diyarbakır'da barış arayışı.

Divan Başkan Yardımcılığı'na Trabzon Üniversitesi'nden 1402 sayılı yasa ile işine son verilmiş olan öğretim üyesi Haldun Özen, Adana Şube Başkanı Av. Ülkü Tolunay ve Ankara Şube Yönetim Kurulu üyesi Hediye Dikmen (Felekoğlu) seçilmişlerdi.

Genel kurul, önceden duyurulan gündem doğrultusunda çalışmalarına başladı. Çalışma raporu üzerine görüşmelere geçilmeden İHD Diyarbakır Şube kurucularından ve genel kurul delegasyonundan Vedat Aydın, bana, divana iletmem için bölge şubelerinin ortak bir kararını bildirdi. Buna göre bölgeyi temsilen üç kişiye peş peşe söz verileceğini, kendisi anadili Kürtçe ile konuşacağını, İHD Genel Başkan Yardımcısı ve Diyarbakır Şube Başkanı Hatip Dicle'nin "Kürt Sorunu ve Çözümü", Siirt Şube Başkanı Zübeyir Aydar'ın da "Bölgede Yaşanan İnsan Hakları İhlalleri Raporu" üzerine konuşacaklarını söyledi.

Arkadaşların önerisini divana bildirdim. Divan da bu öneriyi uygun görmüş olacak ki ilk sözü Vedat Aydın'a verdi. Vedat Aydın, Kürtçe konuşmaya başlayınca salonda bir dalgalanma başladı. Kimi delegeler kapak sıralarına vuruyor, kimi ayağa kalkıp ne söylediği anlaşılmayan bağrışmalarla protesto ediyor, kimileri de bu tepkileri alkışlarla susturmaya çalışıyordu.

İHD'nin kurucusu ve üyelerinin muhalif, demokrat, sol-sosyalist bir dokusu vardı. Genel kurulda, bir anadili hakkının kullanımını ve meşruiyetine karşı gösterilen tepkiler anlaşılır gibi değildi. Bunun üzerine Divan Başkanı Halit Çelenk, konuşmacı Aydın'ı birkaç kez uyararak, konuşmasını Türkçe yapmasını istedi.

2932 sayılı yasa Türkçeden başka dillerin konuşulmasını yasaklıyordu. Ayrıca 2908 sayılı Dernekler Yasası da Türkçe dışında başka bir dilin kullanılmasını engelleyici hükümler içeriyordu.

Divan, bu gerekçelerle ya da derneğin tüzel kişiliğini koruma saikı ile konuşmacının konuşmasını Türkçe ile sürdürmesini istedi. Vedat Aydın da anadili ile konuşma kararlılığını sürdürünce, kongreye 15 dakika ara verildi. Divan, aradan sonra konuşmasını sürdüren Vedat Aydın'a yeniden konuşmasının anlaşılmadığını söyleyince, delegelerden Ahmet Zeki Okçuoğlu kürsüye sıçrayıp, "Konuşmanın anlaşılması için tercüme edeceğim" dedi.

Genel Kurul'da uğultular sürüyordu. Terörle mücadele, siyasi partiler ve dernekler masasından sivil ve resmi polisler, dışarıda Genel Kurul Salonu'nu kuşatmış, içerde de Vedat Aydın'ın konuşmasının engellenmesini istiyorlardı.

Bir süre sonra salondakiler divanı terk ederlerken, Divan'ın hemen ardında yer alan Genel Yönetim Kurulu üyeleri de aynı şekilde yerlerinden kalkıp, inmeye başlamışlardı. Konuşmaların engellenmesini isteyen polisler, tutanak tutup, konuşmaların engellenmediğini imzalamamı istediler. Ben de imzalamadığımın da tutanaklara geçirilmesini söylemiştim. Divan'da yalnız Hediye Dikmen, kalmıştı. O da gelerek bana Divan'ın bu tutumunu protesto edip, Divan'ı terk edeceğini söyleyince, ben de kendisine, "Sizden rica ediyorum. Gidip oturun ve kongreyi sürdürün" dedim. Hediye Hanım da yeniden Divan'a gidip konuşmanın sürmesini sağlamıştı.

Genel Yönetim Kurulu masasında benim yanımda sadece bir kişi kalmıştı. O gerilim içinde yanımda kimin kaldığının ayırdında değildim. Sonradan o kişinin Yavuz Önen olduğunu öğrendim.

Genel Kurul başlangıcında SHP milletvekillerinden Ahmet Türk, M. Ali Eren ve dört milletvekili vardı. Tartışmalar sürerken üç milletvekili daha geldi. Bunlardan biri de DYP bölge milletvekillerindendi.

Genel kurul bitiminde Vedat Aydın ve Ahmet Zeki Okçuoğlu gözaltına alındı ve sonra da tutuklandı.

Vedat Aydın mahkemede.

Kürtçe konuşmayı ya da yazışmayı engelleyen 2932 sayılı yasa 1991'de, Dernekler Yasası'ndaki engelleyici hükümler ise 2000 yılı başlarında kaldırıldı.

Vedat Aydın ve A. Zeki Okçuoğlu, dokuz ay sonra tahliye oldular. Vedat Aydın, tahliye olduktan yaklaşık sekiz ay sonra evinde gözaltına alınmış, bir hafta sonra da 7 Temmuz 1991 günü işkence ile öldürülmüş olarak cesedi bulunmuştu.

1991 yılında Vedat Aydın ile başlayan kontrgerilla cinayetleri, bölgede giderek sistematik hale dönüşmüştü. Genel Kurul'da yaşananlar orada sona ermemiş, bu anlayış farklılığı uzun süren tartışmalara ve ciddi bir yol ayrımına yol açmıştı.

Hani İnsan Haklarını Savunuyorduk

Hani biz insan hakları savunucuları, gerçeğin arayıcıları değil miydik?

Hani biz yasaları değil, meşruiyeti esas almıyor muyduk?

Hani biz muhalif olmayı, haksızlıklar karşısında itiraz etmeyi, hak savunuculuğumuzun vaz geçilmez bir tutumu olarak kabul etmiyor muyduk?

Hani bizim resmi bir aidiyetimiz yoktu?

Hani bizim için hak ve özgürlüklerin öznesi herkesti?

Hani biz gördüğümüz, duyduğumuz ve yaşadığımız tanıklıkları cesaretle açığa çıkaracaktık?

Hani biz insan haklarının evrenselliğini, bütünselliğini, hak ve özgürlüklerin bir bütün olarak kabul etmemiş miydik?

Hani biz ayrımcılığa, ırkçılığa karşıydık ve insanlık onuruna aykırı olan her davranışa karşı çıkmayacak mıydık?

Hani bizim önceliğimizi ezilenler, emekçiler, ötekileştirilmişler, dışlanmış, yadsınmış ve reddedilmişler oluşturmayacak mıydı?

Bütün bu ve sıralayamadığımız nedenlerden ötürü bir anadil hakkı, insan hakları ve özgürlüklerin korunacağı ve savunulacağı savıyla yola çıkmış bir derneğin platformunda kullanılmayacaktı da nerede kullanılacaktı?

Ünlü hukukçu Faruk Erem, "Bir suçluyu kazıyın, altından insan çıkar" demişti.

Sol, sosyalist geleneklerden gelen muhalif, insan haklarını savunanların kimilerinin de kazınması halinde altından ulusalcılığın çıkması da şaşırtıcı değil mi? Bu topraklarda insan hak ve özgürlüklerini zehirleyen ittihat-terakkinin tek ulus, tek bayrak, tek dil, tek din ve mezhep ideolojisinin günümüze taşınması değil de nedir?

Amsterdam'da bir alanda gördüğüm top top üzerine konulmuş bir anıtın ne ifade ettiğini sorduğumda, bir şeyin bittiği yerde, yeni bir şeyin başladığı anlatılmış olduğunu öğrendim. Diyalektiğin ve umudun bu denli güçlü ve öz anlatımından etkilendim. Bu örnek bile gösteriyor ki bugün hâlâ Kürt sorununun çözümsüzlüğünün sonuçları giderilemeyip yaşanılıyorsa, geçmişte yapılması gerekenlerin yapılmamış olmasıyla da ilgilidir.

Ya 1980 öncesi Barış Derneği ve benzeri örgütlerde yer alıp da Asya, Afrika ve Güney Amerika halklarıyla enternasyonal bir dayanışma göstermiş ve 12 Eylül Askeri Mahkemeleri'nde bunu savunmuş olanların, sıra Kürt halkına gelince suskunluklarına, bazılarının da karşıt bir yerde yer alışlarına ne demeli?

Her ne denilirse denilsin, bu yarılma ileride aşılmış ve İHD'nin değerlerini ve normlarını geçerli kılan bir yörüngeye oturtulmuştur.

İşkence Mağdurlarına Deva TİHV Kuruluyor

Yine 1990 yılında İHD öncülüğünde, İHD ve 32 gerçek kişi tarafından Türkiye İnsan Hakları Vakfı kurulmuştur.

İHD, işkence ile mücadele ve işkence mağdurlarının teşhis, tedavi ve rehabilitasyonu için olağanüstü genel kurulu toplayıp tüzüğünü değiştirerek, Yavuz Önen'in başkanlığında kurulan ve sonra da Şebnem Koru Fincancı'nın devraldığı Vakıf, bugüne değin 15 bin işkence mağdurunun tedavi ve rehabilitasyonuna katkı sunmuştur. TTB'nin ve gönüllü doktorların da bu çalışmalara katkısı övgüye değerdir. TİHV, günlük ve yıllık insan hakları raporları da yayınlamaktadır.

İHD'ye Saldırılar

1990 sonrası hem İHD hem de yönetici ve üyeleri boy hedefi haline getirilmişti. Soruşturmalar açılıyor, gözaltı ve tutuklamalar oluyordu. Saldırılar düzenleniyor ve cinayetler işleniyordu. Elâzığ Şube Başkanı Avukat Metin Can ve Yönetim Kurulu Üyesi Dr. Hasan Kaya kaçırılıp işkenceyle öldürülmüşlerdi. Cenazeleri silahlı, puşili özel timin gölgesinde kaldırıldı. Metinlerin katillerinin kimler olduğunu kestirmekle beraber, faillerin açığa çıkarılması için her kapıyı çalmıştık. Başbakan Süleyman Demirel ve İçişleri Bakanı İsmet Sezgin ile görüştük. Görüşmelere Metin'in eşi ve Hasan'ın ağabeyi de katılmıştı. Demirel, not almış ve büyük bir üzüntü duymuş görüntüsü veriyordu. İsmet Sezgin de Metin'in eşine dönüp, "Başın sağ olsun kızım! Şimdi evine dön. Sana söz veriyorum; faillerini en kısa zamanda bulacağız" demişti. Demişti demesine ama nafile; binlerce faili meçhul cinayete arkadaşlarımızın adı da eklenmişti.

DGM'de İHD yargılanıyor. Soldan Sağa: Sedat Aslantaş, Erol Anar, Hüsnü Öndül ve ben.

İHD'nin yargılandığı dava duruşmasında.

Bölgedeki yoğun insan hakları ihlallerine karşı duyarlılığı yükselten İHD bölge temsilcimiz, meslektaşım, dostum Şevket Akdemir bölgedeki gözümüz kulağımız olmuştur.

Kanlı Newroz

1992 Newroz'u Cizre'de kutlanacaktı. Bir gün önce heyetimiz ile Cizre'ye gittik. Tam Cizre alanına bakan Kadoğlu Oteli'nde kalacaktık. Bölgeden binlerce insan Cizre'ye akın etmişti.

O gece radyo ve televizyon haberlerinde Başbakan Demirel konuşuyordu: "Herkes Newroz'unu şiddete başvurmadan, barış içinde kutlayacak. Herhangi bir sorun olmayacak." Bu haberi sevinçle karşılamıştık. Sabah erkenden kalkmış, alanda toplanan kadın, genç ve çocukları izliyorduk. Çok geçmeden dam evlerin üzerine ağır silahlı puşili özel timin konuşlandığını gördük. Bunun üzerine üç arkadaşla az ilerde gelişmeleri izleyen Kaymakam, Cumhuriyet Savcısı ve Emniyet Müdürü ile görüşmeye gittik.

Başbakan'ın açıklamasını anımsatarak, "Görüldüğü gibi bir şiddet yok" deyip, damların üzerine konuşlanmış özel tim elemanlarını göstererek, "Bu ne demek oluyor?" dedik. Kaymakam, "Bizim yapabileceğimiz bir şey yok. Ankara'dan gelen talimat böyle" deyince, ben de ona, "O zaman anons edin, insanların evlerine dönmelerini isteyin. Neden insanları böyle tehdit altında tutuyorsunuz?" dememe karşılık, üçü de beni yanıtsız bırakmıştı.

Onlardan ayrılıp otele dönerken alandaki sivil insanların üzerine kurşun yağdırmaya başladılar. Ortalık cehenneme dönüşmüştü. Kadın, çocuk, yaşlı; çığlık çığlığa bir panik yaşanıyordu. Kontrgerilla sahnedeydi. Sabah alanda en temiz, en yeni, rengârenk pazen-basma giysileri ve ayaklarındaki lastik ayakkabılarıyla toplanmış insanların üzerinde bir ateş ve toz yığını oluşmuştu.

Ardından alana panzerler girdi. Biz de otele sığındık. Bir ara odalarımıza çıktığımızda yerlerde onlarca mermi çekirdeği gördük.

Rastgele ateş ediyorlardı. Saldırı mahalle aralarına taşınmış; kadın, çocuk, yaşlı demeyip darp ederek zırhlı araçlara sürüklüyorlardı.

Mezopotamya'nın kadim kentlerinden Cizre'de tam bir terör estiriliyordu. Bir bayram yine kana bulanmıştı. O nedenle bu Newroz "Kanlı Newroz" olarak anılmıştı. Kanlı Newroz, insanlığa ve Kürt halkına karşı işlenen bir suçun tarihi adı oldu.

Akşamüstü silah sesleri susmuştu. Heyettekilerle; Ayşe Nur Zarakolu, Ayşe Pekdemir, Ercan Kanar, Nadire Mater ve gazetecilerle Cizre Hastanesi'ne gittik. Ölüleri ve yaralıları saptayacaktık. Onlarcasının cesetleri yerde ve üzerleri gazetelerle örtülüydü.

Hastane çıkışında zırhlı araçlar üzerinden özel tim güçleri, dönerli otomatik silahlarla rastgele ateş açıyorlardı. Yere kapaklanmasak içimizden birilerinin ölmemesi olası değildi. Sürünerek, hastaneye yeniden sığındık. Hastaneye gelen Cumhuriyet Savcısı Ahmet Çobanoğlu'nun bizi asker ve polis zırhlı araçlarıyla otele götürebilecekleri önerisini kabul etmedik; hastaneye gelen ticari araçlarla otele döndük. Havanın kararmasıyla ateşli silahlar ve saldırılar yeniden başladı. Otelde mahsur kalmıştık. Kurşun izleri karanlığı yararak geçiyordu.

Cizre'den Beyaz Çarşaflarla Çıkış

Genel Başkan Yardımcımız, Gazeteci-Yazar Mustafa Ekmekçi'yi arayıp, ölümle yüz yüze olduğumuzu ve hiçbirimizin can güvenliğinin olmadığını söyledim. Ekmekçi, bir süre sonra kendisini aramamı söyledi. Yaklaşık bir saat sonra Ekmekçi ile konuşurken bağlantı kesildi. Kadoğlu Oteli'nin hemen yanındaki otele sürünerek gidip yeniden aradım. Ekmekçi ile yere uzanmış konuşuyor ve ahize üzerinden geçen kurşun seslerini dinletiyordum. Ekmekçi, Bakanlar Kurulu'nun olağanüstü toplantı halinde olduğunu, İçişleri Bakanı İsmet Sezgin ile görüştüğünü ve ertesi gün sabahleyin Cizre'den çıkabileceğimizi söyledi. Sabahı zor ettik. Uyuyamamıştık. Çok uzun bir gece olmuştu. Sabah erken saatlerde beş ticari araçla

Cizre'den yola çıktık. Sokağa çıkma yasağı konulmuştu. Arabalarımızın antenlerine parçaladığımız beyaz otel çarşaflarını bağlamıştık. Nusaybin Kavşağı'na dek sorunsuz geldik. Kavşakta eli silahlı çok sayıda polis konvoyumuzu durdurdu. Uzaktan yoğun silah sesleri geliyordu. Kim olduğumuzu sordular. Konvoyun önünde bizim araç vardı. Ben de şoförün yanına oturmuştum. Şoför, Cizre'de kamu görevlilerince gösterilen ilgiden cesaretlenmiş olacak ki "İnsan Hakları abi" deyince, gözleri yuvasından fırlamış ve parmağı tetikte olan polis küfürlerle hepimizi aşağı indirdi. Polis uzaktan gelen silah seslerine işaret ederek, "Bakın orada arkadaşlarımız öldürülüyor; onların insan hakları yok mu?" diye bağırıyordu. Beş araçta bulunan İnsan Hakları Heyeti'nin ve izleyen gazetecilerin araçlarında bulunan çanta, fotoğraf makinesi ne varsa alıp tarlalara fırlatılıyor, bir yandan da arkadaşlara tekme-tokatla saldırılıyordu.

Ölümü hissetmek böyle bir şey olsa gerek. İşin şakası yoktu. Öldüreceklerdi. Ben avazım çıktığı kadar bağırarak, yolculuğumuzdan İçişleri Bakanı'nın bilgisi ve oluru olduğunu, herhangi birimize bir şey olursa, sorumluluktan kurtulamayacaklarını söylemiştim.

Bir kargaşa yaşanıyordu. İleride sivil bir araçtan uzun boylu, sivil biri gelerek, ne olduğunu sordu. Aynı tepkiyi ona da verince, polislere, "Bırakın gitsinler" dedi. Herkes şoktaydı. O ruh haliyle Diyarbakır'a geldik. Diyarbakır Gazeteciler Cemiyeti'nde (DGC) kısa bir basın toplantısı yapıp Ankara'ya döndük.

Bizim döndüğümüz gün olayları izlemek üzere orada bulunan *Sabah* gazetesi Muhabiri İzzet Kezer, elinde beyaz bayrak olmasına karşın açılan ateş sonucu yaşamını yitirmişti.

Başbakan Demirel, açıklama yapıyordu: "Teröriste şiddet, halka şefkat gösterilecek." Öldürülen çocuklar ve kadınlar mı terörist oluyorlardı? Dönüşten birkaç gün sonra Cizre, Şırnak ve Nusaybin'de resmî açıklamalara göre 57, bize iletilenlerden çıkan sonuca göre ise 94 kişinin yaşamını yitirdiğini öğrendik. Binlerce insan yaralanmış, gözaltına alınarak ağır işkenceden geçirilmişlerdi. Bölgede o dönem Ergenekon Davası'ndan da yargılanan Levent Ersöz görev yapıyordu. Olağanüstü Hal Valisi ise Ünal Erkan'dı.

14 HEP Milletvekili, BM'ye başvurdu. BM'nin oluşturduğu komisyon, incelemelerinin sonucunu 15 Nisan 1992 günü yayınladığı raporla, güvenlik güçlerinin sivil halkın bulunduğu alanları 20 saat boyunca taradığını duyurdu. Federal Almanya, Kürt halkına ateş açıldığı gerekçesiyle silah sevkiyatını durdurdu.

İHD'de Kopuş

Heyet üyeleri, yaşadıkları travmanın etkisinden kurtulduktan birkaç gün sonra bir araya geldi. Herkes orada paylaştıklarımızın dışında gözlemlerini, izlenimlerini anlattı. Sonunda herkesin onayladığı ortak bir rapor hazırlandı. Raporu Yönetim Kurulu'na sunduk. Başta Dernek Başkanı ve kimi arkadaşlar bu katliamı masum gösterici ya da örtücü bahaneler ileri sürüyorlardı.

PKK neden kadınları ve çocukları öne sürmüştü. Silahlı gerillalar neden kente inmişler, neden çatışmaya girmişler vb. asılsız ve dayanaksız görüşler ileri sürüyorlardı. Ulusal medyada da benzer manşetler atılmıştı.

Evet... 1990 yılında anadil konusunda farklılaşmış ve yarılmış İHD bu kez kopma noktasına gelmişti. Ben kimi arkadaşlarla toplantıyı terk etmiştim. Çünkü bu tutum Kürt halkına ya da farklı halklara karşı bir tutumu açığa çıkarıyor ve İnsan Hakları Evrensel Bildirgesi'nin daha ilk maddesindeki "İnsanların hak ve onur bakımından eşit doğar!" ilkesiyle çelişiyordu. Bu ayrışma giderek ertelenemez bir kopuşa yol açmıştı.

24 Ekim 1992 günü dördüncü olağan genel kurula böyle bir tablo içinde gidildi. Ayrıştığımız kişilerin bir liste çıkarmaları söz konusu olmadı, olamadı. İnsan hakları yaklaşımı farklı olan iki grup çıkmışsa da bir varlık gösterememişler, bizim liste ezici bir çoğunlukla yönetime seçilmişti.

Biz kuruluş amacımıza ve hareket noktamıza bağlı yeni bir çalışma ve eylem programıyla işe başladık. Bizim insan haklarının evrenselliğine ve bütünselliğine bağlılığımızla birlikte ezilenlerden, emekçilerden ve ötekileştirilmişlerden yana önceliğimiz ve kararlılığımız bazı üyelerin dernekten istifasına yol açmıştı.

Soyağacından Yenilen Elmalar

Açıkçası bölgede yaşanılanların Türkiye'nin batısına ve uluslararası topluluklara taşınmasından devlet ne denli rahatsızlık duymuşsa, Kürt sorununun çözümüne öncelik tanımamız da kimi üyelerimizi o denli rahatsız etmişti. Hatta kimileri ret ve yadsımayı o boyutlara getirmişlerdi ki ne Kürt diye bir halk ve ulus vardı, ne de dilleri ve edebiyatları vardı.

Çok ilginçtir ki bunu ileri sürenlerin çoğunun da bölgeden İç Anadolu'ya, İç Karadeniz'e sürgün gelmiş ailelerden geldiği söyleniyordu. Şimdi gerçekten merak ediyorum: Bu yıl gündeme gelen soyağacının dallarından topladıkları elmaların acısını ve utancını duymuşlar mıdır acaba?

Her neyse; biz yolumuzda yürümeyi sürdürelim. İnsan hakları mücadelesi öncelikle bir vefa hareketi olmalı. Unutmamalı, unutturmamalı! İnsan hakları ve özgürlük mücadelesinde ezilenlerin ve emekçilerin kurtuluş mücadelesinde yaşamını yitirmiş olanları unutmamak ve unutturmamak da bir yükümlülük olmalıdır.

Bu yolda yaşamını yitirmiş olanların yakınlarına şu soruyu sordurmamalıyız: "Benim oğlum-kızım, benim eşim ya da babam neden öldürüldü?"; ya da "Neden zindandalar?" dedirtmemeliyiz.

"Kayıplar Bulunsun, Hesap Sorulsun"

Bu bağlamda 18 Aralık 1992 günü, "Kayıplarımız Bulunsun, Hesap Sorulsun!" kampanyasını başlattık. TİHV Başkanı Yavuz Önen ile birlikte başlattığımız kampanya, 27 Mayıs 1995'te İHD İstanbul Şubesi'nin oluşturduğu Kayıplar Komisyonu tarafından genişletilerek sürdürülmüş; kısa süren kesintinin dışında, "Cumartesi Anneleri" adıyla hâlâ sürdürülmektedir.

Kayıplarımızı ararken.

Oğlu Hasan Ocak'ın peşine düşen ve kimsesizler mezarlığında oğlunun işkence görmüş cesedine ulaşan Emine Anne, bir haber izlerken işkence sonucu öldürülen oğlu Metin Göktepe'nin katillerini arayan Fadime Anne, 32 yıl önce evinden alıp götürülen oğlu Cemil Kırbayır belki döner umuduyla kapı ve bacasını açık bırakan Berfo Ana ve eşi Fehmi Tosun'u arayan Hanım Tosun'un arayışları ve kimi cumartesileri yerleri boş kalan anneler unutulur mu, unutturulur mu?

Kayıplar Bulunsun Failleri Yargılansın yürüyüşünde, Ercan Kanar ve Günseli Kaya ile.

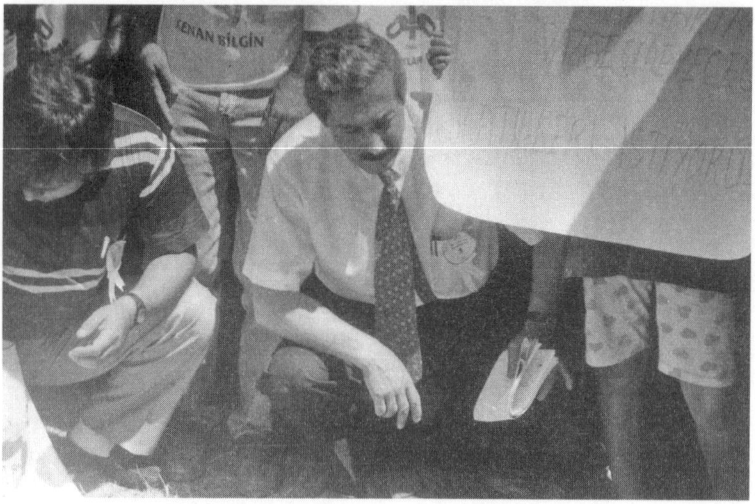

Kayıplar Bulunsun Failler Yargılansın eyleminde.

"Haklısınız; Dilinize Özen Gösterin, Sabırlı Olun!"

1993 yılı şubat ayının ilk haftasında Cumhurbaşkanı Turgut Özal'dan görüşme talebinde bulunduk. Birkaç gün geçmeden isteğimiz kabul edilmiş, görüşmeye gitmiştik. Görüşmede, Genel Başkan Yardımcımız Leman Fırtına, MYK üyelerimizden Yusuf Alataş ve Ercan Kanar bulunmuştu.

Görüşme süresi 25 dakika olarak bildirilmişken, bir saati aşmıştı. Özal, Leman Fırtına'ya takılarak, "Leman Hanım, bu yaşta insan haklarıyla ilginiz ne?" deyince, Leman Fırtına da, "Oğlum cezaevinde. Cezaevinde olanların hepsi benim evladım. Onların özgürlüğünü istiyorum" demişti. Konu "İnsan Hakları ve Kürt Sorunu" idi. Yusuf Alataş'ın da Kürt olduğu söz konusu olunca, ona bazı sorular sorup konuyu açmıştı.

Özal, gündemimizin doğru olduğunu ama dilimizi yumuşatmamızı, daha dikkatli kullanılmasına özen göstermemizi ve sabırlı olmamızı önermişti.

Görüşmemizden duyduğu hoşnutluğu belirterek, "Bir gün gelecek, sizin gibi insanların heykelleri yapılacak" diyerek, bizlerle her zaman görüşebileceğini söylemişti.

Aynı günlerde Başbakan Süleyman Demirel ile görüşmüştük ve Demirel, "Bana devlet cinayet işliyor dedirtemezsiniz" diyerek, görüşmeyi sonlandırmıştı.

Bir süre sonra ateşkes için girişimlerde bulunulmuş ve Özal'ın çağrısına karşılık PKK ateşkes kararı almıştı. Fakat bir süre sonra Bingöl'de 33 askerin öldürülmesiyle ateşkes bozulmuştu.

17 Nisan'da Turgut Özal'ın ölümüyle sorunun çözümüne ilişkin yaklaşımlar kesintiye uğramıştı. Özal'ın ölümünü Kütahya'da bir toplantıdayken öğrenmiştim.

Kürt Konferansı Yasaklanıyor

Bir süredir Ankara'da Kürt konferansı düzenleme çalışmalarımız sürüyordu. Aziz Nesin'lerin de Aydın Girişimi olarak aynı konuda bir hazırlık yürüttüklerini duymuştuk.

Aziz Nesin arayarak, iki çalışmayı birleştirmeyi önerdi. Biz de arkadaşlarla görüşerek kabul ettik ve kısa sürede bir araya geldik. Toplantının adı, nerede, ne zaman yapılacağı, kimlerin katılacağı belirlenmiş ve çalışmalar başlatılmıştı. Adı "Kürt Konferansı" olacak ve 23 Haziran günü Ankara Oteli'nde yapılacaktı.

Aziz Nesin, Tarık Ziya Ekinci (Bazılarına Kâmil Ateşoğulları da katılmıştı) ile Cumhurbaşkanı Demirel, TBMM Başkanı Hüsamettin Cindoruk, Başbakan Mesut Yılmaz ve TBMM'de grubu bulunan siyasi parti başkanlarını ziyaret etmiş ve konferansa çağırmıştık.

Görüşmelerimizde Cumhurbaşkanı Süleyman Demirel (TBMM Başkanı Cindoruk'un vekili Fehmi Işıkları'ı görevlendirmişti) ve Başbakan Mesut Yılmaz da katılarak, protokol konuşmacıları olacaktı. Aziz Nesin ve benim açılış konuşmalarımızdan sonra protokol konuşmaları yapacak uluslararası konuk konuşmacılar da vardı.

Konferansı çok önemsiyorduk. İlk kez devlet katında sorunun diyalog yoluyla çözülebilme kanalları açılacak, konuşulabilecekti. Afişler basılmış, yurt içi ve yurt dışı konuklara çağrılar gönderilmişti.

"Dünya İnsan Hakları Konferansı" için Viyana'ya gittik. 15-25 Haziran 1993 günü Viyana'da düzenlenen konferans, soğuk savaş sonrası toplanan ilk insan hakları konferansı olmuştur. Birincisi 1925 yılında Tahran'da düzenlenmişti ve ikincisi bu olacaktı.

Konferansa (bir süre önce üyesi olduğumuz) Uluslararası İnsan Hakları Federasyonu (FİDH) üyesi olarak katılmıştık. İHD yöneticilerinden Ragıp Zarakolu ve Ercan Kanar ile katıldığımız konferansta FİDH Başkan Yardımcısı olarak, FİDH adına konuşmayı ben yapacaktım.

Viyana'da BM'ce 2. Dünya İnsan Hakları Konferansı'nda FIDH adına konuşurken, Ragıp Zarakolu ile.

Konferansın başladığı gün Almanya'dan yine bir kundaklama haberi geldi. 29 Mayıs günü dört ırkçı Alman, Solingen'deki Türkiyeli Genç Ailesi'nin evini ateşe vermiş, ailenin beş üyesi yanarak can vermişti. Sonradan bu saldırının Türkiyelilere yönelik olmadığı öğrenildi. Ama bunun konferansta son dönemlerde yaşanan yabancı düşmanlığının, ırkçı bir nefretle saldırı ve cinayetlere dönüşmesine dikkat çekmek için hazırladığımız metni hükümet dışı kuruluşların ve delegasyonun imzasına açtık.

Bu girişimimizi Türkiye'nin resmi delegasyonu öğrenmişti. Büyükelçi Rıza Türmen, Dış İşleri Bakanı Hikmet Çetin'in bizimle görüşmek istediğini söyledi. Bir araya geldik. Bakan Çetin, bu çabamızdan duyduğu hoşnutluğu dile getirerek, metni resmi delegasyonun da imzasına açacaklarını söyledi.

Konferans sürerken, birkaç gün sonra Ankara'da düzenleyeceğimiz "Kürt Konferansı"nın Ankara Valiliği tarafından yasaklandığı haberi geldi.

Durumu hemen Rıza Türmen'e ileterek, girişimde bulunulmasını, aksi takdirde bir gün sonra konferansta yapacağım konuşmada bunu telin edeceğimizi bildirdik. Türmen, Dışişleri Bakanı ile görüştükten sonra sorunun giderileceğini söyledi.

Arkadaşlar, Valilik yasağının kaldırılması için İdare Mahkemesi'ne başvurdular. İdare Mahkemesi'nin başvuruyu reddetmesi üzerine Bölge İdare Mahkemesi'ne başvurulmuş ama ondan da sonuç alınamamıştı. Bunun üzerine biz de Türkiye'ye döndük.

Bürokrasi!

Aziz Nesin ile görüşerek, bir gün sonra yapılacak konferans için Ankara Oteli'nin önünde toplanmayı kararlaştırdık.

Hüsamettin Cindoruk ile "Bürokrasi" üzerine...

Konferansın açış konuşmalarının ardından protokol konuşmalarını yapacak olan Cumhurbaşkanı'ndan, TBMM Başkanı'ndan ve Başbakan'dan bir ses çıkmadı.

Otel önünde toplandık. Çağrıcıların çoğu gelmişti. Biz Aziz Nesin ile içerde ne konuşacak idiysek, kapı önünde de o konuşmayı yaptık. Yurt dışından gelen konuk konuşmacılar da kısa kısa konuşmalar yaptılar.

Olacak şey değildi... Devletin ve iktidarın ilk sıralardaki yöneticilerinin katılacağı bir toplantı Valilik tarafından yasaklanıyordu! Yasaklanan, sıradan bir toplantı değildi. Türkiye demokrasisinin, ekonomisinin ve toplumsal yaşamının geleceğini ilgilendiren yaşamsal olgu üzerine görüşülecekti.

Bir süre sonra TBMM Başkanı Hüsamettin Cindoruk ile karşılaşmış ve hemen sormuştum: "Sayın Başkan, nasıl oluyor da devlet erkanının katılacağı bir toplantı yasaklanabiliyor? Bu, anlaşılır gibi değil!" deyince, Cindoruk da tek sözcükle yanıtlamıştı: "Bürokrasi!"

Sivas Katliamı

2 Temmuz 1993 günü Sivas'ta Pir Sultan Abdal Kültür Derneği'nce "Pir Sultan Abdal Şenliği" düzenlenmişti.

Sivas'a Aziz Nesin ile birlikte gidecektik. Ancak bir gün önce AB Türkiye Temsilciliği'nden aradılar; 2 Temmuz günü AKPM'den bir heyetin geleceğini ve benimle görüşmek istediklerini bildirdiler. O günün akşamında İstanbul'a geçeceklerini söylediler.

Aziz Nesin kalmamı, o süreçte görüşmenin önemli olacağını ve mesajımı ileteceğini söyledi. Ben de o gün kalıp, gelen heyetle görüştükten sonra eve gitmiştim. Akşam haberleri için TV'yi açtığımızda, ekrandan odaya adeta bir alev püskürüyordu.

Şenliğe giden aydın ve sanatçıların kaldıkları Madımak Oteli'nin kundaklanması sonucu ortam tam bir cehenneme dönüşmüş, olayda iki otel görevlisi dâhil 35 kişi yaşamını yitirmişti.

Katledilenler arasında yakından tanıdıklarım ve dostlarım vardı: Asım Bezirci, Behçet Aysan, Metin Altıok, Erdal Ayrancı...

Katliamdan iki gün önce dağıtılan bir bildiride Aziz Nesin'in o günlerde başyazarı olduğu *Aydınlık* gazetesinde yayınlanan Salman Rüşdi'nin *Şeytan Ayetleri* adlı kitabından söz edilerek, Nesin hedef gösterilmişti. Aziz Nesin ve yaşamda kalanlar bir rastlantı sonucu kurtulabilmişlerdi.

Sivas Katliamı

(4 Temmuz 2000'de "Sivas'tan Uçuşan Hepuk Kuşları" başlığında duygularımı paylaşmıştım.)

Akşam evde haberleri izliyordum. Sivas'ta Madımak Oteli'ne sıkıştırılmış insanlar yakılıyordu...

Çağrılılar arasındayım. Panellerden birine konuşmacı olarak katılacaktım. Hak ve özgürlükleri konuşacaktık. Bir heyet ile görüşmemiz aynı günle çakışınca, gidememiş, selamlama metni iletmiştim.

Sivas'ta yakılanların anısına Karşıyaka'da anıt mezar açılışında.

Anıt mezar ziyareti.

Haberleri izliyordum. Alevler ekranın dışına vuruyordu. Önce elim yandı. Kalkıp elimi yıkadım. Yüzüm yanıyor, gidip yüzümü yıkıyorum. Alevler bütün bedenimi sarıyor, suya koşuyorum. Bu kez ateş yüreğimi dağlıyor, yüreğim yanıyor. İnsanlığım, insanlığımız yanıyor…

Bakıyoruz... Umarsızız… Yanıyoruz…

Madımak yakılıyor. Kent habersiz. İnsanlar yakılıyor. Genç insanlar, kır saçlı insanlar, aydınlar yakılıyor; devlet habersiz, ülke habersiz.

Su ateş oluyor, alevlerle dövüşüyor; gücü yetmiyor.

Su su olalı ilk kez kendinden utanıyor; kızarıyor.

İnsanlarla birlikte söz yanıyor; kalem, şiir, türkü yanıyor.

Ellerindeki kitap ve saz yanıyor. Yanık kâğıt parçaları, pepuk kuşları gibi çığlık çığlığa uçuşuyor...

Dostlarıma, tanışıklarıma ellerimi uzatıyorum; alevlerin şavkı vuruyor.

Aziz Nesin'e, Asım Bezirci'ye, Metin Altıok'a, Behçet Aysan'a elimi uzatıyorum; yetişemiyorum…

Muhlis Akarsu'ya, Hasret Gültekin'e Erdal Ayrancı'ya…

Hepsine, yanan hepsine elimi uzatıyorum; yetişemiyorum. Yetişmesi gerekenler, yetişebilecekler, yetişemiyor, yetişmiyor.

Ertesi gün külleri karıyorum. Küllerin arasında kendimi arıyorum; yanık bir kenti arıyorum. Gözyaşı ile ıslanmış küllerin arasında insanlığı ve kül rengi tarihi arıyorum.

Rüzgâr, aydınlığın ve özgürlüğün külünü yerden kaldırıp mavi gökyüzüne savuruyor; hepimizin, hepimizin bilincine ve yüreğine saçıyor.

Edip Cansever'i duyuyorum:

Kim ne derse desin, ben bugün yanıyorum,

Yeniden doğmak için çıkardığım yangından.

Her 2 Temmuz'da geceleri gündüze dönen 35 evin kapısını çalıyorum.

Ellerimi kapı aralığından uzatıp birer karanfil sunuyor; başım önde geri dönüyorum.

Bu yangın, Edip Cansever'in sözünü ettiği yeniden doğuş için çıkarılmış bir yangın değildi; insanlığın yakılışı ve insanlığa karşı büyük bir suçtu.

Özal'ın ardından Süleyman Demirel Cumhurbaşkanı oldu; Tansu Çiller Başbakan, Erdal İnönü Başbakan Yardımcısı'ydı. Tarihe, Alevilere, aydına, sanatçıya ve insana düşman bir sayfa eklenmişti.

Sivas'ta yaşamını yitirenlerin cenazelerini karşıladık. Ertesi gün Dikmen'de bulunan Pir Sultan Abdal Kültür Derneği önünde yaptığımız uğurlama törenine on binlerce insan katılmıştı. Ne yazık ki sekiz saat içinde Sivas'a gidemeyen, yetişemeyenler de oradaydı. İllerine gönderilenlerin dışında kalanları Karşıyaka Mezarlığı'nda yan yana defnettik.

Sırasız ölümün acı bir fotoğrafı daha belleklerde yerini almıştı. Ankara DGM'de görülen duruşmaları izliyorduk. Kara böcekler salonu istila etmiş gibiydiler. Yanımda oturan kişiyi tanımadan, acımı şu sözlerle paylaştım: "Evet, herkesin adil yargılanma ve savunma hakkı var. Ama bu alçaklara bakınca, insan hakları savunuculuğumu unutabiliyorum." Duruşmayı izlemeye gelen SHP milletvekilleri, yanımda oturan Abdüllatif Şener'le beni tanıştırdılar.

Katliamdan sorumlu tutulan 124 kişi anayasal düzeni değiştirme suçlamasıyla dava açıldı. Bilindiği gibi dava yıllarca sürdürülerek, 20 yıl sonra "zaman aşımına" uğratıldı ve dosyayı kapattılar.

Mahkeme Başkanı, "İnsanlık suçundan zaman aşımı olmaz! Ama bu suçu işleyenler, kamu görevlisi değil, sivil oldukları için davanın düşmesine karar verilmiştir" dedi. Cumhurbaşkanı Demirel, "Halkla güvenlik güçlerini karşı karşıya getirmeyiniz; olay münferittir. Ağır tahrik var" dedi. Başbakan Tansu Çiller, "Çok şükür, otel dışındaki halkımız bir zarar görmemiştir" demişti. Dönemin Başbakan Yardımcısı Erdal İnönü de, "Ne yapayım, yetkim yoktu" demişti.

Karar üzerine dönemin Başbakanı R. Tayyip Erdoğan, "Milletimiz için, ülkemiz için hayırlı olsun. Yıllar yılı içerde olan vatandaş, içlerinde kaçak olanlar vardı" dedi. (Sivas Katliamı Davası, 13 Mart 2012'de zaman aşımına uğradı.)

Duymak mı Görmek mi?

1993 ağustosunun ilk haftasında yapılan resmi bir açıklamayla, 300 PKK'linin Şırnak'ı bastığı ve her yeri yakıp yıktığı duyuruldu. Oysa bize gelen bilgiler öyle değildi. Bunun üzerine yine bir heyet oluşturup Şırnak'a gittik. Heyette Metin Bakkalcı, İHD İzmir Şube Başkanı Şennur Akkaya, İHD Konya Şube Başkanı Orhan Özer, Ayşe Pekdemir, fotoğraf sanatçısı Mehmet Özer ve diğer arkadaşlar ile basın temsilcileri vardı. Gittik ve gördük. İleri sürülenlerin tam tersi olmuştu.

Şırnak'ta, Kars İHD Şube Başkanı Yaşar Ertaş ve çocuklarla.

PKK'lilerin saldırısına uğradığı belirtilen yerlerde görüntü şaşırtıcıydı. Hiçbir kamu binasında silahlı bir tarama olmamıştı. Ama belediye meclis üyelerinin evleri dâhil birçok yer delik-deşik edilmişti. Tugayın hemen yanındaki sağlık ocağının kurşunlanmış olması nasıl açıklanırdı?

Şırnak'ın yıkıntılarında gezinirken, yine sık yinelediğim bir Çin atasözünü anımsadım: "Bin kere duymak yerine bir kere görmek yeğdir." Biz gelmesek, orada olanları görmesek, tanıkları dinlemesek, gerçeği nasıl öğrenebilirdik ki…

Gün geçmiyordu ki insanların, halkların hakları ve özgürlükleri ihlal edilmesin.

DEP Milletvekili Mehmet Sincar Öldürülüyor

4 Eylül 1993 günü Batman'a giden DEP Mardin Milletvekili Mehmet Sincar, DEP Batman İl Yöneticisi Metin Özdemir ile birlikte silahlı saldırı sonucu öldürüldüler. Mehmet Sincar'ın cenazesi ailesine ve partiye verilmeden bir oldubittiye getirilip, Kızıltepe'de devlet tarafından defnedilmişti.

Mehmet Sincar'ın Kızıltepe'de anmasına giderken, Ali Yiğit ve Zubeyir Aydar ile.

İki gün sonra DEP Genel Merkezi tarafından özel bir uçak kiralanarak önce Urfa'ya, sonra oradan da otobüs ile Kızıltepe'ye gitmiştik. Uçakta DEP Genel Başkanı Yaşar Kaya, milletvekilleri, parti yöneticileri ve İHD'den üç kişi vardık.

Urfa'da bizi meslektaşım ve oda seçimlerinde birlikte hareket ettiğimiz DEP Urfa İl Başkanı Muhsin Melik karşılamıştı.

Otobüs ile Kızıltepe'ye geldik. Mezarlığa giderek, Mehmet Sincar'a karşı son görevimizi yapacaktık. Mezarı başında toplanmıştık. Çevremizi silah kabzaları üç hilalli çevik kuvvet, özel tim, adı ne konulursa konulsun kontrgerilla kuşatmıştı.

Ahmet Türk, kısa bir konuşma yaptıktan sonra mezarlıktan ayrıldık. Otobüs ile Urfa'ya hareket ettik. Dönüşte Muhsin Melik ile yan yana oturmuş, yol boyunca sorunları ve çözümleri üzerine yaklaşımları paylaşmıştık.

Muhsin Melik ile de son görüşmemiz bu yolculukta olmuştu. 2 Haziran 1994 günü şoförüyle birlikte, silahlı saldırı sonucu öldürülmüşlerdi.

Leyla Zana, o gece Kızıltepe'de kalmış ve gece kaldığı evin kurşunlandığı bildirilmişti.

Uçakta Yaşar Kaya ile yan yana oturmuştuk. Hiç kimse konuşmuyordu. "Ölüm sessizliği" denilir ya, öyle bir sessizlik hakimdi uçakta.

Birincisi Mehmet Sincar'ı yitirmenin acısı ve o gün mezarlıkta yaşananlar. İkincisi de uçağın teknik bir arıza sonucu düşebileceği kaygısı. Hazır herkes bir aradayken bu olasılık uçakta herkesin aklına geliyordu. Ama hiç kimse bunu seslendirmiyordu. Ankara'ya indiğimizde duyulan kaygılardan ve konuşulanlardan belli oluyordu bu.

Mehmet Sincar'ın katillerinin de "Yeşil" diye adlandırılan Mahmut Yıldırım ve Alaaddin Kanat adlı itirafçılar olduğu söylenmişti. Bu dava da zaman aşımına uğratılmış, diğer zaman aşımına uğrayan ve failleri bilinip de görülmeyen davalar gibi bağımsız, demokratik mahkemelerin yargılamasına kalmıştı.

Mehmet Sincar, her karşılaşmamızda meclise yemeğe çağırırdı. Öldürülmeden bir hafta önce karşılaşmış ve en kısa sürede meclise geleceğimi söylemiştim. Ne yazık ki bu mümkün olmadı. 18 Şubat 1994 günü, Necati Bey Caddesi'ndeki DEP Genel Merkezi bombalandı.

Ölüm Cezası Cinayettir!

Aynı günlerde İHD'nin "Ölüm Cezalarının Kaldırılması ve Genel Af" için yürütülen kampanyası, üzerinden sekiz yıl geçtikten sonra dava açıldı. Ölüm cezalarının yeniden gündeme getirilmiş olması nedeniyle açılan davada, İHD adına yaptığım sorgu metnini de buraya alıyorum.

Ölüm Cezasının Kaldırılması ve Genel Af Çıkarılması Kampanyası'nda toplanan imzalar TBMM'de, Nevzat Helvacı ile.

"Sekiz yıl önce, temel hak ve özgürlüklere yönelik istekler ve o doğrultudaki çalışmalar suç sayılıyordu. Ama sekiz yıl sonra yine aynı yaklaşımla hazırlanan bir iddianame ile insan hak ve özgürlük istemleri cezalandırılmak isteniyorsa; bu iddianameyi hazırlayan makam için ne denli şansızlıksa, o denli Türkiye'nin hukuk, demokrasi ve insan hakları açısından şanssızlık olmuştur. Başka bir şanssızlık da, bu davanın İnsan Hakları Evrensel Bildirgesi'nin (İHEB) 40. yılına ve Avrupa İnsan Hakları Sözleşmesi'nin (AİHS) 38. yılına rastlamasıdır.

Bugünlerde, İHEB'in 40. yılı nedeniyle bütün Birleşmiş Milletler'e üye ülkelerde bu bildirgenin öngördüğü ve 30 maddede bütünleşen insan hakları demetinin çağımıza ve insanlığa yansıması tartışılmaktadır. Ama, tartışılan ne ölüm cezalarının kaldırılıp kaldırılmayacağı ne de düşünce ve örgütlenme hakkının suç oluşturup oluşturmadığıdır. Tartışılan, temel insan hak ve özgürlüklerin ek sözleşme ve protokollerle düzeyinin yükseltilmesi ve çağın gereksinmelerine karşılık aranmasıdır.

Bu sözleşme, AİHS de İHEB'den sonra insan haklarını ve temel özgürlükleri güvence altına alarak gözetimleriyle ilgili organ ve kuruluşlar oluşturan ikinci ana belgedir. Sözleşmeye taraf devletlerin, kendi yargı yetkileri içindeki herkes için tanıdığı ve güvenceye aldığı hak ve özgürlükler şunlardır: Yaşam hakkı, işkence yasağı, kişi özgürlüğü ve güvenliği hakkı, adil ve açık yargılanma hakkı, suç ve cezanın yasallığı; düşünce, vicdan, din özgürlüğü; toplanma ve dernek hakkı vb. Bu hak ve özgürlüklerden hangisi bugün serbestçe kullanılmaktadır? Bu sorunun yanıtı, bu dava ile açık seçik ortadadır.

Derneğimiz neden kuruldu? Derneğimizin kurulmasını gerekli kılan nedenlerin başında, yaşam hakkının darağaçlarında, işkencede ve cezaevlerinde ağır saldırılar karşısında bırakılmış olması gelir.

1980-84 yılları arasında 50 kişi idam edilmiştir. 216 kişinin de cezaları onaylanmış, dosyaları infaz için TBMM'de bekletilmektedir. Derneğimizin saptamalarına göre 171 kişi gözetim altında, karakollarda ve cezaevlerinde işkence ile öldürülmüştür. Binlerce insan da ya işkenceden sakat bırakılmış ya da cezaevlerindeki insanlık dışı koşullardan kaynaklı hastalığa ve ölüme terk edilmiştir.

Neden ölüm cezasına karşıyız? Bu, kampanyamızın başlangıç metninde bulunmaktadır. Genel Başkan tarafından da belirtildi: Bugün Avrupa ülkelerinin hiçbirinde ölüm cezası yürürlükte değildir. Üç ülkenin olağanüstü durumlar için yasalarında korunmuş ise de 1973 yılından bu yana bu yasa yürürlüğe konmamıştır.

Kaldı ki ölüm cezasına bugün karşı olan salt İHD değildir. Dün ölüm cezasına taraftar olan en üst yetkililerin bile bugün böyle düşünmedikleri ve ölüm cezalarının kaldırılması gerektiğini söyleyebildikleri bilinmektedir. Bizim suçumuz, ölüm cezasına karşı olduğumuzu daha önce söylemiş olmamız mıdır?

Neden genel af istiyoruz? Bu da açıklandı. Buna eklemek istiyorum. Bu dönemde Türkiye'nin sınır kapılarına cezaevi tabelası asıldı. Sekiz yılda 650 bin kişi gözaltına alındı. Yüzbinlerce insan cezaevlerine girdi. Bu kişilerin yakınlarıyla bile bir hesap yapılsa, milyonlarca insan cezaevlerini yaşadı.

Türkiye'de E Tipi, F Tipi, Özel Tip ve Kapalı olmak üzere 641 cezaevi bulunmaktadır. Türkiye tel örgülerle çevrildi. Biz, cezaevlerinde tutuklu ve hükümlülere verilen iaşe bedellerinin beslenme için yeterli olmadığını belirtirken, yetkililer bize ödenek olmadığını söylüyorlardı. Ama aynı günlerde, başka cezaevleri için milyonlarca lira ödenek ayrılıyordu. 12 Eylül'ün üzerinden sekiz yıl geçmiş olmasına karşın cezaevlerindeki koşullar ve uygulamalar insanlık onuruna uygun bir biçime getirilmemiştir. Sekiz yıldır, gün yok ki, tutuklu ve hükümlülerin ve yakınlarının bu uygulamalara ve koşullara karşı sesi ve direnişi duyulmasın. Cezaevlerindeki baskı ve işkencelere karşı, insanlık onurunu korumaya çalışan sekiz genç insan ölüm orucunda ya da kendini yakarak yaşamına son vermiştir. Derneğimizin kurucularından Didar Şensoy bu uğurda yaşamını yitirmiştir. Cezaevleri sorununun çözülebilmesi için başka canlar vermemiz mi gerekiyor?

Neden ve niçin böylesine insani olan bu sorunun çözümü için el birliği yapılmıyor. Ne yazık ki yetkililer bu durumu ısrarla, bilinçle görmezlikten geliyor ya da kulaklarını tıkıyor.

Biz, cezaevleri sorununun çözümünü, "1 Ağustos Genelgesi"-nin geri çekilmesinde, BM ve AK üyesi ülkelerde tutuklu ve hükümlülere uygulanan standart kuralların bizde de uygulanması ve bir genel afta görüyoruz. Ve bunu üç yıldır da yineliyoruz.

BM binası önünde İHD İzmir Şube başkanı Erol Özcan ile.

İnsan haklarının korunması, devletin hele de siyasi iktidarın hiç işi değildir. Çünkü, insan hakları ihlalleri zaten devlet ve iktidarlarca sürdürülmektedir. O zaman kimin işi temel hak ve özgürlükleri korumak ve savunmak? Öncelikle hukukun, bağımsız yargının ve resmi olmayan insan hakları kuruluşlarınındır bu görev. Zaten 2. Dünya Savaşı'nın enkazı üzerinde, dünya barışı ve insan kişiliğinin ulusların ortak ilgi ve gözetimiyle korunması yolunda kurulan BM örgütü, 1945'de yürürlüğe girdikten sonra, 1946 yılında insan hak ve özgürlüklerinin resmi olmayan kuruluşlarca korunması ve savunulması yolunda tavsiye kararı almışlardır. Bu karar uyarınca 1946 yılında Türkiye'de ilk İnsan Hakları Derneği kurulmuştur. Ne var ki birinci ve 1962 yılında kurulan ikinci İnsan Hakları Derneği uzun ömürlü olamamıştır. Çünkü, o günün resmi çevrelerinin insan hakları savunucularına bakışı, günümüzdeki resmi çevrelerin bakışından farklı değildir. Ne var ki aradan 42 yıl geçmiş olmasına karşın, çağımızda insana ve bütün insani değerlerde değişim ve gelişme olmasına karşın Türkiye'de ileriye doğru değişimin olmamış olması çarpıcıdır.

Bütün bu yaklaşımlara karşın verilecek kararın, insan haklarını korumanın ve savunmanın suç oluşturmayacağı doğrultusunda olacağına inanıyorum.

Uluslararası İnsan Hakları Federasyonu (FIDH)

Uluslararası İnsan Hakları Federasyonu (FDH), insan haklarının hükümet dışı kuruluşlarının en önemli örgütlü yapılarından biridir. 1922 yılında 20 Avrupa ülkesinde İnsan Hakları Örgütleri tarafından kurulmuştu. İnsan hakları alanında kurulmuş ilk uluslararası organizasyon olup, bugün 100'den fazla ülkede 170 insan hakları örgütünün bir çatı örgütüdür.

BM'de danışmanlık statüsü bulunan FIDH, insan haklarının herkes için eşitlik, insanlık onuru ve özgürlüğünü güvence altına alan bir toplumun temeli olduğu felsefesini savunmaktadır.

FIDH, 1980 sonrası DGM'de görülen birçok davayı izlemiştir. Bir dava sonrası Mülkiyeliler Birliği bahçesinde oturmuş ve yaşadığımız coğrafyadaki insan hakları trajedilerini konuşuyorduk. İHD Genel Başkanı Nevzat Helvacı, konusu açılan Ermeni konusunda, "Ermeni soykırımının tartışmalı olduğunu ve bilim insanlarınca araştırılması gerektiğini" söylemesi, FIDH yöneticileri tarafından sessizce karşılanmıştı.

İki yıl sonra yine benzer bir durum yaşandı. FIDH Başkanı Patrick Baudouin ve heyeti yine bu konuyu açmışlardı. Ben de tarihsel olguların doğru adlandırılması gerektiğini söyleyerek, Ermeni Soykırımı'na ilişkin düşüncelerimizi belirtmiştik. Bir süre sonra FIDH tarafından yazılmış bir mektup aldık. İHD'nin üyelik için başvurması halinde, başvurunun dikkate alınacağı bildiriliyordu.

Biz de genel yönetim kurulunda bu bildirimi görüşerek, üyelik başvurusu yapmıştık. İlk toplantılarında üyelik başvurumuz görüşülüp kabul edilmişti.

FIDH üyeliğimizin kabulünden sonra üst üste üç genel kurulda başkan yardımcılığına seçilmiştim. Genel kurullar sırasıyla Fas'ın başkenti Rabat, Senegal'in başkenti Dakar ve Ekvator'un başkenti Kito'da yapılmıştı.

Genel kurullar her dilden, her renkten, her kimlikten, her cinsiyetten insanlık ailesinin buluşması oluyordu. Kazablanka'da düzenlenen bir toplantı sonrası bir kıraathaneye gitmiştik. Kıraathanede hemen herkesin elinde bir dergi ve gazete vardı. Yan masadan biri nereli olduğumuzu sorduktan sonra Atatürk, Galatasaray ve Apo'yu bildiğini söylemesi bizi şaşırtmıştı.

FIDH'a üye ülkelerin delegasyonu arasında en çok Güney Amerikalı, Afrikalı, Filistinli ve Yunanistanlı delegelerle dostluğumuz olmuştu. Yunanistan ile komşu olduğumuzdan, diğerleriyle ise benzer sorunlar yaşıyor oluşumuzdan kaynaklı olarak birbirimize yakınlaşmıştık.

"Âlem Buysa Kral Benim!"

Fas'ta yapılan kongrenin üçüncü günü Kral Hasan, FIDH onuruna sarayda bir yemek verecekti. Ama birinci gün açılıştan sonra düzenlenen bir oturumda konuşan 11 kişi tanıklıklarını ve yaşadıklarını anlattılar. Kayıplar, işkenceler, kapatılan muhalif gazeteler ve muhalif seçilen Meclis Başkanı'nın Fransa'da çağrılı olduğu bir toplantıda öldürülmesi ve benzeri olayların anlatılması üzerine, "Âlem buysa kral benim!" diyerek, sarayda verilen yemek çağrısını iptal etti. Onun üzerine Fas Dernek üyesi bir avukatın köyünde yemeğe gidilmişti. Bizim heyette Yavuz Önen, Nazmi Gür ve Selahattin Esmer vardı.

Üçüncü dönemin sonunda Sosyalist Demokrasi Partisi'nin kuruluşunda, Kurucu Genel Başkan seçilmiş olmam nedeniyle yeniden görev almamıştım.

FIDH Başkanı Pacrick Baudouin'den sonra Senegal Dernek Başkanı Sıdıki Kaba FIDH Başkanı olmuştu. Sıdıki Kaba, FIDH'dan sonra Uluslararası Ceza Mahkemesi Meclis Başkanlığı'na getirilmişti.

Şu anda FIDH Başkanlığı'nı komşumuz Yunanistan İnsan Hakları Derneği Başkanı dostum Dimitris Chritopolous yürütüyor. Son kongrede İHD, ne yazık ki FIDH'da temsil olanağı bulamadı. Her üç ayda bir toplantı için Paris'e gidiyordum. Toplantı sonrası da dostlarla buluşuyorduk.

FIDH'ın kongre sonrası oluşan yönetim kurulu ve görev dağılımı aşağıdaki gibidir:

INTERNATIONAL BOARD

PRESIDENT

Sidiki Kaba
Senegal

TREASURER

Philippe Vallet
France

VICE-PRESIDENTS

Dobian Assingar
Chad

Souhayr Belhassen
Tunisia

Akın Birdal
Turkey

Juan Carlos Capurro
Argentina

Vilma Nuñez de Escorcia
Nicaragua

Karim Lahidji
Iran

Fatimata Mbaye
Mauritania

Siobhán Ní Chulacháin
Ireland

Pie Ntakarutimana
Burundi

Michel Tubiana
France

José Rebelo
Portugal

Raji Sourani
Palestine

Alirio Uribe Muñoz
Colombia

Vo Van Ai
Vietnam

Peter Weiss
United States

SECRETARIES-GENERAL

Catherine Choquet
France

Olivier de Schutter
Belgium

Driss el Yazami
Morocco

Philippe Kalfayan
France

Luis Guillermo Perez
Colombia

DEPUTY SECRETARIES-GENERAL

Florence Bellivier
Jean-Pierre Dubois
Cynthia Gabriel
Benoît van der Meerschen
Sophie Bessis

Shirin Ebadi
Co-ordinator of the Action Group for Women's Rights

PERMANENT DELEGATES

Pierre Boulay
Council of Europe

Mabassa Fall
African Commission on Human and Peoples' Rights

Hafez Abu Saada
Arab League

Omar Kitch
Organisation of American States

IN MISSION DELEGATES

Odile Sidem Poulain
Janette Habel
Francisco Soberon
Etienne Jaudel
Michael Ellman

HONORARY PRESIDENTS

Patrick Baudouin
Michel Blum
Daniel Jacoby

:very three years, the FIDH Congress** brings together nember associations to elect the International Board, lecide whether to grant affiliation to new partners or :xclude member organizations which no longer satisfy he requirements laid down in the statutes, and set ›riorities for the organization.

'he FIDH International Board reflects the diversity of :s constituent organizations. All of its officers – president, reasurer, fifteen vice-presidents and five secretaries-;eneral – are voluntary, democratically elected and epresentative of the regions. Honorary presidents have onsultative status on the International Board.
'he International Board, which meets three times a year, lefines FIDH political and strategic orientations and draws ıp and approves the budget.

'he Executive Board, comprising a president, a treasurer nd five secretaries-general, is responsible for ıe management of FIDH on a daily basis. It draws on ıe specialised expertise of mission delegates. The deputy ecretaries-general, elected by the International Board, sit n the Executive Board with consultative status.

This body meets once a month to decide on current affairs of concern and requests submitted by member organizations (e.g. sending out missions, co-operation programmes, events).

These two bodies call on its permanent delegates to intergovernmental organizations, mission delegates and others, as required for FIDH activities. The team of mission delegates consists of several hundred people from all of the various regions.

The International Secretariat, based in Paris, implements decisions taken by the International and Executive Boards and ensures regular monitoring of relations with member organizations. A flexible structure, FIDH has a small permanent staff of around thirty, helped by trainees and volunteers.

A REACTIVE ORGANIZATION

In 2003, an independent expert working for the Dutch Ministry of Foreign Affairs conducted an audit on FIDH. This investigation concluded that "the structure of its management system (...) enables this 'lightweight' organization to react swiftly to changing situations in the human rights field while continuing to work energetically on its own programmes." It further noted that "the international secretariat is very well organized and run, with a clear division of responsibilities and efficient task assignment."

"Siz Ne Yemiştiniz?"

Bir akşam Paris Kürt Enstitüsü Başkanı Kendal Nezan beni yemeğe çağırdı. Altı kişiydik. Bir restorana gittik. Çok şık bir garson siparişleri aldı. Ama siparişleri yazmıyordu. Altı kişi değişik yiyecek ve içecek siparişleri verip de garsonun not almayışı dikkatimi çekmiş ve sormuştum: "Şimdi bu siparişleri aklında tutabilecek mi?" Yanıtını az sonra siparişlerimizin eksiksiz getirilişiyle almıştım.

Bunun üzerine gazeteci dostum Varlık Özmenek'in anlattığı bir anısını masadakilere de ben aktardım. Bülent Ecevit'in genel sekreterlik döneminde yaptığı bir Karadeniz gezisinde yaşanmış. Ordu'nun bir ormanlık alanında ünlü bir lokanta varmış. İşletmecisi yaşlıca biri olan babayani, sevimli biriymiş. Lokantada sadece üç çeşit yiyecek varmış: kuru fasulye, pilav ve hoşaf. Lokantaya oturan yaklaşık 35 gazeteciye tek tek ne yiyeceklerini sorup kaydetmiş. Yemekten sonra da yine aynı ritüel; tek tek ne yediklerini sorup, ödemelerini almış.

"Nane Yiyorum"

Karadeniz Ereğli'sine bir söyleşiye gitmiştim. Bir hafta önce aynı yerde Aziz Nesin'in söyleşisi olmuş. Toplantı sonrası deniz kıyısında bir lokantaya gidilmiş. Balık söylenmiş ama içecek bir şeyin olmadığını gören Aziz Nesin, "Peki bu balıklar yenilince boğulmayacaklar mı?" deyince, bir poşet dolusu bira alıp getirmişler. Yemekte toplantıyı izleyenlerden biri Aziz Nesin'e, "Aziz Bey, 75 yaşındasınız. Ama hiç göstermiyorsunuz. Özel bir şey mi yiyorsunuz?" diye sorunca; Aziz Nesin, "Hayır, özel bir şey yemiyorum" demesine karşın soran kişi ısrarlı olunca, Aziz Nesin bakmış olmuyor, muhalif olmanın ve "Yediği naneye bakın" denilmesinden de olacak ki, "Nane yiyorum" demiş. Meraklı, "Yaş mı kuru mu?" diye sorunca söylenecek söz kalmamış...

Emek, Barış ve Özgürlük Bloku

24 Aralık 1995 günü milletvekili genel seçimlerine gidiliyordu. Halkın Demokrasi Partisi (HADEP) seçimlere katılma kararı almıştı. Diğer muhalif sol-sosyalist partilere bir çağrı yaparak, seçimlere bir blok altında gidilmesini istedi.

Emek, Barış ve Özgürlük Bloku basın toplantısı.

Çağrı üzerine Birleşik Sosyalist Parti (BSP) ve Sosyalist İktidar Partisi (SİP) bir araya gelerek; Emek, Barış ve Özgürlük Bloku (EBÖ Bloku) oluşturuldu.

Kürt siyasi hareketi yüzünü sosyalist sol ve emek hareketine dönmüş ve kurtuluşun birlikte olacağını açığa çıkarmıştı. Halkların kardeşliğinin ve emekçilerin birliğinin ilk güçlü adımını oluşturan EBÖ Bloku, bugünlerin de ilk adımını atmıştı; kapitalizmin krizini aşacak ve çıkış yolu bulabilecek iki dinamiğin, Kürt hareketi ve emek hareketinin buluşmasının ilk ve önemli adımını atmıştı.

Her nedenle olursa olsun, seçimde baraj aşılamamış olsa dahi seçime damgasını vurmuş, Kürt illerinde ve Çukurova'da büyük bir sıçrama kaydedilmişti.

Birleşik Sosyalist Parti de blok olarak seçime girme çağrısına farklı yaklaşımlar gösterilmişti. Kimileri blokun geleceğinin gerekliliğini ileri sürerken, kimileri de Kürt siyasi hareketinin ayrı, emek hareketinin ayrı örgütlenmesini ve sonunda ittifak yapılmasını önermişlerdi.

Uzun ikna süreçlerinin sonuçsuz kalması üzerine oylamaya gidilmesi kaçınılmaz olmuştu. Sonuçta İstanbul'da yapılan parti meclisindeki oylamada, blok olarak seçimlere gidilmesi görüşü kabul edilmişti.

Blok adına Mersin'den aday gösterildim. İHD Genel Yönetim Kurulu'nun oluru ile izinli sayılmam kararlaştırıldı. İHD'nin ilkeleri arasında iktidara talip olmama ve siyasi partilere ve iktidara karşı bağımsızlığı koruma konusu, İHD'lilerce uzun süre tartışılmış ve bağımsızlığını koruma koşuluyla siyasi bir tercihte bulunulabileceği sonucuna varılmıştı. Bu ilkesel tutum elbette ki doğruydu. Ancak bir ülkede insan haklarının korumasız, savunmasız bırakılmış olması hukukun ezilenlerden ve emekçilerden yana korumasız bırakılışı, savaşın kışkırtılması ve savaşın başta yaşam hakkı olmak üzere bütün hak ve özgürlüklerin ihlaline yol açıyor olması insan hakları savunucularını tarafsızlık ve bağımsızlık adına edilgen kılamazdı.

Nitekim İHD'de bunu yaptı. Emek ve barış savunucularıyla yan yana geldi. Bu tutumu öncelikler ilkesiyle de çelişmiyordu. Tersi bir tutum, egemen güçlerin Kürtleri, ötekileştirilmişleri ve emekçileri yalnızlaştırma politikalarına bilerek ya da bilmeyerek hizmet etmiş olacaktı. Blokun eşitlik, özgürlük, dayanışma ve barış ilkeleri İHD'nin ilkeleriyle de zaten örtüşüyordu.

Mersin'e gittim. Akın Özdemir'in yoldaşları, 68'liler ile emek örgütlerinin tam bir dayanışması sağlandı. EBÖ Bloku sömürüye, savaşa ve tutsaklığa karşı yürütülen mücadelenin önemli bir halkasını oluşturmuş ve "biz de varız" demişti âdeta.

Ahmet Kaya, seçim çalışmalarına katılmak için Mersin'e geldi. Birlikte köylere, mahallelere, kahvelere gittik. Akşam da radyo ve TV programlarına çıkıyorduk.

Mersin'de Ahmet Kaya ile seçim çalışmasında.

Cumhuriyet Alanı'nda düzenlediğimiz mitinge 50 bini aşkın kişi katılmıştı. Miting sırasında elektrikler kesildi. Konuşmaları ancak kürsü çevresindekiler duyabiliyordu. Miting sonrası meydana açılan sokaklara akıyordu insanlar. Balkonlarda, pencerelerde salkım saçak insanlar yığılmış; emek, barış ve özgürlük yürüyüşüne destek veriyorlardı.

İktidar Yürüyüşü

Bir ara bu yürüyüşümüzün iktidar yürüyüşü olduğu telaşına kapıldım. Biz hangi kadrolarla iktidarı devralacaktık? "Bir çaresi bulunur" deyip, telaştan sıyrıldım.

O sıra telefonla Van Milletvekili adayı Nazmi Gür aradı. Aynı tablo Van'da da yaşanıyormuş. Seçim çalışmaları ilerlerken, gördüğümüz ilgi her geçen gün artıyordu. Ben de her konuşmamda çıkarılacak milletvekili sayısını artırıyordum. İkinci sırada İsmail Arslan vardı. Onun da seçilebileceğini ön görüyorduk. Derken üç, dört, beş kişiyi de meclise gönderebileceğimizi anons ediyordum. Altıncı sırada bulunan eğitim emekçisi ve insan hakları savunucusu Ali Tanrıverdi bir ara konuşurken kulağıma eğilip, "Başkanım, altıncıyı da çıkaracağız deyin artık lütfen" dedi.

Seçim çalışmalarını geç saatlere değin sürdürüyorduk. Sonunda büyük bir moral ve heyecanla 24 Aralık akşamına ulaştık. Gece sandıklar açılmaya başladığında, sandık görevlisi arkadaşların seçim bürosuna sonuçları ilettikçe sevinç ve coşku kabarıyordu. İlk açılışta %17-18'lerdeydik. Saatler ilerledikçe bu yüzde düşüyor, giderek de baraj altında kalınıyordu. Yüzde 4,2 ile bitirmiştik. Ben 58 bin oy alarak seçilmiş görünüyordum. İsmail Arslan da az bir oy farkı ile yitirmişti. Ne var ki baraj aşılamamış ve mecliste temsil olanağı bulunamamıştı.

Herkes büyük bir hayal kırıklığına uğramıştı. Bu uzun sürmedi. Bir hafta sonra yılbaşını seçim çalışmalarını yürüten arkadaşlarla kutladık. Her nedenle seçilmemişsek de arkadaşlar, "Siz bizim halkımızın vekilisiniz" diyerek, kendilerince hazırladıkları mazbatayı bana verdiler. Seçim çalışmalarını Celal Sanıvar'ın sürücülüğünde, onun arabasıyla yürütmüştük. Celal'in örgütçü deneyimi ve Nazım'dan okuduğu şiirlerin çalışmalardaki katkısı büyük olmuştu.

Ertesi gün eşimle Ankara'ya döndük. Ama benim Mersin ile ilişkim hiç kopmadı. Her yıl 18 Aralık'ta Akın Özdemir'i anma, İHD ile emek ve demokrasi güçlerinin toplantılarına ve dayanışma gecelerine katılmıştım.

Sonuç ne olursa olsun Kürt siyasi hareketiyle, emekçilerin örgütlü güçleri birlikte bir yürüyüş başlatmışlardı. O gün başlatılan emek, barış ve özgürlük yürüyüşü, günümüze dek sürdürülmüş ve her türlü engellemelere karşı durdurulamamıştır. HDP de bu sürecin bir ürünüdür.

Bedenim Güçlü Konak'ta, Yüreğim Ankara'da

12 Ocak 1996 günü Şırnak'ın Güçlükonak ilçesine bağlı köylerden Çevrimli ve Yatağan'da 11 köylü bir minibüs içinde kurşunlanıp, yakılmıştı. PKK 15 Aralık 1995 günü tek yanlı ateşkes kararı aldığını duyurmuştu.

Genel Kurmay Başkanlığı katliamın PKK tarafından yapıldığını ileri sürerek, bir askeri helikopter ile gazetecileri olay yerine götürmüştü. PKK katliamla ilişkisi olmadığını açıklamıştı. Olayın tanıkları da bunu doğruluyor ve katliamın güvenlik güçlerince yapıldığını ileri sürüyorlardı.

Bunun üzerine İHD ile Barış İçin Bir Arada Çalışma Grubu olarak ortak bir çağrı yapıp, içlerinde insan hakları savunucuları, gazeteciler ve sanatçıların yer aldığı bir heyetle olay yerine gitmeyi kararlaştırmıştık. Heyette anımsadığım kadarıyla Celal Başlangıç, Münir Ceylan, Ercan Kanar, Şanar Yurdatapan, Ferhat Tunç, Nadire Mater, Altan Tan, Mehmet Metiner ve çok sayıda gazeteci arkadaş vardı.

13 Şubat günü Güçlükonak'a gitmeyi kararlaştırmıştık. Bir hafta önce eşim ağrılarından söz etmiş ve Sevgi Hastanesi'ne götürmüştük. Genç bir doktor muayene ettikten sonra ağrılarının stresten kaynaklanmış olacağını söyledi ağrı kesiciler verdi. Ancak eşimin ağrıları kesilmeyince Numune Hastanesi'ne gittik. TTB

Başkanı Doktor Selim Ölçer arkadaşım, dostumdu. Kendisi de aynı hastanede kulak-burun-boğaz doktoruydu.

13 Şubat gününe randevu verildi. Beyin MR'ı çekilecekti. Heyet ile aynı gün Güçlükonak'a gidecektik. Eşim korktuğunu, benim de yanında olmamı istedi. Ama ben kötü bir şey olma ihtimalini üzerine konduramadığımdan, oğlumla gitmesini söylemiştim. O gün katliam bölgesine gittik. Eşim ve oğlum hastaneye gittiler.

Güçlükonak katliamı üzerine çok şey yazıldı, anlatıldı; bu nedenle ayrıntısına girmeyeceğim, ancak bu olayda Özel Harp Dairesi'nce organize edilmiş ve bölgede faaliyet gösteren kontgerilla örgütünün bir kolu olan JİTEM tarafından işlenmiş bir cinayetti.

Dağdaki yakınları, PKK'lilere yardım ettikleri gerekçesiyle gözaltına alınanlar işkence ile öldürülmüş ve yakınları aranarak gözaltına alınanların serbest bırakılacağını ve gelip almaları söylenmişti. Gidenler de öldürülmüş ve sonra bindirilen minibüs ile yola çıkarılmıştı. Minibüs önce kurşunlanıp sonra da roketlerle cesetler kömür haline getirilmişti.

Minibüste kömürleşmiş el ve ayakları toplamış, bir poşete koymuştum. İnsanlığa karşı yapılmış bir suça daha tanık olmanın ağırlığı ile Siirt'e dönüyorduk. Aklım eşimdeydi. Siirt'e dek telefonlar çekmiyordu. Siirt'e inince hemen Doktor Selim Ölçer'i arayıp sonucu almak istedim. Selim de sonucun çok kötü olduğunu ve gelince konuşacağımızı söyledi. Eşim de sonucu almak için Selim'i aramış; Selim de teknik nedenlerle sonuç alınamadığını ve işlemin yeniden yapılması gerektiğini söylemiş.

O gece Siirt'ten Diyarbakır'a geçtik. Sabahı zor ettim. Ertesi gün sabah Ankara'ya döndük. Eve gidip, eşime kaygılanacak bir şeyin olmadığını söyleyerek, oğlum Sinan ile Numune Hastanesi'ne gittik.

Selim, eşimin kanser olduğunu, hastalığın beyne ve akciğere yayılmış olduğunu, en fazla iki ay yaşayabileceğini söyledi. Hastane bahçesinde beni bekleyen oğluma, durumun ciddi olduğunu söyledim ancak yaşam süresi konusunda bir şey söylemedim ve eve döndük.

14 Şubat Sevgililer Günü'nde sevgilimin iki ay sonra yaşamını yitireceğini öğrenmiştim.

Eşimle Paris'te.

Evde yeniden aynı işlemlerin yapılması gerektiğini söyleyerek, geçiştirmeye çalıştım. Ama yüreğime ateş düşmüştü. Soluk almakta güçlük çekiyordum. Birkaç gün içinde çekilen MR sonuçlarını ve raporları (bir sonuç alınamayacağını bilmekle birlikte) Washington, Paris ve Zürih'e gönderdik. Washington'da üç yıl önce TİHV Başkanı Yavuz Önen ile İHD ve TİHV'e verilen bir ödül töreninde tanıştığımız ve sonra da bizi ağırlayan Talabani'nin temsilcisi Doktor Necmettin Kerim'e, Paris Kürt Enstitüsü'nden Kendal Nezan'a ve Zürih'te de Mehmet Kıvrak'a göndermiştim.

Kısa süre içinde üçünden de gelen yanıtlar aynıydı: "Yapılabilecek bir şey yok!"

Kendal Nezan, "Yapılabilecek bir şey yok ama eşinizle birlikte gelin, Madam Mitterand'ın doktorlarına götürelim ve son günlerinde burada birlikte olursunuz" demişti.

İyileşebilirim umudunu korumak ve 10 gün birlikte olacağımız fikri bana iyi gelmişti. Çünkü eşim Hale ile evlendikten 15 gün sonra ZMO, sonra KÖY-KOOP, sonra cezaevi ve üç yılı aşkın bakkallıktan sonra da İHD... Yitirinceye değin acısıyla, yoğunluğuyla, sevinciyle paylaşılan 20 koca yıl. Kaygı ve korku ile sabah pencereden uğurlanışım ve aynı duygularla akşam karşılanışım.

Sürekli ev ve cep telefonlarına tehditler geliyordu. Mekanik sesli biri birkaç günde bir arayıp, tehdit edip, sövüyordu. Bir gün insan hakları mücadelesinde yol arkadaşım Eren Keskin, aynı sesle telefonlar aldığını söylemişti. Bu arayışlar, bana yönelik saldırıdan sonra bıçak gibi kesilmişti.

Bölgede sıkça insan hakları savunucuları, Kürt siyasetçiler ve gazeteciler saldırıya uğruyor, katlediliyordu.

İnsan Hakları Savunucularının Yazgısı!

Bu biraz da bu ülkede muhalif olmanın, insan hakları savunucusu olmanın kaçınılmaz yazgısıydı.

Aynı dönemlerde Gaziantep Şube Başkanı Bayram Çelik ile İHD Genel Başkanı Nevzat Helvacı'nın sevgili eşleri Hatice Çelik ile Sevda Helvacı'yı da yine kötü hastalıktan yitirmiştik.

Bu duygular içinde Paris'e gittik. Çocuklarım, ailem, dostlarım bizi Esenboğa'dan uğurladılar.

Eşim Hale'nin tedavisi için Paris'te Kendal Nezan ve Mehdi Zana ile.

Paris'te Vedat Aydın'ın kardeşi Vehbi Aydın bize 10 gün eşlik etti. Bazı akşamlar Mehdi Zana'nın da katıldığı yemeklerde oluyorduk. Kendal Nezan, gündüzleri bizi Madam Mitterand'ın doktoruna götürüyordu, sonra da Vehbi bizi görülebilecek yerleri gezdiriyordu. Eşim Hale mutlu görünüyordu ama ben nerelere gittiğimizin, neleri gördüğümüzün ayrımında değildim.

10 gün sonra Paris'ten döndük. Yaklaşık bir ayı günlük ağrı kesici ve benzeri tedavilerle geçirdik. Nisan ayı başında Numune Hastanesi'ne kaldırdık. Hastaneye götüren ambulans acı bir geleceğin ya da hastaneden bir daha dönemeyeceğimizin çığlığını atıyordu sanki. O günden sonra hem ambulansların o sesi bana bunu çağrıştırır hem de hemen yol açılması gerektiğini anımsatır.

Hastane Başhekimi Osman Müftüoğlu ve Selim Ölçer, hemen her gün gelip ilgilenmişlerdi. Bir gün aynı kattaki chek-up merkezine gelen Sağlık Bakanı Yıldırım Aktuna katta gezerken, eşimin odasının kapısında beni görüp sormuştu. Ben de eşimin durumunu söyleyince, ilgilenip ilgilenilmediğini sordu. "Eksik olmasınlar, ilgileniliyor, yardımcı oluyorlar" dedim. "İşte bunu da söyle. Hep devletin kötü yaptığını söylüyorsun" demişti. Bunun üzerine ne denilirdi ki.

Bir başka zamanda TBMM Başkanı Hüsamettin Cindoruk ile rastlaşmıştım ve o da içten ilgi göstermişti.

Arkadaşlarım, dostlarım ziyarete geliyordu; bu da bana iyi geliyordu. Nasıl gelmesin ki, şair dostum Şükrü Erbaş'ın dediği gibi: "İnsanın acısını insan alır!"

Eşimi hastaneye kaldırışımızın ikinci haftasında bir gece mide kanaması geçirmiştim. Beni de yan odaya yatırdılar. Birkaç günü de böyle geçirdik.

Eşimi Sonsuzluğa Uğurluyoruz

21 Nisan gecesi sabaha karşı eşimi yitirdim...

Eşim Hale'yi sonsuzluğa uğurlarken.

Birkaç gün önce yoğun bakıma almışlardı. Ben de onun odasında kalıyordum. 23 Nisan günü Cebeci Asli Mezarlığı'nda son yolculuğuna uğurladık.

Oğlum, dört beş gün önce halı sahada geçirdiği bir kaza nedeniyle koltuk değnekleriyle gelmişti. Eşimin annesi Sabiha Hanım, İzmit'in Derbent Köyü'ndendi. Aile Gürcü idi. Sabiha Hanım zarif, sevecen, güzel bir insandı. Ama eşi Kazım Bey, Beypazarlı olup, nevi şahsına münhasır biriydi.

Eşim ve çocuklarımla birlikte bazen Derbent Köyü'ne giderdik. Oldum olası köy yaşamını severdim. Toprağıyla, hayvanlarıyla uğraşarak bir başka mutlu olurdum. Çocuklarım da birçok ilklerle orada tanıştılar. Sağılan inekten sütü, tandırda pişen ekmeği ve güveçteki yemeklerin lezzetlerini ilk kez orada tattılar.

Kızım Evren, 1976 Kasım ayında, olum Sinan Cem ise 1979 nisan ayında doğdu. Kızım adından ötürü hep yakınmıştır. Okul arkadaşları, faşist General Kenan Evren'i çağrıştırdığını söylüyormuş. Adını bu nedenle değiştirmek istediğini söylemişti defalarca; ben de onların bir gün utançla gideceklerini ama kendisinin onurla yaşayacağını söylemiştim. Mamak Askeri Cezaevi'ndeki koğuş arkadaşlarım, kızımın adından ötürü öngörümün güçlü olduğunu söyleyip takılırlardı. Eşimi yitirdiğimizde kızım Dil Tarih Fakültesi Oyunculuk Bölümü ikinci sınıftaydı. Okulu bitirdikten sonra başta AST olmak üzere bazı tiyatrolarda sahneye çıkıyordu. Benim işsizlik ve mahpus günlerimde zorunlu olarak oyunculuğu bırakıp, *Türkish Daily News*'de muhabir olarak çalışarak evin geçimine katkıda bulundu.

1999 yılının şubat ayında beş ülkenin Uluslararası Af Örgütü'nün verdiği İnsan Hakları Ödülü'nü almak için yurtdışına gidişime izin verilmedi. Af Örgütü temsilcileri de Türkiye'ye gelip, Mülkiyeliler Birliği salonunda düzenlenen bir törenle ödül vermişlerdi. Ödül törenine diplomatik, politik ve demokratik çevreler çağrılmıştı.

Orada insan haklarından sorumlu Britanya Büyükelçiliği'nden Ajay Sharma ile tanışmıştı. Benim cezaevine girişimden sonra çağrılı olduğu bir resepsiyona İHD Genel Sekreteri Nazmi Gür ile gitmişler ve orada yine karşılaşmışlardı. Ajay Sharma ile arkadaşlıkları sürmüş ve benim cezaevinden şartlı çıkışım sırasında 18 Mart'ta nişanlanmışlardı. İkinci giriş çıkışımda da evlenmişlerdi. Kızım eşinin işi nedeniyle oyunculuğu bırakmış ama kültürel etkinliklerden uzak kalmamıştı.

Eksildik Birer Birer adlı yazdığı roman, Everest Yayınevi'nce ödüle uygun görülüp, basılmıştı. Şimdi de uzun süredir üzerinde durduğu kadın sorunlarıyla ilgili bir çalışması olduğunu biliyorum.

Oğlum Sinan Cem de Ankara'da Turizm ve Otelcilik okuduktan sonra yurtdışına gitmiş; Stocholm, Londra ve Zürih'te yaklaşık 11 yıl kaldıktan sonra Türkiye'ye dönmüştü. Uzun süre işsiz kaldıktan sonra İstanbul'da bir-iki işte çalışmışsa da bu onun beklentilerine karşılık vermemişti. Şimdi İzmir'de kendi alanında çalışmalarını sürdürüyor.

Eşimi yitirdikten sonra onlarla ilk kez bu denli uzun süre birlikte olmuştum. Bir çoğumuz gibi yitip giden bir yaşamın, yalnız büyüttüğü çocukları olmuşlardı.

Dernek ile ev arası bir yaşamım olmuştu. Yaşamın en kötü yanlarından biri de, birinin beklemediği eve akşam dönüşüdür. İşte şimdi o günleri yaşıyorduk.

İHD Savaş Karşıtıdır!

Türkiye'nin taraf olduğu BM Medeni ve Siyasi Haklar Uluslararası Sözleşmesi'nin 20. maddesi, savaş propagandası ve düşmanlığı savunma yasağı uyarınca; her türlü savaş propagandası hukuk tarafından yasaklanmıştır. O nedenledir ki İHD de kesintisiz savaş karşıtı olmuş, sorunların barış ve diyalogla çözülmesinden yana taraf olmuştur. Bu doğrultuda da her fırsatı bu bağlamda değerlendirmeye çalışmıştır. Çünkü savaşın siyasal, ekonomik, toplumsal yıkıntıları kaçınılmazdır. Sadece yaşam hakkını yok etmekle kalmamakta, eşitlik ve özgürlük alanını da sınırlamakta ya da tamamen ortadan kaldırmaktadır.

İHD'nin savaş mağdurlarına yaklaşımı, insan haklarının öznesinin "herkes" olmasından kaynaklanmıştır.

İnsan haklarının evrenselliği ve bütünselliği ilkesini temel alan İHD, kolektif ya da dayanışma hakları başlığındaki haklar dizininin başında gelen Barış Hakkı'nın da herkesçe kullanılabilirliğine özen göstermiştir.

Savaş ve çatışma tarafların ölümüne, sakatlanmasına, ağıtlarına ve acıların yaşanmasına yol açmaktadır.

Sorunların çözümü için öncelikle o sorunun kabulü ile başlanmalı ve sorunun konuşulabilir ortamını yaratmak gerekmektedir. Asıl olan da zor zamanlarda bunu yapabilmektir. Başka bir deyişle, geriye dönüşü zor bir ortamda barışı savunmak, barışı konuşabilmek ve savaş karşıtı olabilmek.

Barış Anneleri ile.

İşte coğrafyamızda Kürt sorununun ve diğer azınlıklar sorununun çözümsüzlüğünün sonuçları bizi böyle bir sorumluluk duymaya ve sorunların çözümü ile ilgilenmeye itmiştir.

İHD bir bellek oluşturmuştur; unutmaya ve unutturmaya karşı. Unutturulmak istenen, insanlığa karşı işlenmiş suçlar, soykırım suçları ve savaş suçlarıdır.

Ne yazık ki Türkiye'nin siyasi tarihi İttihat ve Terakki'den günümüze taşınmış suçlar ve acılarla yazılıdır. Ki bu acıların bazıları zamanla iyileşmeyen acılardır. Bu acıların giderilmesinin başlangıcı da "özür" dilemek olabilir ama asıl yüzleşmekle olasıdır.

Annelerin gözyaşları ve acıları aynıdır: Sönük ve zehir gibi! Ateş düştüğü yeri yakarmış. Biz insan hakları savunucuları her zaman "ateşin düştüğü yer"de olduk: Asker anneleri, barış anneleri, cumartesi anneleri; ne olursa olsun evlatlarının yokluğunun ateşi, ağıtı ve çığlığı değil mi onları yakan ve birbirlerini kucaklamasını zorunlu kılan.

PKK'nin Elindeki Askerleri Almak

1996 yılının başında PKK'nin elinde olan askerlerin anneleri, kapı kapı dolaşıp çocuklarının serbest bırakılması için çalmadık kapı bırakmamışlardı: Cumhurbaşkanlığı, Başbakanlık, Meclis Başkanlığı ve siyasi parti başkanlıkları... Hiçbirinden sonuç alamamışlardı.

Bu sürece tanık olan RP Van Milletvekili Fettullah Erbaş, Mazlum-Der Başkanı ve benimle görüşmek istediğini söyledi. Akşam Oran'daki milletvekili lojmanlarında bir araya geldik. Fettullah Erbaş, Mazlum-Der ve İHD olarak birlikte askerlerin bırakılması için her türlü girişimde bulunmayı kararlaştırdık. Kararımızı basın aracılığıyla kamuoyuyla paylaştık. Bundan elbette devletin de PKK'nin de bilgisi oldu.

Fettullah Erbaş, Mazlum-Der Genel Başkanı İhsan Arslan ve İHD Başkanı olarak üçümüz 25 Ağustos günü Diyarbakır'a gittik. Bize orada Mardin İHD Şube Başkanı Cemil Aydoğan ve asker aileleri de katıldı. 26 Ağustos günü görsel ve yazılı medyanın eşliğinde yola çıktık. Habur Kapısı'ndan Zaho'ya, oradan Duhak'a ve sonra da Amediye'ye ulaştık.

Gün ağarırken, Zap Kampı'na gitmek için dağların eteğine dek araçlarla gittik. Zap Dağı'na çıkacaktık. Çok sayıda katır getirmişlerdi. Bana Şam eşeği denilen beyaz bir katır verdiler. Söylenildiğine göre katırların en güçlüsü ve akıllısı şam eşeği olurmuş.

Saatlerce yol gittik. Zap Dağları'na doğru çıkınca bir yanımız uçurum diğer yanımız da yalçın kayalardı. Keçi yolu benzeri bir yolda ilerliyorduk. Katırın bir yanlış adımı ya da tökezlemesinin nelere yol açabileceğini düşünmek bile istemiyorduk. Ama katırlar hiç oralı değildi. Kutsal bir işe aracılık ettiklerinin farkındalarmış gibi mağrur bir edayla seke seke ilerliyorlardı. Buna karşın Fettullah Erbaş bir ara katırdan inerek, uzunca yürümeyi yeğledi. Ama bu da hiç kolay olmamıştı. Hem ağustos sıcağı hem de biraz kilolu oluşu onu çok zorlamıştı.

Kampa yaklaştıkça yol üzerinde ve ağaçlık bölgelerde pusuda bekleyen gerillalar görünüyordu. Gelişimizden ve nedeninden haberli oldukları yüzlerindeki ifadeden anlaşılıyordu.

Sonunda Zap Kampı'na geldik. Kayalıkların ve ağaçlıkların arasında büyük bir alanda bizi karşıladılar. Karşılama töreni düzenlenmişti. Karşılayanlar arasında Murat Karayılan, Rıza Altun ve Duran Kalkan vardı. Murat Karayılan, alanda toplanmış gerillalara Kürtçe hitap ettikten sonra bizlerin de bir şeyler söylemesini istedi. Biz de ellerindeki askerlerin bırakılmasının devlete ve kamuoyuna barışçıl bir mesaj olacağını belirttik.

Askerler Anne Kucağında

Annelerin ve babaların çocuklarıyla buluşup kucaklaşmaları, sevinç ve hüznün buluşması gibi bir şeydi. Kimileri aylardır kimileri de birkaç yıldır çocuklarını görememişti. Ancak askerlerden Samsunlu İbrahim Yaylalı, annesiyle geri dönmek istemediğini ve dağda kalacağını söyledi. Annesi iki gözü iki çeşme yalvardı, yakardı; fakat oğlunu dönmeye razı edemedi. Benim konuşmamı istedi. Ben de konuştum. Ama nafile; İbrahim ikna olmadı. Kalmaya bir kere karar vermişti. Bir süre geçtikten sonra bir mağara önünde askerlerin dönüşüyle ilgili görüşürken, beraberimizde gelen gazete ve televizyon muhabirlerinin flaşları patladı. Nedenini kestiremedik. Ardımıza dönüp baktığımızda mağara duvarlarında PKK bayraklarının olduğunu gördük. Bu fotoğrafların daha sonra nerede ve nasıl kullanılacağını nereden bilebilirdik.

Bir ara Rıza Altun ve Duran Kalkan bana, "Yeni bir durum var. Askerleri size veremeyeceğiz" dediler. Ben de nedenini sorunca, yeni bir duyum alındığını, Almanya Ankara Büyükelçisi'nin devreye girdiğini ve askerlerin serbest bırakılmasına aracı olacağını söylediğini duyurdular. Kuşkusuz bu gerekçeyle askerlerin bize verilmeyecek olması ikna edici değildi. Bu duyumun inandırıcı ve gerçekçi olamayacağını söyledim.

Askerlerin bırakılması halinde İHD olarak bir program yapmıştık. Dönüşte Diyarbakır'a uğrayacak, oradan da İstanbul'a gidip AKM'de 1 Eylül Dünya Barış Günü'nde asker anneleriyle, Barış Anneleri diye adlandırılan gerilla annelerinin kucaklaşmasını sağlayacaktık. Ne yazık ki olmadı. Gece yarısı muradımıza ermeden katırlarla yeniden yola çıktık.

Mehtap hem doğayı aydınlatıyor hem de cömertçe bize yol gösteriyordu. Benim beyaz katır üzerindeki keten pantolon ve beyaz gömlekli siluetimi bir gazeteci arkadaş görüntülemişti.

Bu şekilde elimiz boş dönmek zorunda kalmak çok can sıkıcıydı. Orada kalan askerlerin ve oğullarını alıp beraberinde dönecek ailelerin yalnız dönüşlerinin hüznü çok ağırdı.

Diyarbakır'dan Ankara'ya döndük.

DGM Savcısı Nuh Mete Yüksel Kapıya Dayandı

Ertesi gün 1 Eylül Dünya Barış Günü'ydü. Ankara barış savunucuları, 1 Eylül'ü Tandoğan Meydanı'nda kutlayacaklardı. Benim de konuşmacı olarak katılmamı istediler. Ben de katılıp hem günün uluslararası önemine değinmiş hem de son yaşanan süreci anlatıp, Türkiye barışı için Kürt sorununun çözümünün zorunluluğuna değinmiştim.

2 Eylül 1996 günü akşam kızımla evde otururken, evin telefonu çaldı. Kızım baktı. Karşıda telefonun ucundaki Burdur İHD Başkanı olduğunu, benim evde olup olmadığını sorduktan sonra telefonu kapatıyor. Kızım, arayanın kim olduğunu söyleyince, Burdur'da şubemizin olmadığını, bu arayışta bir iş olduğunu düşünüp, kalkıp perde aralığından dışarıya baktım. Çok sayıda polis aracı ve polis evi kuşatmış görünüyordu. Birkaç dakika geçmeden kapı çalındı. Kızım, kim olduğunu sorunca da çok kaba bir tonla polis olduklarını ve kapıyı açmasını söylediler. Kızım, benim evde olmadığımı söyleyince, "Aç. Babanın evde olduğunu biliyoruz" dediler. "Evet evdeyim. Elinizde savcılık izni var mı?" dedim. Kapıyı açmamız konusunda ısrarcı olunca, "Bakın ben sizin kim olup olmadığınızı bilmiyorum. Biz, kendilerini polis olarak tanıtan bazı kişilerce, alıp götürülmüş ve sonrada kaybedilmiş insanların raporunu hazırlıyoruz. Size bu talimatı hangi savcı verdiyse o gelsin. Kapıyı o zaman açarım" dedim.

Bir süre sessiz kalıp beklemeye başladılar. Anlaşılan onları gönderen kişiye haber verip, onun gelmesini bekleyeceklerdi. Nitekim yaklaşık yarım saat sonra kapıda DGM Savcısı Nuh Mete Yüksel belirdi ve ben de kapıyı açtım.

Ben de İHD'den arkadaşları aramıştım. Hem onlar hem de haber verdikleri milletvekillerinden dört beş vekil gelmişti.

Nuh Mete Yüksel ile altı-yedi polis eve girdiler. Yüksel salonda otururken, polisler bütün odalara girip bir şey arıyormuşçasına ortalığı dağıttılar. Ne arıyorlardı ki ne bulacaklardı. Sadece telefonun yanındaki Zap Kampı izlenimlerimi not aldığım not defterimi aldılar. Yaklaşık bir saat sonra beni de evden aldılar ve birlikte çıktık. Çıkışta evin önüne gelenler vardı. İHD'den arkadaşlar, kimi vekiller -ki Ahmet Türk ilk gördüklerimdendi-, hem de gazete ve televizyon muhabirleri gelmişti. Çıkışımızda flaşlar patlıyordu.

Beni bir minibüse bindirip Ankara Emniyet Müdürlüğü'ne götürdüler. Bir süre sonra kapattıkları odadan çıkarıp, yine minibüs ile beni uzun süre dolaştırdılar; AOÇ ve çevresi olduğunu düşünüyorum. Kaybedilme ya da başka bir durumdan kaygılanmıyordum; çünkü gözaltına alınışımın çok sayıda tanığı vardı.

Gece yarısında Cebeci Adli Tıp'a getirdiler. Adli Tıp doktoru, "Geçmiş olsun Akın Bey! Az önce televizyonda izledim. Umarım kötü bir muamele görmemişsinizdir!" dedi. Kötü muamele görmediğimi söyledikten sonra adli kontrolden de geçirilip, yeniden emniyet müdürlüğüne götürüldüm. Ve bir hücreye konuldum.

Ertesi gün akşamüzeri beni alıp sorgulama odasına götürdüler. Esir askerleri almaya gidişimiz ve Kürt sorununa ilişkin uzun bir sorgulama oldu. Sorgu odasının karşısı cam bir duvar görüntüsündeydi. Ama besbelli ki o camın ardında sorgulamayı dinleyen ve görünmek istemeyenler vardı. Sorgulama tamamlandıktan sonra beni yeniden hücreye götürdüler.

Üçüncü gün Mazlum-Der Genel Başkanı İhsan Arslan, emniyete kendisi gelmiş. Üçüncü ve dördüncü gün hücrelerin bulunduğu koridorda onu hücresinden çıkarıp, yüksek sesle söyleşiyorlardı. Özellikle polisler, benim duyabileceğim bir sesle, "O terör hakları derneği başkanı buradan çıkamayacak" diyordu.

Dört gün tüm öğünlerde yarım ekmek arası peynir verdiler. Ne çay ne sigara vardı. Beşinci gün sabah DGM'ye çıkardılar. Milletvekilli dokunulmazlığı nedeniyle Fetullah Erbaş'a dokunamamışlardı. Mahkemeye geldi. Duruşma sonucunda TCK'nın 169. maddesi uyarınca PKK'ye yardım ve yataklıktan dava açıldı. Duruşma sonrasında serbest bırakıldık.

Askerlerle Türkiye'ye Giriş

Aralık ayının ilk haftasında yeni bir haber aldık. Eğer yeniden kampa gidersek, bu kez askerlerin serbest bırakılacağı bildirilmişti. Biz Fethullah Erbaş ve Mazlum-Der İzmir Şube Başkanı Avukat Halit Çelik ile bir araya gelip, ne yapmamız gerektiğini değerlendirerek, gitmeye karar verdik. Ama bu kez emin olmak istiyorduk. Askerlerin serbest bırakılacağı kanaatine varınca yeniden aileler ve gazeteciler yola çıktık. 5 Aralık günü yine Diyarbakır Habur Kapısı'ndan Zaho ve oradan da Zap Kampı eteklerine gittik. Ancak üç günlük bekleyişten sonra bizimle görüşmeye gelen Zübeyir Aydar'a, askerlerin bu kez de verilmemesi durumunda, İHD Genel Başkanlığı'ndan istifa edeceğimi söyledim. Bunun üzerine bir gün daha süre isteyen Aydar'ın ardından askerlerin verileceği haberi geldi.

Yağmurlu bir gündü. Hava kararmış, yağmur çamur tırmanıyorduk. Annelerden biri şemsiyesini bana vermek istemiş, kabul etmemiştim. Başka bir anne çantasından çıkardığı poşeti vererek, ayakkabılarıma geçirmemi istemiş, bir başkası da evinde yaptığı çöreklerden vermişti.

Sonunda Zap Kampı'na çıkmadan karanlıkta bir ormanlık alana girdik. Bir çadırda masa ve oturma bankları vardı. Bu kez karşılayan sadece Rıza Altun oldu. Askerler de getirilmişti. Aileleriyle çadırın dışında el ele vermiş, sevinç gözyaşları içinde otururlarken, biz çadırın içinde askerlerin bize teslim edilmesine ilişkin hazırlanan bir tutanağı imzalayıp çıktık.

9 Aralık günü yine Habur Kapısı'ndan girdik. Bu kez gidenlere sekiz kişi eklenmişti. İbrahim Yaylalı da gelenler arasındaydı.

Nusaybin'e değin telefonlar çekmiyordu. Nusaybin girişinde telefon çaldı. Arayan Diyarbakır İHD Şube Başkanı ve Genel Başkan Yardımcısı Av. Osman Baydemir'di. İlk gidişimizde açılan davanın o gün yapılan duruşmasında beraat ettiğimiz haberini veriyordu.

O gün Ankara'ya döndük. Ertesi gün 10 Aralık Dünya İnsan Hakları Günü kutlamasının ilk sıralarında asker anneleri ve barış anneleri oturuyordu. Arkadaşlarca bir gün önce hazırlatılmış barış ödüllerini üçümüze verdiler.

Fethullah Erbaş, noterlik bürosu açmıştı. Bazen karşılaşıyorduk. Cesaret ve barışa katkısı unutulmayacaktır.

İhsan Arslan, AKP'den Diyarbakır Milletvekili oldu. İbrahim Yaylalı, bir süre gözaltına alınıp bırakılmıştı. Sonradan vicdani retçi olup, barış ve insan hakları savunucusu oldu. 28 Aralık 2011 yılında 19'u çocuk 34 kişinin Roboski'de katledilmesinden sonra kadın arkadaşı aktivist Meral Geylani ile Roboski'ye yerleşti ve Roboski aileleriyle faillerin açığa çıkarılması mücadelesine katıldılar.

İbrahim Yaylalı, gerçek adını kullanıp, Yannis Vasilis Yaylalı olarak mücadeleyi sürdürdü. Geçtiğimiz yıl kendisi ve arkadaşı tutuklandı. Meral Geylani, bir süre sonra serbest bırakıldı. Vasilis Yayla'da 15 ay sonra tahliye edildi. Roboski ailelerinin mücadelesini TBMM'ye HDP Şırnak Milletvekili olarak taşıyan Ferhat Encü ise tutuklanarak, milletvekilliği düşürüldü.

Yannis Vasilis Yaylalı ile.

Yeni Bir Fırsat: ÖDP

Birleşik Sosyalist Parti (BSP) öngördüğü en geniş sol-sosyalist çevreleri kapsamadığı için yeni bir açılım içine girilmiş ve arayış Özgürlük ve Dayanışma Partisi (ÖDP) ile sonuçlanmıştı. Kuruluş sürecinde kurucu başkanlık için Yavuz Önen, Tüm Bel-Sen Başkanı Vicdan Baykara ve benim adım geçmişti. Ama kuruluşunda ağırlığını koyan Devrimci Yol, Ufuk Uras'ı genel başkanlığa getirmişti.

ÖDP Kuruluş Kurultayı'nda. Mihri Belli, İlhami Aras ve diğer arkadaşlarla.

22 Ocak 1996 günü kurulan ÖDP yeni bir umut ve heyecan yaratmıştı. 1965 yılındaki TİP'in yaptığı gibi bir rüzgâr estirilebileceği ve sosyalistlerin meclise girebileceği umudu doğmuştu. Değişik politik ve ideolojik parti ve çevreler ilk kez büyük bir çember içinde buluşmuşlardı. Çemberin dışında kalan başta Kürt dinamiği ve başkaca sosyalist, devrimci grupların çember içine katılımı ya da çemberin kırılması ÖDP'nin hedefine ve becerisine kalmıştı.

ÖDP, giderek Avrupa'daki sol partiler ve antikapitalist sol ile ilişkilere girip, bu toplulukların üyesi olmuştu. İnsan hakları mücadelesinin 1996 yılı da önceki yıllar gibi çetin geçmişti.

Faili meçhul denilen cinayetler, yargısız infazlar, işkencede öldürmeler, kayıplar, gözaltına alınıp tutuklamalar, boşaltılan köy ve mezralar, bombalamalar, çalışma yaşamına yönelik ihlaller, muhalif dernek, sendika ve partilere yönelik baskı ve saldırılar; yasaklar ve cezaevlerindeki koşulların ezaevine dönüşü ve cezaevindeki ağır koşullar kesintisiz sürmüştü.

Yitik Bir Yıl: 1996

İHD Genel Başkanı olarak, 1996 için "yitik bir yıl" değerlendirmesi yapmış ve yeni yılda devletin halkıyla kavgasının son bulması çağrısını yaparak özetle şöyle demiştim: "Geride bıraktığımız yıl insan hakları için yitik bir yıl oldu. Dünya ve Avrupa'da insan hakları sıralamasında daha alt sıralara düştük. Avrupa Birliği hedefinden uzaklaştık. Uluslararası belge ve sözleşmelerden doğan hak ve özgürlükleri içselleştiremedik. Hak ve özgürlükleri güvence altına alacak demokrasi ve barışa yine ulaşamadık.

BM'ce 1996 yılının 'Hoşgörü Yılı' olarak kabul edilmesine karşın biz birbirimize ne hoşgörü gösterebildik ne de birbirimize katlanabildik. Kürt sorunun demokratik ve barışçı çözümüne bir fırsat yaratmak yerine yıllardır izlenen ve büyük yıkımlara neden olan politikalardan vazgeçmedik.

Yeni yılda; devletin halkıyla kavgası son bulmalıdır. İnsan haklarını, demokrasiyi ve barışı söz düzeyinden gerçeğe dönüştürebilmenin hep birlikte güçlü çabasını gösterelim. Toplumca içimizde öldürülen güven ve umudu diriltebilmenin fırsatları kaçırılmış değil.

Yeni yılı silahların değil, insanların konuştuğu bir yıl yapalım. Konuşmak, sorunların çözümünün başlangıcını oluşturacaktır.

Yeni yıl, hakların ve halkların yılı olsun. Ölümlerin, acıların, ayrılıkların ve göçlerin yaşanmamasını diliyor, Türkiye halkının yeni yılını kutluyorum."

1997 yılı da önceki yıllardan bir farklılık göstermedi. Hükümetler, "demokratikleşme ve insan hakları stratejisi" adında birtakım paketlerden söz ettiler.

Yine dışarıya karşı palyatif düzenlemeler ve sözlerden ileriye gidilemedi. Örneğin, Avrupa İşkenceyi Önleme Komitesi'nin Türkiye'yi ziyaretinden bir gün önce Başbakan Mesut Yılmaz'ın işkenceyi önleme genelgesi gibi...

Unutturulan Darbe 28 Şubat

Türkiye, 1997 yılının ilk altı ayında başbakanlığını Necmettin Erbakan'ın yaptığı Refah Partisi (RP) ve Tansu Çiller'in Doğru Yol Partisi (DYP) tarafından oluşturulan koalisyonca yönetildi.

28 Şubat günü yapılan Milli Güvenlik Kurulu (MGK) Türk Silahlı Kuvvetleri (TSK), "irticaya karşı" alınmasını istediği önlemler kapsamında 18 maddelik bir ültimatom niteliğinde kararlar alıp, hükümeti istifaya zorladı. Askerlerin deyişiyle, "demokrasiye balans ayarı yapıldı".

28 Şubat'ta okullara girmek isteyen başörtülü öğrencilere her türlü engel çıkarılarak, eğitim ve öğretim hakkından yoksun bırakıldı.

Öğretimleri engellenen öğrencilerin Dil Tarih Coğrafya Fakültesi'nde ve Hacettepe Üniversitesi'nde başlattıkları direnişin yanında olup, destek vermiştik.

28 Şubat'ın en önemli aktörü Genel Kurmay İkinci Başkanı Çevik Bir olmuştu. Bir'in o dönemde yargıya ve medyaya Genel Kurmay adına doğrudan müdahale ettiği bilinmektedir.

28 Şubat'ı "Postmodern Darbe" olarak tanımlayan ve Çevik Bir'in adeta posta görevlisi olan Genel Kurmay Genel Sekreteri Erol Özkasnak'ın da bu süreçteki rolü önemli olmuştur.

28 Şubat'ta yapılan ve dokuz saat süren toplantıda MGK, laikliğin Türkiye'de demokrasi ve hukukun teminatı olduğuna vurgu yaptı.

MGK'nın, Necmettin Erbakan başbakanlığındaki hükümetin istifasına yol açan toplantıda alınan 18 maddelik kararda sorun olarak bildirilen her şey bugün katmerli olarak yaşanmaktadır.

1997 yılının İHD raporlarına göre en az 98 kişi yargısız infaz olaylarında öldürüldü. 10 kişi kaybedildi. Üç bin 344 kişi işkence gördü. 14 kişi gözaltında, 38 kişi cezaevlerinde yaşamını yitirdi.

Düşünce ve ifade özgürlüğü, baskı ve yasaklarla engellendi ve en az 759 kişiden 607'si hapis cezasına çarptırıldı.

İHD Genel Başkanı olarak bir heyetle TBMM Başkanı Hikmet Çetin'e bir rapor sunmuş, yasalardan düşünce ve ifade özgürlüğü önünde engel oluşturan maddelerin ayıklanmasını istemiştik.

Ayrıca verdiğimiz raporda, düşünce ve ifade özgürlüğünün önünde fiili engellerin yanı sıra yasal birçok engelin de bulunduğuna dikkat çekip, 1982 Anayasa, Terörle Mücadele Yasası, Siyasi Partiler Yasası ve Dernekler Yasası gibi 152 yasa ve 703 maddenin düşünce ve ifade özgürlüğü önünde engel olduğunu belirtmiştik. Uluslararası belgelerin ölçüt alınması ve düşüncenin suç olmaktan çıkarılmasını istemiştik.

Meclis Başkanı Hikmet Çetin'e sunduğumuz raporda, 1997 yılının ilk 10 ayında 138 dernek, sendika ve yayın organı ile parti bürosunun kapatılması, 7106 işçi işten çıkarılması ve 173 derneğin basılmasına yer verilmişti. Yine raporda, 1997 yılının ilk 10 ayında 267 gazetecinin gözaltına alındığı, 253 yayının toplatıldığı, yazar ve aydınların toplam 233 yıl hapis ve yaklaşık da 30 milyar para cezasına çarptırıldığı yer almıştı.

Kürt sorununun demokratik ve siyasal çözümüne yönelik düşünce üreten aydınların büyük baskı ile karşılaştıklarına da değinilen raporda, başta İsmail Beşikçi olmak üzere düşüncelerinden ötürü cezaevinde bulunan 116 kişinin derhal serbest bırakılmasını istemiştik.

Kürt Sorunu Ulusal Sınırları Aşıyor

İnsan haklarının barış ile bağlantısı nedeniyle yine Kürt sorunun çözümüne ilişkin mayıs ayında Barış Konferansı düzenlemeyi planlamıştık. Konferans, "Halkı tahrik edeceği" gerekçesiyle yine Ankara Valiliği tarafından yasaklandı. Bunun üzerine bir açıklama yaparak, "Bugüne değin Kürt sorununun başka yerlerde, başka platformlarda tartışıldığını; Brüksel'de, Paris'te Oslo'da, Roma'da ve Bonn'da tartışılıp konuşulurken, bu topraklarda konuşulamadığını" belirterek, "barış yanlısı ve demokratik bir toplantının yasaklanma gerekçesini anlamanın mümkün olmadığına" işaret edip "valilikçe bu toplantının, 'devletin bölünmezliğini zedeler' ve 'halkı tahrik eder' mantığıyla yasaklandı" diye tepki vermiştim.

Musa Anter Barış Yolculuğu

Diğer bir girişim ise 1 Eylül Dünya Barış Günü nedeniyle düzenlediğimiz "Musa Anter Barış Treni" oldu. Çok sayıda kuruluş ve barış savunucusunun desteklediği bu girişim, hükümet ve TBMM'deki siyasi partilerce "terör treni" olarak nitelendirilmişti. Ve daha önceden bağlanan tren yolculuğu iptal edildi. Bunun üzerine Musa Anter Barış Heyeti oluşturup, otobüslerle yola çıktık. Yolculuğa Ape Musa'nın değerli eşi Hale Anter ve oğlu Dicle Anter ve kızı Rahşan Anter de katılmıştı. Konvoyumuz, Silopi'de çok sayıda zırhlı araçla durdurulup, otobüslerin ilerlemesi engellendi. Oysa heyetimiz, 1 Eylül Dünya Barış Günü'nde Diyarbakır'da olacaktı. Heyet, olağanüstü hâl bölgesi sınırlarına sokulmadı. Heyeti Diyarbakır'da karşılamak üzere hazırlık yapan birçok kuruluş yöneticisi gözaltına alınıp işkence gördü. Heyetimizin dönüşünde Gölbaşı'nda durduruldu ve konvoy halinde Ankara'ya girişine bile tahammül edilemedi.

Musa Anter Barış Yürüyüşünde İskenderun'da mola.

Yağmurdereli, Barış İçin İmza Topluyor

Barış için yine önemli bir girişimde bulunulmuş, "Barış İçin Bir Milyon İmza Kampanyası" başlatılmıştı. "Barış İstiyorum!" ifadesini içeren metinler, Türkiye'nin her yerinde imzalandı. Kampanya sözcülüğünü Avukat Eşber Yağmurdereli yapmıştı.

TSK, Kürt sorunuyla ilgili politikalarını 1997 yılında daha aktif olarak uygulamaya ve tanıtmaya başladı. Kürt sorunuyla ilgili tartışmalarda en örgütlü taraf oldu.

Genel Kurmay Başkanlığı 28 Şubat sonrasında, basın ve yargı başta olmak üzere çeşitli kesimlere verdiği brifinglerde TSK'nın Kürt sorunu konusunda ne düşündüğünü ve yapılması gerekenler konusundaki görüşlerini bildi.

2000 Milenyum Toplantısı'nda Vaclak Havel, Joan Shattuck ile.

Planlı Saldırı Vakti: 1998

1998 yılına da yine aynı tutum içinde girildi. Değişen bir şey yoktu. 12 Şubat 1998 günü, HADEP Genel Merkezi basıldı; parti genel başkanı Murat Bozlak ve yöneticileri gözaltına alınıp tutuklandılar.

21 Mart 1998 Newroz programı belli olmuş ve duyurulmuştu. Newroz, Diyarbakır Batıkent denilen alanda kutlanacak ve kutlamaya da HADEP Genel Başkanı ve yöneticileri de katılacaktı.

Newroz kutlamasına izin çıkmadı. Murat Bozlak ve arkadaşları da tutuklanıp, Elmadağ Cezaevi'ne gönderildi.

Newroz, bir halkın zalim bir tirandan kurtulup özgürlüğüne kavuşmasının sembolüdür! Türkiye'de 1991 yılından bu yana kutlanan bir gündür. Kürt halkı, Demirci Kawa'nın Kral Dehak'a başkaldırışının günümüze dek bir direniş, bir itiraz ve bir özgürlük günü olarak kutlamıştır. O gün yakılan Newroz ateşi, günümüze değin söndürülememiş, hiçbir yasak ya da baskı Newroz ateşinin yakılışını engelleyememiştir.

1998 Newroz kutlamasına izin verilmemesi ve parti yöneticilerinin tutuklanması üzerine İHD olarak bir heyet oluşturup Diyarbakır'a gitmeyi kararlaştırdık. 20 Mart günü akşam üzeri Diyarbakır'da bizi Diyarbakır İHD Şube Başkanı ve Genel Başkan Yardımcısı Osman Baydemir karşıladı.

Baydemir, Diyarbakır'da bugünden bir teyakkuz hali yaratıp, Batıkent ve çevresinde olağanüstü önlemler alındığını belirtip havaalanından otele giderken bize Batıkent çevresindeki durumu göstermek istedi.

Evet. Batı Kent alanının çevresi zırhlı araçlarla çevrilmiş, adım başı silahlı polislerce kuşatılmıştı. Kürt halkının cesaretini, kararlılığını ve inancını bilmeyenler, ertesi gün bu alanda değil Newroz kutlaması, kuş uçurtulması bile olası değil yanılgısına düşebilirdi.

Newroz günü konakladığımız Demir Otel'den çıkıp, Batıkent'e doğru yürüdük. İnsanlar akın akın Newroz alanına gidiyordu. Alana vardığımızda bütün barikatlar aşılmış, halk Newroz alanında toplanmıştı. Yaklaşık 80 bin kişinin olduğu söylendi. Alanda halkın Newroz bayramını kutlayarak, aralarına girdik. Bir ara beni ve İtalya'dan gelen İtalya Komünist Partisi yöneticilerinden, gazeteci Damino Giovanni Frisullo (Dino'yu) omuzlara almak istediler. Benim de omuzlara alınmama engel oldum. Ama Dino'yu elden ele omuzlarda taşıdılar. Ortalık çok gergindi. Dostum Avukat Sedat Aslantaş, bir şeyler olacağını sezmişti. Nitekim bir süre sonra kitleye müdahale ettiler. Çok sayıda gözaltı vardı. Gözaltına alınanlardan biri de Dino'ydu. Dino tutuklandı ve Diyarbakır cezaevine konuldu. Dino, cezaevinde kaldığı süre içinde Kürtçe öğrenmiş. Serbest kaldıktan sonra İtalya'ya dönen Dino'nun çok geçmeden kanserden genç yaşta yaşamını yitirdiğini öğrendik.

TSK'nın brifingleri sonrası Kürt sorunu ve çözümü üzerine çaba sarf eden kurum ve kuruluşlarla, gazeteci ve yazarlar açıkça hedef gösterilmeye başlanmıştı.

PKK'nin üst düzey yöneticilerinden Şemdin Sakık'ın teslimi ya da ele geçirilişinden sonra Şemdin Sakık'ın ifadeleri olarak basına bilgiler yansımaya başladı.

Hedef Gösteriliyorum

24 Nisan 1998 günü Kanal D'de ana haberleri sunan Uğur Dündar, akşam haberlerinde Şemdin Sakık'ın iddiaları olarak değil, yaşanmış ve gerçekmiş gibi sundu haberi.

Ertesi gün 25 Nisan günü, *Hürriyet* ve *Sabah* gazeteleri birinci sayfa, sekiz sütun üzerinden yine bu iddiaları içeren fotoğraflı benzer haberler verilmişti.

25 Nisan günü kan vermek için Mithat Paşa Caddesi'nde bir laboratuvara gitmiştim. Bekleyen başkaları da vardı. Sehpanın üzerinde *Hürriyet* ve *Sabah* gazeteleri vardı. Diğerleri gibi ben de gazeteleri alıp baktım. Dehşete kapılmıştım! PKK'nin elinde bulunan askerleri almaya gidişimizde irademiz dışında çekilen, PKK bayrakları altında boy boy mağara önünde çekilmiş fotoğraflar verilmişti. Altında da Şemdin Sakık'ın benim için, "O benden daha fazla PKK'cıdır" dediği ileri sürülüyordu.

Saat 13.30'da Merkez Yürütme Kurulu toplantısı vardı. İşlemlerim bittikten sonra derneğe geldim. Derneği, gazete ve televizyon muhabirleri doldurmuştu. Toplantı için gelen arkadaşlarla birlikte basın toplantısı düzenledik. Çıkan haberlere açıklık getirmeye çalışıp, açıkça hedef gösterildiğimizi, ileri sürülen haberlerin gerçeklerle uzaktan yakından ilgisinin olmadığını söyledik. Kimi muhabirler -NTV muhabiri başta olmak üzere- provokatör tarzı sorularla sözde bizi sıkıştırmaya ve üstlendikleri görevi yerine getirmeye çalışıyordu.

İki gazetenin bu yayınları 25-28 Nisan günlerinde de sürdü. Bu dezenformasyona daha sonra AA, ATV, Show TV, Kanal D ve Star da katıldı.

İNSAN HAKLARI DERNEĞİ
HUMAN RIGHTS ASSOCIATION

1986

Tunalıhilmi Cad. 104/4, Kavaklıdere-Ankara Tel: (312) 432 09 57-58 Fax: 425 95 47

25.04.1998

SABAH GAZETESİ SORUMLU YAZI İŞLERİ MÜDÜRLÜĞÜ'NE

TEKZİP EDEN :İnsan Hakları Derneği Genel Yönetim Kurulu'nu temsilen Genel Başkan Akın Birdal

KONU :Tekzip hakkının kullanılmasına ilişkindir.

OLAY VE TALEP :1-Gazetenizin 25 Nisan 1998 tarihli nüshasının birinci sayfasında büyük puntolarla sürmanşet verilen haberde şahsımla ve Genel Başkanı bulunduğum İnsan Hakları Derneği ile ilgili asılsız, gerçek dışı, hukuki dayanaktan yoksun ve kişilik haklarıma saldırı içeren "sözde" bilgilere yer verilmek suretiyle kamuoyunu küçük düşürerek karanlık odaklara hedef gösterilmiş bulunuyorum.

2-Haberde, Şemdin SAKIK'ın ifadeleri olarak lanse edilen suçlamalarla uzaktan yakından ilgim ve ilişkim bulunmamaktadır.

Şemdin SAKIK'ı tanımadığım gibi, iddia edildiği gibi Abdullah ÖCALAN'la hiçbir zaman telefon görüşmesi yapmadım, doğrudan ya da dolaylı görüşmüşlüğüm yoktur. Şahsım ve başkanı bulunduğum İHD'nin yasal olmayan hiçbir işlemi ya da eylemi sözkonusu değildir. Abdullah ÖCALAN'dan para aldığımız şeklindeki iddia gerçek dışıdır.

Bize yönelik kaynağı belirsiz karalama amaçlı suçlamaları tümden reddediyoruz.. Gazetenizde yayınlanan bu haberin basın ahlakına ve gazetecilik haber ilkelerine ne denli uyduğunu kamuoyunun takdirine bırakıyoruz.

Sayın Yazı İşleri Müdürü,

Bu tekzibimizin, elinize ulaşmasını müteakip üç gün içerisinde yayınlanacak gazetenizin ilgili nüshasında aynı sayfada, aynı ebatta, aynı puntolarla, 5680 Sayılı Basın Kanunu'nun 19. ncu maddesi hükümlerine göre yayınlanmasını yargısal başvuru yolları saklı kalmak üzere talep ve rica ediyorum.

Genel Başkan
Akın Birdal

Bu haberler üzerine Ankara DGM'nin hakkımda soruşturma başlattığı haberleri yayınlandı. 25 Nisan günü, İHD Genel Yönetim Kurulu konuya ilişkin basına ve kamuoyuna bir açıklama yaptı.

Aynı gün *Hürriyet* ve Sabah gazetelerinin Sorumlu Yazı İşleri Müdürleri için tekzip göndererek, yayınlanmasını istemiştik. Ama her ikisi de bunu yayınlamadı. Haberler, gelecek başka tehlikelerin de habercisiydi. Haberlerde açıkça İHD, Cumartesi Anneleri ve ben PKK yanlısı olmakla suçlanıyorduk.

12 Mayıs 1998

12 Mayıs 1998 günü sabah DGM'de görülen *Düşünce Özgürlüğü - 2* kitapçığıyla ilgili gazeteci, yazar ve aydınların yargılandığı davaya gitmiştim.

Duruşma öğleden sonraya sarktı. Yargılananlardan M. Tali Öngören, Can Dündar ve Varlık Özmenek öğlen arasında yemeğe giderken beni de çağırdılar. Ama ben saat 13.30'da dernekte olmam gerektiğini söyleyerek ayrıldım. Derneğe gelip odaya girdikten sonra çalışanlardan Mutullah Dökmeci, benimle görüşmek isteyen iki kişi olduğunu söyledi. Sabahleyin de gelip, beni sorduklarında, onlara benim öğleden sonra geleceğimi söyleyince gittiklerini ve şimdi yine geldiklerini söyledi. Ben de henüz gazetelere bakmadığımı, başka bir arkadaşla görüştürmesini söyledim. Az sonra yeniden gelip, ısrarla benimle görüşmek istediklerini söyleyince, "Gelsinler" dedim.

"İşte Bunlar Katillerim!"

Odama biri daha genç iki adam girdi. Derneğin kuruluşundan bu yana 12 yıl geçmişti. Bu süre içinde her kesimden insanlar gelip gitmişti. Başvuranlara yardımcı olmaya çalışıyorduk. Olamadıklarımıza da bir çay ikram edip gönderiyorduk. Ama o güne değin gelen gidenlerden hiç kaygı duymamıştık. Kim bilir, belki son çıkan haberlerden ya da gelen kişilerin hal ve hareketlerinden hemen kuşkulanıp, "İşte bunlar katilim!" dedim. Ne istediklerini sordum. İstanbul'da 1 Mayıs'a katıldıklarını, gözaltına alınıp işkence gördüklerini söyleyerek, tıbbi ve hukuki yardım istediklerini belirttiler.

Biri masanın sol yanına diğeri de sağ yanına oturmuştu. Hemen başımdan savmak istediğim için bu işlerle Ankara Şubemizin ilgilendiğini söyleyip, sekreter Türkan Demir'den Ankara Şubemizin adresini yazıp getirmesini istedim.

Adresi alıp çıkış kapısına doğru yürüdüler. Ben de kalkıp onları uğurlarken, koridordan geri dönüp biri silahını ateşledi ve omuzumdan yaralandım. Kapıyı kapatıp, yere uzandım ve ayağımla kapıyı kapattım. Benim kapının ardında olduğumu düşünerek, bir şarjörü boşalttılar. Sonra içeri girip, ateş etmeyi sürdürdüler. Zıplayarak, ateş açıyorlardı. Ben de başımın ve göğsümün isabet almaması için her tetiğe bastıklarında yerde yuvarlanıyordum.

Öldüğümü düşünerek, odadan çıkıp gittiler. Bilincim yerindeydi. Dernekteki arkadaşlar koşuşturarak odaya girdiler. Hemen bir ambulans çağırmalarını, polise haber vermelerini ve beni Sevgi Hastanesi'ne götürmelerini söyledim. Sonrasını anımsamıyorum.

Altı kurşun vücuduma isabet ederek, girip çıkmıştı. Yedi kurşun deliği de odamın kapısındaydı. O kapı dernek merkezinde tutuluyor: Utanç kapısı mı onur kapısı mı; nasıl adlandırılır ki...

Saldırganlar önünde sürekli polislerin beklediği dernek binasından rahatça çıkıp kaçmışlardı. Sonradan izlediğimiz ve görebildiğimiz kadarıyla ilk saldırıdan sonra ilk müdahaleyi arşiv çalışanı arkadaş Avni Kalkan ile UBA Ajansı Yazı işleri Müdür Yardımcısı dostum Veli Özdemir yapmışlar.

UBA'nın çektiği görüntüler, televizyonlarda canlı olarak yayınlanmış. Saldırıdan 15 dakika sonra gelen ambulansla Sevgi Hastanesi'ne kaldırılmışım. "Sevgi Hastanesi'ne götürün" derken, birincisi Sevgi Hastanesi'nin yakın oluşu, ikincisi de ortopedist olan dostum İnsan Hakları savunucusu ve TİHV yönetim kurulu üyesi Doktor Sabri Dokuzoğuz'un orada olmasıydı.

Yaklaşık dört saat süren bir ameliyat sonucu gözlerimi açabildim. Bedenimde kan kalmamıştı. Önce bilek damarından girip kan vermeye çalışılmış. Olmayınca cephede çok nadir uygulanan bir yolu deneyip, göğüs kafesimi kesip kan kalbe doğrudan şırınga edilmiş. Üst üste yapılan ameliyatlar sonucu 20 Mayıs günü yoğun bakımdan çıkarıldım.

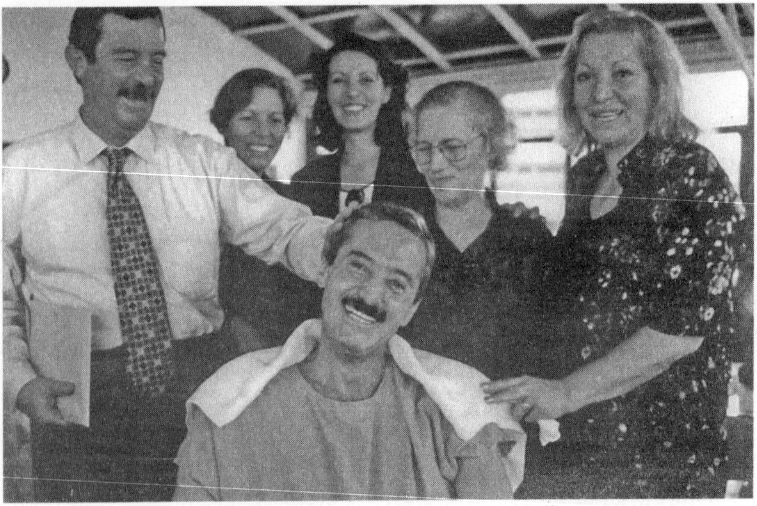

Yoğun Bakım çıkışında annem ve kardeşlerim ile.

Hastane Başhekimi ve aynı zamanda cerrah olan Prof. Dr. Tevfik Ali Küçükbaş, sonra, kalbimi eline alıp, kan şırınga edişini anlatmıştı.

3 Haziran günü ortopedi uzmanı Doktor Sabri Dokuzoğuz ve Doktor Umut Bektaş ikinci kez yaptıkları ameliyat sonrası sol ayak bileğimdeki 10 parça kırık ile sağ omzumdaki kırıkların tedavisi için birine 14 çivi 2 platin, diğerine de 4 çivi 2 platin konuldu.

Saldırı sonrası kan çağrısı yapılmış, çoğu genç çok sayıda insan kan vermek için hastane kapısında kuyruğa girmişler.

Saldırıdan sonra ajansları ve basın kuruluşlarını arayan kimliği belirsiz bir kişi saldırıyı Türk İntikam Tugayı (TİT) adına üstlenmiş.

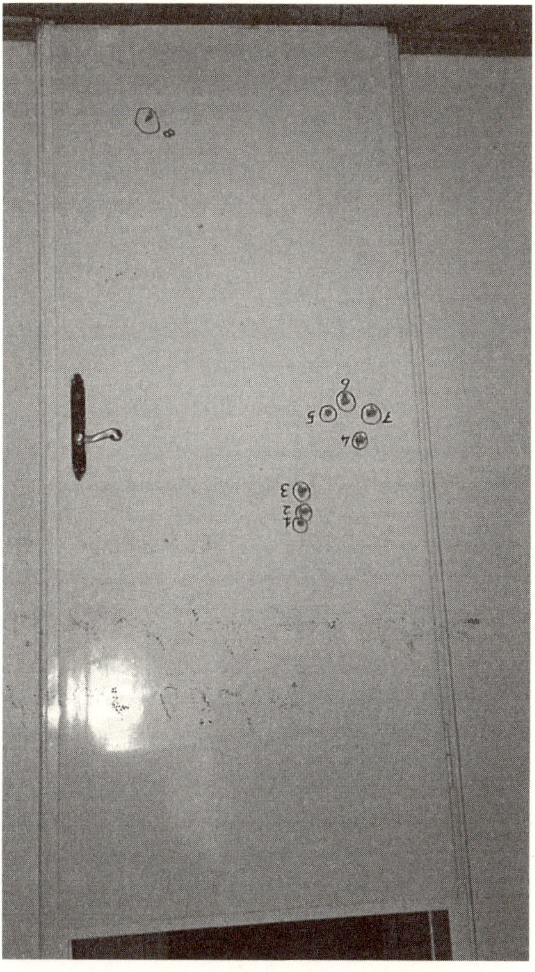

İHD'deki silahlı saldırı sonrası odamın kapısı.

Saldırıdan sonra dernek çalışanlarından Türkan Demir, Eso Toper, Emel Demir, Zeri İnanç ve Mutullah Dökmeci ile MYK üyelerinden Meral Bekar ile Avni Kalkan'ın ifadeleri alınıp, Türkan Demir ve Mutullah Dökmeci emniyet müdürlüğüne götürülüp, gece geç saatlere kadar sorgulanıp serbest bırakılmışlar.

"Yeşil" Sahnede

Başbakan Mesut Yılmaz, 14 Mayıs günü bir açıklama yaparak, "Bir iç hesaplaşma olduğu anlaşılıyor. Aynı kamptakilerin bir iç anlaşmazlığı gibi. Adamlar 1 Mayıs ile ilgili olarak gelmişler. Belli ki PKK ile de bağlantılılar. İlk bilgiler, kendi içlerinde bir hesaplaşma izlenimini veriyor. Araştırmaları sürdürüyoruz. Yani korktuğumuz gibi değil. Biz başka bir şeyden endişe etmiştik. Ama öyle görünmüyor" demiş.

Tartışmalar sürerken Mesut Yılmaz, saldırıya yönelik emrin "Yeşil" kod adıyla bilinen Mahmut Yıldırım'ın verdiğini ileri sürmüş ve bana yapılan suikastın basit bir hesaplaşma olmadığını belirterek, "Bu Türkiye'nin istikrarını bozma tertibinin bir parçasıdır. Suikast timi yakalanmasaydı, ayni çete HADEP'in Sarıgazi'deki belde teşkilatına dönük katliam şeklinde bir eylem düzenleyecekti. Orada kim varsa hepsini öldüreceklerdi" dedi.

Başbakan Mesut Yılmaz, daha sonra yaptığı açıklamalarda da, saldırıdan sonra Emniyet Müdürlüğü'nün kendisini yanlış bilgilendirdiğini ve yanılttığını eklemiş ama kendisi ve İçişleri Bakanı Murat Başeskioğlu, yine emniyetçe verilen bilgilerde saldırıyı gerçekleştirenlerin "profesyonel olmadıklarını" ileri sürmüşlerdi.

Şemdin Sakık'a atfedilip, basında çarşaf çarşaf yer alan haberlerdeki ifadelerin Şemdin Sakık'a ait olmadığını, onunla görüşen avukatları açıklamışlardı. Şemdin Sakık, daha sonra çıktığı mahkemede basında kendisine ait olduğu ileri sürülen açıklamaları reddetmiş ve bu bilgilerin kendisine ait olmadığını söylemişti. Buna karşın hem hükümet yetkilileri hem de basın bu açıklamaları yok sayarak, o "haber"i gündemde tutmayı sürdürmüşlerdi.

Ameliyatlarım sürerken, Başbakan Yardımcısı Bülent Ecevit ve İçişleri Bakanı Murat Başeskioğlu'nun bulunduğu kimi yetkililerin gelişinde hastane önünde bekleyenlerce protesto edilmişlerdi.

Cumhurbaşkanı Süleyman Demirel, devlet yetkilileri ve partiler ile çeşitli örgütlerin yöneticilerince saldırı kınanmış ve faillerin bulunması istenmişti.

Ankara Valisi Erdoğan Şahinoğlu da Sevgi Hastanesi'ne tehdit telefonlarının geldiğini bildirip, Birdal'ın hastaneden sağ çıkmaması için doktorların tehdit edildiğini söylemişti. Ayrıca polislerin hastaneden ayrılmayacağını ve İHD üyelerinin de hastane önünde beklemesini istemişti.

Hastaneye gelen bir başka tehdit de, hastaneden sağ çıkamaması durumuna yönelikti.

Kızım Evren ile dışarıya, zaman zaman sağlığımla ilgili bilgiler iletiyordum. Kızım hastane terasına çıkıp, dayanışma için orada toplananlara benim iyi olacağımı ve yeniden mücadeleyi sürdüreceğimi söylüyordu.

Saldırının ardından tepkiler uzun süre gündemde kalmıştı.

Sokaklar Yüreğime Güç Veriyor

İnsan Hakları Anıtı'nın önünde, 13 Mayıs günü yapılan ve binlerce kişinin katıldığı açıklamaya başta İHD olmak üzere ÖDP, EMEP, HADEP, DSİP, DBP, SİP, TİHV, TTB, TMOBB, ÇGD, Halkevleri, Türk Eczacılar Birliği, Pir Sultan Abdal Kültür Derneği, DİSK, KESK, Haklar ve Özgürlükler Platformu ve Ankara Üniversitesi Öğrenci Koordinasyonu'nca imzalanan metin okunmuştu.

İHD Genel Merkezi'nden yapılan açıklamada, saldırının profesyonelce gerçekleştirildiğine dikkat çekilip, "Derneğimiz genel merkezinde, olaydan hemen sonra kolluk güçlerince yapılan çalışmalarda, delil durumundaki boş kovanların yerlerinin tespitinde hassas davranılmaması, zanlıların belirlenmesi ve teşhisi aşamasında yapılan uygulama ve açıklamalar göstermektedir ki; soruşturma saptırılmaya çalışılmaktadır. Bu mantıkla derneğimizin yöneticileri, olayın sorumlusu olarak ilan edilirse şaşırmamak gerekir. Birdal'a kurşun sıkanlar; gözaltında kayıpların, faili meçhul cinayetlerin ve yargısız infazların da sorumlusudurlar" denildi.

TİHV Genel Sekreteri Selim Ölçer de yapılan saldırıyı kınayarak, İHD ile dayanışma içinde yer alarak, saldırılara karşı duracaklarını ilan ettiler.

İHD Genel Başkan Yardımcısı Osman Baydemir de yapılan gösterilerin engellenmesi üzerine, Akın Birdal'ı korumak için önlem almayan güvenlik güçlerinin kendilerini engellediğini belirterek, "Aynı önlemler Akın Birdal'ı korumak için alınmış olsaydı, Birdal şu anda yaralanmamış olacaktı" dedi.

"12 Mayıs, Hafızalarda Karanlık Bir Gün Olarak Yer Alacak"

Saldırıyı kınayan İnsan Hakları Kuruluşları Uluslararası Federasyonu FIDH, hükümet yetkililerine sert uyarılarda bulundu. FİDH Başkanı Patrick Baudauin, İHD Genel Başkanı Akın Birdal'ın FIDH'ın sürekli desteği ve koruması altında olacağını belirterek, "Mesajımız çok açık: Artık güvence sözleriyle yetinmeyeceğiz! Türk yetkililere, sözlerin hayata geçirilmesi görevi düşüyor" dedi. Baudauin, FIDH Başkan Yardımcısı Saadeddin Zmirli, THİV Başkanı Yavuz Önen ile birlikte Sevgi Hastanesi'ne gelerek beni ziyaret ettiler. Baudauin'in hastane önündeki basın açıklamasında, devlet yetkililerine sorumluluklarını hatırlatmak için Türkiye'de bulunduklarını belirterek, Cumhurbaşkanı ve Başbakan'a verecekleri açık mektubu okudu. Mektupta aynen şöyle denilmişti:

Birdal'ın sağlık durumu bizleri sevindirdi. Ancak demokrasiyi tehdit eden 12 Mayıs, hafızalarda ciddi endişelerle dolu, karanlık bir gün olarak kalacak. Birdal'ın, hem de İHD Genel Merkezi'nde şiddet ve terörü benimseyenlerce hedef seçilmesi onun insan hakları savunucusu ve simge olması nedeniyledir. Bunlar demokrasi ve özgürlüklerin düşmanlarıdır. Bunlara Cezayir, Kolombiya, Ruanda ve Birmanya'da da rastlıyoruz; insan hakları savunucularını susturma yöntemleri de aynıdır. Bu ülkede özgürlükler, onun gibilerin çoğunlukla hapis cezası ve yaşam pahasına verdiği mücadelelerle kazanıl-

dı. Birdal, insan haklarını her koşulda savunduğundan, barış açıklamaları yaptığından tehditlere hedef oldu. Basın, PKK liderlerinden birinin itirafına dayandırılan suçlamaların Birdal'la ilgili olanlarını ön plana çıkardı. Suçlamalara hedef olanlar ve Birdal'ın ânında yaptığı yalanlamalar, yaşamlarına yönelik tehdidi yok etmeye yetmedi. FIDH ve diğer hükümetler dışı kuruluşlar, size ve sizden öncekilere pek çok kez insan hakları ihlalcilerinin, özellikle suikastların araştırılması, durdurulması, cezalandırılması girişiminde bulunmanız için başvurmuştuk. Bugüne kadar somut hiçbir önlem alınmadı. Bu tür suçluların dokunulmazlığı kuralı varlığını sürdürüyor, insan hakları savunucularına saldırı ve haksızlıkları cesaretlendiriyor. Bu tür olayların bir daha olmaması için ve onları kınamak yetmediği için, FIDH olarak sizden hemen hoşnutsuzluğunuzu ifade edecek somut adımlar atmanızı büyük bir kararlılıkla istiyoruz. İnsan hakları savunucularının güvenlikli ve özgür çalışması için köklü önlem alınması inisiyatifi bugün Türkiye'de sizlere düşüyor. FIDH sizden, BM'nin sonbahar toplantısını beklemeden, Türkiye'nin BM İnsan Hakları Savunucuları Bildirgesi'ne katıldığının hemen açıklanmasını, bildirgenin uygulanması ve gereklerinin yerine getirilmesi için talimat verilmesini ve tüm önlemlerin alınmasını istiyor. Bu üyelik ve önlemler, Türkiye'yi temel haklara saygılı bir hukuk devleti yapmanın kanıtını oluşturur. Basit açıklamalarla yetinildiğinde örgütümüz ve uluslararası topluluklar nezdinde, Türk otoritelerinin kararlılığına güvenilmeyecek.

Hastaneye çok sayıda ziyaretçi geliyordu. Kimileriyle yoğun bakımda olduğumdan görüşemiyordum. Yoğun bakımdan çıkışta da görüşmeler, enfeksiyon olasılığı nedeniyle çok sınırlı tutuluyordu.

İngiltere Dışişleri Bakanı Robin Cook ve ABD Türkiye Büyükelçisi hastaneye gelip, "Geçmiş olsun!" dileklerini iletmişlerdi.

ABD Türkiye Büyükelçisi Mark Paris, gazetelerde Şemdin Sakık'a ait olduğu ileri sürülen haberler yayınlandıktan sonra beni elçilikte bir öğlen yemeğine çağırmış ve bunu kamuoyuyla da paylaşmıştı. Gelen ziyaretçilere bir anı defteri açılmış ve gelenlerin çoğu Anı Defteri'ne duygu ve düşüncelerini yazmışlar.

İNSAN HAKLARI DERNEĞİ
HUMAN RIGHTS ASSOCIATION

1986

Tunalıhilmi Cad. 104/4, Kavaklıdere-Ankara Tel: (312) 432 09 57- 58 Fax: 425 95 47

25 Nisan 1998

BASIN VE KAMUOYUNA

25.04.1998 tarihinde olağan toplantısını yapın İHD Genel Yörnetim Kurulu aşağıdaki açıklamayı yapma gereği duymuştur.

25.04.1998 tarihinde özellikle Hürriyet ve Sabah gazetelerinde "Şemdin Sakık tarafından verilmiş ifadeler" olarak kamuoyuna sunulan ancak devleti saran bir takım güçlerce kaleme alındığı anlaşılan İHD'ye ve genel başkanına yönelik asılsız suçlamalar İHD'yi saygın ve zorlu mücadelesinden alıkoyamayacaktır.

İHD söz konusu asılsız haberde olduğu gibi hiçkimsenin ya da hiçbir örgütün tabancası ya da Avrupadaki dayanağı olmamış aksine bir takım güçlerin hizmetinde olan kalemşörlerin suçlamalarına karşın doğru bildiklerini söylemeye devam etmiştir. Tek belirleyici işlevi insan hakları, demokrasi ve barış savunuculuğu olan derneğimiz benzer ithamlara birçok kez maruz kalmıştır. Derneğin 12 yıllık tarihi boyunca 14 üyesini silahlı saldırılar sonucu yitirmiş, birçok üyesi kayıp edilmiş, işkence görmüş ve düşünceleri nedeni ile cezalandırılmıştır. Yine derneğimizin birçok şubeleri asılsız suçlamalar ile kapatılmıştır. İHD'nin , devletin içinde örgütlenen gizli yapılanmaların açığa çıkarılması ve lağvedilmesi yönündeki ısrarlı çabaları İHD'ye yönelik son dönemdeki yoğun baskıların en önemli nedenini oluşturmaktadır.

Devlet içi hukukdışı örgütlenmeler üzerine gidilmezken insan haklarını, demokrasiyi ve barışı savunan ve insanlık ailesinin kalbinde büyük yer edinen derneğimizin güvenilirliği bu asılsız suçlamalar ile zedelenmek istenmektedir.

Dernek faaliyetleri ve açıklamalar nedeniyle hemen her gün Devlet Güvenlik mehkemeleri savcılarına ifade veren Dernek Genel Başkanımıza yönelik ciddiyetten yoksun iddalar asılsızdır. İHD her zaman açıkladığımız gibi tüm parti, sendika, örgüt ve devletlerden tam bağımsız ve bağımsızlığından bugüne dek ödün vermemiş adı insan hakları ihlallerine karışmamış tüm kurum ve kuruluşlarca desteklenen, dayanışmasını sürdüren yasal, meşru ve uluslararası düzeyde saygın bir kurumdur.

Derneğimize yönelik son karalama kampanyası, sistematik işkence, faili meçhul cinayetler, gözaltında kayıplar, gözaltında tecavüz, köy yakmalar, düşünce ve örgütlenme özgürlüğü önündeki yasaklar gerçeğini örtemeyeceği gibi, 12 yıla yakın bir süredir, insan hakları derneği olarak yasal ve meşru zeminde devam ettiğimiz ve bundan sonra sürdüreceğimiz çalışmalarımızı da engelleyemeyecektir.

İHD GENEL YÖNETİM KURULU

Gül: "İnsanlığa yapılan saldırı."

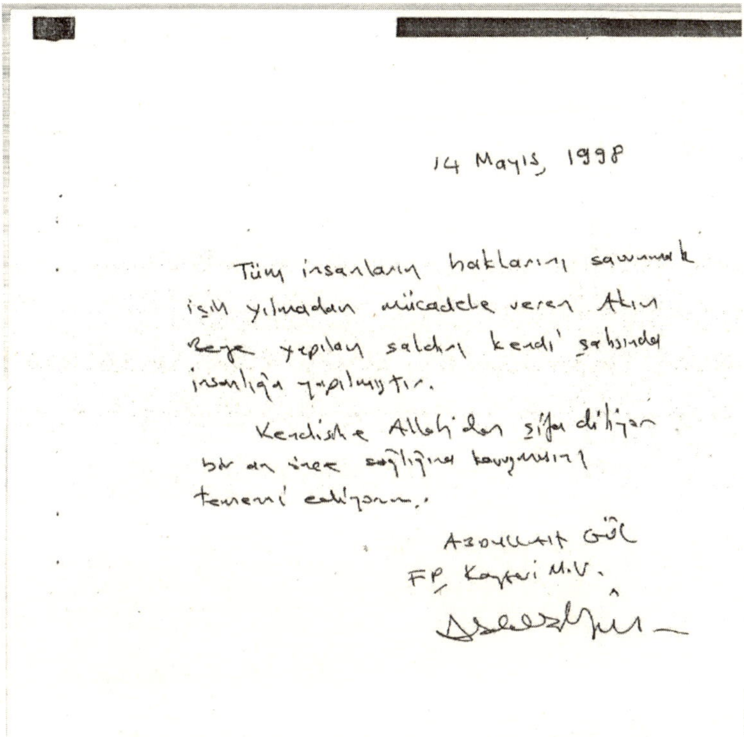

[redacted] [redacted]

14 Mayıs, 1998

Tüm insanların haklarını savunmak için yılmadan mücadele veren Akın Beye yapılan saldırı kendi şahsında insanlığa yapılmıştır.

Kendisine Allah'tan şifa diliyor bir an önce sağlığına kavuşmasını temenni ediyorum.

Abdullah Gül
FP, Kayseri M.V.

Erdoğan: "Bu kurşunlar bir vahşet örneğidir."

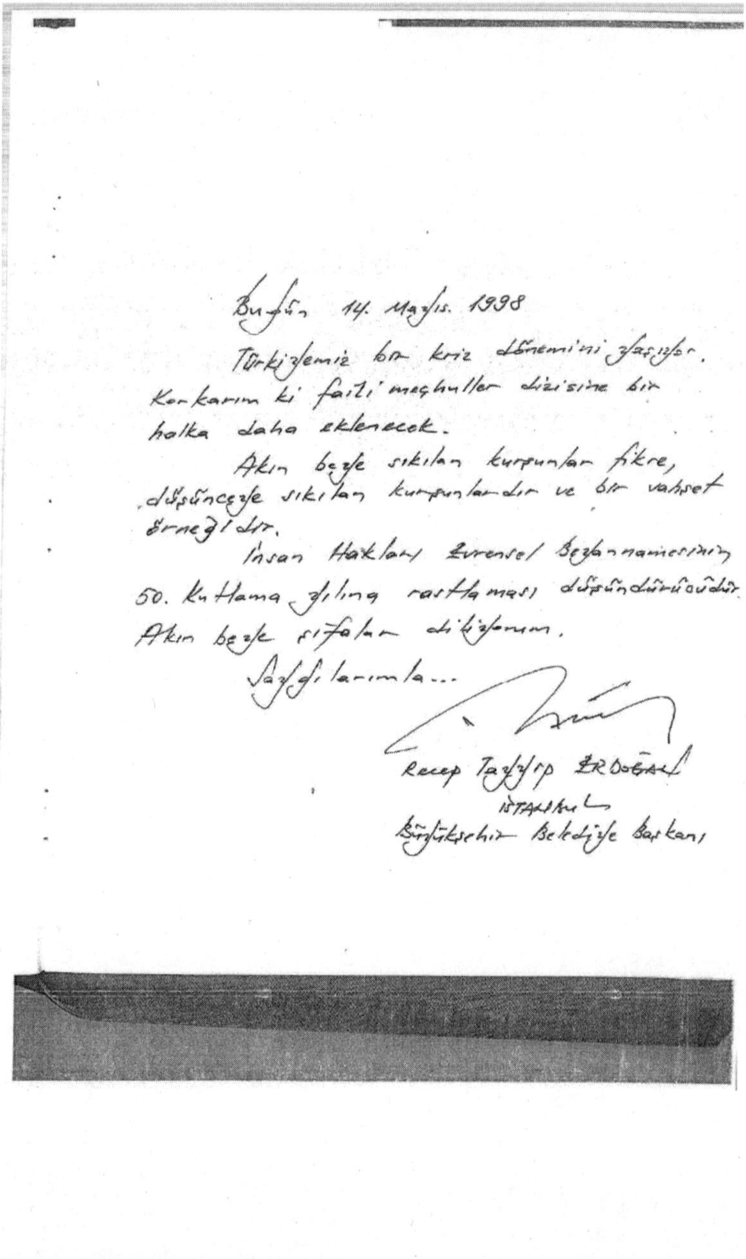

Bugün 14. Mayıs. 1998

Türkiyemiz bir kriz dönemini yaşıyor. Korkarım ki faili meçhuller dizisine bir halka daha eklenecek.

Akın beye sıkılan kurşunlar fikre, düşünceye sıkılan kurşunlardır ve bir vahşet örneğidir.

İnsan Hakları Evrensel Beyannamesinin 50. kutlama yılına rastlaması düşündürücüdür. Akın beye şifalar diliyorum.

Saygılarımla...

Recep Tayyip ERDOĞAN
İSTANBUL
Büyükşehir Belediye Başkanı

DİSK: "Barışa ve kardeşliğe sıkılan kurşunlar."

[redacted]

Sn. Bşk.

Uğradığınız saldırıyı şiddetle kınıyoruz. Size sıkılan kurşunları barışa ve kardeşliğe sıkılmış olarak kabul ediyoruz. Türkiye birgün birlik ve bütünlük içinde demokrasiyi ve barışı yaşayacaktır.

Bu umutlarla geçmiş olsun dileklerimizi iletiyor sağlıklar diliyoruz.

DİSK Yön. Kur.
15.5.1998 Adına
Gn. Bşk.
[signature]

Eren: "En çok çocuklarınız adına sevindim."

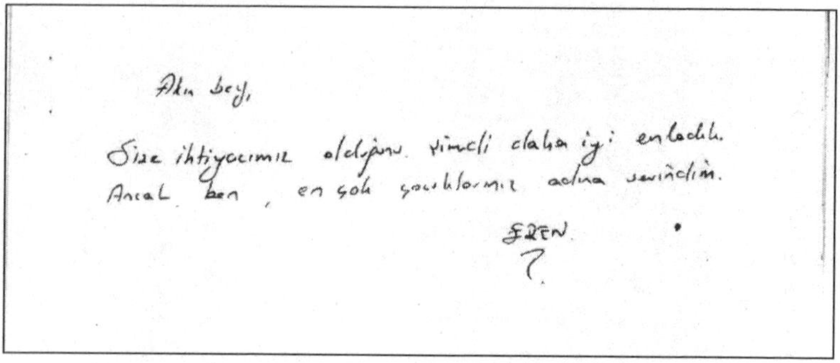

Akın bey,

Size ihtiyacımız olduğunu şimdi daha iyi anladık.
Ancak ben, en çok çocuklarınız adına sevindim.

EREN
7.

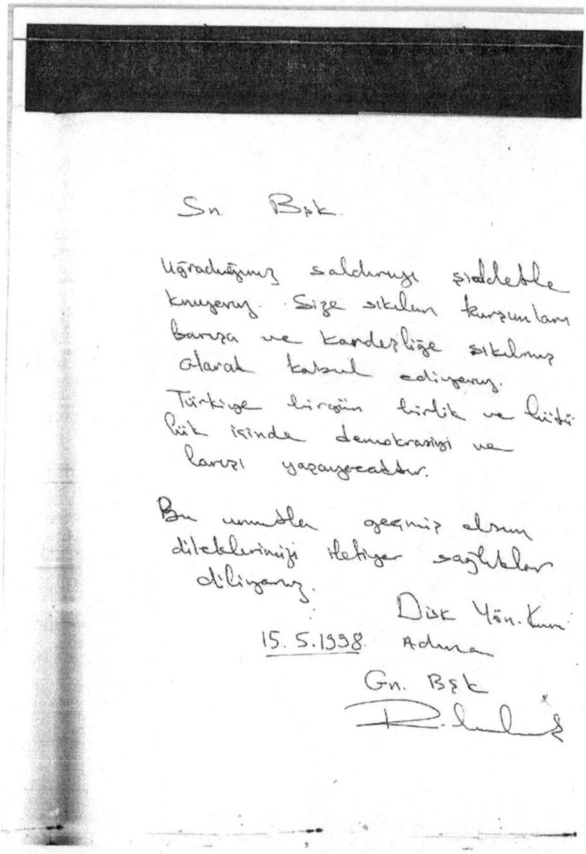

[redacted]

Sn. Bşk.

Uğradığınız saldırıyı şiddetle kınıyoruz. Size sıkılan kurşunları barışa ve kardeşliğe sıkılmış olarak kabul ediyoruz. Türkiye birgün birlik ve bütünlük içinde demokrasiyi ve barışı yaşayacaktır.

Bu umutlarla geçmiş olsun dileklerimizi iletiyor sağlıklar diliyoruz.

Disk Yön. Kur.
15. 5. 1998 Adına
Gn. Bşk

13-05-1998

Sevgili Akın Birdal,

Senin gibi dingin, saygın ve mütevazı bir kişiye, bırakın kurşun sıkılmasını, yüksek sesle konuşulacağına bile inanmazdım.

Çabuk iyileşin, bize gerekiyorsunuz.

Sevgiler

Ali Nesin

SN. BİRDAL'A Tekrar geçmiş olsun dileklerimi iletiyor ve acil şifalar diliyorum.

Hikmet Çetin

Semra Somersan

Ceylan Özerengil

Deniz Türkali

Yıldırım Türker

Filiz Karakuş

Nadire Mater

Melek Üstbinli

Nevriman Deniz → Sevgi ve Selamlarını iletiyorlar

Sizinle olduklarını ilettiler.

14. 05. 98

En büyük acıları yaşayanlar, en direngenlerimizdir. Bu güne kadar tüm acılarda olduğu gibi coşkularımızda da beraber olmaya çalıştık.

Ama yeter artık. Yeter. Ölmek için yaşadığımız yeter. Yaşamak için ölelim birazda. Yaşamak için değil mi zaten herşey.

Seni bir an önce yanımızda, omuzbaşımızda görmek istiyoruz.

Ocak Ailesi adına

Maside Ocak

(imza)

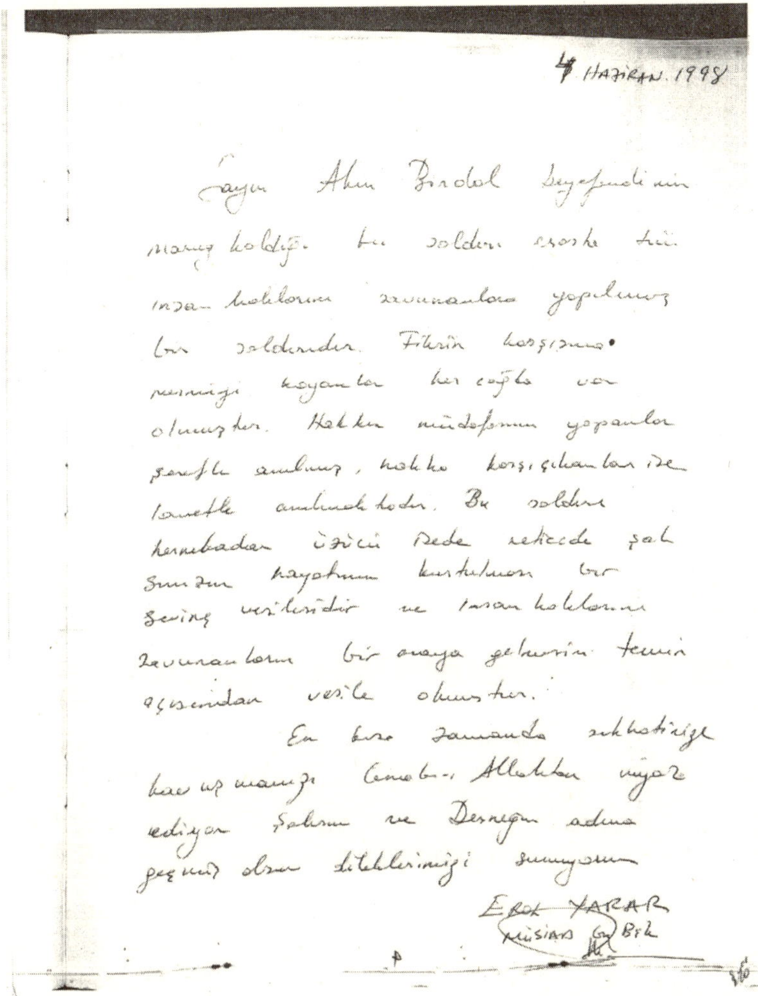

4 HAZİRAN. 1998

Sayın Akın Birdal Beyefendi'nin maruz kaldığı bu saldırı esasta tüm insan haklarını savunanlara yapılmış bir saldırıdır. Fikrin karşısına mermiyi koyanlar her çağda var olmuştur. Hakkın müdafaasını yapanlar şerefle anılmış, hakka karşı çıkanlar ise lanetle anılacaktır. Bu saldırı herkesten üzücü sadece neticede şok sunan hayatının kurtulması bir sevinç vesilesidir ve insan haklarını savunanların bir araya gelmesinin temini açısından vesile olmuştur.

En kısa zamanda sıhhatinize kavuşmanızı Cenab-ı Allah'tan niyaz ediyor, şahsım ve Derneğim adına geçmiş olsun dileklerimizi sunuyorum

EROL YARAR
MÜSİAD Gn. Bşk

Uzun bir yaşam, güzel bir yaşam
aydınlık bir yaşam sizin olsun.
Sevgilerle

Güldal Okuducu
CHP Kadın Kolları
Gn. Bşk

[redacted]

Akın Kardeşim,

68'liler birliği vakfı Ankara Şube kongresi, size yapılan saldırıları kınıyor, dostluk ve dayanışmasını iletir. Hepimize geçmiş olsun. 16.5.98

Ruhi Koç
Halil Çelimli

[redacted]

22.05.998

Sevgili, değerli meslektaşım,

Sana, insan yaşama hakkına yapılan iğrenç saldırıyı kendi adıma ve tüm meslektaşlarım adına şiddet ve nefretle kınıyorum.

Sana geçmiş olsun dileklerimi, öyle zamanda tüm insan hakları savunucularına da geçmiş olsun diyerek, sunuyor, en kısa sürede görevinin başına dönerek sağlığa kavuşmanı diliyorum.

Sevgi ve dostlukla

Prof. Dr. Gürol Ergin

Ziraat Müh. Odası Bşk.

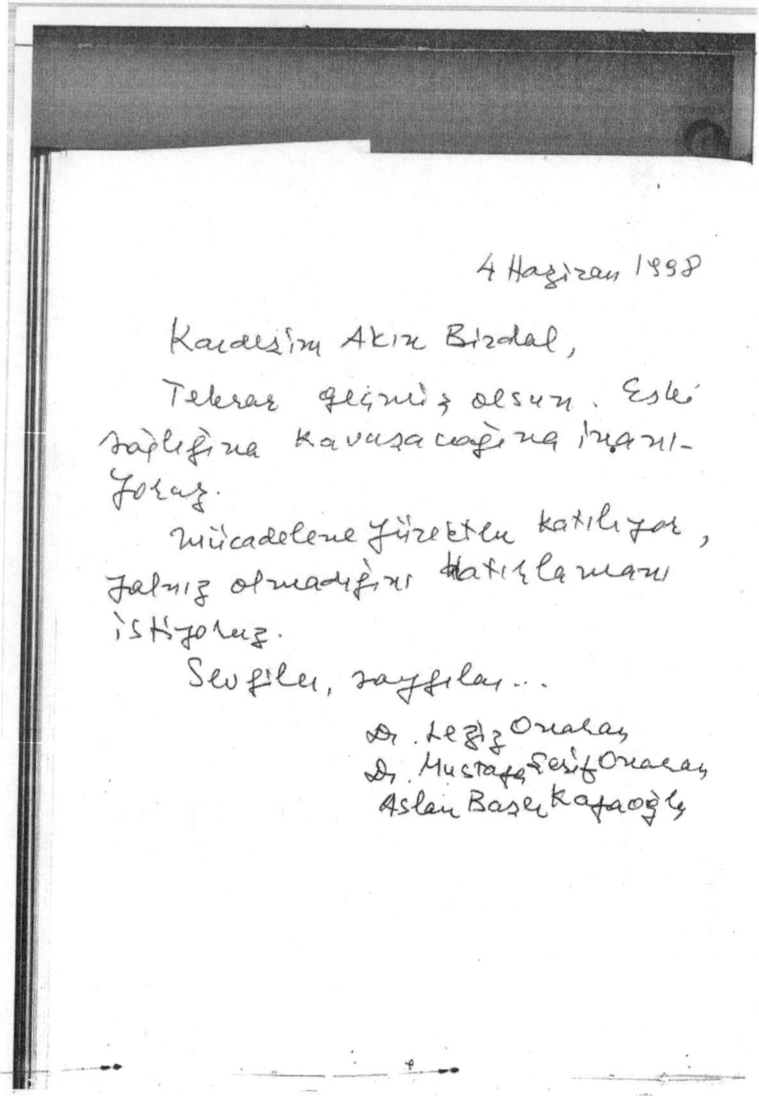

4 Haziran 1998

Kardeşim Akın Birdal,

Tekrar geçmiş olsun. Eski sağlığına kavuşacağına inanıyoruz.

Mücadelene yürekten katılıyor, yalnız olmadığını hatırlamanı istiyoruz.

Sevgiler, saygılar...

Dr. Leziz Onaran
Dr. Mustafa Şerif Onaran
Aslan Başer Kafaoğlu

[redacted]

Sevgili Başkan,
Değerli Dostum,

Yaşadık, yaşıyoruz..
ama, aslolan umudu
ve aydınlığı hala göz-
lerinden hiç eksiltmediğin
- Herşeye karşın - haberleri
inancımızı ve direncimizi
besliyor- Sana selam olsun

halil ergün

[redacted]

22.05.1998

Sevgili Arkadaşımız, Üyemiz

Sana yapılan alçakça saldırıyı nefretle kınıyoruz. TMMOB'nin seçilecek yönetim kurulu bu saldırının faillerinin yakalanması meselesinin takipçisi olacaktır.

En kısa zamanda sağlığına kavuşup, aramızda olacağını ve İnsan Hakları Mücadelesine daha da kararlı olarak devam edeceğini biliyoruz.

Sana Genel Kurul'un en içten selamlarını yolluyoruz.

TÜRK MÜHENDİS VE MİMAR ODALARI BİRLİĞİ

GENEL KURULU ADINA

ATİLA SARP

GÜROL ERGİN

SEZAİ KAYA

KADİR DAĞHAN

ZEHRA EYİGİL

[redacted]

Sevgili Akın,

Yüreğindeki insan sevgisi,
Demokratik hak ve özgürlüklere olan
tutkun, senin en güçlü silahındı.
Kokuşmuş düzen yanlısı alçaklar
seni bunun için öldürmek istediler.
Ama, hain kurşunlar inanç dolu
göğsüne çarpıp geri döndü.

Akın ÖZDEMİR'lerin Akın BİRDAL'ların
ölümsüzlüğünü yok edemediler. Bu halk
düşmanları.

Onurlu mücadelende geçmişte
olduğu gibi yine her zaman yanyana
omuz omuza birlikte olacağız.

Geçmiş olsun.
Seni öpüyor ve kucaklıyorum.

16.5.98
Cumhur
Cevhan Akbulut
ZMO eski G. Başkanı
16. Dönem CHP Sivas
mv

12 Mayıs 1998

Bu öğlen Akın Birdal'a yönelik olarak gerçekleştirilen korkunç saldırının haberini büyük üzüntü ile öğrendik.

Tüm içtenliğimizle iyileşmesini umuyoruz.

IRCT olarak desteğimizi ifade etmek ve geçmiş olsun dileklerimizi iletmek istiyoruz.

Inge Genefke
İşkence Kurbanları Rehabilitasyonu Uluslararası Konseyi
Genel Sekreter

Erik Holst
İşkence Kurbanları Rehabilitasyonu Uluslararası Konseyi
Genel Sekreter Yardımcısı

Kopenhag / Danimarka

Sayın Birdal,

Yaşamınıza yönelik olarak bu sabah gerçekleştirilen saldırıdan dolayı büyük şaşkınlık ve üzüntü duydum. Bu tür eylemlerin demokratik toplumlarda yeri olamaz. Birleşik Devletler Hükümeti bu saldırıyı şiddetle kınamıştır ve bu menfur saldırının faillerinin adalete teslim edilmesi yönünde Türk Hükümetine çağrıda bulunmuştur.

İnsan hakları adına yürütmekte olduğunuz cesur çalışmalarınızdan dolayı Türkiye'nin size borçlu olduğuna inanan tek kişi ben değilim. Türkiye'de insan haklarına saygının geliştirilmesi ve demokrasinin güçlendirilmesinde grubunuz ve insan hakları NGO topluluğu hayati bir rol oynamaktadır. Sizin gibi grupların, tehdit korkusu altında olmaksızın, Türkiye'de demokrasinin yeşerebilmesi için serbestçe faaliyet gösterebilmelerinin koşullarının hazırlanması yönünde Türkiye hükümetini uyarmaya devam edeceğiz.

Bir an önce sağlığınıza kavuşmanızı diliyorum. Geçtiğimiz Şubat ayında yaptığımız görüşmeyi iyi anımsıyorum ve gelecekte sizinle tekrar görüşmeyi umuyorum. Sizin ve aileniz için dua edeceğimi bilmenizi isterim.

Saygılarımla,

John Shattuck

'Büyükanneler'den Birdal'a ziyaret

ANKARA - Dünya Kayıplar Haftası nedeniyle Türkiye'de bulunan Plaza de Mayo Anneleri ile Cumartesi Anneleri ve Almanya Düsseldorf Mülteciler Meclisi temsilcileri Birdal'ı hastanede ziyaret etti. Arjantin'li Plaza de Mayo Büyükanneleri (Perşembe Anneleri) Başkanı Estela Barnes de Carlotto, Birdal'a yapılan saldırının insan haklarına yönelik düzenlenen bu tip saldırıların sonuncusu olmasını dilediklerini söyledi. Cumartesi Anneleri adına konuşan Hatice Tekdağ'ın Kürtçe konuşması ise dikkat çekti.. Bu arada Birdal'ın yarın sağ bacağından yeni bir ameliyat geçireceği bildirildi. (Radikal)

Bir Suikastın Anatomisi

Saldırıdan beş gün sonra iki tetikçi yakalandı. İfadeleri alındıktan sonra hastaneye getirilip, hastane personelinin aralarına konulup, benim teşhis etmem istendi. İşaret ederek, ikisini de gösterdim. İfadelerinde saldırının düzenlenmesinde rol alan muvazzaf Astsubay Cengiz Ersever ile üç kişi daha tutuklandı.

Saldırganlar ilk sorgularında, Şemdin Sakık'a atfedilen iddiaların basında yayınlanmasının ardından beni öldürmeyi planladıklarını söylemişlerdi. Cengiz Ersever, saldırıyı MHP yanlısı mafya ile ilişkisi olduğu ileri sürülen Semih Tufan Gülaltay ile birlikte düzenlediğini söylemiş. İstanbul Büyükçekmece Jandarma Karakolu'nda görevli Astsubay Cengiz Ersever'in olağanüstü hâl bölgesinde çok sayıda faili meçhul denilen cinayeti ve saldırıyı düzenleyen "Yeşil" kod adlı Mahmut Yıldırım'ın sağ kolu olduğu ve "Fırat" kod adını kullandığı ileri sürüldü.

MİT telefonlarını açıkladığı iddiasıyla yargılanan Emniyet Genel Müdürlüğü İstihbarat Dairesi eski Başkan Vekili Hanefi Avcı'nın DGM'deki ifadelerinde, Emniyet Genel Müdürlüğü'nce DGM'ye gönderilen "GİZLİ" damgalı belgede, "Yeşil" kod adlı Mahmut Yıldırım'ın saldırı öncesi Cengiz Ersever, Ahmet Fulin ve Semih Tufan Gülaltay ile yaptığı konuşmaların yer aldığını ve bu uyarılarının dikkate alınması halinde bu saldırının düzenlenemeyeceğini" açıkladı.

Aynı günlerde Başbakan Mesut Yılmaz da bana yönelik saldırı emrinin "Yeşil" kod adlı Mahmut Yıldırım'ın verdiğini ileri sürmüştü.

Ersever ifadesinde, İstanbul Silivri'de radikal sağcı militanları eğitmek için kurulan kampı Gülaltay'ın finanse ettiğini söyledi. Saldırıyı planladığı ve saldırganları azmettirdiği iddia edilen Semih Tufan Gülaltay da 2 Haziran günü İstanbul Kadıköy'de bir evde gözaltına alındı. Gülaltay'ı evinde saklayan emekli Binbaşı Namık Zihni Ozansoy da gözaltına alınıp tutuklandı. Sonra silahları sağladığı ileri sürülen biri daha gözaltına alındı ve tutuklandı.

Saldırıyla ilgili adı geçen Mehmet Cemal Kulaksızoğlu ile birlikte dört kişi daha yakalandı. Kulaksızoğlu'nun "Nafiz Karacan" ve "Mikail Sarı" takma adlar kullandığı ve Mahmut Yıldırım'ın yakın adamı olduğu belirtilmişti. Cezaevindeki ölümü kuşkulu olan MİT görevlisi Kâşif Kozinoğlu'nun da saldırının planlaması içinde yer aldığı ileri sürülmüştü.

Ankara DGM Savcılığı, saldırıyla ilgili olarak 15 Temmuz 1998 günü, 11 sanık hakkında dava açtı. İddianamede, benim öldürülmem için "Yeşil" kod adlı Mahmut Yıldırım'ın talimat verdiği ve saldırının TİT adlı örgüt üyelerince gerçekleştirildiği belirtildi.

İddianamede, Cengiz Ersever, Semih Tufan Gülaltay ve beş kişinin daha, taammüden adam öldürmeye tam teşebbüs (TCK 450/4) suçlamasıyla ölüm; siyasi ve sosyal görüşten kaynaklanan amaçla cürüm işlemek için teşekkül oluşturmak (TCK 313) suçlamasıyla hapis cezası istendi. Diğerlerine de değişik suçlamalarla, değişik cezalar istendi.

Davanın ilk duruşması 3 Ağustos günü Ankara DGM'de yapıldı. Sanıkların ve çok sayıda avukatın katıldığı duruşma olaylı başladı. DGM Başkanı Mehmet Orhan Karadeniz'in salona izleyici alınmaması emri üzerine davayı izlemek isteyen çok sayıda kişi, polislerce zorla DGM'den çıkarıldı. Avukatlarımızın salona girmesi, DGM Başkanı'nın emriyle engellenmeye çalışıldı.

Cengiz Ersever, duruşmada verdiği ifadede, daha önce emniyet ve savcılıkta reddettiği suçlamaları üstlendi. Ersever, 1996'da Türk İntikam Tugayı'nı, "Cumhuriyet rejimine karşı olanlara, bölücülük yapanlara karşı" kurduğunu açıklayıp, bu nedenle de birçok kişiye silahlı eğitim verdiğini anlattı. Ersever, bir ara beni işaret ederek, mahkeme başkanı Karadeniz'e "Sizinle iddiaya girerim, istesem bu adamın beynini 24 saat içinde duvara yapıştırırım" dedi. Avukat dostum Sedat Aslantaş, bu ifadesinin tutanaklara geçirilmesini istemesine karşın, tutanaklara geçirilmedi.

Avukatlar, sanıkların içinde yer aldığı örgütlenmenin iddianamede ileri sürüldüğü gibi TCK'nin 313. maddesinin kapsamına giren "suç işlemek üzere kurulmuş örgüt" değil, 168. madde kapsamında silahlı örgüt olduğunu belirttiler. Daha sonra ben ve avukatlarımız söz alarak, sanıklara TCK'nin 450/4 maddesiyle ilgili ölüm cezasının uygulanmaması gerektiğini söyleyerek, İHD'nin yaşam hakkı ve kişi güvenliği hakkının yanı sıra, adil yargılanma hakkını da savunduğunu belirtip, bu istek ve ilkemizin bu sanıklar için de geçerli olması gerektiğini söyledik. Ben sözlerimi sürdürerek, "Bana karşı yapılan saldırı demokrasiye, özgürlüğe, barışa yapılmış bir saldırıdır. Sıradan adli bir vaka değildir. Bu, 3 Kasım 1996'da Susurluk'ta ortaya çıkan, devlet içindeki yasa dışı örgütlenmelerin, 12 Mayıs'taki saldırıyla uç vermesidir" dedim. Dava 4 yıl sürdü. Ve sonunda sanıklar, 9-19 yıl hüküm giydiler. İki buçuk yıl sonra da sanıklar kamuoyunda "Rahşan Affı" diye adlandırılan şartlı salıverilme yasasıyla tahliye oldular.

18 Mayıs günü İHD Genel Başkan Yardımcısı Avukat Eren Keskin'in bir gazete ile yaptığı röportajı okuyalım:

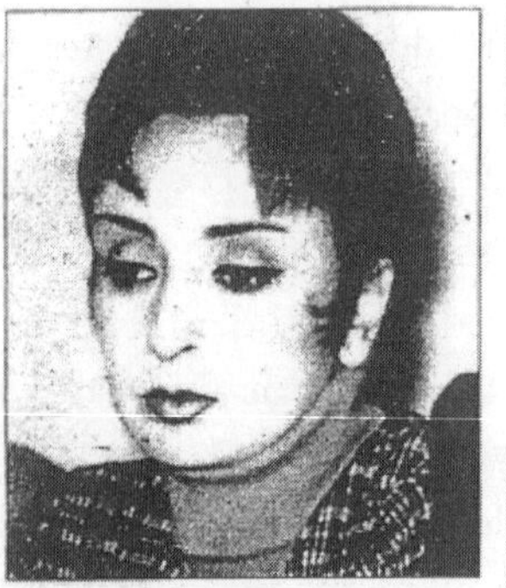

Eren Keskin: Kontrgerilla vurdu

İHD Genel Başkan Yardımcısı Avukat Eren Keskin, Birdal'ın Türkiye ve Dünya kamuoyundaki etkinliğinden dolayı hedef seçildiği görüşünde. Keskin, "Birdal hem Türkiye hem de Dünya kamuoyunda etkinliği olan bir isimdi. Çalışmaları ve girişimleri ses getiriyordu. Bu yüzden hedef seçildi. Bir senaryoyla ortadan kaldırmaya çalıştılar ama bunu başaramadılar" diyor. Avukat Keskin konuyla ilgili sorularımızı cevaplandırdı.

Birdal'ı kim neden vurmak istesin?

Öncelikle şunu söylemek istiyorum. Biz bütün dernek yönetimi olarak zaten her zaman tehdit altındaydık. Fakat bunların üzerinde fazla durmuyorduk. Akın Birdal'a yönelik tehditler ve baskılar özellikle esir askerleri alma girişiminden sonra yoğunlaştı. Hergün tehdit telefonları alıyordu. Ve son olarak medyanın Birdal'ı hedef göstermesi üzerine biz ciddi bir biçimde endişelenmeye başladık. Ve sonunda beklediğimiz de oldu. Birdal'ı vuranları herkes çok iyi biliyor. Akın Birdal hem Türkiye'de hem de uluslararası kamuoyunda etkinliği olan, sevilen ve dikkate alınan bir isim. Birdal'ın çalışmaları girişimleri belli çevreleri rahatsız ediyordu. Ve devreye girip susturmak istediler. Ama bunu başaramadılar.

Kontrgerilla eylemi olduğuna dair açıklamanız vardı...

Hergün yoğun bir denetim altında tutulan dernek merkezinin Akın beyin vurulduğu gün denetlenmemesi, polisin Akın Birdal yerde can çekişirken, hiçbir girişimde bulunmayıp boş kovanların yerlerini tespit etmeye çalışması bütün bu tezgahın bir parçası. Biz Birdal'a yönelik bu saldırının bir kontrgerilla eylemi olduğunu çok iyi biliyoruz.

İHD'nin son zamanlarda üzerinde çalıştığı projeleri var mıydı?

Evet, iki büyük projemiz vardı. Bunlardan birisi Genel Af Kampanyasıydı. Bunun hazırlığı içindeydik. Çok yoğun bir çalışmaya girmiştik. Bir diğeri ise Faili Meçhuller Kurultayıydı. 13-14 Haziran tarihleri arasında büyük bir faili meçhul kurultayı için hazırlıklarımız vardı.

Bu süreçten sonra ne gibi çalışmalarınız var?

Çalışmalarımız devam edecek. Belki bir haftalık bu süreçte çalışmalarımızı biraz durduracağız. Fakat iki büyük projemiz var. Onların hazırlıklarını sürdüreceğiz. Bu arada Akın beyin sağlık durumu iyiye doğru gidiyor. Kendisi direndi, susturamadılar. Çalışmalarımız ne pahasına olursa olsun sürecek...

"İHD Genel Sekreteri Nazmi Gür de düzenlediği basın toplantısında, soruşturmada 'bir arpa boyu yol alınmadığını' belirtip, Başbakan Mesut Yılmaz'ın 'İç hesaplaşma olabilir' açıklamasından sonra soruşturmanın ciddi bir şekilde saptırıldığını, diğer olaylardaki gibi faillerin meçhul kalmasından, olayın örtbas edileceğinden duyduğu kaygıyı belirtmiştir."

Davayla ilgili bu dört-beş sayfayı Türkiye İnsan Hakları Vakfı'nın 1998 Türkiye İnsan Hakları Raporu'ndan aldım. Bir kontrgerilla saldırısıyla zamanınızı fazla almak istemedim. Saldırı öncesi nasıl hedef gösterildim? Saldırının planlanması ve uygulamaya konulması, saldırı sonrası sorgulamalar ve dava süreci, savunmalar ve karar dosyaları hepsi elimde. Bunu, *Bir Suikastın Anatomisi* başlıklı başka bir kitapta sizlerle paylaşacağım.

Ayrıca bu çalışma devlet içindeki kimi yapıların, bu yasa dışı örgütlerin ilişkileri, DGM ve Özel Mahkemeler, devlet güvenliği ve bekası uğruna, Adil Yargılama ve Savunma Hakkı'nın nasıl ihlal edildiğinin de bir belgesini oluşturacaktır. Ve sırası geldiğinde medyanın, sermayenin, iş ve işçi örgütlerinin militarizmin karşısında nasıl hizaya girdiklerinin de bir panoraması olacaktır.

Aslında bir gazeteci-yazar arkadaş dava dosyasını benden istemiş ve çek-senet mafyasıyla ilişkileri, başkaca dava ve kararlarla bilinen Semih Tufan Gülaltay ile ilgili bir kitap hazırlayacağını bildirmişti. Dosyaları kendisine verdim. Ama sonradan bir ses çıkmadı. Gülaltay, tahliye olduktan sonra Ulusal Parti'yi kurmuş ve partinin genel başkanı olmuştu.

Bir ara düzenlenen "Cumhuriyet Mitingleri"nin Gülaltay tarafından finanse edildiği ileri sürülmüştü. Önceden giydiği hükümleri ileri sürerek, parti başkanı olamayacağına ilişkin Yargıtay Başsavcılığı'na yaptığımız başvurulardan da sonuç alamamıştık.

14 Mayıs 1998 günü İlhan Selçuk da "Pencere" adlı köşesinde benim vurulmama değinmişti.

Sosyalist Alternatif de o ay ki özel sayısını saldırıya ayırarak, "Katili Gördüm" başlığıyla saldırıyı analiz etmişlerdi.

BU SAYI

Katili gördük!

İnsan Hakları Derneği Başkanı Akın Birdal, 12 Mayıs günü güpegündüz iki saldırgan tarafından çalışma odasında kurşun yağmuruna tutuldu. Bu satırların kaleme alındığı 14 Mayıs sabahı Birdal henüz yoğun bakımdan çıkmamış durumdaydı. Ama cesur insan hakları savunucusu, yaşama sıkı sıkıya bağlı olduğunun, ölüme öyle kolay pabuç bırakmayacağının işaretlerini vermeye başlamıştı. Onu sevecen gülüşüyle tekrar aramızda görmek istiyoruz.

Evet saldırganları tanıyoruz! Tetiği hangi çapulcunun çektiği önemli değil. Akın Birdal'ın başına gelenlerden onu hedef tahtasına yerleştirenlerin tümü sorumlu.

Saldırganların işbirlikçileri, kolalı üniformaları, pahalı takım elbiseleriyle hiç birşey olmamış gibi gözlerimize bakıyorlar. Geçmiş olsun temennilerinde bulunuyorlar.

Bir Başbakan düşünün, ülkenin önemli aydınlarından biri, başkentin ortasında kurşuna diziliyor. Bu Başbakan Birdal'a kurşun sıkanları **"memleketin menfaatlerini için değil, kendi menfaatleri için hareket etmekle"** suçluyor. Başbakan bu karanlık saldırının ardında kimlerin olduğunu 'sanki' biliyor da, elinden sadece sitem etmek geliyor. Muhalefetteyken çetelerin üzerine gideceğine 'şerefi üzerine' yemin eden Mesut Yılmaz, Başbakanlık koltuğunda oturacak yüzü hala kendinde buluyor.

Ya **"Birdal Apo'dan bile daha fazla PKK'cıdır"** çamurlarını manşetlere, ana haber bültenlerine taşıyan medya, aynı kaynağın **'yazdırdığı'** haberlerinin barış ve demokrasi yanlılarına yönelik psikolojik savaşın ucuz yalanları olduğunu bilmiyorlar mıydı? Elbette biliyorlardı. Onlar da 'üzgün'. Aynı yayın gruplarının çıkardığı, Asabi, Ateş, Posta gibi 'ucuz' gazeteler, **"Türk düşmanı Birdal"** söylemini sürdürüyor. Bir elleri bizi teselli etmek için omuzumuza dokunuyor, diğer elleri yeni uğursuz silahlara yeni kurşunlar sürmekle meşgul.

Saldırıyı **Türk İntikam Tugayı (TİT)** üstlendi. TİT, onlarca devrimcinin, demokratın, ilericinin kanını dökmüş kontrgerilla örgütünün onlarca adından sadece biri. Dolayısıyla Kuzey Irak'taki Şemdin Sakık'ın nefes alışından haberdar olmakla böbürlenen 'istahbarat' örgütleri, saldırganlar "fazlasıyla yakında olduğu için" bağıra bağıra geliyorum diyen saldırıyı fark edemiyorlar.

Akın Birdal'a silahı iki çapulcu doğrultu, ama tabancanın kabzasında savaş düzeninin sürmesinden yana olan, bundan menfaat sağlayan herkesin parmak izi var.

Ya Akın Birdal'ın dostları? Onların bir kısmı 28 Şubat muhtırasıyla başlayan süreci 'demokratik açılım dönemi' olarak görmeyi tercih ettiler. Bir kısmı irticayı ve faşist partiyi öncelikli 'düşman' olarak tanımlayan yeni konseptin hayata geçirilişini en azından 'susarak geçirmek' gerektiğine ikna oldular.

Birdal'a sıkılan kurşunlar bu dostların aklını başına getirmelidir. Demokratik olmayan güçlerin 'demokratik açılım' sağlayabileceği ham hayaldir. Daha ötesi bu güçler Akın Birdal gibi gerçek demokratları ayakbağı olarak görürler. Onlardan kurtulmak için 'yabancı olmayan' yöntemlere başvurmaktan kaçınmazlar.

Demokrasinin kıymetini ancak ona ihtiyacı olanlar bilir. Kimse bize 'demokratik açılım' sağlamayacak. Kazanırsak biz kazanacağız. Kamu işçilerinden, mavi yakalı işçilere, öğrencilerden, yoksul Kürt köylülerine, aydınlardan, kadınlara değin milyonlarcamız. Akın Birdallara uzanan karanlık ellerin oyununu bozacak tek yol bu!

SOSYALİST ALTERNATİF

20 Mayıs günü yoğun bakımdan çıkarılmış, 3 Haziran günü 2. kez ameliyat edilmiştim. 40 gün sonra, 9 Haziran günü hastaneden taburcu oldum. Doktorlar, ziyaretçilerin sıklığından enfeksiyon olasılığı nedeniyle evimden başka bir evde kalmam gerektiğini söylediler. Dostum, avukatım ve İHD Yürütme Kurulu Üyesi Sedat Aslantaş'ın evine çıktım. Hastaneden sağlık emekçisi arkadaşlar geliyor ve pansumanlarımı yapıyorlardı. Vücudumda bulunan iri siyah bir *ben*'i de pansuman etmesi üzerine, "Neden orayı da yapıyorsunuz?" diye sordum. "Orada da kurşun girişi var" dedi. Ben de oranın *ben* olduğunu söyleyince, hemşire arkadaş sevinçle kalkıp, hastaneyi aradı. Doktorlara, "O, yedinci kurşun girişi değil, *ben*'miş" diye haber verdi. Çünkü onlar yedi kurşun girişi olup, altı çıkışı görmüş ve yedincisi de olmayınca kurşunun içeride kaldığı kaygısını taşıyorlarmış.

Tedavi sürerken, bir akşam Sedat, evde bir bardak bira içip içmeyeceğimi sordu. İyi geldi. Birkaç gün sonra da bir kadeh şarap içtim. O da iyi geldi. Üç beş gün sonra bir kadeh rakıya da "hayır" demedim. Ama içtikten sonra başım döndü. Sonra da işin nedenini çözdüm.

Hastaneye gittiğimde vücudumda kan kalmamıştı. 12 ünite kan verilmiş. Kan verenlerin çoğu, üniversiteli gençlerdi. Onların kanında da bira ve şarap vardı. Ama rakıyla ilk kez karşılaşınca beni etkilemişti. Şimdi damarlarımda o devrimci, hak arayıcısı ve savunucusu direnen gençlerin kanı dolaşıyor.

Bazen beni görüp de şaşkınlıkla, "Hâlâ bu işleri bırakmadın" diye takılanların da meraklarını buradan gidermiş oldum sanırım.

Sırası gelmişken, hastanedeyken bana kan vererek, ses vererek, ziyaret ederek ve dua ederek can veren herkese yürekten teşekkür ediyorum!

Saldırı, Köln Dom Kilisesi önünde protesto ediliyor.

AB Türkiye Temsilcisi'nin ziyareti.

Saldırı, Berlin Af Örgütü'nce protesto ediliyor.

Paris'e Umut Yolculuğu

Tedavim sürüyordu. Sağ elimi ve sol ayağımı kullanamıyordum. Uzun fizyoterapi ve elektropi tedavisi gördüm. İzmir Balçova Termal Tesisleri'nde 15 gün hidroterapi dâhil her türlü tedavi sağlandı. Tedavi sonuçlarında sol ayak bileğimdeki ikinci ameliyat olumlu sonuç vermişti. Her nedenle uzun süre ayakta duramıyor ve rampa çıkamıyorsam da beni ayakta tutmaya yarıyordu. Hrant Dink ve Berkin Elvan'ı sonsuzluğa uğurlayışımızda uzun süre ayakta kalışımın sonucu olarak üç-dört gün ayaklarımı kullanamadım. Ama sağ elim ne yazık ki tedavilere olumlu yanıt vermedi. Aldığım ilk iki kurşun omuz başındaki sinirleri tahrip etmiş ve kaslarda bir yapışma olmuş. Tedavi olanağının kalmadığını söyleyen doktorlar, iki seçenek önerdiler: Sağ kolu dirsekten kesip protez takılabileceğini ve yine dirsekten itibaren dondurabileceklerini söylediler. Her ikisi de iç açıcı değildi. Var olsalar da el kullanılamayacaktı.

PENCERE

Akın Birdal'ın Vurulması...

Akın televizyon ekranında göründü, kan-ı revan içinde kıvranıyor...

Ah Akın ah...

Aklıma **Muzaffer** geldi.

Muzaffer Erdost.

İlhan Erdost'un ağabeyi, kardeşine 12 Eylül'de canavarca kıyılmasından sonra uzun süre kendine gelememişti; gözlerinde sürekli bulutlar uçuşuyordu; olayın kanlı tortusu benliğine çökmüştü. O yıllarda Ankara'da bir dostluk dörtgeni kuruldu; Erdost, Birdal, **Nevzat Helvacı** üçgenine başkente geldiğimde ben de katılırdım.

"Sofra" kurulurdu.

Akın en gencimizdi; sonuna dek efendi, terbiyeli, incelikli, insan...

Muzaffer kanlı olayı işitince ne düşünmüştü? Akın'ın kanlar içindeki görüntüsünü ekranda izlerken neler duymuştu? İlhan'ın yitikliğinde süregelen acının tortusu, bir kez daha yüreğine çökmüş müydü?.. Bu ne bitip tükenmez kanlı süreçti ki bir ömür boyu insanın peşini bırakmıyordu.

★

İnsan Hakları Derneği 1986'da kuruldu; Nevzat Helvacı Genel Başkan, Birdal Genel Sekreter, Erdost Ankara Şubesi Başkanı'ydı.

Sonra ne oldu?..

İnsan Hakları Derneği'nin, militan örgütüyle değil, çekirdek kadrosundaki dürüst ve yansız hukuk adamlarıyla ağırlık kazanacağını düşünüyordum.

Olayın rengi değişti.

Dernekte çevre merkeze egemen olunca, Nevzat Helvacı, dürüst hukukçu kimliğiyle çekildi; yeni oluşum Muzaffer'in de hoşuna gitmemişti, Erdost da ayrıldı.

Geride Akın kaldı.

İlişkiler kesildi.

"Sofra" bozulmuştu.

Akın Birdal, yine de her rastladığımda olanca efendiliğiyle gülümsüyordu.

İtiraf edeyim ki bu dostluk yüzünden ne Birdal'a, ne de İnsan Hakları Derneği'ne ilişkin düşüncelerimi köşemde yeterince dile getirebildim.

Sevginin sansürü işledi.

Sonunda **Şemdin Sakık**'ın açıklamalarıyla Akın Birdal bir hedefe dönüştü.

Peki, kim kurşunladı Akın'ı?..

Ancak katillerin yakalanması, çok bilinmeyenli denklemi hemen çözecektir.

Akın'ın kurşunlanması beni yüreğimden vurdu..

Vurulan vurulana..

Ülkücülerin öldürdüğü genç yüzünden hangi ana gözyaşı döküyor?.. PKK'nin mayınına çarpıp parçalanan askerin nişanlısı kim?.. Gözyaşlarının pınarları kuruyanların sayısı kaç?..

Tasada ve kıvançta birlik olabiliyor muyuz?..

Sorun bu!..

★

Ancak ne olursa olsun, Türkiye'yi tuzağa düşürmek isteyen karanlık güçler yenilgiye uğrayacaklar...

Geleceğe yönelik hesabını herkes buna göre yapmalı!..

Yoksa son pişmanlık fayda vermeyecek...

İlhan Selçuk

"Hemen karar vermeyelim" dedim. Tıpta ve teknikte büyük gelişmeler olduğunu, biz de bir çıkış yolu bulabileceğimizi söyledim. Bunun üzerine dostum Doktor Sabri Dokuzoğuz sıkı bir araştırmaya girdi. Sonunda Fransa'da bu işin uzmanı bir doktor buldu. Doktor Alain Gilbert, komünist biri olup, sürekli Latin Amerika ve Afrika ülkelerine ameliyatlara gidiyormuş. Sabri Dokuzoğuz, Doktor Gilbert ile görüşüp, 35 gün sonrasına Paris'te randevu aldı.

O gün geldiğinde Sabri ile birlikte Paris'e gittik. Doktor Gilbert, yaşlıca ve sevimli biriydi. Uğradığım saldırının ayrıntılarını öğrenmiş ve bizi kucaklayarak karşılamıştı. Muayene etti ve ertesi gün ameliyata alacağını söyledi. "Kaygı duymayın yoldaşlar. Ameliyat başarılı geçecek ve 45 gün sonra sizinle tokalaşabileceğiz" dedi.

Ameliyata Sabri de girdi. Ameliyat, yaklaşık iki saati aşkın sürdü. Gözümü açtığımda odada Sabri ve Paris temsilcisi iki ÖDP'li arkadaş vardı.

Soğutulmuş beyaz bir şarap, baget ekmek ve peynirle ameliyatın başarılı geçişini kutladık. Ben de birkaç yudum alıp yeniden uyudum. Akşamüstü Doktor Gilbert odaya gelip, ameliyatın başarılı geçtiğini ve yeniden görüşemeyeceğimizi, çünkü sabah yeniden başka bir ülkeye gideceğini söyledi.

Biz Sabri ile birkaç gün hastanede, birkaç gün de otelde kaldıktan sonra Ankara'ya döndük. Hastane ve otelde kaldığımız süre içinde başta Madam Miterand, Fransa İşçi Sendikaları Federasyonu temsilcileri, Paris Komünist Partisi Genel Sekreteri, FIDH yönetici ve çalışanlarıyla baştan beri bizimle ilgilenen Paris Kürt Enstitüsü Başkanı Kendal Nezan, Enstitü avukatlarından Ruşen Arslan ve Kamuran Seçen'in ilgileri eksik olmamıştı. İsveç'ten Mehdi Zana gelerek, Paris'te kaldığımız sürece her zaman olduğu gibi dostluğunu ve ilgisini esirgemedi.

Paris'te hastaneye ziyarete gelen Madam Miterand ile.

Dönüşte yine sıkı bir terapi programı uygulandı. Sabri Dokuzoğuz, hemen hemen her akşamüstü hastane çıkışında eve uğruyordu. Getirdiği el ve ayak aparatları benim gündelik yaşamımı kolaylaştırıyordu.

Evet, 45 gün sonra tokalaşacak duruma gelemedim ama hayatiyetini tümden yitirmiş ve derinin kemiklerle örtüştüğü kolumda bir dirilme ve işaret parmağımda bir kımıldama belirtisi oldu. Tedavi karşılık veriyordu. Kol ve ayak alçılardan kurtulmuştu. Koltuk değnekleriyle ve el aparatlarıyla organlarımı kullanabilir hale gelmiştim.

"Lokantaya Gidebilen, Mahkemeye de Gelebilir"

Aylar sonra ilk kez bir akşam, dostum Sedat Aslantaş ve birkaç arkadaş ile hemen evin yakınındaki bir lokantaya gittik. Danimarka İnsan Hakları Merkezi'nce armağan edilen akülü, tekerlekli sandalye ile hareket yeteneğim kolay oluyordu. Saldırıdan sonra devletin görevlendirdiği koruma da bizimle beraberdi. Lokantanın bahçe girişinde birkaç masa, "geçmiş olsun" diyerek bizi selamladılar.

Oturduktan kısa bir süre sonra tanıdığım foto muhabiri Yavuz, fotoğraf çekmek istediğini söyleyince, ben de ilk kez dışarı çıktığımı ve hasta haklarına saygı göstermesi gerektiğini söyledim. Israrlı olmasına karşın izin vermeyince gitmişti. Ama 5-10 dakika geçmeden başka bir muhabir gelip, izin almadan üst üste deklanşöre basmaya başladı. Biz de bu yaptığının doğru olmadığını söyleyince bir tartışma çıktı. Sedat ve koruma, kalkıp çektiği filmleri isteyince, o girişte bizi selamlayanlardan beş-altısı gelip, basın özgürlüğü olduğunu ve neden müdahale ettiğimizi sordular. Gelenlerin *Hürriyet* Ankara Bürosu yöneticileri olduğunu öğrendik. Tartışmanın uzaması ve yan masalara da rahatsızlık verdiğimizi düşünerek, "Bırakın" dedim. Ertesi gün *Hürriyet* gazetesinin en arka sayfasında fotoğraflı olarak "Hayata Dönüş" başlığıyla bir haber verip, benim PKK'ye yardım ettiğim iddiasıyla vurulduğumu söyleyen bir haber çıktı. O güne değin DGM'de görülen davalarıma, soruşturma ve duruşmalarıma gidemiyordum. Yargıç ve kâtip eve gelerek ifadelerimi alıyorlardı. O haber üzerine lokantaya giden birinin mahkemeye de gelebileceğini ileri sürerek, benim polis marifetiyle mahkemelere götürüleceğim tebliğ edildi. Onun üzerine ilk duruşmaya bir pikap arkasında tekerlekli sandalyem ve ben de Sedat'ın arabasına bin bir güçlükle binerek, gidebilmiştim.

Mahkeme girişinde bir provokasyonla karşılaştık. Bir kişi, oğlunu cezaevinde bugüne değin hiç ziyaret etmeyip, teröristlere ziyarete gitmemi söyleyerek, bağırıp çağırmıştı. Beş-altı kişiyle merdivenlerden tekerlekli sandalyeyle çıkarılırken, arkadaşlara tepki vermemelerini rica ettim. 1 Nolu Ankara DGM'de görülen saldırı duruşmasına gelmiştik.

Hakkımda son dört-beş yılda 20'yi aşkın dava açılmıştı.

Yurt Dışına Çıkış Engeli

Bir yaz böyle geçti. Eylül sonlarında kolum askıda, derneğe gidip gelmeye başladım. 24-25 Ekim 1998 günlerinde yapılan İHD'nin 8. Olağan Genel Kurul'unda yeniden Genel Başkan seçildim.

9 Kasım'da Norveç Nobel Enstitüsü'nün adıma düzenlediği bir toplantıya katılmak hem de tedavi sürecini kolaylaştırıcı olanaklar bulabilmek umuduyla Norveç'e gitmek için geldiğim Esenboğa Havaalanı'ndan çıkışım engellendi.

Aralık ayında Almanya Parlamentosu İnsan Hakları Komisyonu Başkanı Claudia Roth'un çağrısıyla katılacak olduğum parlamento toplantısına, onur konuğu olarak çağrıldığım Uluslararası Af Örgütü Frankfurt Grubu'nun kongresine ve Paris'te yapılan İnsan Hakları Zirvesi'ne yurt dışı yasağı nedeniyle katılamadım. Katılamadığım Zirve'de adımın okunduğu salonda tüm delegasyonun "Burada" diye karşılık verdiğini, katılanlardan dostum Ragıp Zarakolu'nca anlatılmıştı.

Frankfurt Uluslararası Af Örgütü'nde.

Yeniyi Ararken

Kurucusu ve Parti Meclisi üyesi olduğum ÖDP genişletici, kapsayıcı bir hat tutturamamıştı. Bunun üzerine Mihri Belli, Yavuz Önen, Celal Beşiktepe ve Eşber Yağmurdereli ile ÖDP'nin Kürt siyasilere ve CHP-SHP'nin demokrat siyasetçileriyle bir buluşma programı yaptık.

"Adına Demokrasi Hareketi" denilen toplantılara, Kürt siyasetinin değişik çevrelerinden Tarık Ziya Ekinci, Murat Bozlak, Feridun Yazar, Ahmet Türk, Sırrı Sakık, Hatip Dicle, Hasip Kaplan ile Türkiye solundan Mihri Belli, İlkay Akkaya ve Aydın Güven Gürkan, Seyfi Oktay ve Mustafa Yılmaz gibi sosyal demokrat çevreden arkadaşlar katılmıştı.

Aydın Güven Gürkan'ın sözcülüğü ve öncülüğünde başlatılması öngörülen hareket, Gürkan'ın sağlık nedenleriyle kabul etmemesi üzerine, bir şey yapılabilir umuduyla belli periyotlarda toplantılar sürmüştü. Saldırının üzerinden henüz bir yıl geçmişti. Bu kez de cezaevi yolu görünmüştü.

Barış Kapısı Yerine Cezaevi Kapısından Giriş

AİHM, Ulucanlar Cezaevi'nde tedavimin yapılması koşuluyla girebileceğim konusunda Adalet Bakanlığı ile bir mutabakat sağlamıştı.

İnsan Hakları savunucularının, evinden başka iki adresi daha vardı: Dernek binaları ve mahkemeler. Haklarımızda toplam binlerce soruşturma açılmış, davalar sürmüştü.

İHD Genel Başkanı ve İnsan Hakları savunucusu olarak yaptığım konuşmalar, yürüttüğüm çalışmalar ve etkinlikler nedeniyle hakkımda sadece 1995-98 yılları arasında 20'yi aşkın dava açılmıştı. Bunlardan bazılarından ceza alırken, bazılarından da beraat etmiştim.

Yüksel Caddesi'ndeki İnsan Hakları Anıtı önünde, 1 Haziran 1995 günü "Kayıplar Kampanyası" başlatmıştık. Başlangıç konuşması ve hazırlanan afiş nedeniyle Dernekler Yasası'na aykırı davranmak iddiasıyla aldığım üç ay hapis cezası ertelendi.

Suç: "Barış ve Kürt Halkı" Demek

6 Eylül 1995 yılında Mersin'de düzenlenen Barış Şenliği'ndeki konuşmamda "bölücülük propagandası" yaptığım iddiasıyla Konya DGM'de açılan davada, 2 Temmuz 1996 yılında TCK'nın 312. maddesi uyarınca bir yıl hapis ve 300 bin lira para cezasına mahkûm oldum.

Dava dosyasına göre ceza almama neden olan konuşmam özetle şöyleydi:

Dünyada savaşlar sürüyor. Bu savaşların en kanlısı kendi coğrafyamızda. Bosna-Hersek'te yaşanan Sırp vahşetinin Bosna halkı üzerinde yarattığı insanlık dramını yaşatıp ve bunun devamı olarak tepki gösterdik. Ama insanlık onuruna karşı gelişme gösteren kirli savaşı ne yazık ki bazılarımız görmezlikten geldi. Ülkede haksız ve kirli bir savaşın sonuçlarını izledik. Bu da Kürt halkına tanınmayan haklardan ileri geliyor. Ülkemizde süren kirli savaşta 20 bin kişi öldü, 110 köy yakıldı, Kürt halkı köyünden yurdundan kovuldu. Barış istiyoruz. Kürtlerin de yaşamaları anayasal teminat altına alınsın; barış istiyoruz.

Yine 1 Eylül 1996 Dünya Barış Günü'nde Ankara Demokrasi Platformu'nun düzenlediği Barış Mitingi için yaptığım konuşma nedeniyle Ankara DGM tarafından verilen bir yıl hapis, 420 bin lira para cezası önce Yargıtay'ca bozulmuş, sonra DGM'nin verdiği kararda direnmesi üzerine Yargıtay Genel Kurulu'nca onaylanmıştı.

Bu cezalar ile cezaevine girmemin yanı sıra kamu haklarımdan da ömür boyu men edilmeme neden olmuş, İHD Genel Başkanlığı'ndan ve üyeliğinden ayrılmam gündeme gelmişti. Dava konusu olan konuşmam şöyleydi:

Bu cezalar Kürt sorunu yalnızca ezilen Kürt halkının sorunu olmaktan çıktığını göstermektedir. Kürt sorununun çözümsüzlüğü, Türkiye siyasetinin, ekonomisinin, toplumsal ve kültürel yaşamının tahrip olmasına neden olmaktadır. Bu kardeşliği kaldıranlar, Kürt ve Türk halkının yalnızca vicdanında değil, onların tarihinde de mahkûm edileceklerdir.

Yine 25 Ekim 1997'de Flash TV'de bir programda yaptığım konuşma nedeniyle Bursa 1. Ağır Ceza Mahkemesi'nce orduya hakaret ettiğim gerekçesiyle (TCK 159 uyarınca) açılan dava beraatla sonuçlanmıştı. HADEP Genel Başkanı Ahmet Türk, ÖDP Genel Başkanı Ufuk Uras ve THİV Başkanı Yavuz Önen ile İHD Genel Başkanı olarak ben, 13 Nisan 1997 günü "Susurluk Olayı"nın aydınlatılması amacıyla yaptığımız basın açıklaması ile "Toplantı ve Gösteri Yürüyüşleri Yasası'na muhalefet" ettiğimiz ileri sürülerek, açılan dava da beraatla sonuçlanmıştı.

1 Eylül Dünya Barış Günü yaptığım konuşmalardan aldığım iki yıl hapis cezası için 3 Haziran 1998 günü Ankara Ulucanlar Cezaevi'ne girdim.

3 Haziran 1963 günü Nazım Hikmet'i yitirmiştik. Nazım Hikmet de 1928 yılında Ulucanlar'da kalmış. Ulucanlar'dan kimler geçmemiş ki... Yılmaz Güney, İsmail Beşikçi, Bülent Ecevit, DEP Milletvekilleri Fikret Başkaya, Haluk Gerger, Ahmet Türk ve diğer Kürt siyasetçiler.

6 Mayıs 1972'de Deniz Gezmiş, Yusuf Aslan ve Hüseyin İnan ile 1980'de Erdal Eren ve başka kişiler şafak sökerken burada idam edilmişlerdi.

Kolum askıda girdim. Dışarıda tedavim sürüyordu. Cumhuriyet Başsavcılığı'na yaptığım başvuru sonucu haftada üç gün terapi görebilecektim.

Avukat Sedat Aslantaş, Human Right Watch'ın (İnsan Hakları İzleme Komitesi) cezaevine konulmamı kınayan açıklamasıyla, örgütün Orta Asya ve Avrupa Dairesi Genel Direktörü Holly Cartner'ın gönderdiği dayanışma mektubunu getirdi.

Koğuşta beş kişi kalıyorduk. Sincan Belediyesi eski Başkanı ve TİHV kurucu üyelerinden Aziz Gürsoy ve dört kişi daha yan koğuştan gelmişlerdi.

Günlük yaşam başlamış ve sürüyordu. Saldırı sonrası sağ elimi kullanamadığım için sol elimle yazmayı denedim. Çok zorlandım. Adalet Bakanlığı üzerinden Ceza ve Tevkif Evleri Genel Müdürlüğü'ne başvurup, bir ses kayıt cihazı verilmesini istedim. Bir süre sonra Genel Müdür Suat Ertosun imzasıyla, terör suçlusu olduğum gerekçesiyle, talebimin reddedildiğine ilişkin yine Adalet Bakanlığı üzerinden bir yazıyla bildirildi.

Bu yanıt üzerine çaresiz sol elimle yazmaya çaba gösterdim. Kendi yazdığımı kendim okuyor olsam da başarmıştım. Kaldığım süre içinde günlük tutuyordum. Daha sonra bunları derleyip, *Sol Elim* adıyla Belge Yayınları'ndan yayımlattım. Kitabın "Giriş" kısmında neden bu notları tutma gereği duyduğumu şöyle yazmıştım:

Cezaevi Eni Sonu Hasretliktir

Neden bu notları tutma gereği duydum? Okumak-yazmak cezaevinde bir yaşam biçimidir. Belki, benim de bu yaşama uymamın bir sonucudur bu notlar. Belki, yeni bir yüzyıla girerken, bir ülkenin aydınlarına, insan hakları ve barış savunucularına bu dönemde layık görülen baskıları geleceğe bırakmak için. Belki, özgür düşüncemin, özgür yüreğimin söyleyeceklerini yazmayı sorumluluk bildiğimden. Belki de paylaşmak için: umudu, direnişi ve hasreti...

Akan suyun önüne bir bent ördüm. Biriken suyunda yıkandım. Kimi zaman güneşi, kimi zaman ay ve yıldızları elimle tuttum. Kimi zaman da kenarlarında çiçekler büyüttüm. Okudum, yazdım. O günlerde içeride, dışarıda neler oldu. Ben ne olmasını istedim. Kimler geldi. Kimler yazdı.

İşte 3 Haziran-25 Eylül notları. Benim, bizim, ülkemizin ve hepimizin hikâyesinden bir kesit belki de...

İçerideki insan ne yapar? Okur, yazar. Yürüyüş ve vücut alıştırmaları yapar. Bir dil öğrenmeye çalışır, biliyorsa geliştirir. Şiir okur, müzik dinler. Anılarını yeniden yaşar. Sevdiklerini özler, fotoğraflara bakar. Koğuştakilerle söyleşir. Gelen haberlerle sevinir, üzülür. Volta atar. O anda bedeni içerdedir, aklı ve yüreği dışarıdadır. Volta atarken düşünce firarisidir. Onun ne sınırı ne de duvarı vardır. Görüş gününü bekler. Gönderilen mektuplara, kartpostallara sevinir, yenilerini ve başkalarını bekler, gelenleri yanıtlar. Umudunu korur ve besler.

Hükümlüyse günlerini doldurur, tutukluysa duruşma gününü ve tahliyesini bekler, tahliyesi çıkmamışsa ters tosbağa pozisyonuna girer. Birkaç gün sürer bu durum. Yemeden içmeden kesilir, uykusuz-

luk çeker. Yüzünden düşen bin parçadır. Ve sonra yeniden koğuşa, gerçeğine döner.

En çok da görüşmelerden gelen çiçeklere sevinir. Çiçeklere bakar, sular onları. Uzun süre içeride kalmışsa, yeni çelik ve tohumlarla sevgisini çoğaltır. Çiçeklerle birlikte güneşe durur.

Kısacası başı sonu hasretliktir cezaevinin. Ama umudunu yitirmez ya da yitirmemelidir. Orada olmasının nedeni ne olursa olsun, özgür kalmayı ister. Özgürlüğün, uçurtmalar, mavi sular üzerindeki martılar kadar kendisinin de hakkı olduğunu düşünür. İnsanların özgür olması gerektiğini bilir. Cezaevinde olmasının, ülkesinin koşullarının, yasalarının ve yasaklarının bir sonucu olduğunun bilincindedir. İçeridekiler farklı nedenlerle oradadırlar. Ama nedeni ne olursa olsun hemen hemen herkes burada oluşunun gerekçesinin kendisi olmadığını düşünür.

Her dönem bir af umudu taşır. Af söylentileri, haberleri tüm mahkûmların kulağını, yüreğini kabartır. Af bazen çıkar bazen çıkmaz. Ya da kimilerini kapsar kimilerini kapsamaz.

Gerçekte cezaevleri o devletin aynasıdır. Devleti orada daha iyi anlamak ve tanımak olasıdır. Peki ya ülkenin bütünü bir cezaevine dönüşmüşse? O zaman ne yapılır; özgürlüğün ayrımına nasıl varılır? Ama asıl soru şudur: Biz mi cezaevindeyiz yoksa cezaevi mi bizim içimizde?

İHD Genel Başkanlığından İstifa

23 Haziran günü İHD'den gelen arkadaşlar, cezamın kesinleşmesi sonucu, cezaevine girmeden birkaç gün önce İçişleri Bakanlığı'ndan gelen bir yazıyla Dernek Genel Başkanlığı'ndan ve üyeliğinden istifa edilmesi ve sonucunun bildirilmesi istendiğini ilettiler. Arkadaşlara istifamı yazdırdım. Ve cumartesi günü yapılan GYK toplantısında gereğinin yapılmasını istedim. Aksi takdirde derneğin kapatılması söz konusu olabilecekti. Türk Ceza Yasası'nın 312/2 maddesi uyarınca cezalandırılmıştım. "Halkı sınıf, ırk, din, mezhep

ya da bölge farkı gözeterek, kin ve düşmanlığı açıkça tahrik" ettiğim ileri sürülmüştü. Ankara ve Mersin'de Dünya Barış Günlerinde yaptığım konuşmalar nedeniyle suçlanmıştım ve de böyle bir savla cezaevine tıkıldım. Din, dil, cinsiyet, sınıf, siyasi ve etnik kimliklerine bakmaksızın insanların eşit ve özgür, barış içinde yaşamasını isterken ve bu yolda çaba gösterirken, tam tersi bir suçlamayla karşılaşıyordum. Cezalandırılmama gerekçe olarak da konuşmamda "Kürt halkı", "kirli savaş" ve "esir askerler"den söz etmiş olmam gösteriliyordu.

Uluslararası Af Örgütü (UAÖ) Genel Sekreteri Pierre Saneili Avusturya Meclis Başkanı Heinz Fischer'in dayanışma mektupları geldi. Ve ilk kez DEP Milletvekilleri Leyla Zana, Hatip Dicle, Orhan Doğan ve Selim Sadak ile görüştüm.

Görüş günleri çocuklarım, bazen Niğde'den gelen annem ve kardeşlerim, dostlarım, insan hakları savunucuları ziyaretime geliyordu. Çok sayıda kart, mektup alıyor ve yanıtlamaya çalışıyordum. Haftada üç gün terapim sürüyordu.

Bursa Özel Tip Cezaevi'nde 100 yılı aşkın cezaya çarptırılmış İsmail Beşikçi'den mektup gelmişti. Hocam mektubunda şöyle yazmıştı:

Sevgili Akın, merhaba...

Önce selam ve sevgiler. Zaten çok sık ziyaret ettiğin cezaevine şimdi biraz daha uzun bir süre kalmak için geldin.

Osman arkadaştan (Osman Baydemir) haberlerini aldık. Tedavin cezaevinde de sürdürülebilecekmiş. Makine de içeri alınmış. Umarım olumlu olur. Önemli olan insanın ruh sağlığının, moral gücünün iyi olmasıdır. Bu durumda insan, bedensel hastalıklarıyla baş edebiliyor. Senin moral gücünün yüksekliğini de yakından biliyorum. Selam ve sevgilerimi yolluyorum. Başarılar diliyorum. Sağlık diliyorum. Sağlık haberlerini bekliyorum. Arkadaşların selamı var.

Aynı gün Federal Almanya Parlamentosu İnsan Hakları Komisyonu Başkanı dostum Claudia Roth cezaevine gelerek, Leyla Zana ile beni ziyaret etmek istemiş ama isteği kabul edilmemişti. Genel Sekreter Hüsnü Öndül, daha sonra Roth'un mektubunu bana iletti.

Haftanın beş günü dört, hafta sonu da altı gazete alıyorduk. 9 Temmuz günü gazetelerde bana yönelik saldırı davasının sanıklarından M. Cemal Kulaksızoğlu'nun, kendisinin MİT'te görevli olduğunu ve "Mikail Sarı" kod adını kendisine devletin verdiğini açıkladığını okudum. Saldırı davası, bana bir yıl ceza veren ve cezaevine girmeme neden olan mahkemede görülüyordu.

Cezaevinde de olsa yaşam sürüyordu. Neden sürmesin ki; kişi neden cezaevinde olduğunun bilincinde olduktan sonra…

Unutulmadığını bilmek gibisi var mı? Hele bir de sevgili dostum Ragıp Zarakolu'nun *Bakış* gazetesinde "Bizim Deniz" adlı köşesinde olduğu gibi sizi cesaretlendiren, sizi gönendiren selamlarla yazılar gelirse. Ragıp'ın "Bizim Deniz" köşesindeki yazısını aynen paylaşıyorum:

Bir Dost Mektubu

Sevgili Akın, önceki gün derneğimizin 13. kuruluş yıldönümünü senin yokluğunda hayli buruk bir biçimde kutladık. Geçen yıl yine yoktun aramızda, o iğrenç suikast nedeniyle.

Ve şimdi adete o suikast başarılı olamadı diye cezaevindesin.

Ama Türkiye'nin en özgür insanısın; dört duvar arasına konmana karşın dünyanın dört bir köşesinden mektuplar yağıyor sana. Uluslararası NGO konferanslarında adın anılıyor, senin için kararlar çıkıyor, serbest bırakılman isteniyor: Türkiye'nin "onuru" olarak kabul ediliyorsun dünyanın dört bir yanında. En ağır koşullar altında, "ateş hattında" ayrım yapmaksızın tüm insanların haklarına sahip çıktığın için.

Bir çirkinlik daha yapıldı. Kendi derneğinden koparılmak istendin. Devlet nezdinde "sabıkalı" kabul edildiğin için, kamu hukukuna göre derneğinden ayrılman gerekiyormuş; yoksa bir "suçluya yataklık ettiği için" derneğin kapatılırmış.

Hangi kamu hukuku?

Hangi kamu çıkarı?

Eğer bir kamu çıkarı varsa, devlet karşısında tüm yurttaşların hak ve hukukuna sahip çıktığı için cezalandırılman değil, ödüllendirilmen gerekirdi.

Eğer bir ülkede, bazı çevrelere ve güçlere, bir "dokunulmazlık" dolayısıyla suç işleme özgürlüğü tanınıyorsa, hele hele bir de bunlar insanlığa karşı işlenmiş suçlar kapsamında ise, orada mutlaka insan hakları hareketine ve Akın Birdal'a ihtiyaç vardır.

Senin 1992 Newroz'u sırasında Cizre'ye gidişini hatırlıyorum. Tam bir "ateş hattıydı". Sivil halkın üstüne fütursuzca ateş açılıyor, bu geçek tüm dünya kanallarına yansıyordu. Hastaneyi ziyaret ettiğinizde başınızın üstünden kurşunlar geçiyordu. Bir kapının önünde bir çocuk sizleri sessizce, aralarında babasının da bulunduğu, ölülerin sıra sıra uzatıldığı bir odaya sokuyordu, çocuk cesetleri ile yan yana.

Sen buna tanık oldun o zaman; İHD bu gerçekleri dünya ve Türkiye kamuoyuna açıkladı.

Cizre'deki bu kadar belgesi ortada olan kıyımla ilgili olarak hangi soruşturma açıldı?

Kaç kişi yargılandı?

Koskoca bir hiç...

Ve şimdi sen cezaevindesin.

Bu sadece bir tanıklık; daha nice ziyaretler, nice tanıklıklar yaşadın...

Esir askerlerin kurtarılması için, son derece riskli bir yolculuğu göze alarak serbest kalmalarını sağladın.

Bu bile senin aleyhine kullanıldı.

"Sana mı kalmıştı şanlı ordunun askerlerini kurtarmak?"

Çünkü "esir" askere değil, "şehit" askerlere ihtiyaç vardı.

Yıllar önce "yabancı" bir ülkenin insan hakları temsilcileri olarak, Kuzey İrlanda'yı ziyaret etmiştik. Tutukevlerine, hatta Belfast kentinin "terörle mücadele" merkezine bile girebilmiştik. Bize gocunmadan, komplekse kapılmadan, tutukluluk koşulları, tutukluların hakları ve "polis şikâyetleri yetki merkezi" hakkında bilgi vermişlerdi.

Kendi ülkende ise bırak istediğin bilgiler sana verilsin, talep ettiğin insan hakları ihlali soruşturmaları açılsın; cezaevine konulan sen oldun Akın.

Sırpların Akın Birdal'ı: Nataşa Kandiç

Aktüel*'in son sayısında Sırp insan hakları savunucusu Nataşa Kandiç hakkında ilginç bir yazı var. Yazının başlığı "Sırpların Akın Birdal'ı". Artık bütün dünyada insan hakları savunucularının simgesi olarak anılıyorsun.*

Bizim; seni hedef yapan anlı şanlı medyamız acaba utanacak mı?

Onların şehvetle saldırdığı Sırp devleti bile, kendi insan hakları savunucusu Kandiç'in çalışmasını engellemeye kalkmadı, onu hapsetmeyi düşünmedi. Sırp devletinin Arnavut halkına yönelik olarak geliştirdiği etnik arındırma politikasının örneklerini sıcağı sıcağına aktardı dünya kamuoyuna.

Akın Birdal da genel insan hakları ihlalleri yanında, Kürt halkının yüz yüze kaldığı trajik durum karşısında sağır, dilsiz ve körü oynamadı. Görevini yaptı sadece.

Sırp insan hakları savunucusu, nasıl Arnavut'un hakkına sahip çıktı ise, Akın Birdal'da Türk insan hakları savunucusu olarak Kürdün hakkına sahip çıktı.

Bunun için lanetlendi.

Oysa nasıl Nataşa Kandiç Sırbistan'ın onuru ise, Akın, sen de Türkiye'nin onurusun.

Peki, onursuzluk kime ait?

Bunu da herkes düşünsün.

...

General de Gaulle, kendisini ve Fransız devletinin Cezayir politikasını ve orada yürüttüğü kirli savaşı eleştiren Sartre için "Fransa'nın onuru" denmişti.

Temmuz ayının sonlarında Ankara 1 Nolu DGM'den gelen bir tebligatla yeni bir davanın açıldığı bildiriliyordu. Cezaevine girmeden bir süre önce DGM Savcılarından Hamza Keleş, ifademi almıştı. Adını ilk kez duyduğum Sami Demirkıran adlı bir PKK itirafçısı hakkımda ifade vermiş, yalan ve yanlışlarla beni mahkûm ettirmeye çalışmışlardı. Aynı günlerde Diyarbakır DGM ve Ankara DGM'de İnsan Hakları Günü ve genel kurulda yaptığım konuşmalardan davalar sürüyordu.

5 Ağustos günü, ABD İnsan Haklarından Sorumlu Dışişleri Bakan Yardımcısı Harold Hong Ju Koh, cezaevinde ayrı ayrı Leyla Zana ve benimle görüşmüş, cezaevi koşulları ile insan hakları sorunlarını konuşmuştuk.

Can Baba'ya Veda!

Cezaevindeyken Can Yücel'i yitirişimizin haberini aldım. Çok üzüldüm! Birçok kez bir araya gelmiştik. 26 Ağustos doğum günüydü. Can Baba, Dokuz Eylül Üniversitesi Tıp Fakültesi'nde yatıyordu. Ben de Balçova Termal Tesisleri'nde tedavi görüyordum. Telefonla arayıp kutladım. "Gel abi. Rakı içelim" dedim. Bir kahkaha atıp, "Bırakmıyorlar ki geleyim. Siz benim için de kaldırın kadehi" dedi. En son görüşmemiz bu oldu.

Dostum Çetin Selçuk, Can Baba'nın cenazesini tekne ile Datça'ya götürürlerken çekilen fotoğraflardan cezaevine bana göndermişti. Ben de Can Baba gibi, "Hayatta en çok babamı sevdim!"

Can Baba'yı İzmir'den Datça'ya götürülüşü.

Can Yücel'in, bana yapılan saldırı sonrası şöyle bir şiir yazmıştı:

Vukuat

Kovan kuşları uçuşuyor başında, İnsan Hakları Derneği Başkanı'nın,

Gelincikler içinde yatıyor Akın Birdal.

Altı yerinden vurulmuş,

Suçu savaş değil, barış...

Koltuğunun altında bir ekmek,

Bir yumurcak,

Evine doğru yürüyor...

Cezaevine girmeden bir gün önce dostlarımın düzenlediği dayanışma yemeğine, Yaşar Kemal, Orhan Pamuk ve Eugene Schoulgin katılmıştı. Derneğimizin İstanbul şubesi kurucularından Sennur Sezer, o gün bir kitabını vermiş bir de not düşmüştü: "201. sayfayı oku."

Cezaevine uğurlanırken yazar dayanışması: Orhan Pamuk ve Eugene Schoulgin.

Aşkla Düşünerek, Dünyayı Değiştirmek Suçu

Bir kapı daha açtılar zindanda,
Hünkâr yüzüne vuran sıcakla durdu.
Havada ergimiş altın kıvamında bir erginlik,
Ve köşede bir bölük adam,
Işık,
Köşeden yansıyordu.
Hünkâr sordu:
"Kimlerdir?"
"Âşıklardır hünkârım."
"Neden buradalar, nedir suçları?"
"Dünyayı değiştirmek isterler."
"Nasıl?"
"Aşkla düşünerek."
"Bu suçtur, Yaradan'a karşı.
Karşı gelmektir yaradılışa."
Hünkâr düşünen âşıklara baktı;
Havada ergimiş maden yoğunluğunda,
Sıcak bir aydınlık vardı.

O günlerde yine af konusu gündeme geldi. Cezaevlerinde bulunan 69 bin mahpustan 58 bini af ya da indirimden yararlanırken, siyasiler ve düşünce suçlusu diye adlandırılanlar kapsam dışı kalıyordu. Ecevit çiftinin "içlerine sindiremedikleri" af sonunda çıkmış, tüm çeteler, adli mahpuslar salıverilmişti.

Cumhurbaşkanı Demirel, önce af yasasını veto etti. Gerekçesi de yasanın hukuk dışı örgütlere sağladığı olanakların kamuoyunda yarattığı rahatsızlıktı. Ayrıca eşitlik ilkesine de uyulması istenmişti.

Uluslararası Dayanışma

Merkezi ABD New York'ta bulunan Uluslararası İnsan Hakları İçin Hukukçular Birliği'nin, İnsan Hakları Ödülü'ne aday gösterildiğimi öğrendim. Hollanda Harderwijk'ten 1940-45 Gevzewverzet Derneği Başkanı Bill Minco'dan mektup aldım. Dernek, İkinci Dünya Savaşı'nda direnişçilere katılmış ve direnişte öldürülmüş olanlar anısına ve mücadelesine bağlı kalmak üzere kurulan barışçı bir örgüt. Her yıl verilen Barış ve İnsan Hakları Ödülü bu yıl mayıs ayında bize verildi. Yurt dışına çıkış yasağı konulduğu için gidememiştim. Ödül törenine arkadaşlar katılmıştı. Başkan Minco da 20 yaşındayken, İkinci Dünya Savaşı'nda yaşamının 17 ayını tek başına Nazi zindanlarında geçirmiş. Dayanışma ve dostluk dileklerini iletiyordu.

Cezaevinde Bir Dost

Bir eylül akşamı yan koğuşa dostum, meslektaşım ve derneğimizin kurucularından yayıncı Hikmet Koçak getirilmişti. Üç ay ceza almıştı. Birtakım girişimler sonucu aynı koğuşta kalmıştık. Tanıdık, güvenilir bir dostla kalıyor olmak koşulları çok kolaylaştırmıştı. Hikmet, 1980 sonrası Türkiye Ziraatçılar Derneği'nin Marmaris'te bulunan kampın müdürlüğünü yapmıştı. Darbe sonrası cezaevinden çıkanların ve tatil yapma olanağı bulamayanların, aydınların, yazarların, gazetecilerin ve sivil toplum örgütü temsilcilerinin buluştuğu bir alan olmuştu. Hem dinleniliyor hem de dostlarla bir arada olunuyordu. Cezaevi sonrası Hikmet'in sağladığı bu olanaktan biz de yararlanmıştık.

Kamp, çok görkemli kızılçam ve karaçamların arasına kurulu çadırlardan oluşmuştu. Su ve tuvalet çadır dışındaydı. Her şey o denli güzeldi ki börtü-böcek arasında... Ağustos böceklerinin her akşam oluşturdukları ve geç saatlere değin süren orkestraları hepimizi mutlu ediyordu.

İsmail Hoca'nın Özgürlük Anlayışı

İsmail Beşikçi 312/1'den üç yıl erteleme ile tahliye olmuştu. İsmail Hoca'nın, cezaevi çıkışı, "Bu çıkışlar özgürlüğe çıkış değil" sözü hepimizin özgürlük anlayışını açıklıyordu.

İnsanlar ve halklar nasıl özgür olurdu ki dili, kimliği, kültürü reddedilmiş, yasaklanmış, düşünmek ve örgütlenmek isteyenlerin yolu mayınlarla döşenmişse...

Adana DGM'de görülen davam sonuçlanmış, yine "halk arasında kin ve düşmanlık yaratmak"tan ötürü ceza verilmişti. Erteleme ve indirimden yararlanma isteğimiz, "suça meyilli oluşum" nedeniyle reddedilmişti.

Ecevit-Clinton Görüşmesi Vesilesiyle Şartlı Tahliye

Bir hafta sonra MR çektirmem için hastaneye gideceğim söylendi. MR için bir başvurum olmamıştı. Ertesi gün sabahleyin bileklerime kelepçe vurularak, ring aracıyla götürülmek istenince reddettim ve koğuşa geri döndüm. Öğleden sonra kelepçesiz olarak hastaneye götürüldüm. Omuz ve ayakta metaller olduğunu söyleyince, MR çekmediler. Bir saat mahpus koğuşunda bekletip, yeniden muayeneye götürdüler. Üç beş odaya girip çıktık. Kiminde sorularla kiminde de sözde muayenelerle rapor hazırlanıp, hızla Kurul'a yetiştirilmeye çalışılıyordu. Bu telaşın nedenini kestiremiyordum. Ama besbelli ki bir niyet vardı. Bu cezamın ertelenebileceğine işaretti.

Sabah cezaevi savcısı ile müdür geldi. Cezaevinde koğuşlarda yaşanılan sorunlara hâlâ çözüm getirilmeyişinden yakındım. Daha önce de sorunun çözümüne yardımcı olabileceğimi ve bunun için siyasi mahpuslarla diyaloğa girebileceğimi söylemiştim fakat başvurularım kabul edilmemişti. Onlar da sorunları gidermeye çalıştıklarını söyleyip, bir süre sonra kalktılar. Öğlende iki müdür yardımcısı gelip, cezamın altı ay ertelendiğini söyleyip, hazırlanmamı istediler. İşlemler tamamlandı ancak kimsenin tahliyemden haberi yoktu. Müdür yardımcılarından biri derneğe telefon etti. Arkadaşlar dernekten ancak 10-15 dakikada varabilirlerdi. Bahçede bekleyemeyeceğimi ve dışarı çıkmam gerektiğini söylediler. Ticari bir taksi çağrıldı. Kitaplarım ve eşyalarım bagaja konduktan sonra üç ay 22 gün önce girdiğim yaylı gri kapıdan dışarı çıktım. Arkadaşlar kızıma da haber vermişlerdi, birlikte geldiler.

Cezaevinden çıktığımın ertesi günü sabaha karşı düzenlenen saldırı sonucu 10 siyasi mahpus yaşamını yitirmiş, 24'ü de yaralanmıştı. Failleri hakkında bir soruşturma açılmadı. Tam tersine, öldürülenler ve yaralananlar suçlandı. Yaralılar ve diğer tutuklular hakkında "isyana teşvik ve teşebbüsten" dava açıldı. Bir gün önce tahliye olmama karşın dava açılanlar arasında benim de adım yer aldı.

Aynı gün Başbakan Ecevit ABD'ye gitti; bir kolunun altında benim özgürlüğüm, diğer kolunun altına da 10 ceset konularak uğurlandı. Tedavi için yurt dışına çıkmak istedim. İsveç, Norveç ve Danimarka'daki insan hakları kuruluşlarından ve yazarlar örgütü PEN'den çağrı aldım. Cezaevine girmeden önce 1 Nolu DGM tarafından konulan yurt dışı yasağının kaldırılması için başvurduk. Başvurumuz reddedildi. 2 Nolu DGM'ye itiraz ettik ve yasak kaldırıldı. Çıkış hazırlıklarını sürdürürken, bu kez de Ankara Cumhuriyet Başsavcılığı'nca tahdit konulduğunu öğrendik. Ve yurt dışına çıkamadım.

Cezaevinden çıktıktan sonra haftada üç gün tedavi görüyordum. Kolum giderek güç kazandı ama henüz elimi kullanamıyor ve yazamıyordum.

Helsinki'de 10-11 Aralık günü Türkiye AB aday üyeliğine kabul edildi. Tam üyelik için önüne bir yol haritası konuldu: Kopenhag Kriterleri! Bu kriterlerin bizi doğrudan ilgilendiren ayağı, siyasi ve demokratik yanıdır ki o da demokrasi, hukukun üstünlüğü, insan hakları ve azınlık haklarıdır.

Ankara 1 Nolu DGM'de PKK itirafçısı Sami Demirkıran'ın ifadesi sonucu açılan dava ile Diyarbakır 2 Nolu DGM'de görülen davadan beraat ettim.

Tahliye edildiğimin ertesi akşamı, CNN'de Ecevit- Clinton görüşmesinin naklen yayınında, Clinton, serbest bırakılışımdan ötürü Ecevit'e teşekkür ediyordu.

Bu sürpriz serbest kalışım üzerine kızım ve arkadaşı Ajay nişanlanmayı öne alıp 18 Mart günü aile arasında nişan yapıldı.

Melek Annemi Yitirdim

10 Şubat günü annem beyin kanaması geçirmiş ve Ankara Numune Hastanesi'ne getirilmişti. 11 Şubat gecesi hastaneden ayrılırken elini yüzüme götürerek, derin bir sevgiyle okşadı. Sabah saatlerinde annemi yitirdiğimiz haberini verdiler. Bir gün sonra annemi Niğde'de, 8 Şubat 1978 günü yitirdiğimiz babamın yanına uğurladık.

Annem ile Niğde bağlarında.

Birkaç gün sonra Ankara'ya dönmüştüm.

Annem ve babam yaşarken hemen her yılbaşı ve bayramda altı kardeş eşlerimizle beraber Niğde'de buluşuyorduk. Babamı yitirdikten sonra bu buluşma yarıya düşmüştü. Annemden sonra bu olanak da kalmayacaktı. Ancak birtakım vesilelerle buluşulacak, görüşülecekti.

Bir okul açılışında Başöğretmen Gafur Birdal.

Annemin adı Melek idi. Melek gibi bir kadındı. Öğretmen babamın maaşıyla bizi yetiştirmeye çalışır, Çoğu zaman yoktan var ederdi. Her bir yaptığı başka bir lezzetli olurdu. Niğde'ye her gidişimin birinci günü etli yaprak sarma, ikinci gününde de kuru fasulye ve pilav yapardı. En çok sevdiğim iki yemeğin bunlar olduğunu bilir ve ben gitmeden günler önce hem beni görecek olmanın hem de onları hazırlamanın heyecanına kapılırdı.

Kokuları Kaldı Bende

Öperken koklarlardı bizi.
Koklarlardı beni...
Sonra ben de öğrendim,
O kokuda nelerin bana geçtiğini.
Üstüme sinmişti kokuları,
Yitirmiştim ikisini de yıllar önce,
Ama kokuları kaldı bende...

Ben de çocuklarımı koklayarak öpüyordum...

Yeniden Mahpus Düşmek

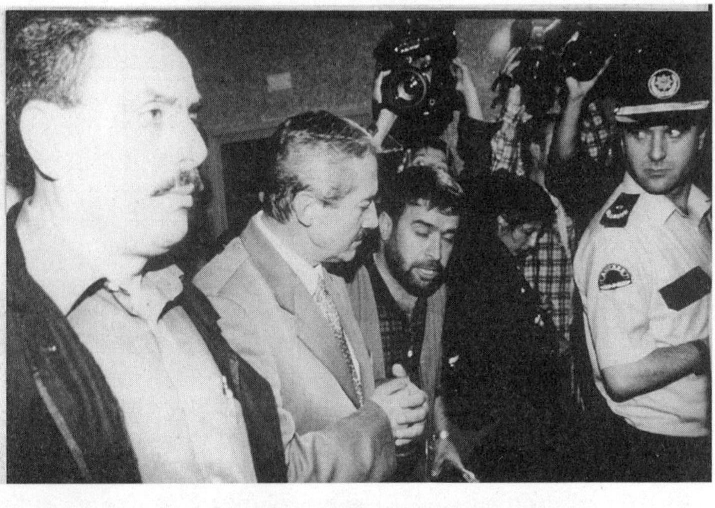

Cezaevine giriş.

Altı aylık şartlı salıverilme süresi bir hafta sonra bitecekti.

Genel Başkan Yardımcımız Avukat Osman Baydemir ve yürütme kurulu üyemiz Avukat Sedat Aslantaş ile İstanbul Adli Tıp Kurumu'na gittik. Muayeneler sonucu "iş göremez, cezaevinde yatamaz" şeklinde bir rapor hazırlandığı bildirildi.

İstanbul'dan Ankara'ya dönüşte Baydemir, Savcı'yı arayıp raporun sonucunu bildirmiş ve yeniden erteleme yolunda rapor çıktığını söylemişti. Savcı da durumdan haberdar olmuş ki, "Acelesi yok. Üç beş gün sonra Akın Bey uğrar, belgeyi imzalar" demişti.

Ankara'ya döndükten bir gün sonra savcılığa gitmek için evden çıkarken kızım Evren de benimle gelmek isteyince, gerek olmadığını ve bir imza atıp eve döneceğimi söyledimse de kızım benimle geldi. Savcılık odasına girdikten sonra Savcı, "Akın Bey, raporunuz kabul edilmedi. Sizi cezaevine göndereceğiz" deyip, zile bastı ve odaya dört-beş polis girdi. Beni alıp yeniden Ulucanlar Cezaevi'ne götürdüler. Sabahleyin okuluna giden oğlumla bile vedalaşmamıştım. Nasıl olsa görüşecektik. Ama... Olmadı...

Ben bu olasılığı dikkate alarak, Haymana Cezaevi'ne gitmeyi planlamıştım. 24 Eylül günü yapılan ve 10 kişinin öldürülmesiyle sonuçlanan Ulucanlar Cezaevi'nde tüm siyasi mahpusları başka cezaevlerine sevk etmişlerdi. Sadece hükümlü dört DEP milletvekili ile hastalık nedeniyle tedavi ya da ameliyat için başka cezaevlerinden gelen PKK'li mahpuslar kalmıştı. Bir de karikatürist Cemal Odabaşı vardı. Hepsi aynı koğuşta kalıyordu. Bir iç avlunun bitişiğindeki koğuşta da Leyla Zana ile üç PKK'li kadın vardı.

AP Heyeti'nin İHD ziyareti.

23 Eylül günü tahliye olacağıma ilişkin *müddetname* getirildi. Haymana Cezaevi'nde tedavi olanakları olmayınca Ulucanlar'da

kalmaya karar verdim. Ancak tedavi için başvurmama karşın henüz yanıt alamamış ve tedavi başlamamıştı.

Avrupa Parlamentosu Karma Parlamenterler Komisyonu Eş Başkanı Daniel Conh Bendit, cezaevine gelip Leyla Zana ile görüşecekti. Ama görüşemeyeceği bildirilince gelişi iptal edilmişti. Sonra bir çözüm bulundu ve AP ile yaşanan gerilim sona erdirildi. Conh Bendit, Leyla Zana'yı birinci derecede yakını olarak ziyaret edebildi. Görüşmelerinde bana da selam göndermişti.

Bendit ile iki ay önce biz de görüşmüştük. Görüşmeden sonra TBMM'de düzenlediği basın toplantısında benim için övücü sözler söyleyerek, halklar arasında iyi bir elçi olabileceğimi belirtmişti. Bizim malum medya ertesi gün benim elçiliğimin ilan edildiğini yazarak dalgasını geçmişti.

Koğuşta yanı başımdaki ranzanın üstünde Selim Sadak, altında da Orhan Doğan kalıyordu. Selim Sadak ile bir anlaşma yapmıştık. Altı ay içinde öğrenebildiğim kadar bana Kürtçe öğretecekti. Ama ne yazık ki olmadı. Doğrusu çok istekliydim. Kardeş bir halkın dilini, kültürünü, türküsünü bilmeden nasıl kardeşlik olacaktı. Ama şimdilik "Rojbaş Heval", "Şevbaş Heval", "Çavani başi" ile yetinmiştim.

Her görüş günü Orhan Doğan'ın eşi Kıymet Hanım'ın sürprizleri hepimizi mutlu ediyordu. İçli köfteler, yöresel yemekler... Kıymet Hanım 11. Koğuş'un beslenme uzmanı ve koruyucusu olmuştu. Görüşçülerimizin biri dışında hepsi Kürt ailelerdi. Her görüş günü tandır ekmekleri geliyordu. Şırnak'tan gelen kenger ile sebzeli, yumurtalı, sumaklı, kıymalı, bulgurlu yapılarak ya da çiğ olarak yeniliyordu. Bazen de Cizre'den *rivas-ışgın* geliyordu.

Bölge halkının kengeri, Karadeniz halkının hamsisi gibi. Tek farkı suda değil, tarlada ve dağlarda kendiliğinden yetişiyor olmasıydı, Ege'de semiz otu gibi. Doğa coğrafyamızda her bölgeye adil olarak cömertçe davranmış. Ama Ankara bugüne değin doğa kadar adil olamamış. Bölgeye karşı hep ayrıcalıklı davranmıştır.

Terapi ancak 24 gün sonra başlayabildi. Bu süre içinde arkadaşlarla masa tenisini sağ elimle oynamaya çalışıyor, terapi boşluğunu gideriyordum.

Arkadaşlar koğuşta bana her türlü kolaylığı sağlıyorlardı. Bir kez bana nöbet yazılmasını istediğimde, bugün hâlâ Diyarbakır cezaevinde yatmakta olan hasta mahpus Halil Güneş, "Heval beni astırmaya niyetin var" diyerek takılmıştı. Ne nöbete yazdılar ne de mutfağa soktular beni.

21 Nisan günü gazeteci ve insan hakları aktivisti Metin Göktepe'nin işkencecisi bir yıl 8 ay ceza ile tahliye edildi. Göktepe, özgür gazeteciliğin ve gerçeğin peşinde koşan sembolleşmiş bir gazeteciydi. Fadime Anne oğlunun katillerinin peşini bırakmamış, adalet arayışını bıkmadan usanmadan sürdürmüştü. Fadime Anne Metin'i yitirmişti ama şimdi onun binlerce Metin'i vardı.

Dışarıda kullandığım tekerlekli sandalyeye gereksinimim kalmamıştı. Genel Sekreter arkadaşım Nazmi Gür'e, onu verip yerine sıradan tekerlekli sandalye almasını, birini buraya getirip diğerlerini de gereksinimi olanlara vermesini söyledim. O da araştırmış; bizim tekerlekli sandalyeye karşılık sekiz sandalye vermişler. Birini, koğuşta iki ayağını yitirmiş Mehmet Özel'e getirmişti, diğerlerini de gereksinenlere ulaştırdı.

Koğuşta, demokrasi ve insan hakları üzerine bir söyleşi yaptık. Yaşamımın en özgür konuşmasını cezaevinde yapıyordum; Ne 312 ne 159 ne de 169 kaygısına kapılmadan. Demek ki içerisi bazen dışarıdan daha özgür olabiliyordu. Elbette bu ancak kendini her koşulda özgür kılabilenlere özgüdür.

Ceviz Kabuğuna Sığanlar

Bazen içerdeyken olup bitenlere seyirci kalmak zor olurdu. Hele kendinle ilgili söylenen ve yazılanlara yanıt verme olanağın yoksa. 19 Mayıs 2000 günü Yargıtay Başsavcısı Vural Savaş, Samsun'da katıldığı bir toplantıda, "Eskiden komünistler kendilerini demokrat olarak nitelendirirlerdi. Şimdi cephe genişledi. Akın Birdal da Abdullah Öcalan da İkinci Cumhuriyetçiler de demokrat" demişti.

Vural Savaş, her fırsatta Hulki Cevizoğlu'nun "Ceviz Kabuğu" programında bana ve tüm muhaliflere saldırıyordu. Yine aynı günlerde İsmet Solak, "Ahmet Nejdet Sezer de Akın Birdal da demok-

İHD'yi kapatma davası ertelendi

Yazar Yaşar Kemal İHD'ye üye oldu

■ İnsan Hakları Derneği İstanbul Şubesi'nin kapatılması istemiyle açılan dava 7 Aralık 1993 tarihine ertelendi. Duruşmada sözalan İHD İstanbul Şube Başkanı Ercan Kanar, İHD'nin sekiz yıldan beri toplumun onuru haline geldiğini belirterek, "Kamuoyu devlete değil, İHD'ye inanmıştır. İHD'nin en önemli ispat dayanağı halkın vicdanıdır" dedi.

■ Türkiye İşçi Partisi'nin kapatılmasından sonra, hiçbir kuruma üye olmama kararı aldığını ancak Türkiye'nin içinde bulunduğu durum nedeniyle, İHD'ye girmeye kendisini zorunlu hissettiğini belirten yazar Yaşar Kemal, dün İHD İstanbul Şubesi'ne üye oldu. Kemal, "Bütün dünya gazetelerinin yazdığı gibi Türkiye bir işkence cehennemidir" dedi. S. 11'de

Ünlü Yazar Yaşar Kemal, üyelik kaydı sırasında Akın Birdal'la birlikte

7 Ekim 1993. Gündem

İnsan Hakları İçin Çağrı gecesine katılan yazar arasında Yaşar Kemal de vardı.

İHD'nin düzenlediği İnsan Hakları İçin Barışa Çağrı Gecesi yapıldı

Kışkırtın barışı savaşa karşı

BERAT GÜNÇIKAN-

nayetler masası' ile bu olayla, daha sıkı takip altına alınacaktır. Hiç kimsenin kuşkusu olmasın, faili meçhul cinayetlerin hepsi çözümlenecektir" dedi.

Batman Valisi **Zeki Şanal** ise yaptığı açıklamada, cinayetlerle ilgili araştırmaların sürdürüldüğünü kaydederek **"Cinayetlerle ilgili elimizde çok sayıda dosya var. Batman'da işlenen her olay faili meçhul değildir. En son meydana gelen olayla ilgili olarak 9 kişiyi gözlem altına aldık. Bu kişiler çıkarıldıkları mahkeme tarafından tutuklandılar. Ayrıca İpragaz semtinde 2 kişinin ölümü ve 2 kişinin yaralanmasıyla sonuçlanan olaylarla ilgili olarak da Abdülhamit Çelik, Abdullah Çelik ve M. Şerif Çelik** adlı kişiler gözlem altına alındı" diye konuştu.

PKK saldırıları

Batman'da işlenen cinayetlerle birlikte PKK'nın da saldırılarını bu kentte yoğunlaştırması üzerine birçok yatırım ile hizmetlerin aksamaya başladığı bildirildi. Batman Barajı'nda, PKK'nın saldırısı üzerine ağır tonajlı 15 iş makinesi ile 3 deponun yakılması sonucu işler dururken barajın yapımını üstlenen **Onur Günsayın** firması da çalışmalara 3 ay ara verdiğini bildirdi. Yaklaşık 26 yıldan bu yana Batman ve yöresinde petrol aramalarını sürdüren ABD'nin Mobil şirketi, Batman'daki kampı ile Şelmo sahasını kapatıp, petrol sahasındaki üretimi de durdurdu. Şirketin, PKK saldırılarından sonra bu kararı aldığı bildiril ratikleşmek istiyor" diye yazmıştı. Bir gün sonra da köşesine Vural Savaş'ın dediklerini almıştı. Her ikisini de muhalif kamuoyu yakından bildiği için üzerine bir şeyler yazmaya değmez diye düşündüm.

Her gazeteci, 21 yıl önce yitirdiğimiz Gazeteci Mustafa Ekmekçi, her hukukçu Yargıtay Başkanı İmran Öktem olacak diye bir kural yok sonuçta. Ekmekçi, ölümünden 20 gün önce bir yemekte Claudia Roth ile danışmanı Ali Yurttagül ve Ahmet Türk ile birlikte olmuştuk.

İHD tarafından 1996 yılında verilen Barış Ödülleri'nden biri de Yaşar Kemal'e verilmişti. Yaşar Kemal, ödülünü kendi adına Ekmekçi'nin almasını istemişti. Ekmekçi, törende, "Savaş bitsin" dediği için, ben ise o doğrultuda yaptığım konuşmadan ötürü birlikte yargılanmıştık. Dava sürerken, yitirdiğimiz Ekmekçi'nin çerçeveli bir fotoğrafını duruşmaya götürüp, yanımdaki boş sandalyeye koymuştum.

Ekmekçi'nin okuyucularının çoğu kadındı. Hayranı da çoktu. Her toplantıya gidişimizde okuyucu kadın hayranları çevresini sarardı. Yine bir toplantı girişinde bir kadın Ekmekçi'ye sarılıp öptü. "Ben de Ekmekçi'nin arkadaşıyım" deyince, kadın "Peki o zaman sizi de öpeyim" diyerek beni de öpmüştü.

Fazıl Hüsnü Dağlarca, *Ekmek Adamı* adlı eserinde şöyle yazmıştı:

Yayın saraylarında değil,
Tek soğanı eşitçe bölünmüş sofralarda.
Toplumun eline sımsıcak değer,
Ekmek adam.

Teşekkürler Sol Elim!

30 Mayıs günü, iki yıldan sonra ilk kez sağ elimle yazdım. Birkaç gün önce sağ elimle tuttuğum yassı çakmağı parmaklarımda

kavradığımı fark ettim. Bunun üzerine Orhan Doğan ile Mehmet Özel çakmağı bir kaleme bağladılar ve yazdım. Birkaç gün sonra iki yılın yükünü sol elimden aldım.

Teşekkürler sol elim!

Yeniden sağ elimle yazmanın sevincini yaşadım. Elbette yanlış ve eksikler oluyordu. Olsun, kendi yazdığımı kendim okuyordum sonuçta. Sağ ol sol elim, iki yıl için! Beni kalemsiz ve yazısız bırakmadın.

Sağ elim, her nedenle iyileşmiş ve kullanabilir olsa da, uzun kollu gömlek giydiğimde, sol kolumun düğmesini çoğu kez ilikleyemiyor ve bugün hâlâ birinin yardımını gereksiniyorum. O nedenle 12 Eylül 1998'i anımsatan bu durumu yaşamamak için kısa gömlek giymeyi yeğliyorum.

3 Haziran günü Fazilet Partisi (FP) Genel Başkanı Recai Kutan, aralarında İnsan Hakları İnceleme Komisyonu üyesi Mehmet Bekaroğlu ve Şeref Malkoç'un bulunduğu dört milletvekiliyle beni ziyarete geldiler. Görüşmeyi müdür odasında yaptık. Görüşmede iki de müdür yardımcısı bulundu.

14 Haziran günü Suriye Devlet Başkanı Hafız Esat'ın cenaze töreni yapıldı. Esat, Ortadoğu ve dünya tarihinde yerli yerine konulacaktır elbette. Başka halkların ve ülkelerin ne düşündüğü bir yana, esasında Suriye halkları için 30 yıllık liderini yitirmiş olmanın gerçekliği yadsınamaz.

Sezer'in Sezdikleri

Cumhurbaşkanı seçilen Ahmet Necdet Sezer, ilk yurt dışı gezisini cenaze törenine katılarak yaptı. Necdet Sezer'in Cumhurbaşkanlığı sürecini içerde çok yakından izledik. Bir hukukçu ve her konuşmasında insan haklarından ve adaletten söz etmesi, içerdekiler için umut ve heyecan yaratmıştı. Sonra ne oldu da bu umudu ve heyecanı boşa çıkaracak bir tutum içine girdi anlaşılamadı.

Özal, Demirel ve Gül'ün Cumhurbaşkanlıkları döneminde gerek İHD gerekse demokrasi platformları adına yaptığımız her görüşme başvurusu kabul edilmişti. Birkaç kez başvurup da olumlu ya da olumsuz yanıt alamadığımız tek Cumhurbaşkanı A. Necdet Sezer olmuştur. Bizim başvurup da yanıt alamadığımız aynı günlerde Sezer'in Atatürkçü Düşünce Derneği'ne 200 bin lira bağış yaptığı gazetelerde yer almıştı.

Koğuştan Çok Revirdi

Kaldığım koğuş, koğuştan çok bir revir havasındaydı. 17 kişiydik (bu sayı bazen 20-25 arasında değişiyordu) ve hemen herkesin bir sağlık sorunu vardı. Birinin iki ayağı yok, birinin iki eli yok, birinin şarapnel parçası sonucu tek gözü yok, birinin ciğerlerinin üçte ikisi alınmış, biri altı aydır 650 gramlık şarapnel parçasını baldırında taşıyor... Bir de cezaevi koşullarının getirdiği hastalıklar vardı.

Cezaevinde hastalanmayacaksın! Ne nazlanacak birini bulabilirsin ne de iyileşebilirsin. Bir de hastalığa yakalanınca, içerde olduğunu daha bir derinden hissedersin.

Hastalık koğuşta kol geziyordu. Dokunmadan geçtiği kimse kalmamıştı. İki ayağını dağda yitirmiş eğitimci Mehmet Özel, Orhan Doğan'ı çağırarak, vasiyetini yazdırdı. Koğuşta kendisine ait ne varsa tek tek arkadaşlara dağıtılmasını istedi. Radyosunun kimde kalacağını soran birine, "Onu beraberimde götüreceğim. Bakarsın gideceğim yerde gerekli olur, dinlerim" dedi.

Heval'in Kitabı

Gazeteci-yazar insan hakları savunucusu arkadaşım Nadire Mater, bölgede savaşa katılmış 42 asker ile konuşmalarını *Mehmed'in Kitabı* olarak yayınlamış ve cezaevi öncesi bana da imzalayıp vermişti. Cezaevinde okuduğum ilk kitap olmuştu. Bir süre sonra kitap hakkında toplatma kararı alınıp dava açılmıştı. Sonra Nadire de kitap da aklandı.

Ben de şartlı salıverilmeden sonra ikinci girişimde önceden söz ettiğim gibi siyasiler sürülmüştü; yaralı ve tedavi için Ankara'ya gelen PKK'li ve DEP'lilerin koğuşunda kalıyordum.

Tahliyenin son ayına girişimde, bu savaşın bir de "heval yanı var" deyip, üçü kadın 13 kişiyle görüşüp *Heval'in Kitabı*'nı hazırladım. Bu röportajlarda DEP milletvekilleri de var. Ne yazık ki bugüne değin yayınlayamadım. Sürece katkısı olacak bir zamanı kolladım. Ama o zaman bir türlü gelmedi. Yayınlanıp, ertesi gün toplatılacak bir kitabın basılmasının ne anlamı ve yararı olacaktı ki. Yasaklar listesine bir kitap daha eklenmiş olacaktı. *Heval'in Kitabı*'nı sizlerle birkaç ay sonra paylaşacağımı umuyorum.

ANAP Mardin Milletvekili Nurettin Yılmaz, TBMM'de bir yasa önerisinde bulunmuştu. Milletvekillerinin, yargıçların ve savcıların statüleri dikkate alınmaksızın bir ay cezaevinde yatmalarını önermişti. Biz koğuştakiler bu öneriyi destekledik. O kararları verenlerin üç-beş gün de olsa insanların özgürlüklerinden yoksun bırakılmasının ne olduğunu ve hangi koşullarda kaldıklarını bir görsünler de, kararlarını verirken sadece yasaları değil, vicdanlarını da dikkate alsınlar.

2 Temmuz Sivas katliamının yedinci yılıydı.

Sivas'tan Ankara'ya dizilmiş telgraf direkleri,

Tik tak.

Yetişin insanlar yanıyor,

Tik tak.

Ne yetişen oldu ne ateşi söndüren,

Ve o güzelim genç insanlar,

Bilge insanlar,

Umutlar,

Aşklar,

Yetişen olmadı,

Göz göre göre,

Yandı insanlar...

Görüş günüydü. Feridun Yazar ve Yusuf Alataş ile ayrı ayrı görüştük. Hafta sonu yapılan Demokrasi Hareketi üzerine bilgi verdiler. Demokrasi Hareketi Girişim Grubu toplantısına 21 kişi katılmış. Bir grup katılımcı hemen partileşme yolunda eğilim belirtirken, bir grup da çalışmaların sürdürülmesi ve bu aşamada böyle bir kararın erken olacağını belirtmişler. Ben de baştan beri hareketin, *Türkiye solu* ayağının henüz oluşturulmadığını dikkate alarak, bu aşamada bunun gerçekleşmesinin doğru olmayacağı doğrultusunda görüş bildirmiştim. Genel eğilim bu yöndeydi. Sürecin değişik yaklaşımlara neden olması, HADEP fonksiyonu ve ÖDP ile ilişkinin de sürece katılması gerektiğini belirtmiştim.

Genetik Etik

Ülkede bunlar konuşulurken, 4 Temmuz 2000 günü dünya UNESCO'nun GENOM Projesi çerçevesinde, genetik etik boyutuna dikkat çekiliyordu.

Gen hakları, şimdiden koruma altına alınıyor. "Birleşmiş Gen Haritası ve İHEB" başlıklı bildiriyle, bu büyük olayın insanlığın ufkunu nereye taşıyacağı konusunda bize fikir veriliyordu. Genetik yapısı ne olursa olsun herkesin saygı görme hakkından söz ediliyordu. Yeni bir tür ayrımcılık haline getirilmemesine değinilerek, şöyle bağlanıyor: "Hiç kimse genetik yapısı yüzünden ayrımcılığa tabi tutulamaz. Çünkü bu durumda insan hakları, temel özgürlükler ve insan onuruna zarar verici sonuçlar ortaya çıkabilir."

TBMM İnsan Hakları İnceleme Komisyonu üyesi ANAP Milletvekili Emre Kocaoğlu, Cumhurbaşkanı Sezer'e gönderdiği mektupta, Türkiye'nin insan hakları açısından vahim durumu anlatılarak; insan hak ve özgürlükleri savunucularının düşman değil, gerçek dost olarak görülmesini istemiş.

TBMM İnsan Hakları İnceleme Komisyonu.

Koğuşumuzun duvarının hemen ardı sokaktı. Komşularda düğün vardı. Saz ve darbuka eşliğinde öğleden sonra başlayan fasıl gece yarısına dek sürmüştü. Kırşehir yöresinin türküleri ve oyun havaları çalıyordu. Elektrogitar bağlanmış, ses duvarlara çarpıp bize yansıyordu. Repertuar da çok zengin olmadığından, bir türkünün üç dört kez söylendiği oluyordu. "Benim iki kıymetlim var: biri anam, biri yârim. İkisine de hürmetim var: biri anam, biri yârim."

Anam ve yârim her ikisi de yüreğimde...

17 Temmuz günü derneğimizin kuruluşunun 14. yıldönümüydü. Gazeteye gönderdiğim yazıda, "İnsan Hakları için Gerekli Olan İstek ve İradedir" başlığını kullanmıştım.

Can Yücel'i yitirişimizin birinci yılında onu özlemle andım:

Can Yücel'in kuşları...

Onun yarım bıraktıklarını seke seke kırıntılıyorlardı avluda...

Stajda olan oğlum Sinan Cem'den mektup geldi. Sinan, "Burada çalışmanın ne demek olduğunu çok iyi anladım. Birçok şeyi bir arada öğreniyorum; mesleğimi, hayatın gerçeklerini, çalışmayı ve yalnızlığı. Seni, annemi ve Evren'i çok özlüyorum! İkimiz de yaklaşık aynı zamanda serbest olacağız. Geçen hafta Evren ve Ajay buradalardı. Görüştük. Hasret giderdik. Beraber mutlular. Sevindim. Umarım sonu da iyi olur. Staj iyi gidiyor. Bir daha asla uzun ayrılıkların olmaması dileğiyle ellerinden öperim. Koğuş arkadaşlarına selam ve saygılarımı ilet. Seni çok seviyorum!" diyor.

Çok mutlu oldum ve hüzünlendim.

2 Ağustos günü *Yeni Bin Yıl* gazetesinde Mensur Akgün'ün "AB Yolunda Türkiye" başlıklı yazısında, İngiltere Lortlar Kamarası'ndaki toplantısında Türkiye'nin AB üyeliğine ilişkin tartışmada A. Necdet Sezer'in seçilmesinin önemi ile Nadire Mater, Eşber Yağmurdereli ve benim durumum dile getirilerek, askerlerin siyaset üzerindeki ağırlığının azaltılması gerektiği belirtilmişti.

Cebeci İstasyonu'ndan tren sesleri geliyordu. Tren Sincan'a gidiyordu. Anlaşılan gidip geri döneceğini tek bilen o. Çoğumuz çıktığımız istasyonlara geri dönemedik. Yine çoğumuz hangi istasyona gideceğimizi bilemeden yolculuğunu sürdürüyor.

Nikâha Çağrı

17 Ağustos günü kızımın nikâh davetiyesi geldi. "Evren Birdal-Ajay Sharma..." Birlikte olmaktan mutluluk duyacaklarını bildiriyorlardı. Kız Kulesi yakınından İstanbul siluetini gösteren gümüş renkli martıların uçuştuğu bir davet kartıydı. Sevinç ile hüznün iç içe oluşunun bundan daha çarpıcı bir örneği olabilir mi? Belki de vardı: İnsana özgü olanın yaralayıcı ve kanatıcı olanları.

Bir annenin dokuz ay içinde taşıdığı ve daha taşırken yarattığı bir hayal dünyasını görememesi; ya taşıdığının akla ermeye başladığı, ondan sonra kurduğu dünyanın yere düşen kristal bir bardak gibi tuzla buz olması nedir?

Ya benim duygularım...

Ya kardeşi...

Oğlum Sinan Cem; o neler duyumsar? Benim güzelim deprem çocuklarım!

Sevgili dostum Ragıp Zarakolu'ndan aldığım mektupta, sevgili eşi Ayşe Nur'un durumunun iyi olmadığını yazıyordu. "Dayan Ayşe! Bizler hepimiz çok üzüldük. Lütfen bizi sevindir. O güçlü kişiliğinin bilincine ve sesine vuran yanını bize yeniden sağlıkla göster. En içten dileklerimiz senin için" diye yanıt vermiştim.

Çocuk Adlarına Sinen Eşitsizlik

Yeni Gündem gazetesinin birinci sayfasında bir haber yer aldı: "Zindan: 7 Yaşında..." Altı yıldır cezaevinde yatan babasının F Tipi Cezaevlerine sevkini önlemek için kapı kapı dolaşıp imza topluyormuş. Şimdiye değin 40 imza toplamış. İmzaları TBMM'ye gönderecekmiş. Bu haberde benim dikkatimi çeken şey, 7 yaşında bir kız çocuğunun adının "Zindan" olması.

Varlık Özmenek ile toplantı için gittiğimiz bir ilde katılan kadınlardan birinin yanında bulunan yine bu yaşlarda bir kızın adının "Eziyet" olduğunu öğrenmiştim. Varlık Özmenek, bunu köşesinde birkaç kez dile getirmişti. DEP Milletvekillerinden Selim Sadak'ın onuncu çocuğunun adı "Hakaret" konulmuş. Evden gözaltına alınırken, aşağılanması üzerine çocuğa bu ad konulmuş.

Bölgede çok sık rastladım: "Yas", "Yakmak", "Hüzün", "Perişan". Oysa diğer bölgelerde çocuklara "Buket", "Yağmur", "Gül", "Su", "Çiçek" gibi doğadan esinlenen adlar konuluyor.

Yurt içi ve yurt dışında çocukların adlarını "Akın, Birdal ya da Akın Birdal" koyan birçok dost ile tanıştım. Dikili'de kaportacı Süleyman Usta'nın hem işyerinin hem de bugün 16 yaşında olan oğlunun adını Akın koyması gibi. Akın'ı bir yaşından beri tanıyorum.

Londra'da Akın Birdal ile tanışmak da ayrı bir mutluluk olmuştu. Arkadaşlar, Paris'te "Birdal" adlı restoranın açılış fotoğrafını göndermişlerdi.

Kuşkusuz bu adlandırmalar sevindirici, gönendirici ama o denli de yükümlülükleri artırıcıydı.

Müddetname

Görüşe İHD Genel Sekreteri Nazmi Gür arkadaşım gelmişti. FİDH, İA ve İHD üzerine görüştük. Uluslararası Af Örgütü Hollanda Seksiyonu cezaevi çıkışında karşılamaya gelecekmiş. Uluslararası Af Örgütü'nün benimle ilgili kampanyası sürüyormuş.

Cezaevine girdikten sonra bildirilen "müddetname"ye göre, 23 Eylül'de tahliye olacaktım. Geçen yıl da 25 Eylül'de şartlı salıverilmiştim.

Çıktığım günün gecesi Ulucanlar vahşeti yaşanmış, 10 kişi öldürülmüş, 24 kişi de yaralanmıştı. Failleri hâlâ ellerini kollarını sallayarak dışarıda dolaşıyorlardı.

Gözümüzün Işığı Söndürülemez

Çok acılar yaşandı. Yaşanıyor. Ama gözümüzün feri sönmüyor. Belki geleceğe umudumuz da bundan. Gözümüzün ferini söndüremediler!

Her insanın doğuşuyla, dünyaya geliş müjdesidir göz ışığı. Zaman, keder ve acı göz ışığını azaltır. Onu besleyen sevgidir. Seven gözler ışığını yitirmez. Işığını yitiren gözlere ışık katacak, kozmetik bir ürün henüz üretilmiş değil. Kaldı ki olsa bile dıştan kazandırılan parlaklık içe yansımaz. Göz ışığını besleyen sevginin damarları akıl, bilinç, mücadele ve paylaşmadan gelir. Sevgisini yitirmiş gözlerin feri, aküsü bitmekte olan aracın farlarına benzer. Yolunu göstermeyen, sönük, cılız bir ışık gibidir. İnsana, şiire, aşka ve barışa bakan gözün feri sönmez!

TBMM'nin açılış günü.

Hatip Dicle Anlatıyor

27 Ağustos Pazar günü Hatip Dicle ve Selim Sadak ile söyleştik. 1991 milletvekili seçimleri sonrası büyük tepkilere neden olan

Ant içerken.

TBMM'nin açılışındaki ant içme törenini sordum. Hatip Dicle şöyle anlattı: "HEP, SHP listesinden seçimlere girdi. HEP kökenli 22 kişi meclise girdik. HEP parti meclisinde ve seçim sonrası Diyarbakır'da bazı kararlar almıştık. Milletvekilliği ant içme metninin Türkiye'yi farklı kimlik ve kültürleri kavramadığı düşüncesiyle buna ilişkin bir şeyler söylenmesi ve Türklerin ve Kürtlerin kardeşliğine vurgu yapılmasının yararlı olacağını kararlaştırdık. HEP Genel Başkanı Fehmi Işıklar'ın birinci konuya, kura sonucu belirlenen Abdül Kerim Zilan'ın da ikinci konuya değinmesi kararlaştırıldı.

Meclisin açıldığı gün bu kararla gittik. Aslında kendimizi ifade edebilmek için *keskozer* yani kırmızı-yeşil-sarı kravat takacaktık. Kravatları Mehdi Zana temin edecekti. Bulamamış. Onun yerine *keskozer* 21 mendil almış. Sol yakamızın üzerine ay-yıldızlı parlamenter rozetlerimizi, gözlük ceplerimize de mendilleri takıp salona girdik. Salonda büyük bir gerilim oldu. Yeniden bir araya geldik. Erdal İnönü, Işıklar ile konuşmuş. Işıklar, 'Arkadaşlar, aldığımız kararların uygulanma olanağı görünmüyor. Ben ant içme metni üzerine bir şeyler söylemekten vaz geçiyorum. Siz de yapmayın' dedi. A. Kerim Zilan da annesinin rahatsızlığı bahanesiyle meclise gelmemişti.

Metin üzerine benim, kardeşlik üzerine de Leyla'nın kısa bir şeyler söylemesi kararı aldık. Ben ant içmeden, 'Bu metni anayasanın baskısı altında okuyorum' deyip, metni okumaya geçecektim ki salonda kıyamet koptu. Sonra yeniden bir araya gelindi ve Leyla'nın mesaj vermesinden vazgeçilmesi istendi. Ama Leyla, 'Biz halkımıza söz verdik' diyerek, kabul etmedi bu seçeneği. Sırası gelince de Kürtçe olarak, 'Bu andı Türk ve Kürtlerin kardeşliği için okuyorum' dedi.

Sonra bilindiği gibi ben ve Leyla SHP'den ayrıldık. Newroz'daki katliamdan sonra diğer arkadaşlar da (beş kişi dışında) SHP'den ayrıldı. Mecliste 18 kişiydik. İki kişi daha olsaydı grup kuracaktık.

TBMM açılışında bu olay yaşanmamış olsaymış, benim Bayındırlık Bakanı, Leyla'nın da Kadından Sorumlu Devlet Bakanı olması düşünülmüş."

"Peki. Bugün değerlendirdiğinizde, 'Böyle bir şey yaşanmamış olsaydı' dediniz mi?" diye sordum. Dicle, "Hayır" dedi ve sürdürdü: "Biz kendimizi ifade etmek istiyorduk. Yerine getiremeyeceğimiz bir andı okumanın dürüstlük olmayacağını düşünmüştük."

"Peki Vedat Aydın olayı? Vedat Aydın'ın öldürülmesi bölgedeki ilk faili meçhul cinayetti, değil mi?" dedim.

Dicle, "Evet" diyerek, ekledi: "Vedat Aydın, HEP Diyarbakır İl Başkanı'ydı. Öldürülmeden iki ay önce Lice çevresindeki tepelerde yaralı beş PKK'linin güvenlik güçlerince helikopterle atılmış cesedi olduğu bildirildi. Vedat ve halktan katılanlarla o tepelere çıkıp cesetleri bulduk. Halk galeyana gelmişti. Vedat, Kürtçe hitap ederek, o büyük kitleyi yatıştırdı. Uzun bir yürüyüşle o gün eylem sona erdi.

Bu olaydan kısa bir süre sonra Batman İHD yöneticilerinden Sıdık Tan, saldırıya uğramış, yaralı olarak Diyarbakır Devlet Hastanesi'ne getirilmişti. Yine kalabalık kitleyle hastaneye gittik. Vedat ve birkaç kişiyle içeriye girmemize izin verdiler. Dışarıdaki kitleyi yine Kürtçe olarak Vedat yatıştırdı. Kısa bir süre sonra da, bildiğiniz gibi İHD Genel Kurulu'ndaki Kürtçe konuşması sonrası olanlar...

Bir süre sonra 5 Temmuz 1991 günü Vedat Aydın evinden alınarak öldürüldü. 8 Temmuz günü işkence edilmiş olarak bulundu. 10'unda da cenazesi kaldırıldı. Vedat, korkusuz, yiğit bir halk önderiydi. Öldürülmemiş olsa üç ay sonra milletvekili olacaktı."

Vedat Aydın'ın cenaze törenine giderken, İHD Adana Şube Başkanı Elif Tuncer ve dört yönetim kurulu üyesinin ölümü de "meçhul" kaldı.

Yaşamı Taçlandırmak

29 Ağustos günü *Cumhuriyet* gazetesinde Feridun Andaç'ın imzasıyla enfes bir sunuşla Türkan Şoray öyküsü başladı. Keyifle okumuştum.

Türkan Şoray ile cezaevine girmeden üç gün önce tanışmıştım. Uçan Süpürge'nin ikincisini düzenlediği Kadın Filmleri Galası'nın onur konuğuydu. Sahnedeyken ön sırada beni görmüş ve selamlaşmıştık. Fuayede Uçan Süpürge Başkanı dostum Halime Güler, yanında Türkan Şoray ile birlikte olduğu bir sırada yanıma geldiler. Türkan Hanım'ın ilk sözü, "Bizi çok üzdünüz. Sizin için çok üzüldük" oldu. Ben de, "Sizi daha çok üzmemek için ölmedim" dedim.

Halime, ertesi gün Türkan Hanım'ın da beni cezaevine uğurlamak için gelmek istediğini ve telefon ettiğini, ancak cezaevi öncesi İnsan Hakları Anıtı önünde düzenlenen toplantıda telefonumun kapalı olması yüzünden görüşemediğimizi söylemişti.

Cezaevine gittiğimin ertesi günü Türkan Şoray'ın katıldığı bir toplantıda kızımla beraber olmuş ve birlikte çektirdikleri fotoğrafı ve selamını göndermişti.

Cezaevi çıkışında yine Elazığ'daydım. Halime arayarak, Ada Müzik Yayıncılık'ın açılışı nedeniyle Türkan Şoray'ın Ankara'da olacağını ve bir grup arkadaşla yemekte buluşulacağını, Türkan Hanım'ın benim de olmamı istediğini bildirdi. Mümkün olamayacağını ve Elazığ'da olduğumu söyleyince, akşam telefonla görüşebileceğimi söyledi. Nitekim öyle yaptık. Telefonlaşıp selamlaştık. Andaç'ın öyküsü bana bunları anımsatmıştı.

Cezaevinden çıkış.

Çiçekle Uğurlanıp Çiçekle Karşılanmak

Altı ayı tamamlayıp cezaevinden çıktım. Her çıkışta gidene tahliye töreni yapılıyor. Koğuş arkadaşları avluda karşılıklı iki sıra oluşturuyorlar. Tahliye olan sıradan herkesle tokalaşıp kucaklaşıyor ve duygularını dile getiriyor. Bana da bu ritüel yapıldı.

Leyla Zana, küçük bahçesinden topladığı birkaç dal *ligustrum** arasına konulmuş sardunya demetiyle uğurladı. Çıkışım önceden haberli olduğu için Hollanda Af Örgütü'nün içerdeyken yürüttüğü güçlü kampanya o gün çıkış kapısına yansımıştı. Çok sayıda hak savunucusu karşılamaya gelmişti.

Yaşar Kemal tanıklığında kızım Evren evlenirken.

Çocuklarım, yakınlarım, insan hakları savunucuları, İHD, TİHV ve çok sayıda dostum karşılamaya gelmişti. Çıkış kapısının önü çiçek bahçesine dönüşmüştü.

---

* Kurtbağrı, zeytingiller familyasından ligustrum cinsini oluşturan çalı veya küçük ağaçlara verilen ad. Anavatanı Avrupa, Kuzey Afrika, Asya ve Avustralya ile Çin ve Japonya'dır. Adi kurtbağrı Türkiye'de doğal olarak yetişen tek kurtbağrı türüdür. Yaprak döken veya her dem yeşil çalı veya küçük ağaçlardır. –e.n.

Yaşamı nerede bırakmışsam oradan başladım sürdürmeye...

30 Eylül günü kızım İstanbul'da evlendi. Yaşar Kemal, kızımın nikâh tanıklığını yaptı. Çocuklar evlendikten bir süre sonra kızımın eşinin işi gereği Londra'ya gittiler.

Demokrasi hareketi kesintiye uğradı. Ama ÖDP, demokrasi hareketinde yer alan biz beş kişiyi ayrı bir örgütlenme içinde bulunduğumuzu ileri sürerek disiplin kuruluna verdi. Bu koşullarda gidilen kongrede de bizleri Truva atı ilan ettiler. Kongre sonrası birlikte yürüme olanağı kalmadığı için partiden ayrıldık.

Ekim 2000'de İHD'nin elektronik posta adresine "ANDIÇ" (Güçlü Eylem Planı) başlıklı bir belge gönderildi. Nereden, hangi saik ile gönderilmiş olabileceğini kestiremediğimiz için belgeyi beklemeye aldık. TDK Sözlüğü'nde "ANDIÇ", "Uyarı ve hatırlatmak için yapılan not" olarak açıklanıyor. 2 Kasım 2000 günü RP Milletvekili Gazeteci Nazlı Ilıcak, bir basın toplantısıyla Çevik Bir imzalı Eylem Planı'nı açıkladı. 3 Kasım 2002'de Genel Kurmay Başkanlığı'nca yapılan bir basın açıklamasıyla, Eylem Planı doğrulanmış, ancak bunun "karargâh içi bir metin" olarak kaldığı, uygulamaya konulmadığı belirtilmişti.

Oysa söz konusu eylem planının karargâh içi bir metin olarak kalmadığı, planda öngörülen eylemlerin; faaliyet, maksat, icra edecek makam ve icra zamanının planda öngörüldüğü biçimde gerçekleştiği ve kamuoyunda beklenen etkiyi derhal sağladığı ve bana karşı basın üzerinden iftira kampanyaları ve sonunda da eylemin gerçekleştiği görüldü. Bunun üzerine Emekli Orgeneral, eski Genel Kurmay İkinci Başkanı Çevik Bir hakkında kamu davası açılması için Ankara Cumhuriyet Başsavcılığı'na başvurarak, Çevik Bir'in TCK'nın ilgili maddeleri ihlal ettiğini ve sanık hakkında gerekli kovuşturmanın yapılarak cezalandırılması için kamu davası açılmasını istemiştik. Kovuşturmaya yer olup olmadığına ilişkin karar bize bildirilmedi.

Aynı günlerde *Hürriyet* Gazetesi Sorumlu Müdürü Hasan Kılıç, *Sabah* Gazetesi Sorumlu Müdür Kemal Çavuşoğlu; Kanal 6,

HBB, Kanal D ve TGRT kanallarını iftira, hakaret, Anayasa ihlali, basın yasasına muhalefet ve RTÜK'e muhalefet iddialarıyla 25-26-27 Nisan 1998 tarihinde yapılan yayınları nedeniyle açtığımız davalara da takipsizlik kararı verilmişti.

14 Temmuz 2009'da adli yargıda yapılan değişiklik nedeniyle, Çevik Bir hakkında yeniden şikâyetçi olduk. Bundan da bir sonuç alamadık.

Son kez de İHD Genel Başkanı Öztürk Türkdoğan ile birlikte Çevik Bir hakkında; suç işlemek amacıyla yasa dışı silahlı örgüt kurmak, insan öldürmeye tam teşebbüse azmettirmek, suç işlemek için tahrik etmek, hakaret ve iftira ile resen belirlenecek suçlar için gerekli soruşturmanın açılarak, kamu davası açılmasını ve şüpheli hakkında başvuru dilekçemizin bir suretini İstanbul Özel Yetkili C. Başsavcılığı'na gönderilmesini istemiştik. Bu kez de kovuşturmaya yer olmadığına ilişkin karar verildi. Buna itiraz ederek, İstanbul Nöbetçi Ağır Ceza Mahkemesi Başkanlığı'na başvurup itirazımızın C. Başsavcılığı'na gönderilmesini istedik. İtirazımız İstanbul 9. Ağır Ceza Mahkemesi'nce reddedildi.

İç hukuk yolları tüketilmiş olması nedeniyle AİHM'e başvurduk. Başvuru dosyası kabul edilip işleme konulmuş olmasına karşın, bugüne değin bir sonuç alınamadı.

İnsan Hakları Ödülleri Cesaret Verici

İspanya Navara Halk Üniversitesi'nin "1999 Uluslararası Jaime Brunet İnsan Hakları Ödülü" bana verilmişti. 11 Aralık günü düzenlenen bir törenle ödülü, insan hakları savunucuları adına İspanya'da aldım. İki ay sonra Bern'de İnsan Hakları Merkezi'nin "2000 Yılı İnsan Hakları Ödülü" verildi.

Kuşkusuz bu ödüller mutlu edici ve cesaretlendiriciydi. İnsan hakları mücadelesinin, insanlığın evrensel gözetimi, koruması ve dayanışması altında olması bize güç veriyordu. Fakat bizler asıl ödülümüzü, insan hakları ihlallerinin olmadığı eşit ve özgür bir topluma kavuştuğumuzda alacağız.

İspanya'da Navara Üniversitesi'ndeki ödül tören.

İnsan Hakları Ödülü için ABD'de, Talabani'nin temsilcisi
Dr. Necmettin Kerim ve eşi ile.

Yine cezaevindeyken Federal Almanya Yeşiller Partisi Eş Başkanı Cem Özdemir ile Başkanlık Danışmanı Ali Yurttagül beni ziyaret ederek, "1999 yılı AP Sakarov Düşünce Özgürlüğü Ödülü"nü, elemeler sonrası Arnavut bir lider ya da benim alacağımı ama büyük bir olasılıkla bana verileceğini bildirmişlerdi. Ödül bana verilmedi. Sonra da bana bir açıklama yapılmadı.

Ahmet Kaya'nın Tomurcukları

16 Kasım 2000 günü Stuttgart'taydım. Türkali diye bilinen Türkiye solundan bir arkadaşımın düzenlediği bir toplantı için oraya gitmiştim. Ertesi gün de Paris'e gidecektim. Birkaç gün önce Ahmet Kaya ile görüşmüştük. "Bekliyoruz hocam" dedi. O gün Ahmet Kaya'nın yüreğinin durduğu haberi geldi. Sevgili Ahmet'i yitirmiştik.

Paris'teydik. Bir hüzün çemberinin içinde sıkışıp kalmıştık. Herkesin yüreği, bedeni, dalından düşmüş bir kuş yavrusu gibi titriyordu. Bu, Paris'in insanın iliklerine dek işleyen kasım havasının yarattığı bir büzüşme ya da titreme değildi. Ahmet Kaya'nın ardından, ailesinin ve dostlarının, Ahmet'in oluşturduğu sevgi halesinde bir araya gelişiydi. Gittiğim günün akşamı Ahmet Kaya ve Paris Kürt Enstitüsü Başkanı Kendal Nezan ile birlikte olacaktık. Görüşeceğimizin heyecanını yaşıyordum. Olmadı. Ahmet Kaya bir gün daha bekleyemedi. Acısı ve özlemiyle buluştum. Ahmet Kaya'nın yüreği, sürgün yaşamına daha fazla direnememiş, durmuştu. Sadece sürgünde oluşuna değil, linç edilmek istenilişinin yüreğinde ve bilincinde yarattığı tahribatın da bunda büyük etkisi olmuştu. Ahmet Kaya, kimilerinin sofralarında Kürtçe şarkılar söyleyerek geçiştirmedi. Kimliğine, diline ve kültürüne sahip çıktı. Kimliği ve diliyle şarkı söyleyeceğini açıkladığında da, "kara böceklerin" masasına nasıl uçuştuklarını gördük. Sonra da olanlar oldu...

Daha önceleri emekçi köylülerin ekip biçmek için hasret kaldıkları toprak, şimdi sürgündeki muhalif insanlarımızın, aydınlarımızın, sanatçılarımızın hasreti oldu.

Ahmet Kaya toprağına, ülkesine ve halkına hasret giden ilk değildi. Nazım Hikmet, Yılmaz Güney ve başkaları da o yalnızlığın yolucularıydı. Suçları sevmekti. İnsanı, ülkesini ve halkını sevmiş, sürgünde ölmeye yargılanmış, yaşamın çağdaşlarıydı onlar.

Ünlü Père Lachaise Mezarlığı'nda şimdi Yılmaz Güney ve Ahmet Kaya birbirlerine yakın, ulu atkestanelerinin altında yatıyorlar. Mezarlarının başında saygıyla durduk. Bütün çiçeklerin renkleriyle örtülmüştü üstleri. İkisi de Kürt'tü. İkisi de muhalifti. İkisi de onurlu insandı. İkisi de genç yaşta unutulmaz bir yolculuğun yoldaşlarıydı.

Sevgili Ahmet, saldırı sonrası Ankara'ya gelmiş ve hastane önünde yaptığı yürekten konuşmasıyla odama dayanışma esintisini göndermişti. Cezaevine giderken Gülten Kaya ile giydiği bir sarı kazağı göndermiş ve cezaevinde beni ısıtmasını istemişti.

1 Mayıs'ta Küba'da

1 Mayıs 2001 kutlamaları için Küba'ya gitmeyi kararlaştırdık. Vedat Türkali, Yönetmen Nevin Cangör ve üç arkadaş ile Havana'ya gidecektik. Elbette Küba'ya gidip de Başkan Fidel Castro görülmeden gelinemezdi. Vedat Türkali hem Castro hem de kendisi yaşamını yitirmeden bu buluşmayı çok istiyordu.

15 gün önce FIDH Toplantısı için gittiğim Paris'te Madam Miterrand ve Kendal Nezan'a konuyu açmıştım. Madam Miterrand Castro'nun dostu olduğunu ve bizimle görüşmesi için kendisine mektup yazacağını söyledi. Paris dönüşü Küba Türkiye Büyükelçisi Castro (onun adı da Castro'ydu) ile görüşmüştüm. Programımızı kendisine bildireceğini ve görüşme olanağının yaratılabileceğini söyledi.

Bir yandan gidiş hazırlıkları yapılıyor, bir yandan da Castro ile buluşacak olmanın heyecanı yaşanıyordu.

Bize Castro ile 3 Mayıs günü görüşebileceğimiz bildirildi.

Küba Komünist Parti Merkezi'nde.

Küba Yazarlar Birliği Başkanı ile.

Vedat Türkali ile Küba'da.

Havana'ya gidişimizin ertesi günü bir milyonu aşkın Kübalının yürüdüğü 1 Mayıs törenine katıldık. Küba bayrakları ellerinde yürüyenler, büyük insanlığın birlik, mücadele ve dayanışma gününü kutluyor ve insanlığın bitmez tükenmez umudunu taşıyorlardı.

Ertesi gün Komünist Parti Genel Sekreterliği'nden, Başkan Castro'nun İran'a gideceğini, görüşmenin iptal edildiğini bildirdiler. Ancak Parti Genel Sekreteri'nin bizi kabul edeceği söylendi. Bu değişiklik Vedat Türkali'nin canını çok sıktı ve genel sekreterlikle yapılacak görüşmeye gelmedi. Biz dört arkadaş genel sekreter ve politbüro üyeleriyle görüştük.

Ertesi gün, Yazarlar Birliği Genel Merkezi'nde üç arkadaşla birlik başkanı ve yöneticileriyle görüştük. Görüşmede cezaevindeki muhalif dört yazarın serbest bırakılmaları üzerine konuştuk. Uzun bir süre sonra dört yazarın serbest bırakıldığını okumuştum. Sonra Küba'nın ulusal kahramanı ve ünlü şairi Jose Martin'in anıtını ziyaret ettik.

Castro, görevi kardeşi Raul'a bırakacaktı. Raul'un dışa açılma ve yabancı sermayeye bakışı farklıydı.

Yaklaşık bizden iki ay önce Küba'ya gitmek isteyen Mihri Belli ve Sevim Belli de Küba'ya gidebilmek ve de Castro ile görüşebilmek için Ankara'ya gelmişlerdi. Küba Büyükelçisi bu olanağı sağlayacağını söylemişti ama görüşememişlerdi.

Küba dönüşü Stocholm'de Mehmet Uzun'un evinde görüştüğümüz Belli'lere Castro ile görüştüğümüzü söylediğimde, Mihri Belli'nin içi içini yemişti. Ancak iki saat sonra bizim de görüşemediğimizi (bizden çok Vedat Türkali için) söylediğimde ancak rahatlayabilmişti. Görüşmede Mehdi Zana da vardı.

Vedat Türkali ile Sevim-Mihri Belli, 75 yıllık yoldaştılar. Türkali ile Mihri Belli arasında "ne onunla ne onsuz" türünden bir ilişki vardı. Ama tükenmez bir sevgi ve yoldaşlık bağı da hep sürmüştü.

Vaclav Havel'le Görüşme

Çek Cumhurbaşkanı Vaclav Havel'in sağlığı nedeniyle ertelenmiş olan Türkiye ziyareti gerçekleşti. İstanbul Çırağan Sarayı'nda bazı siyasiler, aydınlar ve sivil toplum örgütlerinin temsilcileriyle görüşecekti.

Görüşme öncesi Büyükelçi, Havel'in benimle görüşmek istediğini söyledi. Bir odada Havel ile bir araya geldik. Geçmiş olsun dileklerini bildirdikten sonra, insan hakları mücadelemizin önemine değinerek, kendisinin de muhalif olmaktan ötürü benzer saldırılara maruz kaldığını ve cezaevine girdiğini anlattı ve yıl sonunda Prag'da yapılacak "Milenyum 2000 Toplantısı"nda beni de görmek istediğini söyledi.

Prag'da...

İki ay sonra Çek Cumhuriyeti Türkiye Büyükelçisi "Milenyum 2000 Toplantısı"na Vaclav Havel'in çağrısını getirdi. Bin yıla eşit bir zaman dilimi olan *milenyum*, insanlığın yeni hayallerle, umutlarla ve hedeflerle girişini muştuluyordu.

Toplantıda bir konuşma yapmamı istemişlerdi. Ben de kabul edip, aylar sonra yapacağım konuşmanın hazırlığına girmiştim.

Toplantıya devlet başkanları, Nobel edebiyat ve barış ödülü sahibi yazar ve barış savunucuları katılıyordu. 13 Ekim günü Prag'a gittim. Mihmandar olarak Türkiyeli öğrenci bir genci verdiler. Toplantı öncesi ve toplantıda bazı görüşmeler yaptık. Görüşmeleri o genç çeviriyordu. Konuşmamın kimi yerlerini değiştirdiğini fark edip uyarmıştım. İşe bakın ki burada olanlar yetmezmiş gibi bir de orada ateşli bir "milliyetçi" karşıma çıkmıştı. Daha sonra o olaydan duyduğum rahatsızlığı ilgililere iletmiştim.

Clinton ve Shattuch ile Görüşme

Toplantının birinci günü ABD Başkanı Bill Clinton ve ABD'nin İnsan Haklarından Sorumlu Dışişleri Bakan Yardımcısı Jahn Shattuch ile karşılaştık. Shattuch, Türkiye'ye sık sık geldiğinde görüşüyorduk. Yanıma gelerek, beni Clinton ile görüştürmek istediğini söyledi. Ben de cezaevindeyken gösterdiği ilgiden ötürü teşekkür etme fırsatını bulacaktım. Nitekim görüşerek teşekkür ettim.

Toplantıdan bir süre önce 11 Eylül 2001'de New York'ta İkiz Kuleler'e uçaklı saldırı olmuş, üç bin kişinin ölümüne, binlercesinin de yaralanmasına neden olmuştu. ABD mağdur bir ülke durumuna düşmüştü. Yazarlar, çizerler ABD'nin mağduriyetinin yanında yer alıyordu. Ama bu ABD'nin ezilen emekçi halkları açısından, dünya barışı üzerindeki tehdit ve sorumluluk gerçeğini değiştirmiyordu. Bu nedenle yapacağım konuşma metninde bir değişiklik yapmayı düşünmedim.

İkinci gün konuşacaktım. Toplantı görkemli bir salonda yapılıyordu. Salon platformunda devlet ve hükümet yetkilileri, tribünlerde ise çok sayıda izleyici ve üniversite öğrencileri vardı.

Konuşmamda, "Yeni bin yıla, insan haklarına ve halkların haklarına özlemle giriliyor. Dünyada hak ve özgürlükler, halklar açısından bir hayal olmaktan çıkmamıştır. Başta ABD olmak üzere emperyalist-kapitalist devletlerin sorumluluğu büyüktür. ABD ve Avrupa, BM'nin ve AK'nın kuruluş gerekçelerinden ve değerlerinden uzaklaşmış, silahların ve sermayenin hükümranlığını kurmuşlardır. Ekmek, barış ve özgürlüğe karşı sömürü, savaş ve tutsaklık egemen kılınmıştır. Bu durum değiştirilemez değil. İmkânsızı gerçekleştirmek ve yeni bir dünya kurmak mümkündür" demiştim.

"Söylenmesi Gerekiyordu!"

Sözlerim platformda buz gibi bir hava estirirken, tribünlerde büyük bir coşkuyla karşılanmıştı.

Toplantı arasında karşılaştığımız Clinton ve Shattuch beni görmezden gelip geçtiler. Ertesi gün toplantı sürerken, görevli birileri gelip, Cumhurbaşkanı Vaclav Havel'in benimle görüşmek istediğini söylediler. Beraberinde girdiğimiz odada Havel beni bekliyordu.

Havel, konuşmamı beğendiğini, "Bunların söylenmesi gerekiyordu" sözleriyle ifade etti. Fotoğraflarımız çekildi ve bana bir kum saati armağan etti; başarılar diledi.

Ankara'ya döndükten bir süre sonra Çek Büyükelçisi İHD'ye gelerek, Havel ile çekilmiş fotoğraflarını ve bir teşekkür mektubunu iletti.

Sayın Birdal,

Beşinci Forum 2000 Konferansı'na katılımınızdan dolayı size teşekkür ederim.

Bildiğiniz üzere, 11 Eylül'deki trajik olaylar sebebiyle dünya çapındaki benzer uluslararası toplantıların çoğu ya ertelendi ya da iptal oldu. Bu sebeple -içinde olduğumuz aşırı karmaşık uluslararası duruma rağmen- sizi Prag'da ağırlayıp toplumu tehdit eden olaylarla başa çıkmaya dair fikirlerinizi dinleyebildiğim için minnettarım.

Beşinci konferansın, Prag Kalesi'ndeki beş yıllık konferans döneminin zirvesi olmasına rağmen, Forum 2000 projesi henüz bitmedi. Aksine, birçok baskılayıcı konuya dair fikir alışverişlerimizi Prag Deklarasyonu'nda dile getirme teşebbüsünde bulunma geleneğimize, özellikle bu gibi zamanlarda devam etmemiz gerektiği, benim şahsi fikrimdir.

Bu sebeple, buna benzer en yakın fırsatta sizi Prag'da tekrar misafir edebilirsem çok memnun olurum.

Kucak dolusu sevgiler...

Akın Birdal
Vaclav Havel

Görüşmemizden on yıl sonra 18 Aralık 2011 günü Vaclav Havel yaşamını yitirdi. Tiyatro yazarı, düşün insanı ve siyasetçi Havel, saygıyla anılacaktır!

Yeniden İHD

Yasakların sona ermesiyle haklarımı yeniden kullanabilecektim. Bunun üzerine İHD Diyarbakır Şube Başkanı Selahattin Demirtaş'ın çağrısıyla İHD Diyarbakır Şubesi'nin üyesi oldum.

Diyarbakır İHD'nin üyesi ve daha sonra da Diyarbakır milletvekili olmanın her zaman onurunu duymuş ve taşımışımdır.

SDP'nin Kuruluşu

ÖDP'den ayrılanlar ve yeni katılanlarla 2002 yılında Sosyalist Demokrasi Partisi (SDP) kuruldu. Kurucu Genel Başkanlığa getirildim.

SDP'nın kuruluş toplantısında. Soldan Sağa: Veysi Sarısözen, Ayla Yıldırım, Ben, Filiz Koçali, Celal Beşiktepe, Ragıp Zarakolu, Ferhan Umur ve Gülseren Kaçaroğlu.

SDP'nin hareket noktası ezilen emekçi halklardan yana bir mücadele hattı olmuştu. Sosyalist, enternasyonalist bir programı vardı. Devrim hayali zaten mazlum halklardan yana değil miydi? Devrim gerçekleştirilememişti ama devrim ezilenlerin ve emekçilerin hak ve özgürlüğü için, adalet ve eşitlik için, ekmek ve barış için ve mücadeleye yönelik bir yürüyüş değil miydi?

SDP Genel Başkanı olarak, İzmir Büyükşehir Belediye Başkanı Ahmet Piriştina'yı ziyaret.

SDP, Kürt sorunun çözümünü emek, demokrasi ve sosyalizm mücadelesi ile iç içe görüyordu. Çünkü bu sorun çözülmedikçe o hayal ettikleri Türkiye'yi inşa edemeyeceklerini biliyorlardı. Kuruluş sürecinde sosyalist mücadelenin emektarı Mustafa Kahya'nın katkıları unutulmayacaktır.

YSK'nın Vetosu

24 Aralık 2002'de genel milletvekili seçimi kararı verildi. Seçimlere Demokrasi ve Halk Partisi (DEHAP) çatısı altında girilecekti. Ben yine Mersin'den aday gösterildim. Murat Bozlak da Diyarbakır'dan aday gösterildi. Yüksek Seçim Kurulu (YSK) üç kişinin adaylığını veto etti. Recep Tayyip Erdoğan, Murat Bozlak ve Akın Birdal. Üçümüzün de TCK'nın 312. maddesinden hüküm giymiş olmamız vetoya gerekçe gösterildi.

Arkadaşlarla görüşerek, benim yerime Celal Beşiktepe'yi Mersin'den aday gösterdik. Murat Bozlak'ın yerine de eşi Zeycan Bozlak Diyarbakır'dan aday gösterildi. Murat Bozlak ile Türkiye'nin dört

DEHAP Kongresi'nde.

DEHAP seçim çalışmasında.

bir yanında seçim çalışmalarına katıldık. Her yerde güçlü bir kabarış görünüyordu. Ama ne yazık ki yine 12 Eylül Anayasası'nın getirdiği %10 barajına takılmış, 7.3 alarak meclis dışında kalmıştık. Sevahir Bayındır ve Celal Beşiktepe'nin ilk iki sırada yer aldığı Mersin'de %10,8 oy alınmıştı.

Düşlerimin Şehri İstanbul

2003 yılında düşlerimin şehri İstanbul'a, Moda'ya taşındım. Hem cezaevi notlarımı, öykülerimi ve köşe yazılarımı derleyip kitap haline getirecek, hem de demokratik-kültürel beslenmenin cömertliğine gidecektim.

Ankara'dan ayrılmam kuşkusuz kolay değildi. Geride yaşanmış 37 yıl bırakıyordum. Gençliğimi, heyecanlarımı, eşimi, kavgalarımı, işimi-işsizliğimi, mahpusluğumu, eski dostlarımı, sevinçlerimi, acılarımı ve anılarımı bırakıp gidiyordum. Yanımda sadece umudumu, özlemlerimi ve mücadelemi götürüyordum.

Ankara'da kalmamı gerekli kılan bir şey kalmamıştı. Kızım evlenmiş, yurt dışına gitmişti. Oğlum da yurt dışında çalışıyordu. Sevgili eşimi Cebeci Asri Mezarlığı'nda bırakıyordum. İHD'den de zorunlu olarak ayrılmak durumunda bırakılmıştım.

Söyleşi sonrası imza.

İstanbul'da da yoldaşlarım, dostlarım vardı.

Sırasıyla *Sol Elim*, *Ulucanlar'dan Notlar*, *Gündem* ve *Bakış* gazetesindeki seçme yazılarımdan derlediğim *Can Suyu* ve *Betula*

Öyküler adlı kitaplarım Belge Yayınevi tarafından basıldı. Yurt içi ve yurt dışında düzenlenen toplantılara katılıyordum. Barış için, demokrasi için, insan hakları için yürüyüşüm sürüyordu. Gerek İHD'de gerekse SDP'de arkadaşlarım her ikisinde de genel kurullarında Onursal Başkan olarak beni onurlandırmışlardı. Gittiğim toplantılarda ve söyleşilerden sonra beraberimde götürdüğüm kitapları da imzalıyordum. Yazarlığımın gücünden değil, dayanışmanın gücünden olsa gerek çok sayıda kitap imzalıyordum. Belge Yayınları'nda ve Kural Dışı'nda yeni baskılar yapılmıştı.

İstanbul'da da kesintisiz insan hakları, barış ve demokrasi mücadelesine katılıyordum. Bu çalışmaları daha serbest yürütebilmek için SDP'nin ilk genel kurulunda genel başkanlığı bıraktım. Yerime feminist kadın hareketinden ve insan hakları mücadelesinden gelen sevgili arkadaşım, yoldaşım Filiz Koçali getirilmişti. Çalışmaları yine birlikte yürütüyorduk.

Ahparig Hrant

19 Ocak günü evden çıkıyordum ki Filiz Koçali aradı. Hrant vurulmuş. Hrant'ı yitirmişiz.

Hrant ile çoğu kez toplantılarda karşılaşırdık. Pera Palas'ta her dilden, kimlikten ve kültürden insan barış için oturacaktı. Nedense oturacakların 50 yaş üzeri olması istenmişti. Hrant ile konuşmuş, Sarkis Çerkezyan'ın katılmasını önermiştik. Sarkis Usta, eylemden bir gün önce rahatsızlığı nedeniyle katılamayınca, son anda Rafi katıldı. Rafi de 50'nin altındaydı. Hrant'ın buna canı sıkılsa da sorun yapmamıştı. Oturma eyleminin yapılacağı gün otele erkenden gelmiş ve basına sunulacak metnin son halini birlikte düzenlemiştik.

En son görüşmemiz, *Turkish Daily News*'in (TDN) 43. yılı nedeniyle bir otelde verilen resepsiyonda oldu. TDN'nin Ankara'da yapılan her yıl dönümüne gidiyordum. Ama İstanbul'da ilk kez gidecektim. Tanıdık olur mu olmaz mı diye tereddüt etmiş, sonra da gitmiştim. Girişte Hrant ile karşılaşmış ve yine o dünyayı sararcasına açtığı kollarıyla kucaklaşmıştık. Az sonra Ercan Karakaş da gelince yine ayaküstü, memleketin haline çare bulmaya başladık. Bir süre sonra da biz Hrant ile ayrıldık. Hrant'ı otel çıkışında Rakel Dink almaya gelmişti. Hrant, içki meclisinde, "Bir ara sıcak söyleyelim" diye çay siparişi verirdi. Şimdi biz de her fırsatta dost-yoldaş meclisinde unutmadığımız dostumuz Hrant'ı "ara sıcak" ile anıyoruz.

Hrant, insan hakları ve barış savunucusu sosyalist bir gazeteciydi. Her zaman Ermeniler ve başka halkların eşit ve özgür yaşamasını isterdi. Ve 19 Ocak 2007 günü Genel Yayın Yönetmeni olduğu, *Agos* gazetesinin önünde silahlı saldırı sonucu öldürüldü.

Her 19 Ocak'ta Hrant'layız.

Her insan hakları ve barış yürüyüşünde Hrant'layız.

Her unutulmazları andığımızda Hrant'layız.

TBMM Genel Kurul'unda yaptığım konuşmadan:

Hrant Barış Savunucusu Bir Türkiyeliydi

(...) Siz hiç 'güvercin tedirginliği'ni duydunuz mu? Siz hiç empati kurup, Ermeni, Rum, Yahudi, Çerkez, Laz, Kürt, Roman ya da ötekilerden oldunuz mu? Hrant Dink Ermeni idi. O, bir insan hakları ve barış savunucusuydu. O, Türkiyeli idi. O, Farklılıklarımızla bir arada barış içinde yaşamı savunurdu. O, bir sevgi ve kardeşlik insanıydı.

BÖLÜM SEKİZ

TBMM'YE TAŞINAN HAK VE ÖZGÜRLÜK MÜCADELESİ

Diyarbakır Halkının Vekili Olmak!

22 Temmuz 2007 milletvekili seçimlerinde Diyarbakır'dan aday gösterildim. Selahattin Demirtaş, Aysel Tuğluk ve Gülten Kışanak ile belirlenen bölgelerden seçimlere katılacaktık.

Seçimlere, "Bağımsız Bin Umut Adayları" olarak girildi. Benim seçim çalışmalarımı Eşref Güler'in sorumluluğunda bir grup arkadaş yürüttü. İl Başkanı Hilmi Aydoğdu, Musa Farisoğulları ve Gökhan Apaçık'ın da katkılarıyla kısa sürede halk ile buluşmuş, kucaklaşmıştık. İstanbul ve Ankara'dan da dayanışma için birçok arkadaş gelmişti. Ben oy pusulasının soldan da sağdan da dokuzuncu sırasındaydım. Türkçe bilmeyenlerle buluştuğumuzda hep birlikte benim listedeki yerimi yüksek sesle sayıyorduk: "Yek, du, se, çar, penc, şes, heft, heşt, neh" ya da listedeki yerimi iple ölçerek oy kullanacaklardı.

Diyarbakır'a, çevre ilçelerine ve köylerine birçok kez gitmiştik. Bölge halkıyla kısa sürede dostluk ve güven oluşmuştu. Sonuçta çok yüksek oylar alarak dördümüz de seçilmiştik.

Seçilen 21 milletvekili, Demokratik Toplum Partisi'ne (DTP) katılarak, mecliste grup oluşmasını sağlamıştık. Grubu oluşturan milletvekilleri: Selahattin Demirtaş, Gülten Kışanak, Ayla Akat Ata, Emine Ayna, Fatma Kurtalan, Akın Birdal, Hasip Kaplan, Bengi Yıldız, Hamit Geylani, İbrahim Binici, M. Nuri Yaman, Mehmet Nezir Karabaş, M. Ufuk Uras, Osman Özçelik, Pervin Buldan, Özdal Üçer, Sebahat Tuncel, Sevahir Bayındır, Sırrı Sakık ve Şerafettin Halis.

Meclis dışında yürüttüğüm insan hakları mücadelesini şimdi de TBMM'ye taşıyacaktım.

TBMM Çatısı Altında Olmak

TBMM'nin sorunların demokratik ve barışçıl çözümü için vazgeçilmez bir zemin olduğunu düşünmüş ve kabul etmiştim. Kısa bir süre sonra bu düşüncem hayal kırıklığına dönüşmüştü. Kuşkusuz bu, demokratik parlamenter rejime olan bağlılığımdan vazgeçme anlamına gelmezdi. Hele ki demokratik parlamenter rejime karşı kuvvetler ayrılığı reddedilerek, tek adam rejiminin oluşturulmak istenmesi bile nelere yol açacağını ve tehlikelerini görmüşken...

Meclis yasama döneminde DTP, sonra da BDP olarak hiçbir yasa önerimiz, meclis araştırma önerimiz kabul edilmemişti. Sadece bir kez, "1 Mayıs İşçi Sınıfının Birlik Mücadele ve Dayanışma Günü" için verdiğimiz yasa önerisinin adı değiştirilerek, "Emek ve Dayanışma Günü" olarak uzlaşılmış ve kabul edilmişti. Bizim önerimizde 21 Mart Newroz gününün tatil ilan edilerek kutlanması da vardı. Ama onu es geçmişlerdi.

TBMM'yi toplumun ve ülkenin sorunlarının çözüm yeri görmek yerine, orayı kazançlı bir iş yeri ve vekilliği de meslek olarak gören anlayış her zaman egemen olmuştu.

İktidar ve ana muhalefet partisinin sistemin nimetlerinden yararlanma hevesleri kırılmadıkça inandırıcı olmak güçtür. İnançsız, samimi olmayan milletvekillerinin birçoğu genel kurul salonundaki birbirlerine karşı düzeysiz tartışmaların ve atışmaların ardından aynı kişilerin kuliste, meclis lokantasında ve ortak alanlardaki yakın ilişkileri düşündürücüdür.

Milletvekillerinin geriye dönük borçlanarak hem emekli maaşı hem de milletvekili maaşı aldıkları bilinmektedir. Prosedürü öğrenmek için Muş Milletvekili Nuri Yaman ile gittiğimiz Personel İşleri Daire Başkanı bize adlarını da vererek, sayılı kişilerin bu haktan yararlanmadığını ama hemen her milletvekilinin bu işlemi yaptırdığını söyleyince yadırgamış, "Beni de o sayılı adlara dâhil edin" deyip reddetmiştim.

Danimarka'da parlamentoyu ziyaretimizde dinlemiştim. Meclis kapısı önünde gösteri yapan ve meclisten istekleri olan çevreciler, kadınlar, hak savunucuları ve her kesimden gelenlerin açıklamaları, grup temsilcilerince alınıyordu. Sonra grup temsilcileri bir araya gelip hem meclis önündeki istekleri hem de diğer dosyaları masaya yatırıyorlar; önce anlaşamadıkları dosyaları "masa altı" dediklere yere ayırıyorlar. Sonra da ortaklaştıkları konuları Meclis Genel Kurulu'na götürüyorlar. Bizde ise her zaman bunun tersi oluyor: İşe önce anlaşamadıklarından başlayarak, anlaşabileceklerini erteliyorlar.

Bizim dönemde ana muhalefetle temel hak ve özgürlükler konusunda bile ortaklaşma olanağı olmuyordu. Hele sorun Kürt konusu ve barış olunca biz mecliste yalnızlaştırılıyor ve karşımızda topyekûn bir blok oluşturuluyordu.

Zaten her yasama dönemi 1 Ekim'de başlarken ilk iş savaş tezkeresi çıkarmak oluyordu. Yeni çalışma dönemine savaş kararıyla giren meclisin ne yapacağının önemli işareti veriliyordu.

Erkek egemen bir toplumun meclisteki kadın milletvekili sayısının çok az oluşu ayrı bir sorundu. İktidar partisinin kadın milletvekili ve bakanlarının kadın sorununa yaklaşımları, erkek meslektaşlarından ne yazık ki farklı olmuyordu.

Erkek egemen bir toplumda, erkekler nerede iktidar olmuşlarsa orada çözümsüzlük olmuştur. Mecliste de bu açıkça görülmekteydi.

Milletvekilliğinin amaca dönüştürülmesi, işi zaten baştan yanlış kılıyordu. Seçilenlerin gelecek seçimlerde de yerlerini koruyabilme uğruna olmadık şeyleri yapmalarına sıkça tanık oluyorduk.

Partilerde, parti içi demokrasinin işlemeyişi ve lider sultasına bağlı kılınması, demokrasi kültürünün yerleşmemesinden kaynaklanıyordu.

Oylamalarda, "Kabul edenler, etmeyenler" denildiğinde, kabul için el kaldıranların neyi kabul ettiklerini bilmezlikleri de anlaşılır değildi.

İnsan Hakları Komisyonu'nda Hak İhlalleri

TBMM İnsan Hakları İnceleme Komisyonu üyesi oldum. Komisyon Başkanı AKP Mersin Milletvekili Zafer Üskül olmuştu. Zafer Üskül'ü 1980 öncesinden tanıyordum. Anayasa Profesörü olarak Sosyalist Görüş Dergisi'ndeki yazılarından tanıyordum. Sonra da tanışmıştık. Üskül, daha sonra Mersin CHP'den milletvekili adayı olup, seçilememişti. Bu kez de Ertuğrul Günay grubu ile eski CHP'li sekiz kişi AKP'den meclise girmişlerdi.

Hrant Dink'in katledilmesinin soruşturulması ve faillerinin bulunması için önerdiğim Alt Komisyon oluşturuldu. Ama beni komisyon dışında bırakmışlardı.

2010 Newroz katliamlarını yerinde incelemek için gittiğimiz Siirt'te, Siirt Valisi ve Komisyon Başkanı Zafer Üskül STÖ temsilcileri adında valiliğe çağrılan korucular beni linç ettirmek istemişlerdi.

Yine Beytülşebap'ta minibüste 12 köylü yakılmış ve yetkililerce olayı PKK'lilerin yaptığı ileri sürülmüştü. Beytülşebap'ta tanık köylülerin anlatımlarını dinlerken, Jirki Aşireti'nin silahlı adamları çadırda bulunmuş ve tanıklar üzerinde baskı kurmuşlardı. Aşiretin reisi Tahir Adıyaman da silahlı adamlarıyla bizim incelemelerimizi yakından izlemişti. Bu duruma engel olmasını istediğim Üskül sessiz kalarak, orada devletin istediği şekilde bir sonucun ve raporun çıkmasını sağlamış ve katliamı PKK'ye yıkmışlardı. Oysa olay yerinden ayrılırken tokalaştığım biri, korku ve kaygı içinde avucuma sıkıştırdığı notlarda katliamın tüm ayrıntıları yer alıyordu. Notları komisyon üyelerine iletsem de sonuç değişmemiş ve benim yine muhalefet şerhimin yer aldığı rapor yayınlanmıştı. Her komisyon toplantısında tansiyonum yükseliyor ve bir şey de yapamamanın acısını çekiyordum. Komisyonda tam bir AKP-MHP ittifakı vardı.

DTP kapatıldı. Yerine Barış ve Demokrasi Partisi (BDP) kuruldu. Biz de BDP'ye geçtik.

İnsan hakları ve özgürlükler üzerine oluşturduğumuz yasa ve araştırma komisyonlarımız reddedilirken, sık sık da soru önergeleri veriyorduk. Bir kez Başbakan'a, "Kışlalarda İntihar" adındaki kuşkulu ölümleri sormuştum. Uzun bir süre sonra Başbakan adına Milli Savunma Bakanı tarafından yazılı bir yanıtla, "GİZLİ" ya da "DEVLET SIRRI" olduğu gerekçe gösterilerek yanıt verilmemişti.

12 klasör olan meclis çalışmalarımdan seçtiğim kimilerini sizlerle paylaşacağım. Ancak ayrıntılı olarak bunu da sizlere başka bir kitap başlığında sunacağım.

Bekle Bizi İstanbul

2009 yılında yapılacak yerel seçimlerde ben bölge illerinde çalışmayı umut ederken, İstanbul Emek ve Demokrasi Güçleri'nin önerisi ve arkadaşlarımızın ısrarıyla İstanbul Büyükşehir Belediyesi Başkanlığı'na aday gösterildim. Sınırlı olanaklarla birkaç seçim bürosu ve araçla çalışmaları yürütmüştük. Vedat Türkali'den izin alarak "İstanbul" şiirini Türkçe, Ermenice, Lazca ve Rumca olmak üzere dört dilden Kardeş Türküler ile Ferhat Tunç söyleyerek, İstanbul'un yedi tepesinde, sokaklarında, fabrikalarında, varoşlarında yankıladık...

Bekle bizi İstanbul;

Haramilerin saltanatını yıkacağız.

Çünkü sen bize, biz sana lazımız.

CHP'nin Belediye Başkan Adayı Kemal Kılıçdaroğlu'ydu. İstanbul'da son seçimdeki 155 bin oyumuzu bu seçimlerle 320 bine çıkarmıştık.

TBMM 23. Yasama Dönemi'nde başta yaşam hakkı olmak üzere, kişi güvenliği ve özgürlüğü, işkence, cezaevleri, ifade ve basın özgürlüğü, ekonomik, toplumsal ve kültürel haklara ilişkin barış, demokrasi, adalet, eşitlik, özgürlük ve halkların haklarına ilişkin yasa teklifi, araştırma komisyonlarının oluşturulması, soru önergeleri, gündem dışı konuşmalar ve basın toplantılarıyla demokratikleşme ve özgürleşme sorunlarını sürekli gündeme taşımaya çalıştım.

Kuşkusuz 20 kişilik bir grubun bu temel sorunlara çözüm getirebilmesi olası değildi. Ama hem meclisin hem de meclis üzerinden toplumun gündemine taşıyor; ihlalleri hem görünür kılıyor hem de unutmaya karşı bir bellek oluşturuyorduk.

Newroz'da yaşanan ihlallerden kot taşlama işçilerinin trajedisine, vicdani ret hakkından Beritan Aşireti Reisi Ali Yazıcı'nın yer-yurt arayışına, Welat adından ötürü Türkiye'ye sokulmayan yedi yaşındaki bir çocuğun hikâyesinden mahpuslarla dayanışma içindeki küçük Öykü Okay'ın mahpushanede gözaltına alınan balonlarına, depremzedelere hibe edilen konutların üzerine oynanan oyunlara, kayıplara ve ağır hasta mahpusların bir bir cenazelerinin ailelerine verilişine, çalışma yaşamına, medya kuruluşlarının ve gazetecilerin iktidar ve güç odaklarına teslimiyetine, 1 Mayıs 1977 katliamına; başta Diyarbakır, Ulucanlar, Metris ve diğer cezaevlerinde yaşanan katliamların faillerinin bulunmasına, öğrenci gençliğe yönelik baskılara, mülteciler ve mevsimlik tarım işçilerine, Devrimci Karargâh ve benzeri ev baskınlarıyla yapılan yargısız infazlardan 27 Mayıs 1960 darbesiyle ordudan atılanların mağduriyetlerine değin sorunları gündeme taşımış ve meclis tutanaklarına geçişini sağlamıştım.

2009 kasım ayının ilk günlerinde İran İslam Cumhuriyeti Devleti'nde muhalif siyasetçilerin peş peşe idam edilişini gündeme getirmiştim. O günlerde İhsan Fetahiyan adlı bir genç idam edilmişti. Sıradaki Şerko Maarfi adlı bir diğer genç ile başkaları da vardı. Bu soruna dikkat çekmek ve idamları durdurmak umuduyla bir dizi girişimde bulundum. 19 Kasım 2009 günü Cumhurbaşkanı Abdullah Gül'e Diyarbakır Milletvekili ve TBMM İnsan Haklarını İnceleme Komisyonu üyesi olarak bir mektup kaleme alıp, idamların durdurulması konusunda çaba gösterilmesini istemiştim.

İran'daki İdamları Durdurun!

İdam Cinayettir!

Akın BİRDAL
Diyarbakır Milletvekili
İnsan Haklarını İnceleme Komisyonu Üyesi

Sayın Abdullah Gül
Cumhurbaşkanı

Sayın Cumhurbaşkanı,

Son yıllarda Komşumuz İran İslam Cumhuriyeti ile komşuluk ilişkisini aşan ve her düzeyde gelişen dostluk ve işbirliğini sevinerek izliyoruz. Bu dostluk ve işbirliğinin kalıcı hale gelmesi hiç şüphesiz hem ülkelerimiz hem bölgemiz ve hem de halklarımız açısından büyük önem taşımaktadır.

Ancak bir süredir İran, çeşitli suçlardan dolayı gerçekleştirdiği idam cezaları ile de kamuoyunun gündeminde yer almaktadır.

Geçtiğimiz günlerde İhsan Fetahiyan isimli gencin idam edildiği, sırada Şerko Maarfi isimli genç olmak üzere daha başka gençlerinde olduğu kamuoyuna ve basına yansıyan bilgiler arasındadır.

Sayın Cumhurbaşkanı,

İdam cezalarının caydırıcı ve geri dönüşü olmayan bir cinayet olduğunun herkes tarafından bilindiği ve bunun devlet eliyle işleniyor oluşunun kabul edilemediği bir dünyada yaşıyoruz.

İran İslam Cumhuriyetine idamların durdurulması için yapılacak girişimlerin iç işlerine karışmanın ötesinde, halklarımız arasındaki kardeşliği sağlamlaştıracak daha demokratik ve insan haklarına dayalı bölgesel dostluğun ve işbirliğinin yolunu açacak şekilde sonuçlanacağından emin olabilirsiniz.

Sizden idam cezalarının durdurulması ve bu cezaya çarptırılanların cezalarının af edilmesi için girişimde bulunmanızı diliyor içten saygılarımı sunuyorum. 19 Kasım 2009

Akın BİRDAL
Diyarbakır Milletvekili
TBMM İnsan Haklarını İnceleme Komisyonu Üyesi

56 28
69 54
n.birdal@tbmm.gov.tr

Cumhurbaşkanı Gül'den bir yanıt alamadım. Bunun üzerine 15 Ocak 2010 günü aynı içerikte bir mektubu da İran İslam Cumhuriyeti Devlet Başkanı Mahmud Ahmedi Necat'a gönderdim. Ne yazık ki ondan da bir yanıt alamadım.

Sorunu TBMM'de üyesi olduğum Türkiye-İran Parlamento Dostluk Grubu'na taşıdım. Grup Başkanı Batman Milletvekili Ahmet İnal'a başvuruda bulundum. Oradan da sonuç alamayınca Türkiye-İran Dostluk Grubu'nda olmamın bir anlamının ve gereğinin kalmadığını bildirerek, 18 Mayıs 2010 günü istifa ettim.

Birkaç ay sonra Çankaya'dan Cumhurbaşkanı Abdullah Gül adına arayan bir yetkili, Cumhurbaşkanı Gül'ün İran'a düzenleyeceği bir dostluk gezisine BDP adına benim katılmamı istiyordu. Bu isteğe benim yanıtım belliydi ama gruptaki arkadaşlarla görüşüp, bilgi vererek, geçmiş günlerdeki süreci de anlatarak, bu geziye katılmamam gerektiğini söyledim. Onlar da benim bu görüşüme katılınca, Çankaya'yı arayıp, çağrı için teşekkür edip, darağaçlarının kurulduğu bir ülkeye yapılacak dostluk ziyaretine katılamayacağımı bildirdim. Ne yazık ki İran rejimince idam cinayeti günümüzde de sürüyor.

Antep Yolu Gözüktü

11 Haziran milletvekili seçimlerinde aday olmayacağım belli oldu.

İstanbul'a gidiş hazırlıkları yaparken, Diyarbakır'dan bir çağrı geldi. Ahmet Türk, Aysel Tuğluk ve iki parti yöneticisi benimle görüşmek istediklerini ve önemli olduğunu söylediler. Gittim. Antep'ten aday olmamı istediler.

Aday olmayacağımı ama çok gerekli görüyorlar ise adaylığım halkların kardeşliğine ve barışa bir katkı sağlayacaksa Mersin'den aday göstermelerini istedim. Çünkü daha önce Mersin'den aday olmuş ve çok yüksek oy almama karşın baraj aşılamadığı için meclise girememiştim. Ayrıca Mersin halkı ile her zaman sıkı bir ilişkim olmuş ve bağlarım kesilmemişti.

Bunun üzerine arkadaşlar, "Bu gece sizinle Antep için mutabakat sağlayalım, ama yarın sizi Mersin'e alacağız" dediler.

Ertesi gün listeler açıklandı. Adım Antep için gösterilmişti. Seçimlerde eve gidecek, oturacak halimiz yoktu. Arkadaşlar için zaten gidip çalışacaktık. Böyle olunca yol Antep'e gözüktü.

Bir seçim öncesi Antep'te parti il başkanı Vakkas Dalkılıç ile seçimlere girilmiş ve 18 bin oy alınmıştı. O nedenle kazanma olasılığı yoktu. Ama çalışacaktık. Kabul etmemi isteyen arkadaşlar Antep'e gitmem halinde kendilerinin de gelip çalışmalara katılacaklarını, muhabir göndereceklerini, seçim araç ve gereçleri konusunda yardımcı olacaklarını söylemişlerdi. Ne yazık ki denilenler olmadı. Sadece Ahmet Türk, günü birlik gelip gidebildi.

Seçim sürecine girince herkes bir yerlerde koşturuyor ve her bir şey de istenildiği gibi olmuyordu.

Antep'e gittim. İHD ve parti çevrelerinden arkadaşların katkılarıyla çalışmalara başladık. Başlanılan her bir şeyin sonuna kadar götürülmesi gerektiğine olan inançla yola koyulduk.

Haki Karer geleneğinden gelen Antep'in kısa sürede devrimci dokusunu açığa çıkardık. Siyasi hareketten uzaklaşmış çok sayıda insan yeniden sürece katıldı.

Gülten Kaya, İlkay Akkaya, Mustafa Kâhya, Rıdvan Turan ve Kadir Akın, sanatçı Rojda ile İstanbul ve Ankara'dan çok sayıda yoldaş gelip çalışmalara katıldılar.

Türkiye sosyalist hareketinin sembol adlarından Teslim Töre, o bölgenin insanı olması ve de Türkiye siyasetindeki etkisi nedeniyle yurt dışından telefonlarla ve köşe yazılarıyla önemli katkılar sağladı.

Demokrat yerel gazetelerin ve gazetecilerin ilgisiyle kısa sürede kamuoyuyla buluşmamız sağlandı. 1996 yılında PKK'nin elinde tutulmaktayken getirdiğimiz askerlerden biri de Adıyaman'dan gelerek çalışmalara katıldı.

Kısa sürede kitlesel halk toplantıları yapılıyor, alanlar doluyordu.

Kamuoyu yoklamalarında öne çıkmış ve kesin seçilecek görünüyordum. İçerden ve dışardan öyle büyük destek alıyordum ki cezaevinde ziyaret ettiğim mahpuslar, ailelerine benim seçilemem halinde cezaevinde görüşe çıkmayacaklarını söylüyorlardı.

İlçe ve köylere ulaşıyor, halkla buluşuyor; umudu ve heyecanı her yere taşıyorduk.

Bir halk kabarışı ve güven oluşmuştu. Kazanacaktık. Kadınlar ve gençler yürüyüşün en ön saflarında yer alıyor ve zaferi seçimlerden önce kutluyorlardı.

Seçimlerden birkaç gün önce bir televizyon kanalının canlı yayınına katıldım. CHP adayı Doktor Mehmet Şeker ile Gazeteci Nasuhi Güngör, son yapılan ve yasaklar nedeniyle açıklanamayan kamuoyu yoklamalarında benim kesin seçileceğimin çıktığını söylemişlerdi. O seçimde 40 bini aşkın oy almama karşın kazanamamıştım. Tek kazancım, oylarımızı artırmış ve "biz de varız"ı göstermiş, bir de unutulmayan dostlar edinmiş olmamdı.

Nuri Yaman'a Veda

Ankara'ya döndükten bir hafta sonra Paris'te görülecek ve Kürt siyasilerinin yargılanacağı bir davada, insan hakları savunucusu olarak tanıklık yapmamı istediler. Kabul ettim. 25 Haziran günü Paris'e gitmek için havaalanındayken, Muş Milletvekili ve dostum Nuri Yaman'ın bir kalp krizi sonucu yaşamını yitirmiş olduğu haberini aldım. Ertesi gün duruşmaya katıldım.

Uluslararası sözleşmeler ve üç dönem boyunca başkan yardımcılığını yaptığım, merkezi Paris'te bulunan Uluslararası İnsan Hakları Federasyonu'nun (FİDH) ilkelerini referans alarak, tanıklık yaptım.

Özetle: Türkiye'de Kürt olmanın ne anlama geldiğini; dili, kimliği, kültürü ve varlığının reddedilen bir halkın bir arada eşit ve özgür yaşamaktan yana bir özlemin ve hayalin peşinde olduklarını anlatıp, heyetin empati yapmasını istedim. "Yaşadığınız ülkede yok sayılmanın sizde yaratacağı ruh hali ve davranışınız ne olurdu?" diye sorarak konuşmama son vermiştim. Tanıklığım yaklaşık iki saat sürmüştü. Duruşma sonucunda tutuklu olanların tahliyesine karar verilmişti.

O gün İstanbul'a döndüm. Havaalanından Muş'a, oradan da Malazgirt'e, Nuri Yaman için taziyeye gittim. Nuri Bey'in eşi Hanife Hanım'ın ve ailenin acılarına ortak oldum.

Yunanistan'a Giriş Yasağı

KKTC'ye birçok kez çağrılmış olup gidememiştim. 2011 yılı 21 Mart Newroz günü konuşma yapmam için Lefkoşe'ye çağrıldım. Türkiyeli üniversiteli gençler çağırmıştı. Tereddüt etmeden gittim.

Giriş ve çıkışta pasaportuma damga vurdular. Bir ay sonra çocuklarım ve dostlarımla Ayvalık'tan Midilli'ye gittik. Midilli girişinde beni gümrük kapısında durdurup, içeri alamayacaklarını söylediler. Gerekçe olarak da, pasaportumda KKTC damgası olduğunu ve Yunanistan'ın KKTC'yi tanımadığını gösterdiler.

Midilli eski Belediye Başkanı ve Midillili AP Milletvekili Karakos'un arkadaşım olduğunu, daha önce Yunanistan'a giriş-çıkışlarımın olduğunu söylemem kâr etmedi. Beni feribota geri gönderdiler. Ancak yeni bir pasaport çıkarıp, sonradan giriş-çıkış yapabilmiştim.

Gelecek Hafta Yeni CD'im Çıkacak

Bir Almanya dönüşümde, İstanbul Atatürk Havalimanı'ndan giriş yapıyordum. Pasaport kontrolünden geçerken, görevli polis yüzüme dikkatlice bakarak, "Abi geçen gün kasetini dinledim. Çok sevdim" deyince, beni bir sanatçıya benzetmiş olduğunu anladım.

"Gelecek hafta yeni bir CD'im çıkacak. Bir yurt dışı çıkışımda sana bırakırım" deyince, sevinci görülmeye değerdi.

HDK ve HDP

Kısa bir süre sonra tüm farklılıkları aynı çatı altında toplamayı öngören Halkların Demokratik Kongresi (HDK) çalışmalarına başladık. 15 Ekim 2011 günü de HDK'nın kuruluş kurultayı düzenlendi. HDK çalışmalarının sonucu, Halkların Demokratik Partisi'nin (HDP) kuruluşuna da taşındı ve 15 Ekim 2012'de de HDP'nin kuruluşu ilan edildi. Şimdi hem HDK hem de HDP ile, ötekileştirilmiş bütün halkların demokrasiye, barışa, adalete, eşitliğe ve özgürlüğe doğru yürüyüşleri her türlü tehdit ve baskılara karşı sürüyor.

HDP İzmir Mitingi'nde.

TÜRKİYE BÜYÜK MİLLET MECLİSİ
Ülkemizde Demokrasiye Müdahale Eden Tüm Darbe ve Muhtıralar ile Demokrasiyi İşlevsiz Kılan Diğer Bütün Girişim ve Süreçlerin Tüm Boyutları ile Araştırılarak Alınması Gereken Önlemlerin Belirlenmesi Amacıyla Kurulan Meclis Araştırması Komisyonu

Sayı : A.01.1.GEÇ.0.00.00.00-10/236-81383 18/10/2012
Konu : Bilgilendirilme talebi

Sayın Akın BİRDAL

Meclis Araştırması Komisyonumuz, Komisyonumuzun araştırma konularından birini oluşturan 28 Şubat 1997 tarihli müdahale süreciyle ilgili olarak, 2 Kasım 2012 Cuma günü saat 15:30'da Komisyon Toplantı Salonunda bilginize başvurmayı uygun bulmuştur. Bu nedenle, uygun bir zaman içerisinde Komisyonumuzla iletişime geçmenizi ve anılan tarihte Komisyon Toplantısında hazır bulunmanızı arz/rica ederim.

Nimet BAŞ
İstanbul Milletvekili
Komisyon Başkanı

TBMM Darbeleri ve Girişimleri Araştırma Komisyonu Başkanlığı'na

12 Eylül 1980 askeri darbesinin her alandaki yıkıntıları üzerinde kurulan İnsan Hakları Derneği, darbelerle ve darbecilerle yüzleşilememiş, temel hak ve özgürlükleri sınırlayan ya da yok eden darbe anayasasının ortadan kaldırılamamış olması sonucu her darbe ya da girişiminde hedef alınmıştır.

"Post modern darbe" diye adlandırılan 28 Şubat darbesinde de yine derneğimiz İHD ve genel başkanı olarak benim doğrudan hedef gösterildiğim bilinmektedir. Bu süreç çokça konuşulup yazıldığı için ayrıntılara girmeyeceğim. Ancak, Genelkurmay Başkanlığı karargahında "Andıç" adıyla hazırlanan belge, 28 Şubat 1997 yılında MGK'da alınan 18 maddelik karar doğrultusunda hazırlanmış dezenformasyon belgesidir. Hükümet, Kürtler ve partileri, İHD ve muhalif gazeteci ve yazarlar hedef tahtasına konulmuştur. "Andıç" kimi gazetelerde servis edilerek yayınlanmış sonra da bilinen sonuçlar yaşanmıştır. 28 Şubat'ın diğer darbelerden ve girişimlerden ayrılan özelliği silahlı ve silahsız güçlerin ittifakı olmasıdır. O nedenle 28 Şubat ile siyasal, ekonomik, toplumsal ve kültürel yaşama müdahale eden sadece silahlı kuvvetler değil aynı zamanda müttefikleri de bu soruşturma sonra da yargılanma sürecine dahil edilmelidir. Gazete patronları, köşe yazarları, ekonomik gücü elinde tutan işadamları ve örgütleri, darbelerden en çok zarar gören emekçilerin kimi örgütleri ve de uluslararası boyutu bu süreçle ilişkilendirilmelidir.

28 Şubat korku ve yoksulluk üretmiştir. O nedenle bu sürece katılan her kişi ve kurum sorgulamaya ve yargılamaya tabi tutulmalıdır. 28 Şubat darbesinin bir doğrudan bir de dolaylı mağdurları vardır. Doğrudan mağdurları; öznesini hiçbir ayrım gözetmeksizin "herkes" olarak kabul eden İHD ve insan hakları savunucuları olmuştur. Dolaylı mağdurları da topyekun Türkiye halkı ve Türkiye olmuştur. Kısacası, 28 Şubat herkese, her şeye ve insanlığa karşı oluşturulmuş bir suçtur. 28 Şubat insan haklarına ve özgürlüklerine saldırıdır. Askeri vesayeti perçinleyen, vesayetçi bir rejimin halka meydan okuyuşudur.

İHD'nin 28 Şubat'ın mağduru olmasının nedeni, kuruluş ve tek amacı insan hakları için çalışmalar yapmak olan İHD ve savunucularının herkes için hak ve özgürlük istemiş ve bunun için çalışmış olmasıdır. Referansı insanın insan olmaktan kaynaklanan, doğuştan kazandığı devredilmez, yok edilmez ve vazgeçilmez hak ve özgürlükler ile Türkiye'nin taraf olduğu ya da olmadığı ulusalüstü belge ve sözleşmelerle hukuksal güvence altına alınmış hak ve özgürlükleridir. Eşit ve özgür bir Türkiye'nin ve dünyanın, insanların ve halkların hak ve özgürlüklerini eksiksiz kullanılması ile kurulacağı ütopyasına inanmıştır. Bunun için de insan hakları ve özgürlük mücadelesine, evrensel, kültürel ve birinin yerine diğerinin konulamaz ilkesine sıkı sıkıya bağlı kalarak, kendi coğrafyasının da önceliklerini belirlemiştir. Sistemin ret ve inkar ettiği, ötekileştirdiği, dışladığı, ezdiği, farklı olanlardan yana bir tutum belirlemiş ve korkmadan, yılmadan bunun tanıklığını yapmıştır. Ne var ki, ittihat terakkinin cumhuriyete devrettiği tekçi, ayrımcı, militarist rejimin baskı ve saldırılarından nasibini almıştır. İHD'nin çok sayıda (yirmiyi aşkın) yönetici ve üyesi öldürülmüş, yüzlerce yönetici ve üyesi saldırıya uğramış, Türkiye'yi terk etmek zorunda kalmış, işinden, evinden olmuştur.

İHD hak ve özgürlüklerin kullanılabilirliğini ve güvencesini eksiksiz bir demokraside, hukukun güvencesinde ve barışta görmüştür. Bunun için de Kürt sorununun çözümünü olmazsa olmaz kabul etmiştir. Bu doğrultudaki çalışmalarımız bizi otoriter militer bürokrasinin hedefi durumuna getirmiştir; İHD Genel Merkezi'nde güpegündüz silahlı saldırıya maruz bırakmıştır. Saldırıdan sonra öğrendiğimiz Andıç'ın altında imzası olan Genelkurmay 2. Başkanı Orgeneral Çevik Bir ve sekreteri Erol Özkasnak'ın bu saldırıdan birinci derecede sorumlu oldukları anlaşılmıştır. Darbeyi planlayan x saldı oluşmasının başını çeken Çevik Bir hakkında Ankara Cumhuriyet Başsavcılığı'na yaptığımız (üç kez) suç duyuruları karşılıksız kalmıştır.

Saldırının failleri asker ve sivil 13 kişi tutuklanmış 9 ila 17 yıl hapis cezası almışlardır. Ne var ki iki buçuk yıl sonra hepsi şartlı salıverilmişlerdir. Daha sonra azmettirenlerin başına gelen Semih Tufan Günaltay adının bir olaya karışması nedeniyle yeniden tutuklanmış ve Ergenekon davasına dahil edilmiştir. Saldırıyı düzenleyenler eylemi TİT (Türk İntikam Tugayı) adına yaptıklarını söylemiş ve saldırının yeşil kod adlı Mahmut Yıldırım tarafından düzenlendiği belirtilmiştir. Buna karşın, örgütlü bir saldırıda, ne örgüt ve bağlantıları ne saldırı sırasındaki ilişkiler ne de süreç içindeki parasal kaynaklar açığa çıkarılmıştır. Buna karşın 1995 ve 1996 yıllarında 1 Eylül Dünya Barış Günü'nde yaptığım konuşmalarda Kürt halkı demiş olmamdan ötürü bana 2 yıl hapis cezası verilip 1999-2000 yıllarında tedavim sürerken cezaevine gönderildiğimdir.

Bir önceki yasama döneminde (23. Dönem) Diyarbakır Milletvekili ve İnsan Haklarını İnceleme Komisyonu üyesi olarak bu çatı altında bulundum. Gerek ben gerekse üyesi bulunduğum parti grubu (DTP-BDP) olarak dört yıl kesintisiz darbelerle, darbecilerle hesaplaşılması için çaba gösterdik. Ne yazık ki hiçbir sonuç alamadık.

28 Şubat,halkların bir arada, barış içinde yaşamasının mümkün kılınamaması ve Kürt sorununun demokratik, barışçıl çözülememesinin de bir sonucudur. İHD ve insan hakları savunucuları, Kürtler ve onların siyasetçileri ve partisi, Aleviler, merkezi otoriteye biat etmeyen aydınlar, yazarlar ve muhalifler 28 Şubat'ta olduğu gibi bugün de mağdurlardır. Tek farkı, 28 Şubat'ta mağdur olanların bir bölümünün mağduriyetlerinin son bulmuş ve siyasi iktidar olmuş olmalarıdır. İnsan hakları ve özgürlükler açısından Türkiye'nin sicili daha kötüye gitmektedir. Türkiye halkları hızla bir kamplaşmaya sürüklenmektedir. Dünün "ben istersem yaparım" anlayışı bugün de geçerlidir. Sadece kişiler değişmiş anlayış değişmemiştir.

Bu çalışmalardan sonuç alınabileceğine dair bir güven oluşabilmesi için günlük yaşamdaki uygulamaların hak ve özgürlüklere, demokrasiye ve adalete bağlı kalınması kaçınılmazdır. Bir dönemi sorgulayabilmek ya da o dönemle hesaplaşabilmek için o dönemin hukuk dışı olduğunda, sorgulanan dönemde yapılanların bugün yapılmaması gerektiğinde mutabakat sağlanmalı ki o sorgulamadan sonuç alınabilsin. Bu da önce ortamın normalleşmesi ile olur. Hak ve özgürlükleri için insanlar ölüme yatmışsa bugün yapılmak istenilenlerin "iyi şeyler" olacağına dair hiçbir inandırıcılığı olamaz. Ama her şeye karşın bugün ya da yarın darbelerle ve darbecilerle hesaplaşılabileceğine olan umudumla buradayım. Komisyon çalışmalarının sonucunun TBMM Genel Kurulu'na götürülerek, x, Gerçekleri Araştırma ve Adalet Komisyonu'nun oluşturulmasına ve geçmişimizle yüzleşilmesine yol açması beklenebilir.

Bu sürecin barışa, demokrasiye, eşit ve özgür bir toplum inşasına katkı sağlaması isteniyorsa;

- Ölüm sınırına dayanmış açlık grevlerinin haklı nedenleri derhal ortadan kaldırılmalıdır.
- Silahların susması için siyasi bir irade açığa çıkarılmalıdır.
- Demokratik, sivil, eşitlikçi, özgürlükçü ve herkesin benim diyebileceği Anayasa hazırlığı sonuçlandırılmalıdır.
- Özgürlükleri elinden alınmış tüm siyasi tutuklu ve hükümlüler derhal serbest bırakılmalıdır. Aksi takdirde bu süreç oyalayıcı ve "dostlar alışverişte görsün"den öteye gidemeyecek ve tarihsel bir fırsat yitirilmiş olacaktır. İşte bu umutla buradayım.

Darbeleri Soruştura Komisyonu'na Çağrı

18 Ekim 2012 günü, TBMM'den bir mektup aldım. Darbelere karşı oluşturulan Komisyon Başkanı İstanbul Milletvekili Nimet Baş, benim de katılarak, Komisyon'un bilgilendirilmesini istiyordu.

İstanbul'da Ayrımcılık

İkinci kez İstanbul yolu göründü bana. İstanbul'a yeniden dönüş kararı aldık.

İlk gelişimde Moda'da bir ev kiralamıştım. Yine orayı yeğledim. Esnaftan, mahalleliden bir çevre edinmiştim. Emlakçı aracılığıyla bir ev kiralayıp, hazırlıklar için Ankara'ya döndüm. Bir hafta geçmeden emlakçı arayıp, "Kiraladığınız eve Amerika'dan ev sahibinin yakınları gelecekmiş, bu nedenle ev sahibi kiraya vermekten vazgeçti" dedi.

İstanbul'a gelip yine Moda'da başka bir ev kiraladık. Boya badana işine girilmiş, perde ölçüleri alınmış dikilmeye başlanmıştı ki yine bir telefon: Ev sahibi sıkışmış ve evi satmaya karar vermişler. Bu üst üste vazgeçişler anlaşılmakla birlikte yapabilecek bir şey yoktu. Yeniden İstanbul'a gelip ev arayışımızı sürdürdük. Bu kez de Şifa Sokak'ta bir ev bulup, diğerlerinde olduğu gibi kontrat yaparak kaparoyu ödemiştik. Ev sahibi Ankara'yı arayıp kirayı üç ay peşin istediğini söyledi. Çaresiz kabul ettik. Birkaç gün sonra kirayı dolar olarak ödememi, birkaç gün sonra da evin önüne kadar gelen doğalgazı eve benim çektirmemi isteyince, bu sefer de ben vazgeçtim.

Birkaç gün sonra döndüğüm İstanbul'da ev arayışım hâlâ sürüyordu. Bir akşam Menderes Samancılar, Eşber Yağmurdereli, Suavi ve Metin Üstündağ'ın olduğu yemekte olanları anlatıp ev aradığımı söyleyince, Menderes oturduğu sitede evler olduğunu ve ertesi gün gelip bakmamı önerdi. Bir arkadaşla gidip, söz konusu yeri gördük ve oraya yerleşmeye verdik.

Çengelköylü olmuştuk. Yaklaşık 15 yıl önce yapılmış bir sitede, sakinlerinin çoğunun muhafazakâr olmakla birlikte iyi de komşular edinmiştik.

Üst komşumuzun babasının ölümü üzerine gittiğimiz taziye evinde yine aynı blokta oturan birinin bana sözle siyasi taciz ve provokasyonları taziye evini germiş ve biz kalkıp gitmek durumunda kalmıştık.

Bir süre sonra İstanbul'da görüştüğüm arkadaşlarla, "ne yapmalı" arayışımızın çaresi olarak, bugüne değin hiç denenmemiş bir yapılanmayı oluşturmayı kararlaştırdık.

Demokrasi için Diyalog

Daha önce solun ve sosyalistlerin birliği projelerinden istenilen bir sonuca tam ulaşılamamış ve toplumun değişik katmanları arasında gereksinilen bir diyalog kurulamamıştı. Rıza Türmen'in *T24*'deki bir yazısından yola çıkarak, bir grup arkadaşla önce Demokrasi İçin Milletvekilleri Dayanışma Grubu, sonra da Diyalog Grubu'nun oluşturulmasına karar verdik. Sabahat Tuncel, Levent Tüzel, Hasip Kaplan ve Ziya Halis ile ön çalışmaları yaptık. Sabahat Tüncel, Levent Tüzel, Hasip Kaplan ve Ziya Halis ile ön çalışmaları yaptık. Çatışan taraflarla siyasi parti ve gruplar arasında diyalog kurulmasında bir köprü işlevi üstlenecektik.

Rıza Türmen, Altan Öymen, Zülfü Livaneli, Ziya Halis, Binnaz Toprak, Melda Onur, Hasip Kaplan, Levent Tüzel, Ufuk Uras, Ali Haydar Konca, Sezai Temelli, Fatma Kurtulan, Saruhan Oruç, Tarhan Erdem, Süleyman Çelebi, Ayşe Semiha Baban, Servet Demir, Armağan Özel, Gencay Gürsoy, Cengiz Güleç, Tatyos Bebek ve Erol Katırcıoğlu başlangıçta yer alıp sonra 37 kişinin oluşturduğu bir grup kuruldu.

Altı ayda bir değişen dönem sözcülüğü vardı; Sırasıyla Rıza Türmen, Altan Öymen, Zülfü Livaneli, Binnaz Toprak ve Süleyman Çelebi ile sürdürüldü.

Diyalog Grubu'nun Ahmet Türk ile dayanışması.

Diyalog Grubu'nu oluşturan ve yürütme işlerini götüren sekretaryada Binnaz Toprak, Melda Onur, Ziya Halis, Hasip Kaplan, Levent Tüzel ve ben yer alıyordum.

DG, güncel konu ve sorunlara ilişkin basın toplantıları ve açıklamalarla, barış, demokrasi ve adalet konularında önemli platformlar oluşturmuş ve kimi temel konularda kamuoyunun dikkatini çekmişti. DG birçok grup ve girişimle demokrasi mücadelesini genişletebilmek için Demokrasi İçin Birlik inisiyatifini oluşturmuş ve birçok ilde bölgesel toplantılar düzenleyerek, demokrasi için çabaları birleştirmiştir.

DG ve DİP çalışmalarını halen sürdürmektedir.

Yarın ve *Yeni Çizgi* gazetelerinde haftalık köşe yazılarıyla güncel konuları okuyucularımla paylaşmayı da sürdürdüm. Haftada bir gün de Yaşam Radyo'da önce Güler Yıldız'ın konuğu olmuş, sonra da İnsan Hakları adlı bir program yapmıştım.

BÖLÜM DOKUZ

TÜRKİYE'NİN VİCDANI OLANLAR

Vedat Türkali'yle Yolculuk

İstanbul, hemen her şeyin merkezi ve belirleyicisiydi. Siyasetin, sanatın, kültürün ve emek mücadelesinin havuzuydu. Havuza atılan taşın gücüyle az ya da çok halkalar tüm ülkeye yayılıyordu.

İstanbul'a geliş nedenlerimden biri de Vedat Türkali ile olan dostluğumuzun, yoldaşlığımızın gücüydü. Daha sık görüşecek, daha çok paylaşacaktık.

Her görüşmemizin ardından yanımda ses kayıt cihazını bulundurmayışıma hayıflanırdım ama sonraki görüşmelerimizde yine de olmazdı.

Vedat Türkali Cihangir'de oturuyordu. Haftada en az iki kez, bazen de daha sık görüşürdük. Gidiş gelişlerde Cihangir esnafıyla da tanışır olmuştuk. Her gidişimde yol üzerinde La Cave Şarap Mağazası'nda Esat Ayhan'a uğramadan geçmezdim.

Sadece Cihangir'in değil, İstanbul'un nabzı biraz da Esat Ayhan'ın o sevimli işyerinde atardı. Neler olup bitiyor sorusunun cevabını, bazen ayaküstü bazen de bir kahve içiminde öğrenebilirdiniz. Esat Ayhan'ın içtenliği, dostluğu ve entelektüel birikimi orayı bir çekim merkezi yapıyordu. Oradan Vedat Türkali'ye gideceğimi bildiği için de birçok kez Vedat Türkali'ye selam ve iyi dileklerinin yanı sıra bir şişe de kırmızı şarap gönderirdi.

Gerek Vedat Türkali'ye giderken gerekse Cihangir'de Savoy Lokantası'nda oturacağım dostlarımla Esat Ayhan'a uğrar, söyleşirdik.

Vedat Türkali ile dünyanın, ülkenin ve bölgenin durumu üzerine konuşurken, bazen umutsuzluğa kapılmamak elde olmazdı. Ama Vedat Türkali'nin yol göstericiliği bizi hemen o umutsuzluktan uzaklaştırır ve insanlığın kurtuluşuna ilişkin umudumuzu güçlendirirdi. Temel dayanağı, insanlığın kurtuluşunun sosyalizmde olduğuydu. Bu, bizim karamsarlığımızı gidermeye yetmezse, hemen bir anı ya da anekdotla o andaki ruh halimizi gidermeye çalışırdı.

Vedat Türkali'ye kulak verelim: "Aslan karıncaya, 'Nereye gidiyorsun?' demiş. Karınca da, 'Kabe'ye' diye yanıt vermiş. (Siz bunu Küba olarak da düşünebilirsiniz.) Aslan, 'Bu adımlarla ömrün yetmez ki' deyince, 'Olsun, yolunda ölürüm' demiş karınca."

Diyarbakır'da barış arayışı.

Bazen saatlerce, yine güncel konuların getirdiği bıkkınlıkla "Amaaan" deyip konuyu bağlar ve kesintisiz 75 yıl siyasetle ilgili biri olarak tevatür yapıp, "Bana yine siyaset konuşturdun" diye takılırdı.

Vedat Türkali'nin evine yurt içinden ve yurt dışından gelenler eksik olmazdı. Ben de her fırsatta dostlarımla Vedat Türkali'yi tanıştırır ve güncel konular ile "Ne olacak bu memleketin hali?" üzerine konuşurduk.

Sıkça Kürt siyasetçilerle tanışmak ve konuşmak isterdi. Kürt sorunu üzerine yazdığı ve yaptığı konuşmaları derleyip, *Özgürlük İçin Kürt Yazıları* başlıklı bir kitabı yazıp, gelirini de yoksul çocuklara verilmek üzere Diyarbakır İHD Şubesi'ne bırakmıştı.

Bir kez, "Çatı Partisi" projemizi birlikte ziyaret ettiğimiz Aysel Tuğluk ile anlatmıştık ona. O koşullarda pek olabilir görmemiş ve her fırsatta da bizim "Çatı Partisi" kuracağımızı ironik bir dille ziyaretine gelenlere anlatırdı.

Bir kez de Kürt yazarı ve aydını Mehmet Uzun ile Vedat Türkali'nin evine gitmiştik. Mehmet Uzun'a, "Gel seninle ortak bir roman yazalım. Ben Türkiye sol sosyalist tarihini, sen de Kürt siyasi tarihini anlat" demişti. Mehmet Uzun "Olur" demişti. Ama ne yazık ki Mehmet Uzun'u yakalayan o amansız hastalık ve ölümü nedeniyle bu proje gerçekleşemedi. Sonrasında Vedat Türkali, bir Kürt romanı üzerine kendisi yazmaya başlamış ama ne yazık ki onun da ömrü bu romanı bitirmeye yetmemişti. *Bataklıkta Dağ Güneşi* adlı romanın sonuna yaklaştığı ve nasıl sonuçlanacağını anlattığı asistanı Sebahat Altıparmakoğlu tamamlayacaktı.

Mehmet Uzun Trajedisi

Mehmet Uzun, bir süre önce Diyarbakır'a gelmişti. İlk sözü, "Yaşamak için geldim" oldu. Mide kanseriydi. Teşhis konulduktan sonra bir süre İsveç'te tedavi görerek, Amerika'ya götürülmüş ve sonra yine İsveç'e getirilmişti. Bir süre sonra Diyarbakır'a geldi. Diyarbakır halkı, Kürt Dili ustası ve edebiyatçısı Mehmet Uzun'u hak ettiği gibi karşıladı. Yaklaşık bir ay özel bir hastanede özel ilgi gördü. Geldiği günden itibaren Diyarbakır'a gidip, dostum Mehmet Uzun'un elini tutmak istemiştim. Sonunda 30 Temmuz günü Dersim'den yola çıktım. Dersim'de birlikte olduğum Orhan Aklaya ve Ferhat Tunç, Mehmet Uzun'a gidecek olursam haber vermemi istemişlerdi. Ben de her ikisini arayıp 30 Temmuz günü Diyarbakır'da olacağımı bildirmiştim.

Yol boyunca düşünmüştüm... Kürt halkı da bütün ezilen halklar gibi talihsizdi. Ahmed-i Hani, Ciğerhun ve Bedirhan'dan sonra Kürt Dili ve Edebiyatı'nın, Mehmet Uzun'un verdiği ürünlerden sonra en yetkin birimini kendi ülkesinin topraklarında yeniden güneşe duracağı, kendi topraklarına hasta geliyordu.

Hastane önünde Yaşar Kemal, eşi Ayşe Semiha Baban ile Zülfü Livaneli ile karşılaştım. Birlikte hastanenin yedinci katına çıktık. Mehmet Uzun'un yakınları ve Ferhat Tunç ile orada buluşacaktık.

Mehmet Uzun'un odasına sırasıyla önce Yaşar Kemal'ler, sonra da biz girdik. Mehmet Uzun'un eşi Zozan ile kızı Zeliha da odadaydılar. Mehmet Uzun, pencere kenarında dışarıyı kolayca görebilecek şekilde yatırılmıştı. Çünkü birkaç gün önce tam pencere karşısında stantlar kurulmuş ve Denkbeşler, onun için söylemişler o da ışıkları söndürüp yakarak teşekkür etmişti.

Mehmet Uzun'un gözlerinin içi gülüyordu. Yaşamaya gelmişti. Mehmet Uzun ile sık sık yaptığımız bir ironi vardı, işimizin çok olduğuna ilişkin. Yine onu anımsatarak, yarı yolda bırakmanın olmayacağını ve çok işimiz olduğunu belirterek, bir an önce iyileşmesi gerektiğini söyledim.

Mehmet Uzun'u ziyaret ettikten sonra İstanbul'a dönüyorduk. Yüreğim daralmıştı. Yorgunluğumun üzerine Mehmet Uzun üzüntüsünün de ağırlığı çökmüştü. Canım hiçbir şey yapmak istemiyordu. Havaalanında gazete almak istemiştim ama orada satılmıyormuş. Uzun bir yolculuk. Yaklaşık iki saatlik bir uçuş. Koridorun diğer sırasında oturan birinin okuduğu gazete dikkatimi çekmişti. Gazetenin başlığı, "PKK'yi dağdan indirme Planı" idi. Gazeteyi okuyup, yanımdaki koltuğun boşluğuna bırakınca, "Bakabilir miyim?" dedim. Ak saçlı, yaşlıca olan kişi gazeteyi uzatırken, "Akın Bey, şehit olan bir askerin evine hiç gittiniz mi?" dedi. Durdum bir ara, düşündüm. Gitmemiştim. "Hayır gitmedim. Ama gitmeyi ve acılarını paylaşmak isterdim" dedim. "Gidin, gidin de görün o evlere nasıl ateş düşüyor" derken, gergin ve öfkeliydi. "Evet bu çatışma durmalı. Her gün üç beş eve ateş düşüyor. Annelerin ve yakınların acıları sona ermeli" deyince, sesini yükselterek, "Hayır, her eve düşmüyor. Ölen askerlerin evlerine ateş düşüyor, diğerleri ya çıkarları için ya da aldatılmış olarak dağa çıkıyorlar" deyince, "Bakın" dedim. Sesimin perdesini kontrol ederek, "Yapmayın, bu anlayış acıların sona ermesine, ateşin sönmesine yardımcı olmaz". "Niye olmasın, ben Kürdüm. Bu devletin yatılı okullarında okudum, burs aldım. Mühendis oldum, müdürlük yaptım."

"İyi hoş da bütün bunlar sizin böyle konuşmanızı gerektirmiyor ki."

"Siz de uluslararası ilişkiler içindesiniz ve sizin de çıkarınız var" deyince, daha ben yanıt vermeden, ön sırada oturan ve AKP Diyarbakır Milletvekili olduğu söylenen biri arka sıraya dönüp, adama, "Sizin böyle konuşmaya hakkınız yok. Akın Bey'i bütün Türkiye tanır. Siz ayrımcılık yapıyorsunuz" deyince, adam hiç yanıt vermedi. Sustu.

Aksilik bu ya, ertesi gün yine benzer bir durumla Dikili'de karşılaştım. Üç yıldır yazları sahilde selamlaştığımız, adını bilmediğim yaşlıca biriyle karşılaştım. "Akın Bey, dün yine Roj TV'de konuşuyordunuz" dedi. "Munzur Festivali'nde 'Terörle Mücadele Yasası ve Düşünce Özgürlüğü Paneli'ndeki konuşmalarımızı vermiş olacaklar" dedim. Bunun üzerine bana doğru elini sallayarak, "Bırakın Akın Bey, bırakın bu bölücülüğü, ben Kürdüm. Roj TV'ye çıkmıyorum. Çıkarsa da bırakın Kürtler çıksın. Siz niye çıkıyorsunuz? Bakın şu güzelim memlekete niye bölünsün ki?" deyip iki elini arkasında kavuşturarak giderken, benim de demokrasi, barış ve kardeşlik sözcüklerim havada uçuşup gitti. Kıyıda olan biri bu kişinin üç yıl önce bir yazlık edindiğini ve sürekli burada yaşadığını söyledi.

Oysa kaygılanmasına hiç gerek yoktu. Tam tersine bizim çabamız bir arada barış içinde yaşayabileceğimiz bir Türkiye'ydi.

Ya biz kendimizi anlatamıyoruz ya da birileri bizi anlamamakta inatla direniyor. Neyse ki Kürt Halkı bu kişiler gibi düşünmüyor. Düşünmediği de belli değil mi? Yıllardır kimlik mücadelesi veriyor. Kimliksiz olduktan sonra bilmem ne olmuşsun, boğaz kıyısında ya da deniz kıyısında yaşamışsın ne önemi var ki?

Sorun, birinin başkalarını değil kendisini inkâr etmesidir. Çünkü başkaları bir kimliği yok edemez. Ama kendi kimliğini reddeden ya da unutmak isteyen birileri çıkarsa onlara da ne denir ki?

Mehmet Uzun'u ziyaret edişimden bir süre sonra 10 Ekim 2007 günü yitirdik.

Vedat Türkali'ye ziyaretler sürüyordu.

Menderes Samancılar ile Vedat Türkali'yi ziyareti.

Bir kez de Diyalog Grubu toplantısı sonrası Rıza Türmen, Binnaz Toprak ve Hasip Kaplan ile ziyaret etmiş ve çalışmalara ilişkin bilgi vermiştik.

Vedat Türkali, 13 Mayıs 1919'da Samsun'da doğmuştu. 13 Mayıs 2004 yılında 85. yaş günü kutlanacaktı. Bir grup arkadaşla görüşerek, bugünü kitlesel olarak kutlamayı önerdim. Onlar da kabul ettiler. "Vedat Türkali Yılı Etkinlikleri Düzenleme Komitesi" oluşturduk. Bu önerimizi Vedat Türkali'ye açtık. Biraz tereddüt etse de sonunda ikna ettik.

Bu kitlesel kutlama, salt ünlü bir sinema, tiyatro, şiir ve roman yazarı, halkların dostu Vedat Türkali'ye karşı bir vefa borcunun yerine getirilmesi olmayacak; kendisi de yaşarken okuyucuları, dostları ve yoldaşlarıyla buluşmanın mutluluğunu yaşayacaktı. Bir de yaşayan diğer yazarlarımızın bu yoldaki yürüyüşleri cesaretlendirilmiş olunacaktı.

1 Mayıs'tan 1 Mayıs'a Vedat Türkali Yılı

Nihayet, "1 Mayıs'tan 1 Mayıs'a Vedat Türkali Yılı" olarak organizasyon yapılmasına karar verildi. Düzenleme kurulu olarak bir basın açıklamasıyla bunu kamuoyuna duyurduk. Açıklamada şöyleydi:

Neden Vedat Türkali?

Vedat Türkali, yaşamı boyunca hiç şaşmadan emekçilerden ve ezilenlerden yana olmuş bir politik kişiliktir. O nedenle de tutuklu ve hapislik yıllarında hiçbir zaman beratını talep etmeyen ve kendisini özgürlüğünden yoksun bırakanları sorgulayan bir komünist mahkûmdur.

O bir öğretmendir.

O bir edebiyat ve sanat insanıdır.

Senaryo yazarı, tiyatrocu ve sinemacıdır.

O bir yazar, o bir devrimci aydındır.

O 85 yaşına sığdırdıklarında ülkesinin ve çağının tanıklığını yapmıştır.

Kültür sanat kurumlarının, insan hakları savunucularının, demokratik kitle örgütlerinin desteğiyle, '1 Mayıs'tan 1 Mayıs'a Vedat Türkali Yılı'nı ona armağan ediyoruz.

Bu yılın Vedat Türkali'ye armağanı sadece ona bu ülke yurttaşlarının bir şükran duygusunu değil, aynı zamanda ona karşı bir görevi de yerine getirmenin gereğidir.

13 Mayıs günü Yeni Melek Gösteri Merkezi'nde binlerce seveni ve dostuyla görkemli bir gece gerçekleştirdik. Vedat Türkali, gecede yaptığı konuşmada düzenleme kurulunda yer alan hepimizin adlarını tek tek sayarak şöyle konuştu:

Arkadaşlara huzurunuzda yürekten sağ olsunlar diyorum. Aslında bu işin asıl mimarı, dostluğuyla onur duyduğum, oğlum diye sevdiğim çok yakınımda duyumsadığım Akın Birdal'dır. Akın, epey zamandır bana gelip gidiyordu. Böyle bir gün, gece, yıl önerisiyle hazırlık için benden izin istiyordu. Doğrusu ben pek yanaşamıyordum bu işe. Çünkü sav büyüktü. Sonuç beni gerçekten şaşırttı. Demek ki ben ülkemi çok iyi tanımıyormuşum ya da karanlık baskı ortamında ülkemizin çok önemli bir yanını gözden kaçırmışım.

Şimdi bu yılı Vedat Türkali Yılı olarak ilan ediyorlar. Sağ olsunlar! Şunu açıklamak istiyorum: Benim için bu yıl Merih Pirhasan-Vedat Türkali Yılıdır. Sağ olun! Var olun! Sevgiyle, saygıyla yüreğimin en sıcak yeriyle, borçlulukla kucaklıyorum sizleri...

Yıl içindeki etkinlikler arasında *Vedat Türkali'ye Armağan Kitabı*'nın hazırlanması da vardı. Vedat Türkali'nin her alandaki dostlarının, yoldaşlarının Vedat Türkali için yazdıklarından oluşacaktı. Bu zor işi de Düzenleme Komitesi Kurulu üyesi ve aynı zamanda Vedat Türkali'nin iki yıldır asistanlığını yapan Sebahat Altıparmakoğlu üstlenmiş ve çok iyi kotarmıştı. Bu kitaba verdiğim yazıyı da sizlerle paylaşmak isterim:

Halkların Dostu Vedat Türkali

Bahar geldi. Şimdi parklarda, bahçelerde çiçeklerin, fidanların, ağaçların adlarını bilerek gezmenin keyfi bir başkadır. Kimi insanlar vardır; onlarla tanışık olmak, konuşmak, hayatın ya da insanlığın bahçesinde gezinmek gibidir; tarih, sanat, kültür ve siyasetten ne çok şey öğrenirsiniz onlarla birlikteyken... Bir bakıma o insanlar hangi yaşta olursa olsun bahar delikanlısı gibidir. Dirilişin, umudun, güven ve dostluğun simgesidirler. Her zaman genç, çağdaş, devrimci ve dinamiktirler. Yolculuğuna çıktıkları mavi suların en derinliğine kürek sallamışlardır. Onları tanıma, dostu olma şansını edinmişseniz, bu denilenleri daha iyi duyumsarsınız.

Kimi insanlar birbirini görmemiş, tanımamış bile olsalar, onlar aynı aileden, insanlık ailesinden olduklarını bilirler. Çünkü onlar, dünyanın neresinde olurlarsa olsunlar, ezilenlerin ve emekçilerin dostudurlar. Onların vicdanıdırlar. Ulusal ve uluslararası dayanışmacıdırlar. Enternasyonalisttirler. Bunu inatla güderken kimsenin diline, kimliğine, kültürüne, ülkesine bakmaksızın gözettikleri tek şey, ezilen emekçi insan olmasıdır. Halk olmasıdır.

Gün gelir onların dili olurlar. Gün gelir onların gözü kulağı olurlar. Gün gelir onların arasında, onların yanı başında olurlar. Çünkü onlar gerçek insandır, gerçek aydındır. Ve de her zaman gerçeğin arayıcısı, insanın savunucusudurlar.

Onların adı bazen Jean Paul Sartre, Voltaire, bazen Gabriel Garcia Marquez, Pablo Neruda, bazen Viktor Jara... Onların adı bazen Bertolt Brecht... Onların adı bazen Clara Zetkin, bazen Rosa Lüksemburg... Onların adı bazen Virginia Woolf, Aleksandra Colantai... Bazen Simone de Beauvoir... Onların adı bazen Nazım Hikmet, Yılmaz Güney. Onların adı bazen Yaşar Kemal, Cigerxun... Onların adı bazen Deniz Gezmiş, Mahir Çayan... Bazen de Aziz Nesin ve Vedat Türkali'dir. Onlar bazen Kızılderili, Kolombiyalı, Nikaraguali... Onlar bazen Ruandalı, bazen Ermeni, Yezidi... Bazen Rum, Türk, bazen Kürt... Onlar birer dünya vatandaşıdır.

Vedat Türkali ile ilk kez 7 Şubat 1978 günü tanıştık. Barış Derneği'nce Atina'da düzenlenen Dünya Barış Konferansı heyetinin içinde yer almıştık. Sonra uzun yıllar görüşemedik. Yeniden karşılaşmamız Brüksel'de yine bir barış konferansında olmuştu. Sonra Vedat Türkali için bir anlamda sürgün yılları başlamıştı; 10 yıl Londra'da kaldı. İki ciltlik *Güven* romanını orada yazmıştı. Türkiye'ye hemen her gelişinde görüşmüştük. Dostluğumuzun oluşmasında en önemli etken ayrımcılığa karşı eşitlik ve adaletin savunulmasında olmuştur. Kürt sorununun demokratik ve barışçıl çözümüne ilişkin çaba gösteren, kafa yoran, yazı yazan aydınların başında gelmiştir. Kürt sorununun çözümüne ilişkin yazıları *Özgürlük için Kürt Yazıları* adlı kitapta toplanmıştır. Kitabın telif hakları Diyarbakırlı çocuklara verilmek üzere İHD Diyarbakır Şubesi'ne bırakılmıştır.

Vedat Türkali ile Diyarbakır'da.

Vedat Türkali ile gün geldi Diyarbakır'da Newroz'da, gün geldi 1 Mayıs'ta Küba'da ya da Abide-i Hürriyet Meydanı'nda birlikte yürüdük. Türkiye'nin demokratikleşmesi, özgürleşmesi ve barışı yolunda da çok kere toplantılara katıldık. Ancak Sosyalist Demokrasi Partisi'nin bir dayanışma yemeğinde Sevim ve Mihri Belli ile söyledikleri Elas Marşı unutulmayacaktır.

Geçtiğimiz günlerde, yazmakta olduğu son romanı üzerine konuşurken, roman kahramanlarından erkeğin seksen, kadının da yirmi yaşlarında olduğundan söz edip, "Yani sizin beş yıl önceniz" deyince güldü ve "Evet" dedi, "her romanımın kahramanının benim olup olmadığımı sormuşlardır. Oysa bir söz vardır: Yazar Tanrı gibidir, her yerdedir ama görünmez."

Geçen yıl İstanbul'a taşındıktan sonra Vedat Türkali ile daha sık görüşür olduk. Her görüşmemizin ardından ses kayıt cihazı bulunduramadığıma, konuşmalarımızı kayıt edemediğime üzülmüşümdür.

Vedat Türkali için kıstas, "Hiç kimseyi söylemiyle anlayamazsınız. Onun ekonomik, sosyal, kültürel ve siyasal yaşamda ne yaptığına bakacaksınız", bir de "Randevunuza ve sözünüze bağlı olacaksınız" sözleridir.

Kimi zaman dünyanın, ülkenin ve bölgenin durumundan söz ederken umutsuzluğa kapılmamak elde değil. İşte o an yine Vedat Türkali'nin yol göstericiliğine başvurursunuz. İnsanlığın kurtuluşu sosyalizmdedir. Ama şimdi tam tersi bir kuşatma altına girilmiştir. O zaman yine Vedat Türkali'ye kulak verelim:

"Aslan karıncaya, 'Nereye gidiyorsun?' demiş. Karınca da, 'Kabe'ye' diye yanıt vermiş (siz bunu Küba olarak da düşünebilirsiniz). Aslan, 'Bu adımlarla ömrün yetmez ki' deyince, karınca, 'Olsun, yolunda ölürüm' demiş."

Kim bilir, gideceğimiz yer çok uzaksa, bulunduğumuz yeri gitmek istediğimiz yere dönüştürmek daha kolay değil mi?

Şimdi daha önce pek örneği olmayan bir şey yapılıyor. Ülkemizin yüz akı olan insanımızı yitirdikten sonra ardından yapılacaklar, şimdi yitirmeden onun hak ettiği bir onuru, yine o aramızdayken onunla paylaşacaklar.

İşte, bir grup Vedat Türkali dostu, yaklaşık dört ay önce böyle bir görev için yola çıktı. "1 Mayıs'tan 1 Mayıs'a Vedat Türkali 85. Yaşında" başlığı ile, "İşçi Sınıfının Birlik, Mücadele ve Dayanışma Günü" olan 1 Mayıs'ta başlayıp, yıl sonuna değin Vedat Türkali adına etkinlikler düzenleyecekler. Bu, yalnızca Vedat Türkali'ye karşı bir görevi yerine getirmekle kalmayacak, belki başkalarını da Vedat Türkali'nin ya da emeğin ve gerçeğin yolundan yürümeleri için cesaretlendirecektir.

Çok yaşa Vedat Abi...

Çok yaşa ki sonbaharın, kışın gözlerini de öğrenelim sizden.

Çünkü sayınız o kadar az ki....

Ah Vedat Abi, bir de tavlada beni yenebilseydin...

Vedat Türkali'nin gelecek kuşaklara taşınmasının önemli bir aracı da onun adına hazırlanacak belgeseller olacaktı. Bu alanda yetkin belgeselci Nebil Özgentürk, *Vedat Türkali Belgeseli* için iki kez niyetlenmişse de olmadı.

Bu işi dostum gazeteci-yazar Nazım Alpman ile yapmayı planladık. Onun da hazırladığı birçok iyi belgesel İZ TV'de izleyicilerle buluşmuştu. Eksik olmasın; *İnsan Hakları Abidesi* başlığında 2015 yılında benim de bir belgeselimi yapmıştı. Vedat Türkali ile tanıştıktan sonra uzun bir çalışma sonrası *Vedat Türkali Belgeseli*'ni hazırlamıştı.

Aslında Vedat Türkali ile onlarca hazırlanmış görsel, biyografiler ve röportajlar var. Röportajlar ve sonra da evinde her yıl 35-40 dostunun katıldığı yaş günü kutlamaları da var. Umarım bir gün hepsi bir araya getirilebilir.

"Vedat Türkali Yılı"nı kalıcı kılabilmek ve kurumlaştırabilmek için Vedat Türkali Vakfı kurma girişimlerimiz sonuçsuz kalmıştı.

2004 yılından sonra her 13 Mayıs'ta Vedat Türkali'nin evinde toplanan bir grup dostunun katıldığı yaş günü kutlamaları yapıldı. 13 Mayıs 2014 yılı kutlaması sırasında Soma'daki 301 işçinin katliam haberi gelmişti. O nedenle 2015 ve 2016 yılındaki kutlamaları ya 12 Mayıs'ta ya da 14 Mayıs'ta yapmıştık. Vedat Türkali'nin 12 Mayıs 2016 yılında 97. yılını kutlarken, benim de 18. yaşım kutlanıyordu. 1998'de saldırı sonucu ölümün kıyısından geri dönmüş olmam nedeniyle kimi dostlarım her 12 Mayıs'ta beni ironik şekilde arayarak, yaş günümü kutluyorlardı.

Vedat Türkali, özgürlüğünden yoksun bırakılmış muhalif aydınları cezaevinde sık sık ziyaret ediyordu. Bilim insanı kürsüsünden ve okulundan yoksun bırakılıp cezaevine tıkılan Fikret Başkaya'yı, derneğimizin kurucusu yazar Haluk Gerger'i Haymana Cezaevi'nde birlikte ziyaret etmiştik.

28 ve 103 ve 134 ve 135

İstanbul Öksüz Kaldı

Vedat Türkali, bir İstanbul aşığıydı. Romanlarının çoğunda o büyük tutkusu ve sevgisini İstanbul'da gezdirmiştir.

Kendisi her nedenle şair olmadığını söylese de, "İstanbul" şiiri belleklerdeki yerini korumakta ve unutulmamaktadır.

Salkım salkım tan yelleri estiğinde,

Mavi patiskaları yırtan gemilerinle,

Uzaktan seni düşünürüm İstanbul.

Bin bir direkli Haliç'inde akşam,

Adalarında bahar,

Süleymaniye'nde güneş;

Ey sen ne güzelsin kavgamızın şehri.

Boşuna çekilmedi bunca acılar...
Bekle bizi;
Büyük ve sakin Süleymaniye'nle bekle;
Parklarınla, köprülerinle, kulelerinle, meydanlarınla.

(...)

Haramilerin saltanatı yıkılsın,
Bekle o güzel günler gelsin,
İstanbul bekle,
Sen bize layıksın...

Yurtdışından gelen yoldaşlarının hepsiyle tanışmıştım. Samsun'da çok gençken tanıştıkları partili yoldaşları, Dr. Haig Açıkgöz'ün eşi ve yoldaşı Anjel Açıkgöz ile *Su Başında Durmuşuz*'un yazarı, yoldaşları Gün Benderli ve eşi bunlardan bazılarıydı.

Vedat Türkali, sevgili eşi Merih Pirhasan'a aşıktı. Merih Pirhasan, partili bir yoldaşı, arkadaşı, sevgilisi ve her şeyiydi. Merih Pirhasan çok güzel, zarif bir insandı. Vedat Türkali ile kimi zaman kimi konulardaki tartışma ve kırgınlıklarımızı onun aracılığıyla giderirdik. Yoksa Vedat Türkali iyi bir insan, dost, yoldaş ama bazen de zor bir insandı. En yakınında olan çocukları Deniz Türkali, Barış Pirhasan ve dostları olarak Gülten Kaya ve beni üzdüğü günler de olmuştu ama onu her zaman çok sevdik!

Merih Pirhasan ve Vedat Türkali ile bazen üçümüz bazen de yurtdışından gelen konuk yoldaşlarıyla Sarıyer'deki Balıkçı Kaptan'ın Yeri'ne, Polonozköy ve Ağva'ya giderdik.

Son yıllardaki ziyaretçileri sıkça Yalçın Yusufoğlu, Gülten Kaya ve Doktor Taner Gören'di.

Ziyaretlerde her şey konuşulsun ama ölüm üzerine konuşulsun istemezdi. Kimi yitirmişiz, kimin cenaze törenine gitmişiz açınca, hemen kapatırdı.

Birçok barış ve demokratikleşme girişiminin fikir babasıydı. Yine savaşın kızıştığı günlerde farklı kimlik, kültür ve inançların bir arada barış içinde yaşamalarına dikkat çekmek için Pera Palas'ta "Barış İstiyoruz" oturma eyleminin başını çekmişti.

Bazen öğle yemeklerine tanıdık, dost aydınları konuk ederdi. Onlarla hem geçmişi hem bugünü hem de geleceği konuşmaktan büyük haz alırdı. Aralarında anımsadıklarım Hıfzı Topuz, Altan Öymen, Sevim-Mihri Belli, Taner Gören, Yalçın Yusufoğlu... Öğle yemeklerinin menüsünü kendisi çıkarır; evdeki eli ayağı olan yardımcısı Nermin Çiçek de yapardı. Özellikle hamsili pilav ve hamsili lahmacun menüdeki vazgeçilmez yerini alırdı.

Birçok yurt içi ve yurt dışı toplantısına birlikte gitmiştik. Kürtlerin yurt dışına çağırdığı toplantı ve söyleşilerde onlardan herhangi bir gideri karşılamalarını kabul etmezdi. Çoğu zaman geçim sıkıntısı çektiği olmuştu. Kimi aylar kira ve evde çalışanların giderlerini ödemekte zorluk çekerdi.

Bazen de sinema-tiyatro çevrelerini görmek ve onlarla konuşmak için Arif Keskiner'in Çiçek Bar'ına giderdik. Arif Keskiner, Tarık Akan, Halil Ergün ve Rutkay Aziz ile sinema üzerine söyleşirdi. Birkaç kez de Çiçek Pasaj'da daha önce gittiği yerlere oturmuştuk.

İstanbul'da gittiğimiz her yerin tarihini anlatırdı. Eminönü'ndeki Hamdi Restoran ile Kuruçeşme'deki Taş Fırın'ın ünlü kurabiyesi ile Karaköy'deki Güllüoğlu Baklavaları ve Nişantaşı'ndaki Hünkâr Lokantası vazgeçilmez tercihlerindendi.

Çoğu kez 1 Mayıs, 1 Eylül ve toplantılara birlikte gitmişizdir. Diyarbakır'da katıldığımız Newroz'da halay çekenlere eşlik etmişti.

DEP Milletvekillerinin yeniden yargılanma kararı üzerine tahliye olacakları umuduyla Vedat Türkali ve Mihri Belli ile Ankara'ya gitmiştik. Tahliye çıkmamış ve geri dönmüştük. Dönüşte Mustafa

Kâhya da bize katılmıştı. Arabayı ben kullanıyordum. Gece araba kullanmakta güçlük çekiyordum, bir de günün yorgunluğu eklenince uyuklamışım. Vedat Türkali önde oturuyor ve uyumamış olması nedeniyle büyük bir kazayı az hasarla kurtarmıştık. Yoksa dördümüzün de muhtemel bir kazada yaşamımızı yitirmemizin trafik kazasına bağlanması çok inandırıcı ve ikna edici olmazdı kanımca.

Bir gün Dikili'de yüzerken, "Denizde ölmeyi isterim. Balıklar beni yem yapsınlar isterim" demişti.

Son romanın adını, *Bitti Bitti Bitmedi* koymuş ve Dr. Haig Açıkgöz'e armağan etmişti.

Evet...

Vedat Ağabey, Bitmedi, Bitmeyecek. Buradayız. Biz de varız. Var olacağız ve seni unutmayacağız...

Bu Dünyadan Bir Vedat Türkali Geçti

İzmir'deydim. 29 Ağustos 2016 günü gün ağarırken, Vedat Türkali'nin asistanı Sebahat Altıparmakoğlu aradı. O saatte gelen bir telefon acı haberden başka ne verebilirdi ki. "Vedat Amca öldü" dedi. Koltuğa oturdum. Sessizce gözyaşlarım süzülmüştü.

Birkaç gün önce Sebahat ve eşi aynı zamanda Vedat Türkali'nin son günlerinde sadece doktoru değil eli-ayağı olan Özgür, Vedat Türkali'yi çalıştığı Yalova Hastanesi'ne götürmüşler. İyi değilmiş. Ve orada yaşamını yitirmiş. O gün İstanbul'a gittim. Vedat Türkali'yi İstanbul'a getirmişler. İki gün önce kapatılan ev yeniden açılmış; Vedat Türkali'siz onun taziyesine gelen dostları ve yakınlarıyla dolmuştu.

Cenazenin bir gün sonra mı ya da iki gün sonra 1 Eylül Dünya Barış Günü'nde mi kaldırılacağı konusunda kararsız kalınmıştı. Sonra siyasi partiler ve demokratik kuruluşlarla 1 Eylül gününde kaldırmayı kararlaştırdık.

1 Eylül günü Teşvikiye Camii'nden Zincirlikuyu Mezarlığı'na götürdük. Binlerce insan Teşvikiye'den Zincirlikuyu'ya sloganlar ve marşlar eşliğinde yürüyerek, bir ünlü yazara, ünlü bir komüniste ve halkların dostu Vedat Türkali'ye karşı son görevlerini yerine getirdiler.

İki yıl önce uğurladığımız sevgili eşi Merih Abla'nın yanı başına defnettik.

Mezarı başında yaşamını, siyasi kişiliğini, yazarlığını ve yoldaşlığını ifade ettiğim konuşmamdan sonra, yoldaşı-dostu Sevim Belli ve HDP Eş Genel Başkanı Selahattin Demirtaş'ın yaptığı konuşmalarla onu sonsuzluğa uğurladık.

İstanbul yine Vedat Türkali'yi bekleyecek. O çok sevdiği İstanbul, haramilerin saltanatının son bulması için onu unutmayacak ve bekleyecek.

Vedat Türkali'yi uğurlama gecesi.

Şişli Belediyesi Nazım Hikmet Kültür Merkezi'nde Ayrıntı Yayınevi ile oluşturduğumuz Düzenleme Komitesi ile 14 Ekim 2016 günü "Vedat Türkali'yi Uğurlama Gecesi" düzenledik. Ailesi, sanatçı dostları, yoldaşları olarak onu unutulmazlığa ve sonsuzluğa uğurladık.

Şişli Belediye Başkanı Hayri İnönü'nün de katıldığı gecede Boğaziçi Caz Korosu, Şef Masis Aran Gözbek ve Yardımcı Şef Deniz Cem Demir'in yönetiminde muhteşem korosuyla unutulmaz bir konser verdi.

O gece barış ve insan hakları savunucusu, TİHV kurucu üyesi ve Diyarbakır Barosu Başkanı Tahir Elçi'nin sevgili yoldaşı Türkan Elçi, Oyuncular Sendikası Başkanı sanatçı Meltem Cumbul, Deniz Türkali ve Burhan Sönmez ile sana dair anılarımızı ve duygularımızı anlattık.

Seni unutmayacağız...

Tahir Elçi'ye saygıyla.

Bir Yüzyılın Tanığı: Mihri Belli

Mihri Belli, Vedat Türkali'den dört yaş büyüktü. Vedat Türkali'ye 85. yaş günü kutlaması yapılınca takılmış; "Bizimkini ne zaman kutlayacaksınız" demişti. Biz de, "Bu kutlamalar belli dönemlerde olur. Sizin de 90. yaş gününüzü kutlarız" demiştik. Doksanıncı yaşını dost ve yoldaşlarla kutlamıştık. Gecede, "Barış ve Sosyalizm Yolunda 90. Yıl" başlıklı bir konuşma yapmış ve o konuşmayı daha sonra yayınlamıştım.

Almanya'da, Eren Keskin ve Mihri Belli ile.

Özetle şöyleydi konuşmam:

Türkiye solunun tarih sahnesine çıkmasından bir süre sonra içinde yer alıp da günümüze ulaşan duayenlerden biri olan Mihri Belli'nin yaş gününün bence birçok anlamı var. Birkaçını burada sıralayalım. Birincisi, Türkiye komünist hareketinin kesintisiz militanı oluşudur. İkincisi, suikast ve çatışmalarda yaralanmasına karşın yaşamakta ayak direyişidir. Üçüncüsü, 100 yıla yakın tarihe doğru ve gerçekçi tanıklık yapmasıdır. Dördüncüsü, gençliğe devrim için yaşa-

mak gerektiğini göstermesidir. Beşincisi ve en önemlisi, yurtseverlikle enternasyonalizmi en gerçekçi biçimde yerine getirmiş olmasıdır.

İşte bu nedenlerden ötürü Mihri Belli'nin dostları ve yoldaşları üç yıl Vedat Türkali örneğinde olduğu gibi bu yıl da onun 90. yaş gününü kutlamayı kararlaştırdılar.

Mihri Belli'nin kesintisiz mücadele tarihinde eşi, arkadaşı, yoldaşı ve koruyucusu Sevim Belli'nin yeri ve vazgeçilmezliği görmezden gelinemez.

Sevim Belli ve Mihri Belli ile tam 20 yıl, gerek barış ve insan hakları mücadelesinde, gerekse solun, sosyalistlerin birliği yolunda birlikte yürümekten onur duymuşumdur.

Edebiyattan Hak Mücadelesine Uzanan Yaşar Kemal

2015 yılının ikinci haftasında Vaniköy'de oturan edebiyatımızın büyük ustası, barış ve insan hakları savunucusu Yaşar Kemal, solunum yetmezliği sonucu İ.Ü Çapa Tıp Fakültesi Hastanesi'ne kaldırıldı. Hastalığından bir ay önce birkaç kez evinde ziyarete gitmiştim. Yoğun bakımda olmasına karşın hastane başhekiminin oluruyla odaya girebilmiş ve kendisini görebilmiştim.

Derneğimizin kuruluş yıllarından sonra sıkça bir araya gelmiştik.

1990 sonrası derneğimizin siyasal-yargısal kuşatmaları daraltıldıkça, Yaşar Kemal her zaman yanımızdaydı. Aldığı bir ödülün maddi karşılığını derneğimize bağışlamıştı. 6 Ekim 1993 günü İHD İstanbul Şubesi hakkında açılan *fesih* davasına FIDH ve Uluslararası Af Örgütü Genel Sekreteri, DİSK Genel Başkanı Kemal Nebioğlu ve TTB adına Mustafa Sülkü ile duruşmayı izlemiş ve bununla da kalmayıp, o gün İHD'ye üye olarak bizlere güç ve onur katmıştı.

Üye olurken, "Güneydoğu'sunda hükümetin kabul etmemesine karşın bir savaşın yaşandığı, dört bin faili meçhul cinayetin yaşandığı bir ülkede, İnsan Hakları Derneği'ne üye olmak benim için bir mecburiyetti" dedi. Şube Başkanı Av. Ercan Kanar da davalı olarak verdiği ifadede, "Davanın Türkiye'de özgür düşünceye yönelik açıldığını ve bunun özgür düşünceye saldırı olduğunu" söylemişti.

Düşünce Özgürlüğü Yürüyüşü'nde Ankara'da karşılanış.

Yaşar Kemal, o günlerde Yeşilköy Basın Sitesi'nde oturduğundan, buluşmalarımızı Taksim'e indiğinde yapardık. Çoğu kez Taksim Divan Pastanesi'nde görüşürdük. Eşi Tilda Hanım'dan uzakta sigarasını içmek için de fırsat olurdu. Osman Kavala ile birlikte barış projeleri için Yaşar Kemal ile zaman zaman bir araya geldik. Bir kez de Diyarbakır Belediye Başkanı Osman Baydemir ile ziyaretine gitmiş, Diyarbakır Festivali'nin açılışını yapmasını istemiştik. Ama işlerinin yoğunluğu nedeniyle katılamamıştı.

Aziz Nesin ve Yaşar Kemal İHD'nin "Düşünceye Özgürlük Yürüyüşü"ne katılarak destek vermişlerdi. Yürüyüş uzun bir aradan sonra iki eski dost ve arkadaşın buluşmasına da vesile olmuştu.

Savaşın tırmandığı 1993 yılının başında TİHV Başkanı Yavuz Önen ile birlikte bir Barış Projesi oluşturmuş ve bunu öngördüğümüz kişilerle paylaşmıştık. Bunlardan biri de Yaşar Kemal'di. Aziz Nesin, Yaşar Kemal, Vedat Türkali, Orhan Pamuk ve Adalet Ağaoğlu ile birlikte Bekaa'ya gidip, PKK lideri Abdullah Öcalan ile görüşecektik. Görüşmeden çıkacak mesajı da başta Cumhurbaşkanı olmak üzere TBMM Başkanı, Başbakan ile TBMM'de grubu bulunan siyasi parti liderlerine iletecektik.

Gidiş için sıradaki ilk üçüyle yaptığımız görüşmeler olumlu geçmişti. Ancak Aziz Nesin, İHD ve TİHV çağrısıyla önce *fundamantalizm*e ilişkin bir kurultay düzenlemek gerektiğini ve ardından da bu gidişi gerçekleştirilebileceğini söyledi. Ne var ki o yıl gerçekleşen Madımak katliamı nedeniyle her iki proje de gerçekleştirilemedi.

Yaşar Kemal'in ağız dolusu gülüşü ve görkemli duruşu bile umutlu olmaya yeterdi.

28 Şubat günü Yaşar Kemal'i yitirdik. Aynı gün Dolmabahçe'de iktidar ile HDP arasında barış ve gelecek için bir mutabakata varılıyordu. Ne yazık ki sonradan bu süreç de kesintiye uğradı. 28 Şubat günü *postmodern darbe*'nin de yıl dönümüydü.

Yaşar Kemal, geride unutulmaz bir yaşam bırakmıştı. Darbelere ve savaşa karşı bir barış masasının da kurulmuş olması, o günün unutulmazlığının yanı sıra tarih sayfalarına da önemli bir not düşmüştü. Çünkü Yaşar Kemal barışın savunucusuydu ve Kürt sorununun çözümünde sonuna dek ısrarlı ve inatçı olmuştu. Barış ve Demokrasi Kurultayı'nda yaptığı konuşmalar, bu özlemin güçlü belgeleri olarak kalmıştır.

Barış ve insan hakları yürüyüşümüzde bizi yalnız bırakmayan, bazen katılamasa da bizimle olduğu duygusuyla hepimizi cesaretlendiren Yaşar Kemal'i unutmayacağız. Hepimizin yüreği *İnce Memed*'in cesaretiyle beslenmiş, Çukurova'da başını eğmeyen ve enseyi karartmayan emekçilerin, ezilenlerin dostu olarak anımsanacaktır.

Şimdi de Yaşar Kemal'in sevgili eşi Ayşe Semiha Baban ile ortak platformlarda yer alıyor ve Yaşar Kemal'in özlemlerine su taşıyoruz.

"Bir ülke için gerçek bir demokrasi ile yönetilmek ne kadar büyük bir onursa, insan haklarını çiğneyerek züllümle, aşağılanarak yönetilmek de o denli onursuzluktur" diyen usta yazar Yaşar Kemalin sözü belleğimizdedir...

BÖLÜM ON

UMUT

Sarı Zarf Bir Umuttur!

2005 yılında kitaplarımın ikisini yeni baskıları için Kuraldışı Yayınevi'ne gidip geliyordum. İlk orada gördüğüm Gülşen Ülker ile ikinci kez bir yayınevinin kuruluş toplantısında karşılaşmış ve o günden sonra birlikteliğimiz 11 Ekim 2015'te yitirdiğim güne değin sürmüştü.

Gülşen'e...

Hayalimizin sonsuzluğundan...

Sevgili Karıcım, tam 10 yıl bana yar oldun, dost oldun, yoldaş oldun. Bunların ne demek olduğunu pek çok iyi bilirdin. Çünkü Siyasal'da okurken devrimci bir hareketin içinde yer almış, gözaltında kalmış, işkencelere uğramıştın.

Öğrenciliğinde devrimci akımlara ve rüzgârlara kapılıp da okul bittikten sonra, hele de iş ve eş edindikten sonra geçmişi unutan çok insan varken, sen son nefesine değin feminist-sosyalist kimliğini korumuştun. İş yerindeki LGBTİ'lilerle kardeşçe ve dostça ilişkilerin vardı.

Kitabımın editörlüğünü yapıyordun; sonra da 10 yıl bütün yazılarımın, çalışmalarımın editörü oldun. Sosyal medyada bile bir şeyler paylaşırken sana danışırdım. Çünkü aklına, vicdanına ve sezgilerine hep güvenmişimdir.

Ne dayanışmacı ve paylaşımcı bir kişiliğin vardı. Merhametinin gücü her ihtiyacı olana uzanırdı. Babanın Siverekli sağlıkçı bir astsubay oluşu ve ana diliyle konuşamamasının acısını, Erivan Radyosu'nda Şivan'ı ve Ayşe Şan'ı dinlerken hep ağladığını anlatırdın.

Kürtçe bilmemekle birlikte kimliğine sıkı sıkıya bağlıydın. Siyasal Bilgiler Fakültesi'ni bitirmiş ve de mastır yapmışken, hiçbir kamu kuruluşunun kapısı sana açılmamıştı. Öğrenciyken de okul bittikten sonra da geçimini sağlamak ve yedi yaşından beri sahnede oyuncu olmak isteyen senin dünyan, senin yaşama sevincin ve umut kaynağın biricik kızın Güneş için hiçbir özveriden kaçmadın. Uzun bir süre genel müdür ve editör olduğun yayınevinden gün geldi maaş alamadınız, gün geldi ücret artışlarınız olmadı; ama işini seviyordun ve yaptığın işe bağlılık ve saygı duyuyordun. Bu nedenle çoğu zaman bana katılamıyor, bana eşlik edemiyordun. Buna karşın 2007 seçimlerinde Diyarbakır'da, 2011 seçimlerinde de Gaziantep'te benimle birlikteydin. Birlikteydin ama kadınların ve gençlerin arasında benden ayrı çalışma yürütüyordun.

Diyarbakır seçimlerinde milletvekili olmuştum. Hiçbir iktidar ve ikbal hırsın olmadı. O sadeliğin, o engin gönlün hep seninle oldu.

Ne çok sevecendin. Seninle tanışmış, seninle dostluk etmiş olanların seni unutması olası değildi. Hiçbir şeyi hırs edinmezdin.

Çalıştığın yayınevinde bir arkadaşının işine son verilmesi üzerine, işverenlerinizi aynı zamanda yoldaşlarınızı ikna edememiş, "Ya hep beraber ya hiçbirimiz" diyerek, sen de işten ayrılmıştın. Sonra diğer iki arkadaşın da seninle ayrılmışken, sizin dayanışma gösterdiğiniz kişi işe geri alınmış ama siz işsiz kalmıştınız. Bunu kendine yedirememiştin, haklı olarak. Çünkü o yayınevinin var oluşundaki emeğiniz, katkınız ve özveriniz bir kalemde silinmişti.

O iki arkadaşla yeniden bir şey yapmaya çalışsanız da olmamıştı. O işin kuruluş süreci ve sonrası beslenme düzenin bozulmuş ve şeker hastası olmuştun. İlaçlarını bile zamanında kullanmayı atladığın oluyordu.

En güzel yanlarından biri de komik oluşundu. O sana ayrı bir güzellik katıyordu. Beni hep tamamladın.

Nazım Hikmet'in "Tahir ile Zühre" şiirini ne güzel duygulu okurdun. Bir gün içeri girersen, hücrede ya da koğuşta yoldaşlarınla paylaşabilmek için ezberlemiştin. Şimdi o sevdayı sana gönderiyorum...

Tahir ile Zühre

Tahir olmak da ayıp değil,

Zühre olmak da;

Hatta sevda yüzünden ölmek de ayıp değil.

Bütün iş Tahir ile Zühre olabilmekte, yani yürekte.

Mesela bir barikatta dövüşerek,

Mesela Kuzey Kutbu'nu keşfe giderken,

Mesela denerken damarlarında bir serumu, ölmek ayıp olur mu?

Tahir olmak da ayıp değil,

Zühre olmak da;

Hatta sevda yüzünden ölmek de ayıp değil.

Seversin dünyayı dolu dizgin ama o bunun farkında değildir;

Ayrılmak istersin dünyadan ama o senden ayrılacak;

Yani sen elmayı seviyorsun diye elmanın da seni sevmesi şart mı?

Yani Tahir'i Zühre sevmeseydi artık,

Yahut hiç sevmeseydi Tahir ne kaybederdi,

Tahir oluşundan?

Tahir olmak da ayıp değil,

Zühre olmak da;

Hatta sevda yüzünden ölmek de ayıp değil.

Bazen akşamları sana şiirler okurdum. Türküler, şarkılar söylerdim. Biz de herkes gibi birlikte yaşlanmayı hayal ederdik. Hayal etmesi bile güzeldi. Özgür, kaygısız, korkusuz el ele yaşlanmak...

Bazı akşamlar yemek öncesi bir şeyler hazırlayıp getirişin beni nasıl mutlu ederdi. "Çilingir Sofrası" derdik, ufak tefek hazırlanmış sofraya. Oysa çilingir denilişi içilen mecliste dostlarının birbirine yüreğinin açılması, paylaşılmasıymış.

10 Ekim günü barış isteyenler Ankara'da toplanmıştı. Her yaştan, her baştan çocuklar ve kadınlar barış için bir araya gelmişti.

HDP MYK'sında ve Kadın Çalışma Grubu'nda olan ablan Gülsen'in de gideceğini biliyordun.

O sabah haber salonun ortasına bir bomba gibi düştü. Ankara Garı önünde toplananlar IŞİD tarafından katledilmişti. Ölüm haberleri geliyordu. Ablandan birkaç saat haber alamadın. Her yere ulaşmaya çalıştık. Haber alamamıştık. Sonra ablan arayıp, iyi olduğunu söylemişti. Ankara cehenneme dönmüştü. Sonra internetten gördüğün o çocuk ve gençlerin her biri için çok ağladın. 101 kişi yaşamını yitirmişti.

Ölenler arasında HDP İstanbul Milletvekili Adayı Kübra Mollaoğlu da vardı. Ertesi gün Kübra'nın cenazesine gitmek isteyip gidememiştik. O gün annen bize gelmişti. Akşamüstü onu evine bırakıp dönmüştük. Az sonra ağrıların oldu. Ağrı kesici verdim. Ağrı kesilmeyince hastaneye gitmeye karar verdik. Yolda anneni aramanı istedim. Aramak istemedin, ısrar edince aradın. Bir nefes verdin. Feryat figan göğsünü ellerimle kaldırıp indirdim. Hiçbir tepki vermedin. Ambulansı ve anneni aradım. Her ikisi de az sonra geldiler.

Ben ambulansta seninleydim. Ambulanstakiler, duran yüreğini çalıştırmaya çalışıyorlardı. Hastanede de birkaç saat çaba gösterildi. Olmadı. Yorgun, acılı yüreğin geri gelmek istemiyordu.

Çaresizdik.

Ankara'daki patlamanın şarapnel parçalarından biri de seni yüreğinden vurmuştu. Ertesi gün seni, bir gün önce uğurlamaya gitmek istediğimiz Kübra'nın yanına bıraktık. Sen 50, Kübra da 45 yaşındaydı.

İkimizin de ikinci evliliğiydi. Senin bir, benim iki çocuğumuz vardı. Benim kızımın ve senin Güneş'inin ikisinin de tiyatro eğitimi görmüş olması ortak konuşulacak birçok konunun olmasını sağlıyordu.

O senin güzel dünyanın merkezinde olan kızımız Güneş Sayın ile görüşüyoruz. Tiyatroları sürüyor. Arkadaşları yalnız bırakmadılar.

Senin fragmanlarını izlediğin Bizim Köyün Şarkısı filmine Güneş ile beraber gittik. Hüzün ve gurur iç içeydi.

Şimdi yeni oyunlar sahneye koymaya hazırlanıyorlar. Ama yeni rejimle yılların Devlet Tiyatroları ve Devlet Opera Balesi'nin perdeleri kapanıyor. "Yaşasın sanat, yaşasın hayat" demek suç oluşturuyor.

Sevgili Karıcığım, birlikte ne yapmak istemişsek, hepsini yaptım ve yapıyorum. Bir gün elindeki çiçek demetinin birini vermek isteyip de veremediğin komşuya da senin adına çiçek alıp verdim. İşten ayrılıyordun, İzmir'e taşınmaya karar vermiştik.

İzmir'e yalnız geldim. Sinan da bir yıl önce İzmir'e taşınmıştı. Dikili'ye senden sonra kimse gelmedi. Gelmek istemedi. Ben de gidemedim. İlk kez bu yaz uğradım.

Çocuklarım o yaz Dikili'ye gelmişlerdi. Evren rahatsızlandı, Londra'ya döndüler. Ameliyat olması gerekiyormuş. Sen bir hafta sonra Londra'ya gitmiş ve bir ay Evren ve torunum Arun'a bakmıştın. O sürede birbirinizi yakından tanımış ve birbirinizi çok sevmiştiniz. Kızım, "İlk kez aile olduğumuzu hissettim" demişti. Ben de son hafta Londra'ya gelip, 26 Eylül'de birlikte dönmüştük. Yani seni yitirmeden 15 gün önce.

Ahhh! Gülşen, üzerime ne çok titrerdin. Dışarıya yalnız çıkmamı istemez, toplu taşıtlara binmeme karşı çıkardın. Hatta zamanında toplantılara yetişebilmem için bazen köprü trafiği sorunu nedeniyle benimle Üsküdar'dan vapurla karşıya geçip geri dönerdin. Ama şimdi İzmir'de karşıdan karşıya vapurla geçiyorum. Alışverişlere çıkıyorum.

Birlikte yazmak istediğimiz Özyaşam'ı *yazmaya sekiz ay önce başladım.*

Kitap basıldıktan sonra, ne olup bittiğini sana yazarım.

İzmir'de yeni insanlar tanıdım. Yeni dostlar.

Türkiye yeni bir seçimden çıktı. Bu kez olacak gibiydi. Yine olmadı. 7 Haziran seçimlerinde ne çok sevinmiştik. Kucaklaşıp ağlamıştık. Sonrasını ne sen merak et ne de ben anlatayım. Ama şu kadarını söyleyeyim: Sensiz yaşamak benim için ne denli zorduysa, şimdi Türkiye'de yaşam da o denli zorlaştı. Muhalif olmak, itiraz etmek, konuşmak, yazmak…

7 Haziran'da ve yerellerde seçilenlerin çoğu zindanlarda. Ama ikimizin de çok sevdiği, "Kurtuluş yok tek başına; ya hep beraber ya hiç birimiz" sözüne olan umut sürüyor.

O çok okuduğun, sevdiğin Wirginia Woolf'u okudukça seni çok daha iyi anladım. Wirginia gibi seni de sen yapan acılarındı. Zorluklara karşı verdiğin yaşam savaşındı.

Ben de 70'ime girdim. Benim doğduğum yıl Sabahattin Ali katledilmişti. 70. yılında Ali'nin bütün yapıtlarını okudum. Birkaç kez yazdım, söyledim. Bu yıl "Sabahattin Ali ve Siyasi Cinayetler Yılı" ilan edilmeli ki, bu fırsatla tüm siyasi cinayetlerle yüzleşilebilsin.

Seni iyi ki tanıdım, iyi ki sevdim canım karıcığım.

İzmir iyi bir kent. Bütün farklılıkların bir arada yaşama kültürünün oluşturulduğu bir yer. Sanırım benim yolculuğum da burada sona erecek.

İnternetten Güneş'in önerdiği filmleri indirir, izlerdik.

Klasiklerden izlediğimiz 12 Kızgın Adam bizi ne denli etkilemişti. Yargının ve adaletin gücünü görmüştük.

Türkiye'de şimdi herkes adalet arıyor. İstismara, tacize uğrayan çocuklar, kadınlar, kalemini özgür kullanmak isteyen gazeteciler, iş cinayetlerinde yaşamını yitiren emekçilerin yakınları, muhalif siyasetçiler, savunmasız bırakılan hak ve özgürlük savunucuları, ürününü caddelere döken üreticiler, barış isteyen savaş karşıtı akademisyenler, özgür üniversite isteyen öğrenciler, farklı kimlik ve inanç sahipleri, LGBTİ'liler; kısacası insanca yaşamak isteyen herkes adalet istiyor ve adalet arıyor.

Belediyede çalışırken sendikal mücadeleyi birlikte yürüttüğünüz arkadaşın, yoldaşın ve nikâh tanığımız Saffet Hanım ile bazen telefonlaşıyoruz. Sen onun kızı gibiydin. Gencecik oğlu Serdar'ı yitirdikten sonra seni de yitirişi ona çok ağır geldi.

Canım karıcığım, bunca acının ortasında kuzenin Alev'in bir kızı oldu. Londra'ya yerleşmişlerdi. Alice ailenin dünyası, sevinci ve yaşamı oldu. Anlayacağın Güneş'in pabucu dama atıldı. Olsun. O sahnelerde pırıltısını sürdürüyor ve ailenin ilk göz ağrısı olmayı koruyor.

Taksim'de 1 Mayıs'a birlikte gitmiştik. Yüreğin, işçi sınıfının rüzgârda çırpınan flamaları gibiydi. Çünkü sen yaşamını hep emeğinle sürdürmüştün.

Evren'lere, Paris'e gitmiştik. Sokakta, Romanya Romanlarından göçmen bir kadının bizi aldatışını da unutamam. Yerden bulduğunu söylediği bir alyansı bize vermek istediğini, aç olduğunu söylemişti. Yüzüğün kendisinde kalmasını söyleyerek, 10 euro vermiştik. Alyansı vermekte çok ısrar etmiş ve 5 euro daha istemişti. Biz de almıştık. Eve dönüşte yüzüğün basit bir bakır olduğunu anlamış ve ne çok gülmüştük. Sonra aynı numarayla iki kez daha karşılaşmış ama deneyimli olduğumuz için bu kez yutmamıştık numarasını.

Birkaç kez birlikteyken sözlü tacize uğradığımda, cesurca arka çıkışını da hiç unutmam. O sade, zarif kişiliğinin ardında cesur yüreğin ve devrimci kimliğin hemen öne çıkıyordu.

Canım karıcığım,

Bu mektubu sana sıkça sözünü ettiğimiz "sarı zarf" ile gönderiyorum. Ulaşıp, ulaşamayacağını kestiremiyorum. Zaten yaşam da bu değil mi? Beklenilip de umut ile açılan bir zarf... İçinden çıkması umut edilen ve ulaşılamayan, ulaşıp umut edilen ve özlenen...

Sarı Zarf, aynı zamanda geçmişi bugüne bağlayan ve gelecek kuşaklara yeni sözler-umutlar taşıyandır.

Sarı Zarf'ın kendisi olmasa bile onun imgesi ve hayali yaşamımıza anlam katmaya yetiyor. Yeter ki içimizde taşıdığımız, peşine düştüğümüz, inatla bizlere ve insanlığa ilişkin izleri yitirmemek değil mi?

O anlam bazen aşktır, bazen devrimdir, bazen ekmek, barış ve özgürlüktür. Bazen de yorgun bir işçinin alın terini koluyla silmesi ya da bir çocuğun tebessümü ve sevincidir.

Bazen de Sarı Zarf, güne uyanış, bir soluk alış ve bir adımdır.

Sarı Zarf unutmaya karşı bir bellek oluşturmaktır da. Unutmamak, unutturmamak...

Velhasıl insana ilişkin uzun bir yürüyüş...

Ben de çıktığım bu yolculuğun sonuna geldim. Umarım, yeni bir Sarı Zarf'ın umudu, bekleyişi ve yürüyüşüyle yeni bir yola çıkabilirim. Çünkü bu yolculukların sıkça kesintiye uğradığını da biliyorum.

Yaşamda hep bir arayış ve umut değil mi? Umudumuzu, onurumuzu ve kavgamızı yanımıza alarak, yürüyüşümüzü sürdürmekten başka bir seçeneğimiz de yok zaten.

Bize öğretilen ve bizim öğrendiklerimiz de bunlar.

İşte böyle Gülşen'im. Rahat uyu. Ardında bir unutulmazlık bıraktın. O hayal ettiğin dünyanın, Türkiye'nin inşa edilmesi durmayacak.

Nazım Alpman, kızım Güneş Sayın ve ben.

SONSÖZ

Şimdilik yolculuğumuzun sonuna geldik.

Size yaklaşık 50 yıllık bir panorama sunmaya çalıştım.

Bu yolculukta adı geçenlerin çoğu artık aramızda değil. O nedenle bazıları için ne denli gerçeği yansıtmaya çalışsam da kişilik haklarına (onları seven sayan kişileri de dikkate alarak) saygıda özen gösterdim. Zaten biraz da nelerin yazılacağından çok nelerin yazılmayacağını bilmek değil midir anılar?

Bu benim hikâyem. Elbette herkesin bir hikâyesi var. Bu coğrafyada yaşamış ve yaşayan herkesin bir hikâyesinin olduğunu unutmamaya çalıştım.

Bu kitabı yazarken, raflarda ara bölümlerle ilgili ne çok belge ve bilgi olduğunu gördüm. Sizleri ağırladığım sadece evin salonu oldu. Daha sonra sizlere odaları da gezdireceğim.

Bu odalardan biri, kır yoksullarının örgütlenme modeli olan KÖY-KOOP'u anlatmak olacak. O kitap kooperatifçiliğin tarım ekonomisindeki yeri, köylülüğün yoksulluktan ve muhafazakârlıktan nasıl kurtulacağının hikâyesi olacak.

İkincisi, insan hakları mücadelemizi ve Türkiye'nin insan haklarının aynalı odası olacak.

KÖY-KOOP Niğde üretici mitingi.

TBMM'de gece oturma eylemi.

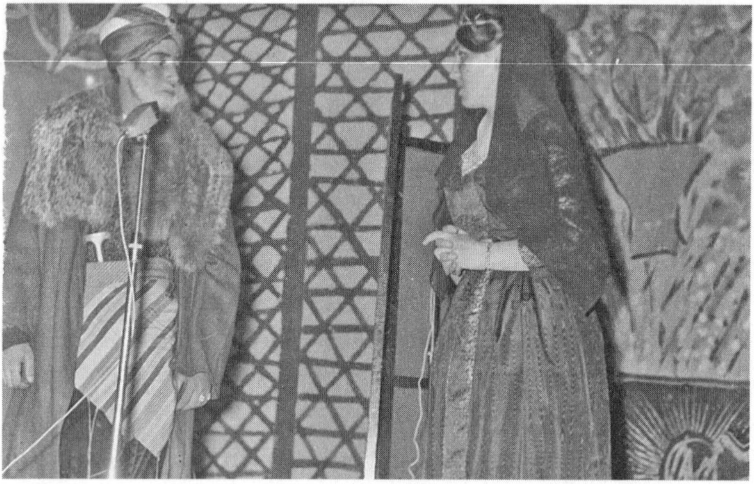

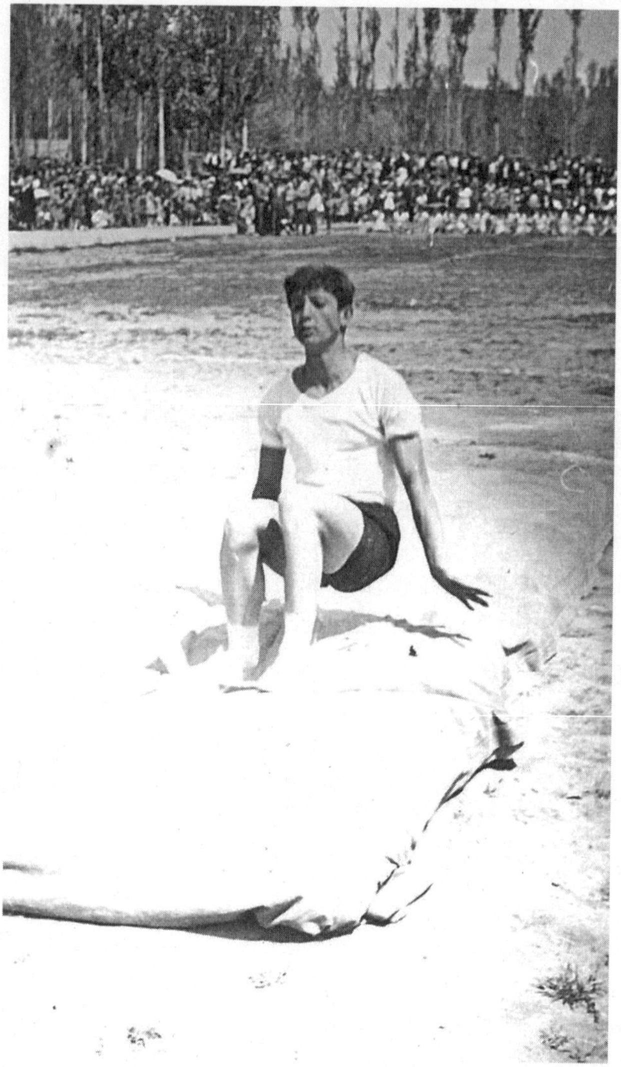

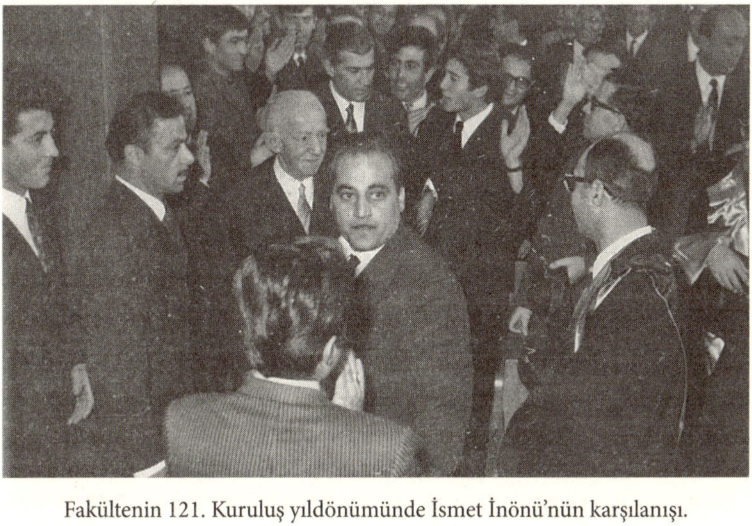

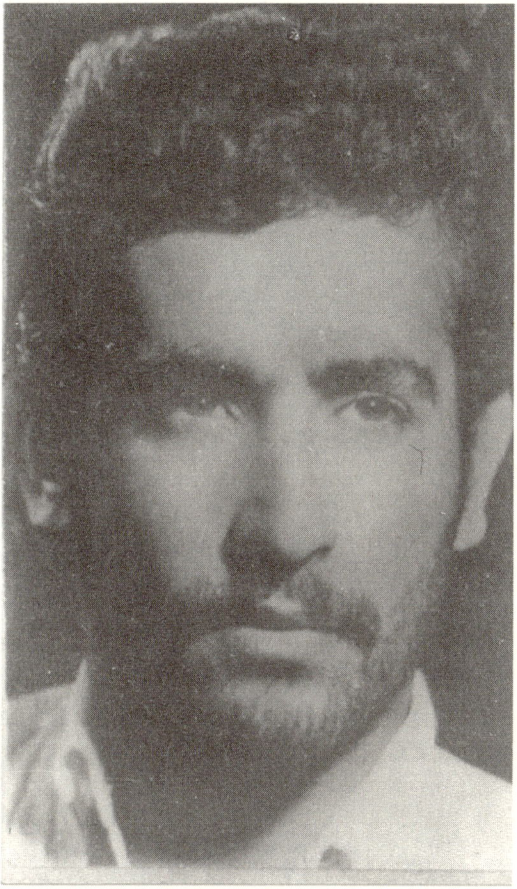

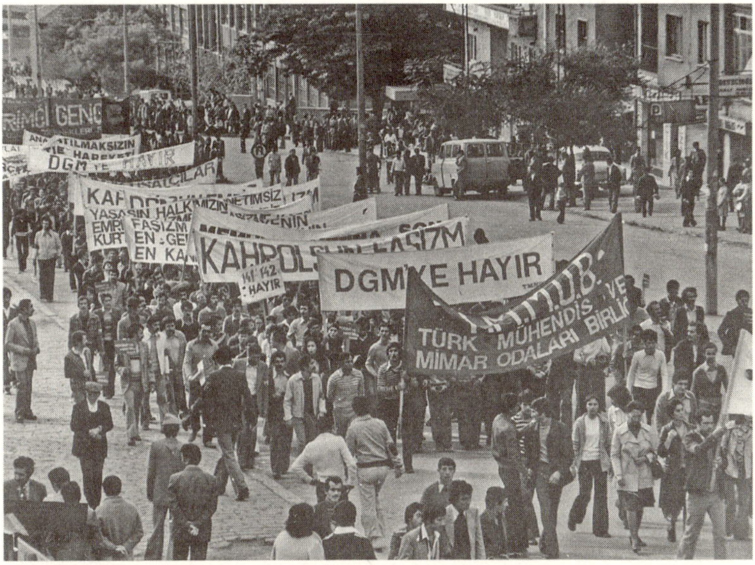

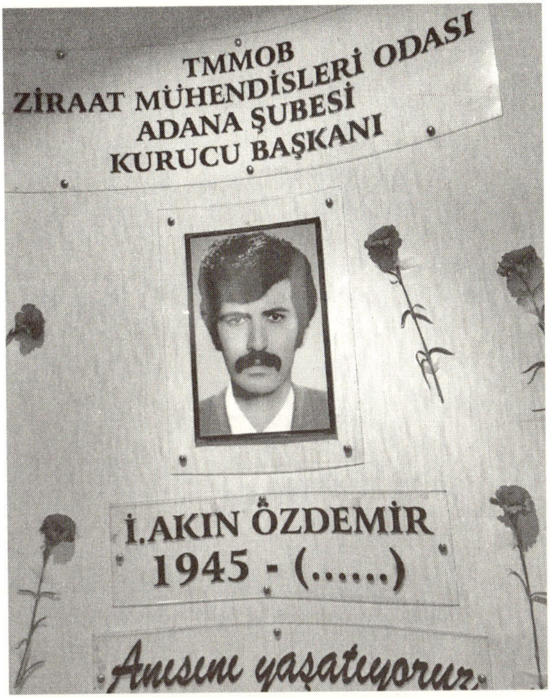

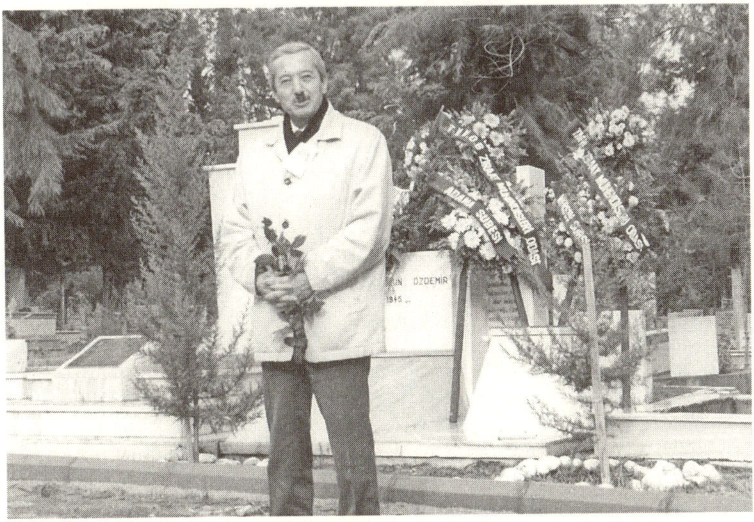

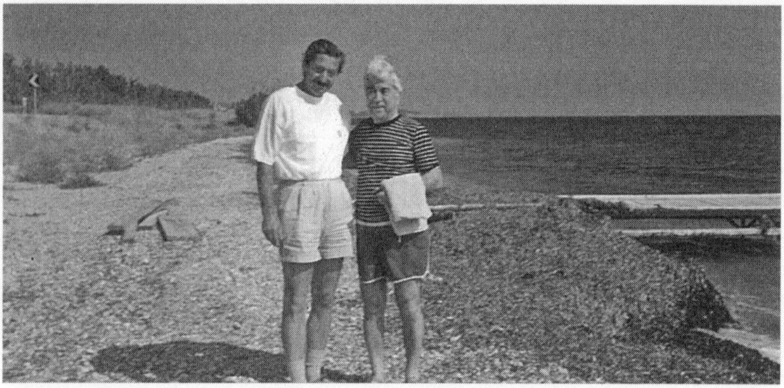

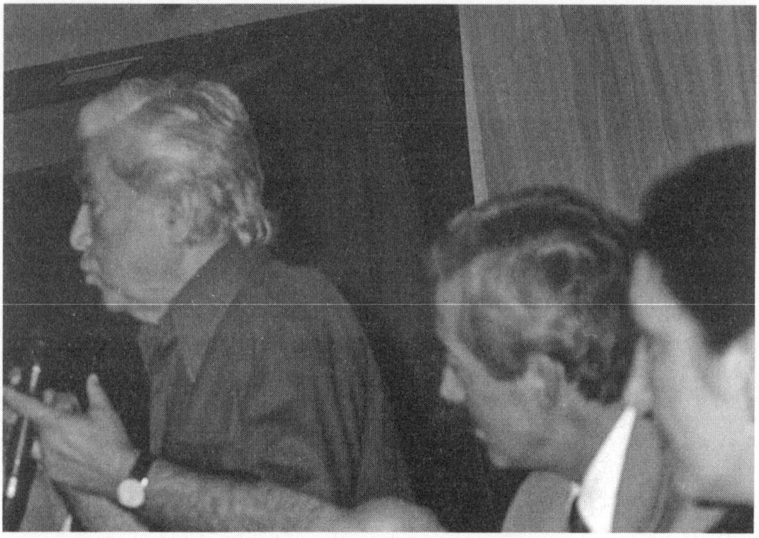

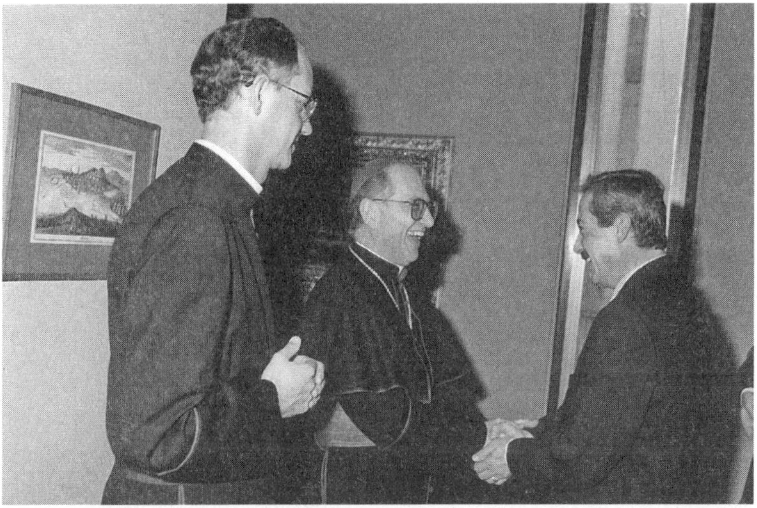

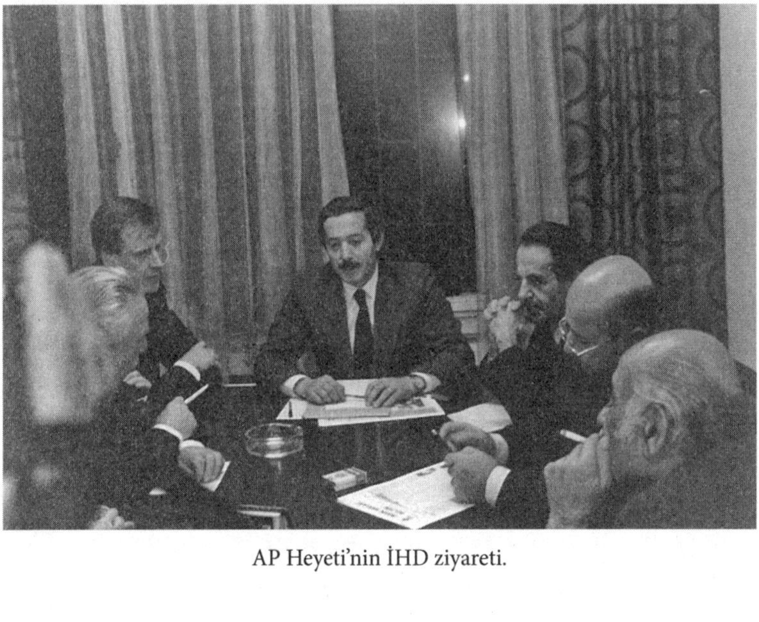

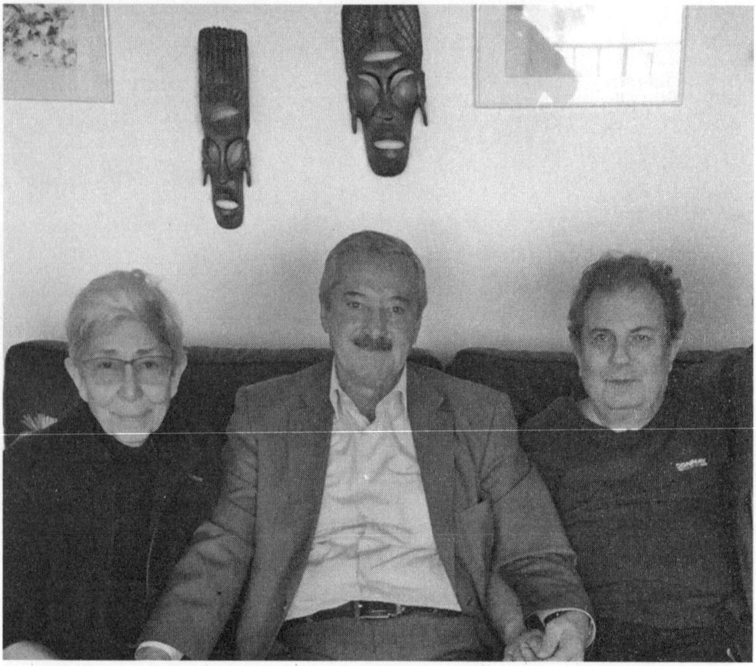

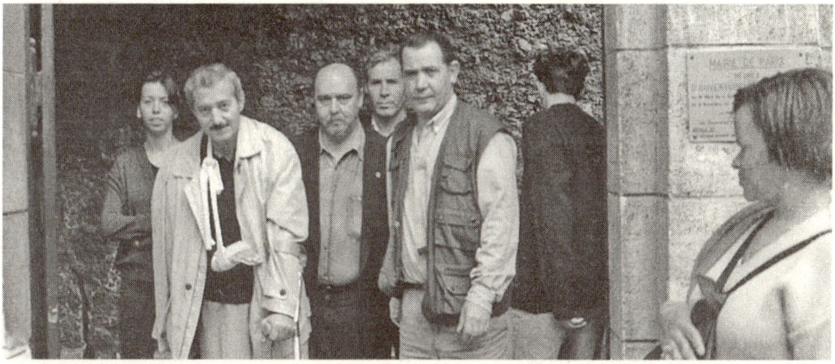

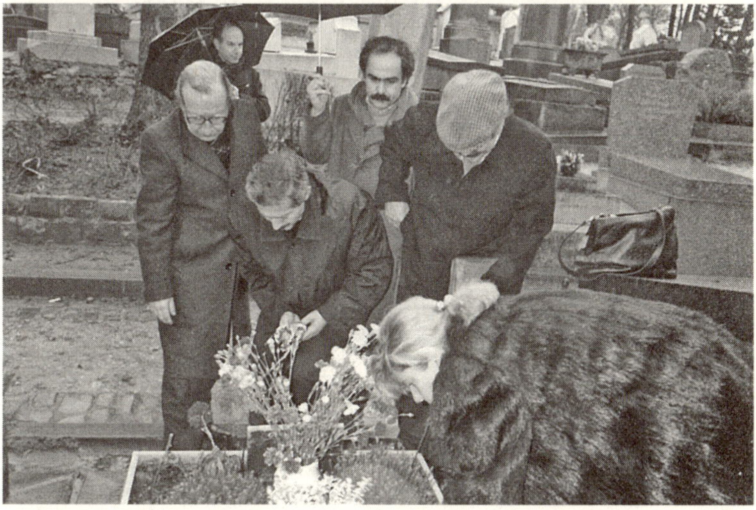

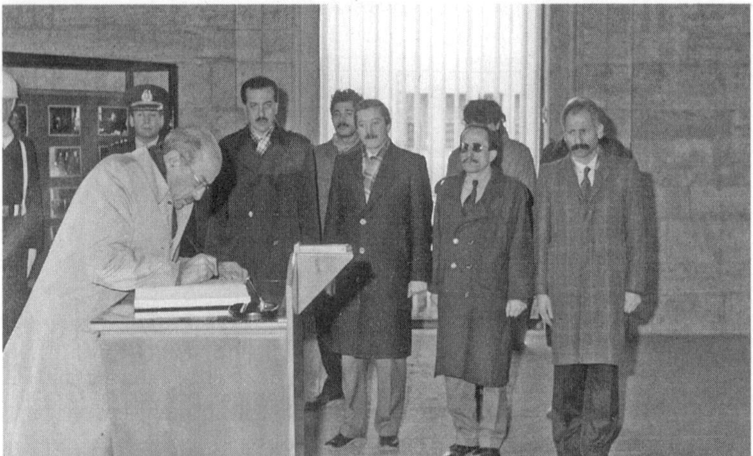

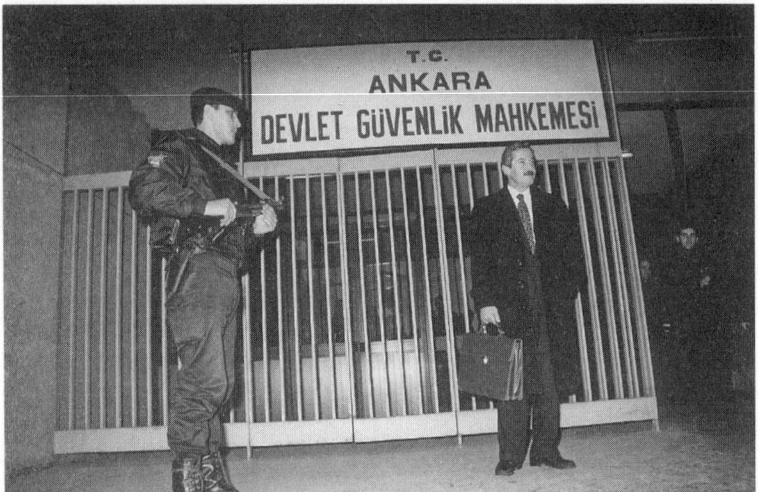

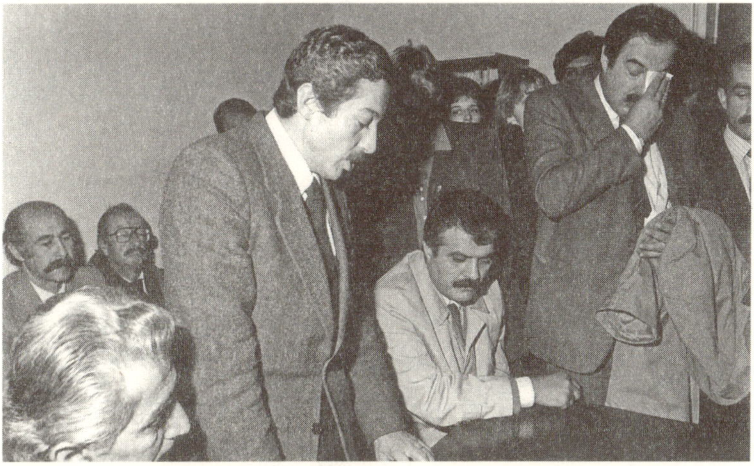

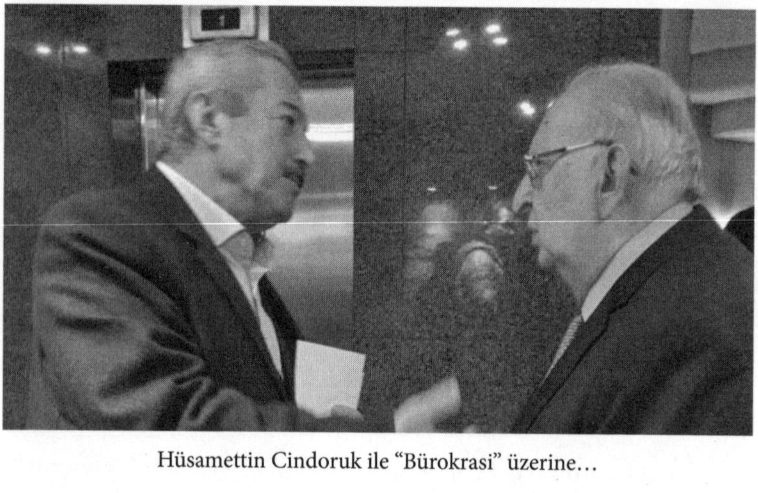

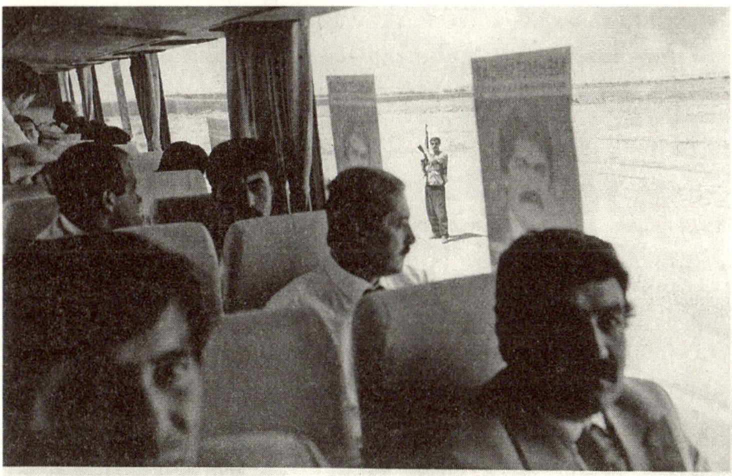

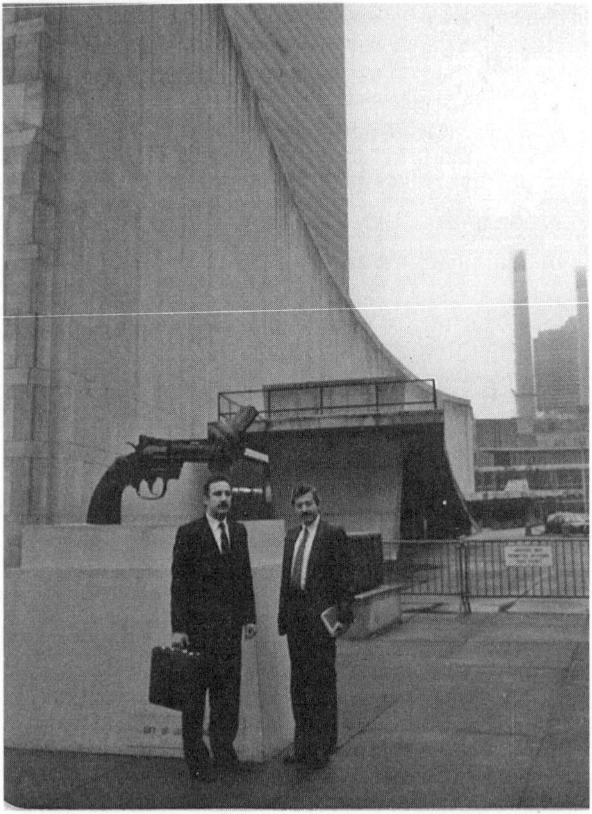

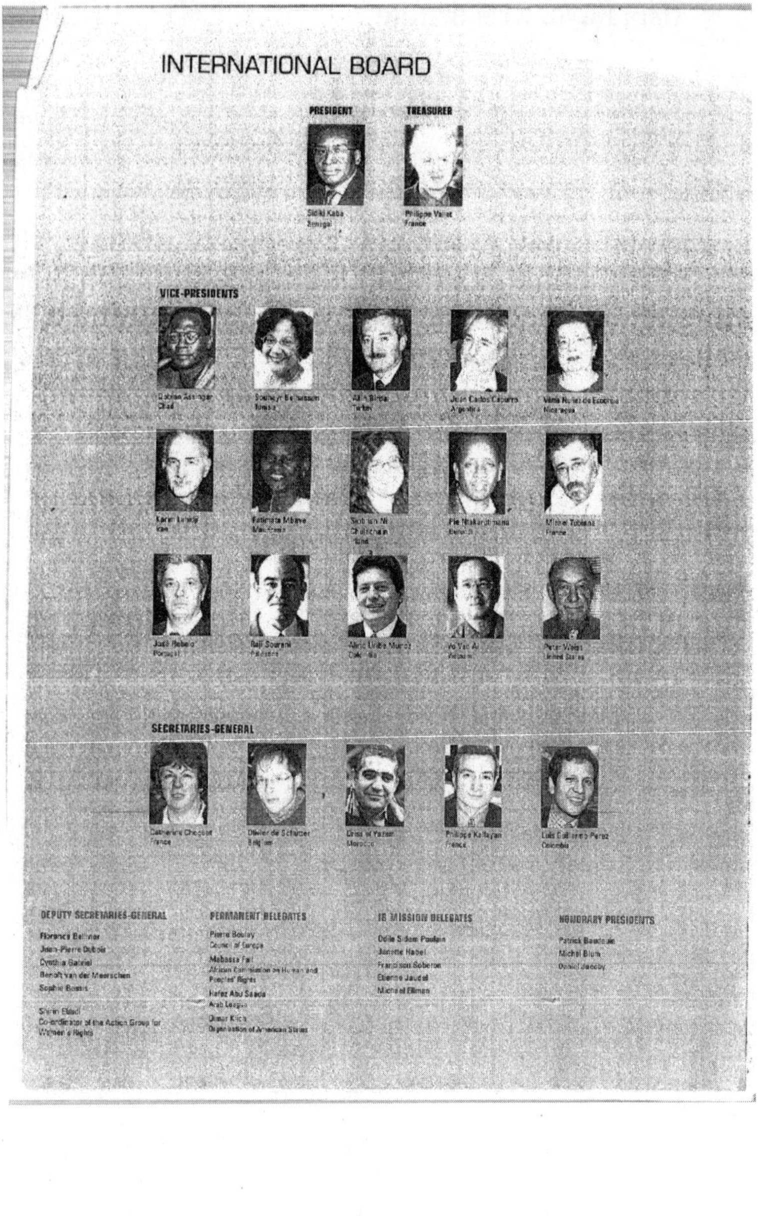

Siobhan Ni Chulachain
Ireland

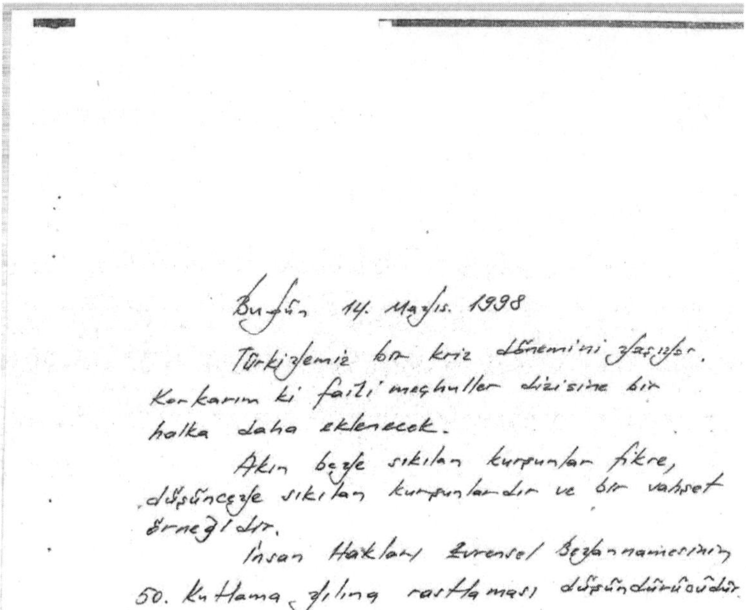

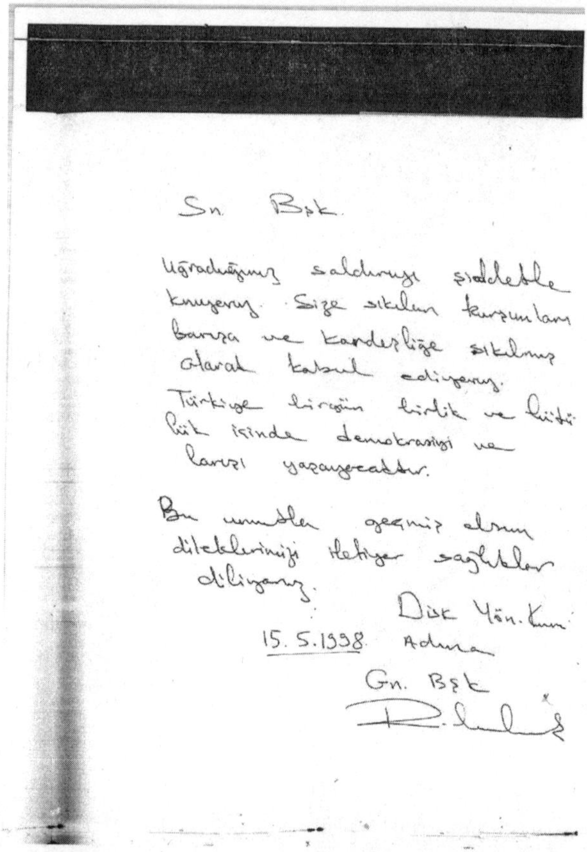

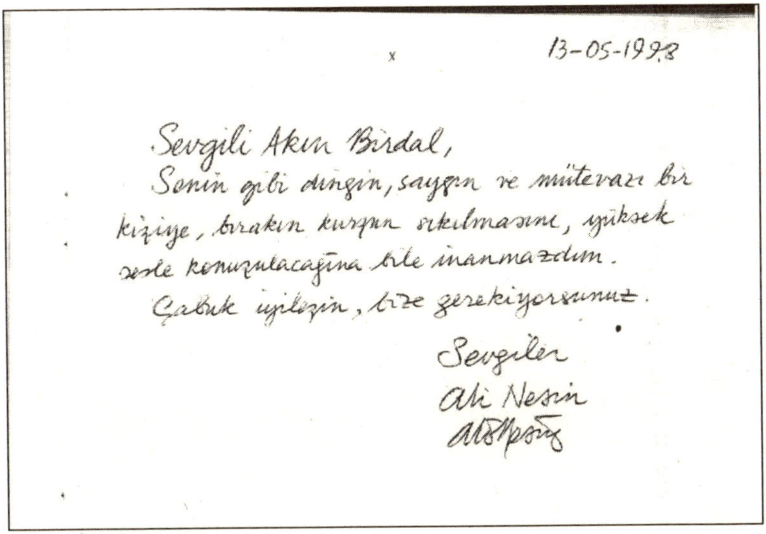

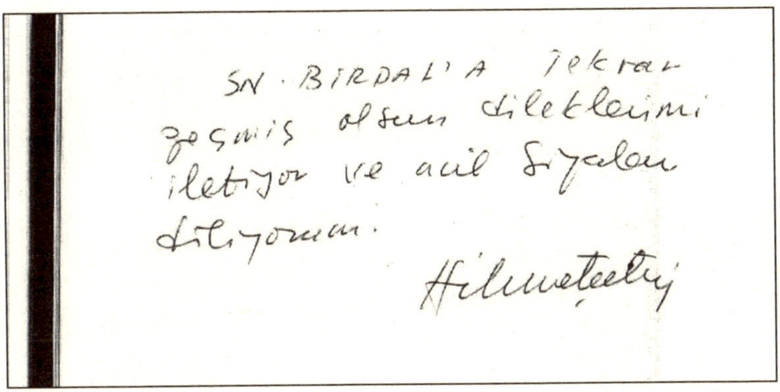

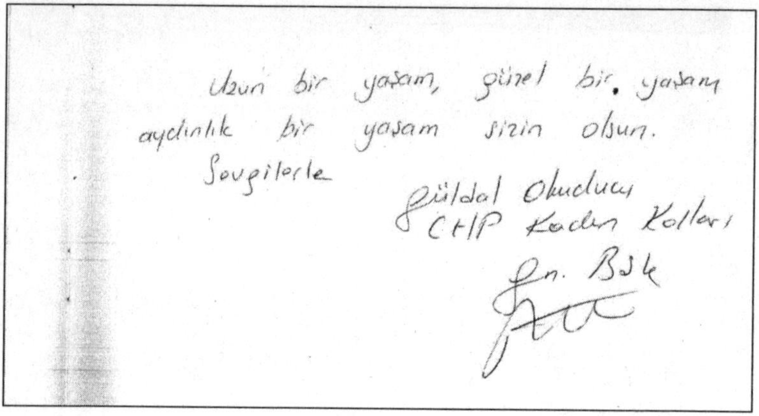

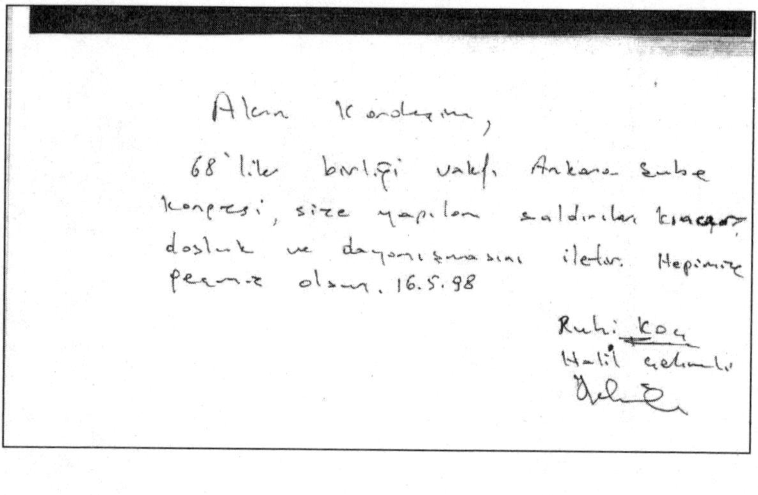

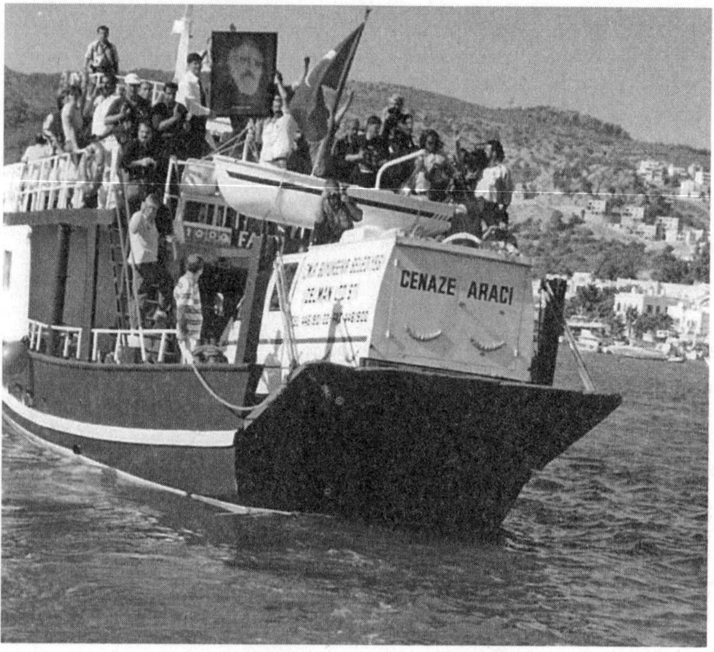

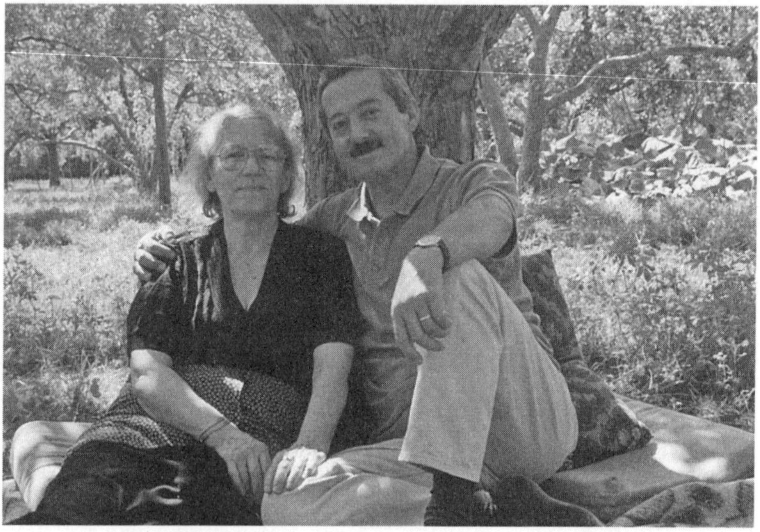

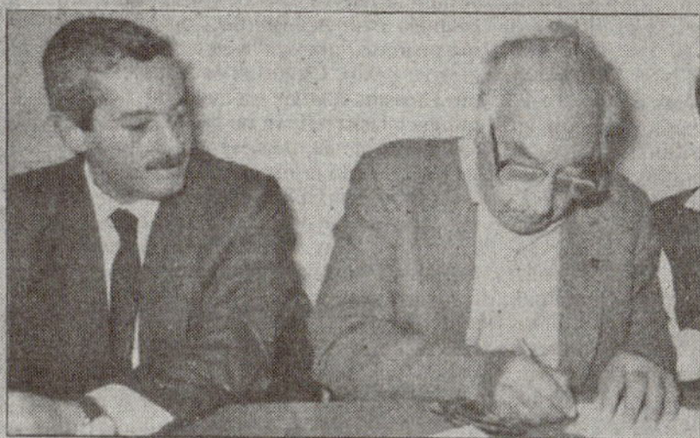

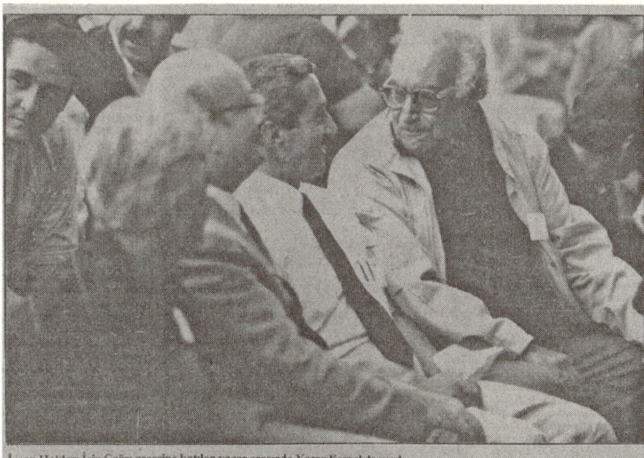

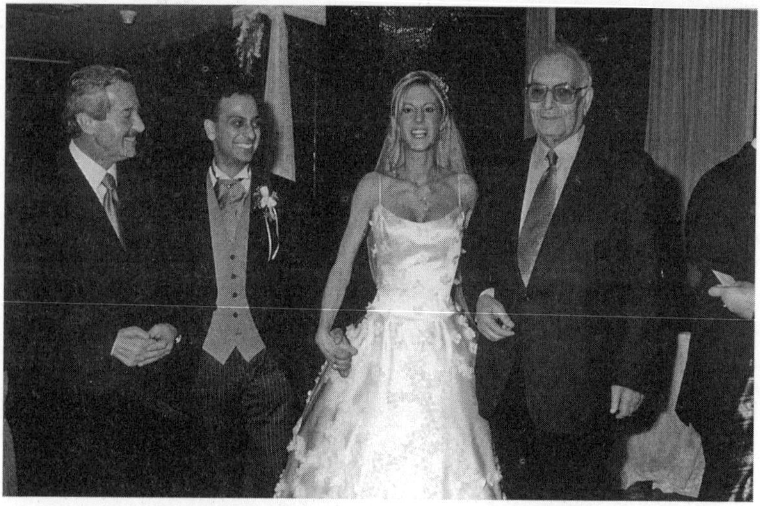

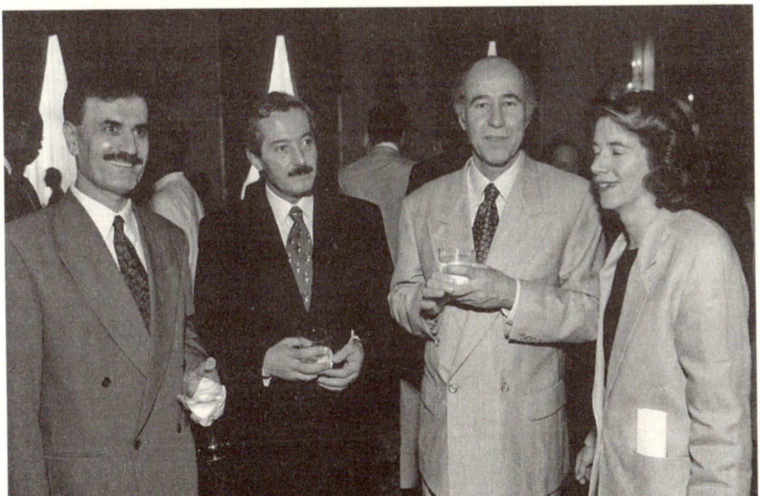

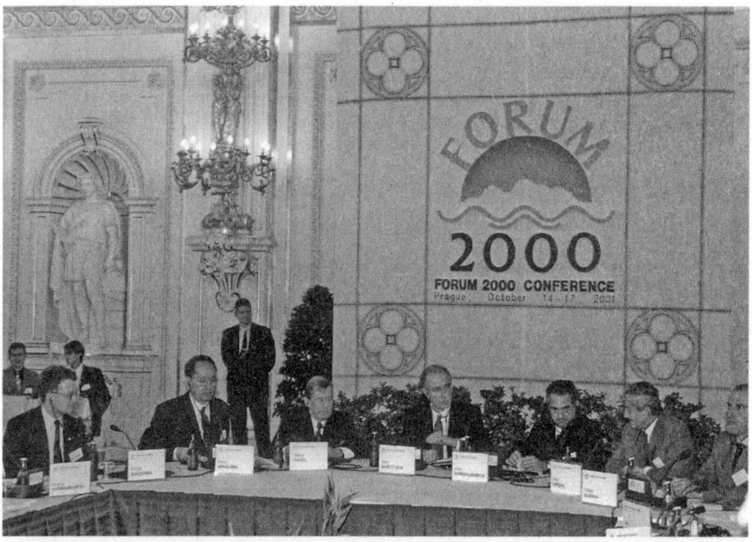

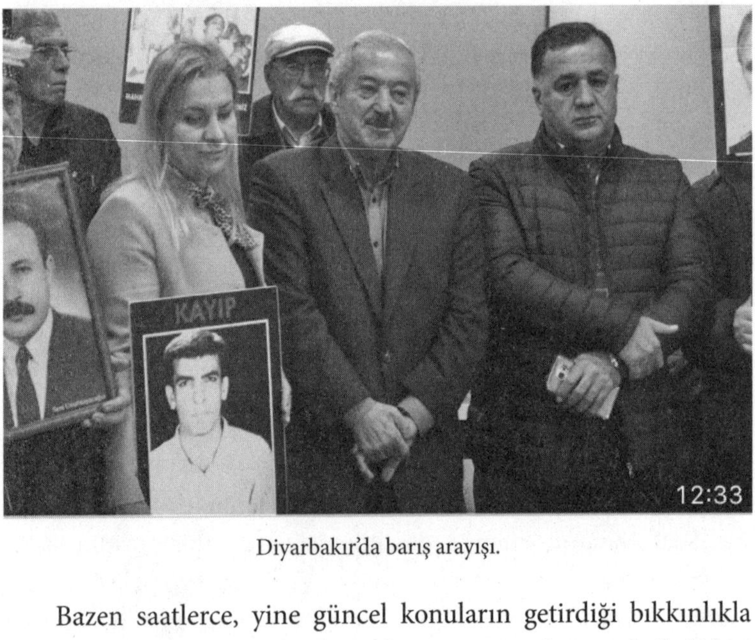

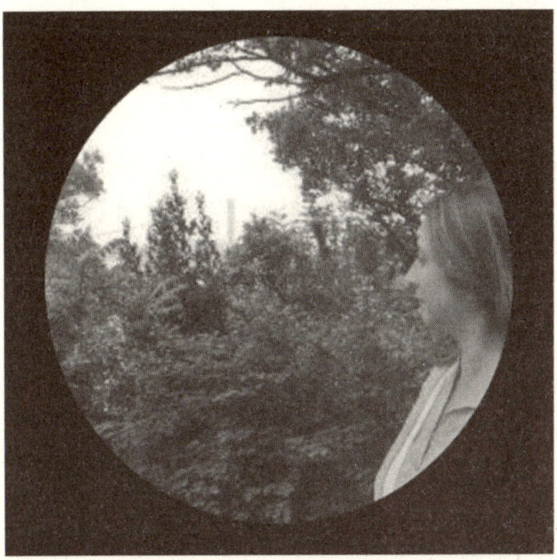

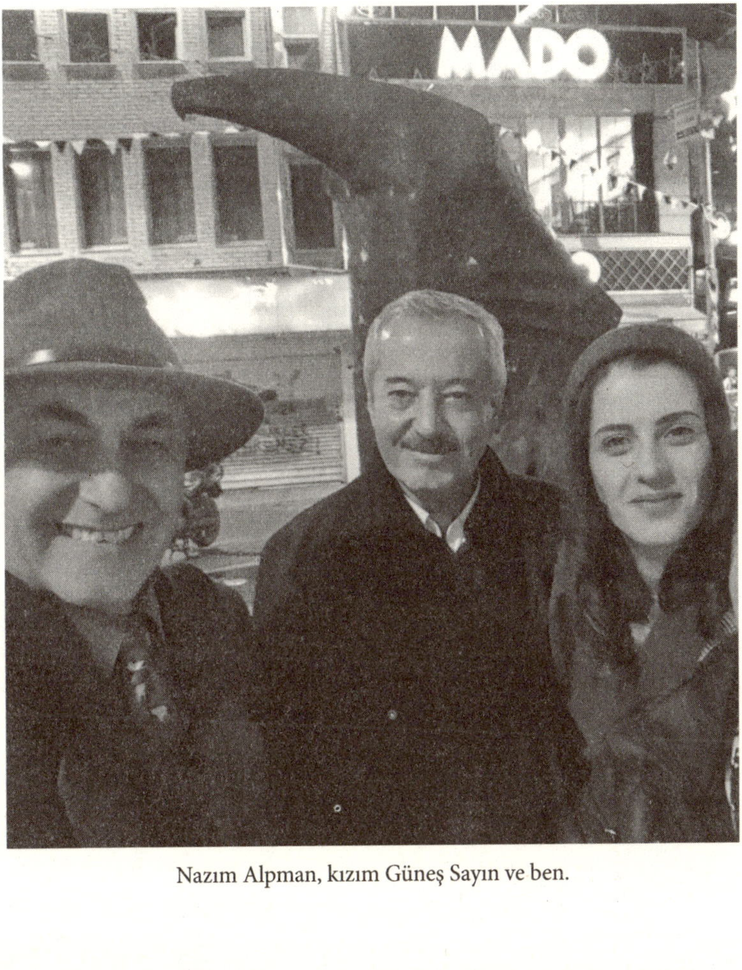

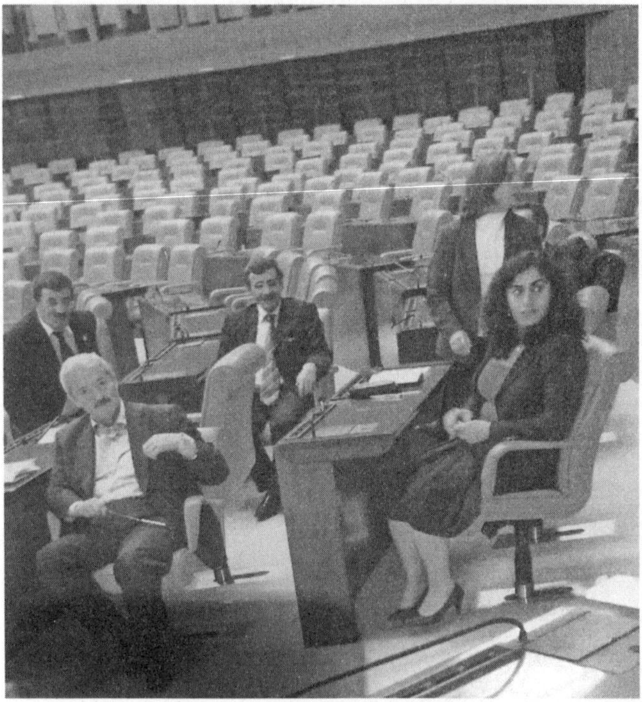

TBMM'de gece oturma eylemi.

Üçüncüsü, bir politik cinayetin anatomisi olacak ve 28 Şubat başlangıcı, süreci ve sonuçlarını kapsayacak.

Dördüncü oda, çoğu kez çoğunuzun evine konuk olarak bile sokmadığı Hevallerin; Kürt siyasi mücadelesine katılanların hikâyesi olacak. Ulucanlar'da kaldığım süre içinde yapılmış söyleşiler: *Heval'in Kitabı.*

Beşinci odada da 23. yasama döneminde sizler adına TBMM'de insan hakları, demokrasi ve barış üzerine gösterilmiş çabalar ve çalışmalar serimlenecek.

Ömrüm el verir ve siz de bu ağırlamaya ilgi göstererek beni cesaretlendirirseniz, bunu birlikte yapabiliriz.

Umut ediyorum...

Ve şimdi bir gün batımında bu yolculuğu noktalıyorum; yarın yeni bir şafağın sökeceğini umut ederek....

KISALTMALAR

TBMM	Türkiye Büyük Millet Meclisi
TÖB-DER	Tüm Öğretmenler Birleşme ve Dayanışma Derneği
MSP	Milli Selamet Partisi
TKİP	Türkiye Köylü İşçi Partisi
DP	Demokrat Parti
FKB	Fizik Kimya Botanik
ABD	Amerika Birleşik Devletleri
KÖY-KOOP	Köy Kalkınma ve Diğer Tarımsal Amaçlı Kooperatifler Merkez Birliği
TUSLOG	Amerikan Haber Merkezi
CHP	Cumhuriyet Halk Partisi
TCK	Türk Ceza Kanunu
TRT	Türkiye Radyo Televizyon Kurumu
SSK	Sosyal Sigortalar Kurumu
ZMO	Ziraat Mühendisleri Odası
DSİ	Devlet Su İşleri
UNESCO	BM Bilim ve Kültür Örgütü
TMMOB	Türk Mühendis, Mimar Odaları Birliği

SFM	Sinema Fotoğraf Merkezi
ICA	Uluslararası Kooperatifler Birliği
DİSK	Devrimci İşçi Sendikaları Konfederasyonu
HE	Halkevleri
TÜM-DER	Tüm Memurlar Dayanışma Derneği
İGD	İlerici Gençlik Derneği
İKD	İlerici Kadınlar Derneği
AKD	İlerici Ankara Kadınlar Derneği
AST	Ankara Sanat Tiyatrosu
ADAKO BİRLİK	Adana Köy-Kooperatifleri Birliği
EKİN A.Ş.	Ekin Anonim Şirketi
AOÇ	Atatürk Orman Çiftliği
TİMDAY	Tarımsal İşletme Mühendislik Danışmanlık Araştırma Yatırım
MNG	Günal İnşaat
EKİN BİLAR A.Ş.	Kültürel Bilim ve Araştırma A.Ş.
İHD	İnsan Hakları Derneği
TÜDAY	Türkiye-Almanya İnsan Hakları Derneği
SHP	Sosyal Demokrat Halkçı Parti
SBP	Sosyalist Birlik Partisi
AB	Avrupa Birliği
TİHV	Türkiye İnsan Hakları Vakfı
PKK	Kürdistan İşçi Partisi
FİDH	Uluslararası İnsan Hakları Federasyonu
AKPM	Avrupa Konseyi Parlamenterler Meclisi
DGM	Devlet Güvenlik Mahkemesi
DEP	Demokrasi ve Emek Partisi
İHEB	İnsan Hakları Evrensel Bildirgesi
AİHS	Avrupa İnsan Hakları Sözleşmesi
AK	Avrupa Konseyi

BM	Birleşmiş Milletler
HADEP	Halkın Demokrasi Partisi
BSP	Birleşik Sosyalist Partisi
SİP	Sosyalist İktidar Partisi
HDP	Halkların Demokratik Partisi
TTB	Türk Tabipler Birliği
MR	Emar
AKM	Atatürk Kültür Merkezi
ÖDP	Özgürlük ve Dayanışma Partisi
TİP	Türkiye İşçi Partisi
MGK	Milli Güvenlik Kurulu
TSK	Türk Silahlı Kuvvetleri
AA	Anadolu Ajansı
UBA	Ulusal Basın Ajansı
TİT	Türk İntikam Tugayı
EMEP	Emek Partisi
DSİP	Devrimci Sosyalist İşçi Partisi
ÇGD	Çağdaş Gazeteciler Derneği
KESK	Kamu Emekçileri Sendikası Konfederasyonu
MİT	Milli İstihbarat Teşkilatı
AİHM	Avrupa İnsan Hakları Mahkemesi
UAÖ	Uluslararası Af Örgütü
GYK	Genel Yönetim Kurulu
NGO	Hükümet Dışı Sivil Toplum Örgütü
PEN	Uluslararası Yazarlar Birliği
SDP	Sosyalist Demokrasi Partisi
TDN	Türkish Daily News
DTP	Demokratik Toplum Partisi
BDP	Barış ve Demokrasi Partisi

HDP	Halkların Demokratik Partisi
HDK	Halkların Demokratik Kongresi
LGBTİ	Lezbiyen, Gay, Biseksüel, Transseksüel, Travesti
MYK	Merkez Yürütme Kurulu
KKTC	Kuzey Kıbrıs Türk Cumhuriyeti

Dizin

B

C

Ç

D

E

F

G

H

I

İ

J

K

S

Ş

T